왜곡된 아이러브유

스미노 요루

고등학생 시절에 요루노 야스미라는 필명으로 투고 웹사이트에 올린 《너의 췌장을 먹고 싶어》가 책으로 출간되며 작가로 데뷔했다. 이후 이 작품은 베스트셀러가 되어 일본 현지에서만 300만 부를 돌파했다. 2023년에 《사랑과 그것과 그리고 전부》로 제72회 소학관아동출판문화상을 받았다. 국내에 출간된 작품으로는 《너의 췌장을 먹고 싶어》《밤의 괴물》《또다시 같은 꿈을 꾸었어》《나「」만「」의「」비「」밀「》《어리고 아리고 여려서》《배를 가르면 피가 나올 뿐이야》《무기모토 산포》 시리즈 등이 있다.

WAIKYOKUZUMI I LOVE YOU by SUMINO Yoru
Copyright © Yoru Sumino 2024
All rights reserved.
Original Japanese edition published in 2024 by SHINCHOSHA Publishing Co., Ltd.
Korean translation rights arranged with SHINCHOSHA Publishing Co., Ltd.
through Eric Yang Agency, Inc., Seoul
Korean translation copyrights © 2025 by ITSBOOKS

Jacket illustarion by ITSUKA
Original Japanese edition designed by Shinchosha Book Design Division

이 책의 한국어판 저작권은 (주)에릭양에이전시를 통해 일본 신초사와의 독점계약으로 (주)이츠북스(사유와공감)가 소유합니다. 저작권법에 의하여 한국 내에서 보호받는 저작물이므로 무단전재와 무단복제를 금합니다.

* 본문의 각주는 역자 주임을 밝힙니다.

歪曲済
アイラービュ

스미노 요루

김현화 옮김

목차

멸망의 사보타주	6
악플의 팡파르	34
악마의 오블리주	53
지옥행 파쿠르	78
형해화 멘톨	126
취향 저격 볼로네제	170

인상파적 애티튜드	192
소야곡: 세레나데	227
폭력적인 에피소드	271
일반용 메시지	309
왜곡된 아이러브유	316
역자 후기	340

멸망의 사보타주[1]

---

[1] 겉으로는 노동을 하는 것처럼 보이지만 의도적으로 일을 소홀히 해서 사용자에게 손해를 주는 방법이다.

하나, 둘! 〈코너룬의 예언 채널〉! 빰빠라 밤! 네! 안녕하세요! 이 채널은 저 코너룬이 지구 멸망을 고지하는 비정기적인 생방송 채널입니다! 여러분, 사랑하는 사람에게 마음은 전했습니까? 코너룬, 너나 잘하라고! 4개월 전부터 시작된 이 스트리밍 방송도 20회를 맞이했습니다. 지금 여덟 분이 방송을 봐주고 계시는데, 감사합니다. 이 정도 인원이면 술집에서 그냥 떠들라고 저번 방송에서 귀중한 의견을 주셨지만, 제가 낯을 너무 가리므로 사양하는 걸로 하죠.

자, 여느 때와 마찬가지로 세상이 멸망하는데 맨정신으로 있을 수 있을까, 라는 주제로 우선 건배를 합시다. 오늘 첫 잔은 이겁니다. 모두가 좋아하는 빙결 무가당 레몬. 와~~ 편집 방송이라면 효과를 짱짱하게 줬을 테지만 생방송이니까 이쯤 해두기로 하죠. 이건 알코올 도수 7도입니다. 모든 게 무로 돌아가는 판국에 당분 따위 신경 쓸 때냐고 생각하실지도 모르지만, 이거 무난하게 맛있어요. 추천합니다. 달면 그게 술이냐? 단 건 네버 싫다! 는 사람한텐 제격입니다. 술이 당기면 그냥 확 편의점에 다녀오세요. 어차피 세상이 이제 곧 멸망할 거라는 말만 주야장천 할 거니까요. 안주는 여기 있습니다. 아, 초점이 좀 안 맞나요? 좀 전에 튀긴 팝콘입니다. 한번 튀겨보고 싶어서 샀어요. 아, 그렇구나, 곰곰이 생각해보니 만드는 것도 방송할 걸 그랬네요. 뭐, 인터넷 세상은 광활하니 완성되는 게 보고 싶은 사람은 누가 만드는 거 찾아보세요. 여기 감 씨앗 과자도 있어요.

어라, 열두 명으로 늘었네. 안녕하세요. 네, '가라짱' 님도 좋은 밤이에요. '어딘가의스파이' 님, 팝콘 맛있냐고요? 무난해요. 팝콘은 만들 때가 초절정으로 즐거웠던 것 같아요. 그럼 촬영해보질 그랬어, 코너룬?

스무 명이네요? 오늘은 선방하고 있네요. 와우! 저번에도 잘 받았습니다. '오월의장마' 님, 슈퍼챗 감사합니다. 종말을 위한 술값으로 쓰라고 주신 500엔 나이스 슈퍼챗! 보내주신 분에게도 받는 사람에게도 이제 곧 무의미해질 돈이지만 그 마음 감사히 받잡겠습니다. 당신의 내세에 행복이 함께 하기를.

음, 이번에도 멸망이 가까워졌지만 느긋하게 진행해나가겠습니다. 우선 보고할 일은, 그래요, 우리 집 헝겊 인형에게 친구가 늘었습니다. 이거요. 야마토. 《원피스》 말이에요. 읽어본 적 없는 사람은 지금이라도 감상해보세요. 세상이 멸망하기 전까지 와노쿠니에 도달할 수 있을지 미묘해서 추천하기는 어렵지만요. 나도 중간까지밖에 못 읽은 만화라든가 어중간하게 본 애니메이션이 엄청 많아요. 결국 못 보고 끝날 것 같아서 슬프네요. 그래도 내가 죽기 전까지 모든 콘텐츠가 마지막 회까지 나오는 건 아니니 지금까지 개인적으로 죽은 모든 사람이랑 다를 게 없네요. 〈헌터×헌터〉를 기다리던 중에 죽은 사람도 많을 거예요. 분명.

자살 방송이라고요? 아니, 아니에요! 세상이 통째로 멸망하는 거니까 다 같이 죽는 거죠. 나만 죽는 게 아니라요. '지바aka도쿄'[2] 님도 죽어요. 이 방송은 정해진 시간이 왔을 때 기괴한 장

---

2) 지바 현은 도쿄 인근에 있어서 도쿄라는 이미지가 있다. 여기서 지바 aka 도쿄는 도쿄라고도 일컬어지는 지바 현이라는 뜻으로 사용되었다.

면을 보여주는 그런 게 아니에요. 걱정시켰어요? 기대하게 했어요? 그랬다면 죄송하게 됐습니다.

'지바aka도쿄' 님은 나이가 어떻게 되시려나? 나보다 나이가 많은 아저씨 아줌만데 20대 여자가 고작 술 한잔하는 거 보고 갑자기 자살 방송이라 한다고요? 이거 해석이 과한데요? 뭐 딱히 과해도 상관없지만요. 반복해서 말하지만 모두가! 죽는 겁니다. 각자 각오를 다지자고요. 아스타 라 비스타 베이비.[3]

'지바aka도쿄'라니 하하하, 지바 사람한테 그러다 혼나요. 아니 뭐 그런데 이제 곧 사는 지역의 구별도 없어질 테니 상관없겠네요. 나도 모르게 아직도 사람이 그어놓은 선에 집착하고 있었네요. 이번 멸망, 국경이 없어져서 이상 세계가 되는 게 아니라 그냥 뭐 전부 없어지는 것 같아요. 전쟁도 사라지니 그건 좋아요. 전쟁이 사라져서 다행이라고 생각하는 사람도 사라지지만요. 대신 지구 밖의 누군가가 다행이라고 말해줄지도 모르죠.

이건 뭐라고 읽어야 하지? 도, 도_내쉬 님, 이라고 하면 되나? 'do_nash' 님, 멸망한다는 설정 자체는 까먹으면 안 된다고요? 설정 아니에요. 다만 사람이 멸망한다는 전제가 생긴 지 아직 몇 개월밖에 안 됐으니 문득 실감이 안 나기도 해요. 괜찮아요. 까먹는다는 것도 사라질 테니까. 안심이죠. 아스타 리 비스타 베이비.

---

[3] '잘 가. 나중에 봐'라는 뜻을 가진 스페인어 표현으로 〈터미네이터〉에서 아널드 슈워제네거가 사용하면서 유명해졌다. 강한 작별의 뜻을 담고 있지만 재회를 기대하며 농담처럼 사용하기도 한다.

오늘 신규 회원이 많네요. 이런 날에도 와주셔서 감사합니다. 더구나 비가 와서 길도 질척거렸을 텐데요. 낮까지만 해도 맑았는데. 이건 사는 곳에 따라 다르려나요?

참고로 여러분은 어디에 살아요? 여긴 전에도 말했지만, 도쿄 끄트머리입니다. 오, 가가와. 우동이랑 닭 다리가 최고죠. 먹고프네요. 도쿄, 가나가와, 고베, 홋카이도, 사는 곳도 다양하네요. 에이케이에이, 너 지바에 사는 거 아니었어? 너 그러다 진짜 혼난다? 뭐? '눈길' 님, 거짓 세계라고요? 아스타 라 비스타 베이비.

거짓 세계란 말이죠? 분명 거짓 세계니까 끝나는 거로 생각할 수도 있겠지만 그렇다면 세상이 여러 개 있다고 치고, 우린 아마 어느 게 가짜일까 하는 건 모르겠죠. 설령 한쪽 세계가 쓰레기 같은, 이른바 지금 이 세상 같은 곳이라고 해도 맛도 아픔도 고통도 우리한테는 진짜니까요. 그러고 보니 만화라든가 영화에서 폭력적인 묘사만 했다 하면 '리얼하다'는 분위기, 이상하지 않나요? 세상이 끝나는 순간에 그런 소리를 하는 녀석들 눈앞에서 술을 탁! 들이켜면서 이제부터 네가 죽는 것만 리얼이라고 말해주고 싶네요.

아스타 라가 뭐냐고요? 지옥에서 만나자, 베이비입니다. 네.

아, 조금 전부터 울리고 있는 벨 소리는 신경 쓰지 마세요. 전에도 말했지만 단순한 스토커니까 무시하면 돌아갑니다. 그렇다고 해도 시끄럽긴 하죠? 다만 저 녀석도 죽을 테니 봐주기로 하죠. 그 또한 리얼이죠.

호러 설정이 작위적이라고요? 아니, 진짜예요, 진짜. 우리 집

아파트 입구를 보여주고 싶네요. 이 세상이 앞으로도 이어진다면 바로 신고 각이었겠지만, 역시 세상이 멸망하는 순간 교도소라든가 구치소에 있는 건 가엽다는 정도의 온정은 있죠. 전 직장 동료니까요. 매일 오는 시간도 정해져 있으니 어쩔 수 없이 견디고 있죠.

뭐라고? 진짜?! 잠시만! 일단 화면에서 사라질게요. 실례!

다시 돌아왔습니다. 아니, 진짜였네요. 인터폰의 호출음을 끄는 기능이 있었네요. 아니, 화면이 터치패널이라는 거 지금 알았어요. 감사합니다, '가라짱' 님. 오늘 처음 온 당신이 날 구해주었군요. 사람과 사람의 만남이 앞으로는 무의미하다고 해도 근사하네요. '가라짱' 님의 내세에 행복이 있기를 바라요.

모두 알고 있었나요? 소음 기능. 아, 두 번째 캔 가지고 올게요. 목이 말라서 금방 동났어요.

자, 자, 돌아왔습니다. '어딘가의스파이' 님이 '어라, 상식이지'라고 글을 올렸네요. 스파이 당신, 단골이라면 더 빨리 가르쳐줬어야 하는 거 아냐? 저번에도 오랫동안 울렸던 것 같은데.

그럼 두 번째 캔 건배! 두 번째 캔은 무난하게 짐빔 하이볼입니다. 네, 스토커 경위요? 경위 말이군요. 서면에도 질문받았지만 개인 정보도 있어서 그냥 넘어갔어요. 그런데 뭐라도 이야깃거리가 없으면 재미가 없죠?

그럼 '게가위' 님 말고 다른 누가 흥미가 있을지 모르지만 요약해서 말할게요. 라이브 방송에서 연애사를 이야기한다는 건 멸망 직전에나 할 수 있는 짓이죠. 딱히 누굴 욕하자는 건 아니지만 누굴 욕하는 걸로 보여도 뭐, 상관없어요. 같이 지옥에 떨어지자, 이거죠.

조금 전에 말한 것처럼 전 직장 동료예요. 아, 그 전에 나, 세상이 멸망한다는 걸 알고 나서 회사 때려치웠어요. 일단 회사 사람들한테도 세상이 멸망하니 짜증 나는 일을 해봤자 소용없다고 확실히 전해두긴 했어요. 눈을 막 부라리면서 말이죠. 그리고 고함을 질렀죠. 그래도 이쪽은 이제 모두가 죽는 걸 잘 아는 무적의 인간인 상태여서 지금까지 어째서 그렇게 무시당하거나 혼이 나는 걸 두려워했나 싶을 만큼 후련하게 사원증을 집어던지고 왔죠.

오, 500엔 슈퍼챗 감사합니다. '눈길' 님이 경험담이 최고임, 이라고 하셨음요. 닥치셈. 가짜 세계에서 잠이나 자셈. 헷, 농담입니다. 행복이 깃들길.

그런데 그런 갑질 회사에서도 친하다고 생각하는 사람이 있었죠, 한 명이지만. 동기인데 연수도 같이 성공리에 받고 무난하게 서로 격려해주는 사이라고 해야 할까요. 그 정도 사회성은 나한테도 버젓이 간당간당하게 있어요. 개인적으로 연락해서 세상이 멸망하니 회사 관두라고 전달했죠. 비웃음을 사거나 전화로도 알 수 있을 정도로 상대가 화를 버럭 내겠다 싶을 때쯤 설득당하기 시작했어요. 지금 관두는 건 아깝다면서요. 생각해보니 세상이 멸망하지 않아도 그런 회사는 아깝지 않더라고요. 그 사실을 알아차린 건 세상이 멸망한다는 걸 알고 나서였으니 세상살이 참 희한하네요. 상대가 아무리 그렇게 나와도 답하지 않고 말을 얼버무리니 며칠이고 설득이라고 해야 하나? 응원 같은 라인 메시지랑 문자가 오더라고요. 직장에서도 열일하는 남자라는 건 알고 있었지만 이렇게 나올 줄은 몰랐죠.

복선이라는 댓글이 달렸는데, 바로 회수할 테니 서론 정도로 생각해요.

그런 설득 같은 건 그쪽이 관두게 하는 수밖에 없잖아요. 나는 이미 멸망한다는 걸 알고 있으니까요. 한동안 무시했죠. 그랬더니 갑자기 지금까지 본 적 없을 정도의 장문 라인 메시지가 왔단 말이죠. 지금 뻔한 전개, 라는 댓글도 달렸네요. 나도 그렇게 생각해요. 그래도 어떤 뻔한 스토리도 당사자라면 잘 못 알아차린단 말이죠. 라인에는 나를 얼마나 걱정하느냐 하는 것과 사회인이라면 보일 만한 반응이 쓰여 있었고 마지막에는 고백하는 글이 있었어요. 이 흐름은 뭐지 싶죠? 솔직히 아무리 좋은 녀석이라도 그런 흐름은 질리죠. 이제 곧 세상이 사라지는 것보다도 더 질릴 만한 이야기죠. 자, 여기서 둥, 하는 효과음이 나와 주시고! 어떻게 대답해야 할지 몰라서 무시했더니 매일 퇴근길에 우리 집에 출근 도장을 찍게 되었단 거죠. 얼마나 좋은 사람이냐는, 이 얘기죠.

상대가 왜 주소를 아냐고요? 네, 바로 연하장 때문이죠.

오, '지바aka도쿄' 님이 걱정된다는군요. 지비헌 밖의 일에는 다정한 거야? 아저씨인지 아줌마인지 몰라도 좋은 사람이군요. 고맙습니다. 지금은 정말 정해진 시간에만 찾아오고 라인은 아직 아슬아슬하게나마 호의가 느껴지는 편이에요. 다만 그가 이성을 잃기보다 먼저 세상이 멸망하기를 바랄 뿐이에요. 지금은 멸망 쪽이 승률이 높은 편이죠.

이런 말을 하고 있을 때 창문을 깨고 들어온 사람한테 내가 살해당하는 게 분명 호러일 거예요. 하지만 이건 휴먼드라마라고 해야 할까요? 그래서 그런 극단적인 일은 거의 일어나지 않을 겁니다. 혹은 세카이계,[4] 《최종병기 그녀》라든가 〈어벤져스〉 같은 일이 어딘가에서 벌어지고 있을까요? 《최종병기 그녀》를 모르는 젊은 친구들은 구글링해보기를.

이 방송, 그 녀석이 보고 있을지도 몰라요. 아니, 분명 보고 있을 거예요. 하지만 훔쳐본다고 해도 강제적으로 우리 집에 쳐들어오지는 않고 있으니 나는 그 녀석의 내면에 있는 다정한 면을 아직 믿고 있나 봐요. 세상이 멸망한다고 해서 하게 되는 포기와는 미묘하게 다른 의미로요. 그런 나도, 그 사람도 죽게 된다니 서글프지만요. 아니, 곰곰이 생각해보면 그리 서글플 일도 아니다 싶기도 하고요.

아! 회사를 관두고 최근에 남은 시간에 뭘 하고 있었냐고 '오월의장마' 님이 물으셨군요. 그건 잘 물어보셨어요. 기껏 인터폰이 울리길 멈췄으니 스토커 이야기는 관두고 이 이야기를 하도록 하죠. 화면에서 다시 살짝 사라질게요. 그 전에 앉은뱅이 밥상 위의 물건을 전부 바닥으로 옮기고요. 컴퓨터도 일단 아래로 내려놓을 테니 고개를 숙이고 있을 때 댓글을 읽는다고 생각하세요. 아이코, 면봉이 엎질러졌네요. 내가 정리하거나, 아니면 그 전에 세상이 통째로 정리되든지 하겠죠. 그럼, 잠시

---

4) 개인적인 인간관계의 문제가 세계 전체의 운명으로 귀결되는 서사를 뜻한다.

갔다 올게요.

빰빠라밤. 오래 기다리셨습니다! 몇 개월 동안 몰래 만들었습니다! 먼젓번에 드디어 완성해 멸망 전에 공개할 수 있게 되어서 다행입니다! 도구와 페인트를 하나하나 준비하느라 엄청 힘들었답니다. 진짜 너무너무 힘들었어요!! 아, 만드는 도중에 참고했던 사이트는 아카이브에 남길 때 설명란에 따로 올리지 않으니 직접 찾아보기 바랍니다. 일단 제품명 정도는 말해줄게요. 이쪽은 우디조라는 메이커에서 내놓은 상품인데 아마존에 나온 그대로 읽을게요. 75분의 1, 윈스턴 처칠 경 목제 모형 조립식 키트입니다.

모두 반응이 좋네요. 그죠? 엄청 크죠? 이거 완성품으로 산 게 아니에요. 부품부터 조립해야 해서 힘들었어요. 엄청 힘들었다고요!! 얼마나 힘드냐면 지금 주문해도 완성하기 전에 세상이 멸망할걸요? 이게 바로 백수의 특권이겠죠. 검색했더니 3만 엔이나 한다고요? 네, 분명 그 정도 해요. 그리고 도구와 스프레이는 별도라서 그만큼 더 들 거예요. 유심히 보면 이 부분이 꽤 허술해요. 그래도 처음 만든 배치고는 완성품이 근사하죠?

'주사위6' 님 어서 오세요! 들어오자마자 어마어마하게 큰 배가 화면에 떠 있어서 웃었다고요? 네, 이거 만들였이요. 전에 방송할 때는 아직 만드는 도중이라서 숨기고 있었어요. 이번에 타이밍이 딱 맞아서 다행이에요. 기껏 만들었으니, 오늘은 이 녀석도 뒤에 보이도록 둘게요. 으라차차, 이거 어때요? 보여요? 보이죠? 아, 이거, 멸망을 예언하는 BJ의 소파에 커다란 범선이 놓여 있으니 대번에 미심쩍은 분위기가 나네요. 배를 로고로 한 조직이 있나요? 잘 모르겠지만요. 겉보기에는 수상쩍어 보여도 이제 곧 세상이 멸망하는 건 진짜예요. 그렇다고요.

회사를 관두고 이걸 만들었다는 건 웃지 못할 이야기. ㅋㅋㅋㅋㅋ 힘들었지만, 짜증 나는 일을 하는 것보다 꽤 유익한 시간이었어요.

어릴 적에 장난감 가게에서 이런 배 모형을 본 이후 언젠가 만들어보고 싶다고 동경했다는 걸 떠올렸어요. 시간 안에 이룰 수 있는 꿈 중 하나가 이거였어요, 이거. 바를 경영하고 싶다는 그런 어렴풋한 망상도 있었지만, 어차피 늦었고 장사 수완도 없어서 삼가 조의를 표했습니다. 맞다, 여러분은 장기적인 꿈이 있나요? 만약 있다면 분명 못 이룰 테니 저라도 괜찮으면 삼가 조의를 표하도록 하겠습니다. 댓글 달아주세요.

잠시만요. 그사이에 면봉 좀 치울게요. 세상을 멸망시킬 누군가를 대신해서 조의를 표한다니 대단하다고요? 네.

그렇다면 어, '주사위6' 님, 우유니 소금 호수를 맨눈으로 보고 싶다고요? 잠시만요, 검색해볼게요.

혹시 이건가요? 플랑크톤이 죽어서 새빨개진 바다. 아, 완전히 틀렸네요. 헐! 이게 뭐야, 라노벨 표지잖아요. 마음대로 갖다 쓴 사진이지만 엄청 예쁘네요. 일본에서 출발하면 대략 걸리는 시간이 30시간. 그렇군요, 도착 못 할 가능성도 있겠네요. 돈도 들 것 같고요. 지금 우유니 소금 호수 관광청 페이지를 읽고 있어요. 그렇구나, 시기가 있네요. 지금은 가도 이 거울 같은 광경은 아니군요. 그럼, 좀 어렵겠네요. '주사위6' 님의 꿈, 삼가 조의를 표합니다. 천국의 광경이 더 아름다웠으면 좋겠네요!

그리고 다들 꽤 꿈이 없다고 하소연하고 있네요. 그, 런, 와, 중, 에 '어딘가의스파이' 님. 동정을 떼고 싶다고요? 아, 이런 스트리밍 방송 보고 있지 말고 얼른 업소를 찾아가든지, 좋아하는 애한테 고백하든지, 여사친한테 무릎을 꿇어요. '어딘가의스파이' 님은 아마 한가로움을 주체하지 못하고 있을 학생 아닌가? 잘은 몰라도.

'오월의장마' 님, 이 세상이 멸망한다면 다음에는 소중한 사람과 영원히 함께 살아가고 싶다고요? 생각보다 진지한 말이네요……. 네. 소중한 사람과 함께하고 싶다는 말은 제가 알 바가 아니니 뭐라 대답하기 힘드네요.

삼가 조의를 표하기도 애매하고, 그런데 그런 사람이 있을지도 모르죠. 그래도 이 세상은 이제 슬슬 멸망할 테니 그쪽 꿈은 이루어질 거예요. 다행이네요. 늘 슈퍼챗을 보내주는 '오월의장마' 님의 꿈이 이루어져서.

소중한 사람은 가족이라든가 친구라든가 연인이라든가 그런 거겠죠?

아, 잠시 제 이야기를 해도 될까요? 스트리밍 방송 자체가 자기 이야기를 하는 거라서 이상한 표현이지만요. 개인적인 이야기라는 뜻이에요.

조금 전에 '오월의장마' 님이 쓴 댓글이랑 조금 겹치는 이야기지만 저 얼마 전에 말이죠, 오랜만에 가족이랑 고향에 있는 얼마 안 되는 친구들을 만나러 가서 이번 일을 일단 전했어요. 세상이 이제 곧 멸망하니 그리 생각하고 있으라고요. 그랬더니 완전 무시당했지 뭐예요. 이러이러한 일이 분명히 있어서 나는 알게 됐다고 전달해도 역시 아무도 제대로 안 들어줬어요. 유행하는 음모론이라는 소리를 듣기도 하고, SNS는 그만 보는 편이 낫다는 충고를 듣기도 했어요. 할아버지한테는 광인이라고 요즘 시대에서는 못 들을 소리도 들었고요. 그런 건 어떤 느낌일까요? 할아버지 세대에서는 평범하게 사용했던 말일까요? 아, 지금 막 부적절한 발언을 한 점 사과드립니다. 그런데 클레임이 올 리가 있겠어요? 인기 없는 유튜버한테. 클레임이 와도 나한테 한 말이니 딱히 상관없지만요.

그, 래, 서, 나는 그런 가족이나 친구들의 반응 때문에 갑자기 알아차렸어요. 나는 생각보다 가족이라든가 고향을 신경 쓰고 살았구나, 하는걸요. 얼마 전까지는 어릴 적에 괴롭힘을 당하기도 해서 고향이 싫었고 집이 위안을 주는 장소도 아니었거든요. 하지만 멸망하는 단계에 들어서니 적어도 공유하고 싶어졌단 말이죠.

그래서 하고 싶은 말이 뭐냐! 두서없이 말하곤 있지만 다른 유튜버처럼 편집도 안 하고 대본도 없으니 좀 봐줘요. 적어도 나는 지금 이 시간을 '오월의장마' 님을 포함한 여러분과 공유할 수 있어서 기뻐요. 멸망해도 좋은 점이 있구나, 하는 이야깁니다.

아니, 좀 감상에 젖어버렸네요! 스파이는 알바비를 손에 쥐고 유흥업소에 갔을까요? 참, 컴퓨터를 바닥에 둘 필요가 없네요. 으라차차.

귀하게 키운 딸이 예언자가 돼서 부모님이 괴롭겠다고요? 어라, 그럴까요? 나는 딱히 누군가에게 예언을 강요할 마음도 없고 그저 술이나 한잔하면서 세상이 멸망한다고, 인터넷 구석에서 스트리밍 방송을 하고 있을 뿐이잖아요. 'do_nash' 님, 내가 하는 말이 아재가 유흥업소에 가서 여자애한테 하는 설교 같아서 징그럽다고요? 술이 술술 들어가서 말이 거칠어졌지만 어차피 찾아올 이 세상의 종말, 서로 치고받고 싸웁시다.

세상이 멸망한다는 근거요? '피치우롱' 님, 그렇군요. 전전번에 말했는데 그럼 다시 신규 시청자님들에게 설명하도록 할게요. 예전부터 있었던 분들도 전부 다 보고 있는 건 아니니까요. 얼마 전에 팔로워 수가 많은 오컬트 계정에서 제 방송을 소개해 줬는데, 그래서 오늘 40명이나 되는 사람이 보고 있기도 하고요. 신기록이네요. 오오.

네. 그럼, 우선 알기 쉬운 부분부터 이야기하기 위해 앙케트 조사를 하겠습니다. 전전번에는 들어맞는 사람이 아무도 없었지만, 이번에는 있을지도 모른다는 기대를 담아서요. 이미 아는 분들도 참여해주세요.

지금 현재 이 방에 가득한 여러 형태의 작은 녀석들이 보이는 사람이 있나요? 떠 있는 것도 있고 배 위에서 어슬렁거리는 녀석도 있습니다. 지금 내 손등에도 하나가 올라타 있습니다. 형태는 벌레 같거나 눈의 결정 같기도 하고, 색은 가끔이기는 하지만 갑자기 변하기도 합니다. 지금은 전체적으로 초록색이 많네요. 아, 저기 있는 게 보라색이 됐으니 때마침 색이 변할지도 모르고요. 이거 봐요. 천천히 보라색으로 변했잖아요.

이 녀석들과는 대화가 가능해요. 게임의 피크민[5] 같은 느낌으로, 개체라기보다 내 주변에 있는 전체가 하나의 의사를 가지고 있는 느낌이에요. 이 녀석들이 줄지어 나열하면 글자로는 안 보이지만, 어째서인지 일본어로 의미가 있어서 그렇게 의사소통합니다. 참고로 조사한 범위 내에서지만 이 녀석들의 형태를 닮은 글자를 사용하는 나라는 찾을 수 없었어요. 만약 나와 같은 게 보이는 사람이 있다면 손을 들어주세요.

모두한테서 댓글이 오기를 대기 중입니다. 음, 왔다, 왔어! 어쩌지, 안 보인다, 화면 너머라서 안 보인다. 병원부터 한번 가봐라. 보인다, 보여. 보일 리가 없잖아. 이거 보이는 사람이 또 있구나. 다른 거라면 보여. 보이는 게 당연하잖아. 뭐가 그리 신이 났어, 라는 댓글들이 왔네요.

그럼, 이 녀석들에게 무언가 문장을 만들어달라고 할게요. 뭐든지 좋으니 짧은 문장을 만들어줘. 음, 그게 뭐야. 네, 지금 이 뒤에 있는 벽에 이 녀석들이 정렬되어 있습니다. 이걸 읽을 수는 없지만 저는 일본어로서의 의미를 압니다. 이런 설명으로 전달이 되려나? 어쨌거나 이게 보이는 사람이 있으면 댓글창에 써주세요.

오케이! 문제 출제해놓고 화장실에 다녀올게요.

……다녀왔습니다. 다들 다양하게 썼네요. 증거로 코너룬은 보이는 걸 그대로 손 글씨로 써줬으면 한다. 그것도 그러네요.

---

5) 닌텐도 비디오 게임 시리즈의 캐릭터이다.

그럼 답을 대조해보기 전에 지금부터 쓸게요. 이쪽은 평범한 다이어리랑 펜입니다. 여러분은 제 뒤통수를 보거나 화장실에 다녀오세요.

그럼 이걸 보여주기 전에 정답을 맞힌 사람이 있는지 확인해볼게요. 아…… 안타깝지만 보이는 사람은 없나 보네요. 미친 게임이 시작됐다, 라니. '어딘가의스파이' 너 있었어? 시간은 유한하다고. 꿈이 있으면 다녀와.

어쩔 수 없군요. 내가 쓴 이게 지금 이 벽 앞에 나열된 이 녀석들의 모습이에요. 빠밤. 참고로 이렇게 해서 감 씨앗의 너구리라는 뜻을 나타내고 있어요. 아마 최근에 주워 온 단어를 적당히 조합한 거겠죠.

러시아어가 이렇지 않냐고 '피치우롱' 님이 물으셨네요. 아닙니다. 나도 검색해봤지만 이렇지 않았어요. 묘하게 불쾌하다고 나도 그리 생각했어요. 벌레의 더듬이 같은 게 나 있는 더블유더블유, 이 부분 말이죠? 이게 가리키는 곳 보이나요? 이거요. 본 대로 베껴 썼지만 확실히 더듬이일지도 몰라요. 여러분, 이 녀석 왈, 각자의 거리감을 재기 위해 사용한다네요.

그럼, 우선 모두에게 이 녀석들이 보이지 않는다는 전제로 이야기를 진행하겠습니다.

그렇다고 해도 나도 몇 개월 전까지는 안 보였어요. 어느 날을 경계로 갑자기 보이게 됐죠. 조금 전에 병원에 가라고 한 댓글이 있었는데, 사실을 말하자면 이미 가봤어요. 요즈음 스트리밍 방송에서 몇 번인가 설명해서 나도 질렸으니 좀 빨리 말할게요. 양해해주시길.

이 녀석들은 집 안에서도 집 밖에서도 어쨌거나 내 주변을 어슬렁거려요. 눈이나 뇌 질환이라고 생각했죠, 나도. 그런데 검사를 해도 이상이 없어서 정신적인 문제로 정리됐고요. 일단은 처방받은 한약을 복용하고 있지만 이 녀석들은 절대로 사라지지 않았어요. 얼마 지나지 않아 이 녀석들이 나열했고, 의미를 가진다는 사실을 알아차리고 소통을 했어요. 이 녀석들은 그 무렵부터 실은 내내 세상이 멸망한다고 말하고 있었지만, 그런 것보다 이쪽은 일과 사생활로 죽고 싶을 만큼 정신이 소모되고 있으니 사라지라고 생각했죠. 걷어차도 슈웅 하고 날아갔다가 바로 돌아오니 짜증이 날 만도 했죠.

이야기가 뒤죽박죽이지만 이 녀석들이 보이게 된 계기도 버젓하게 있어요. 여러분 중에도 아는 사람이 있지 않을까 싶어요. 뉴스에서 아나운서가 갑자기 세상이 멸망할 테니, 후회 없이 살라고 호소해서 방송사고가 난 적이 있잖아요? 그거 나도 불법 업로드된 거 유튜브에서 봤어요. 아나운서가 갑자기 발광해서 자기 주변에 위성이 날아다니고 있다는 몽상가 같은 이야기를 꺼냈고, 평소의 캐릭터와 너무 달라서 다른 출연자도 패닉을 일으킬 기미였죠. 우와, 이거 뭐야, 징그러워, 라고 생각하고 정신을 차렸더니 컴퓨터 키보드 위에 이 녀석들이 있었어요. 아니, 방 안에 있었어요. 겁에 질려서 흩뜨려버렸죠.

병원에 가도 시간이 흘러도 전혀 사라지지 않아서 내 나름대로 여러모로 조사하기 시작했어요. 그랬더니 그 아나운서도 개인 블로그 같은 곳에 같은 말을 했더라고요. 그 사람한테 보이는 건 뉴스에서도 말했던 위성 같은 걸로 나랑은 모양이 달랐어요.

하지만 그뿐만이 아니라 그 사람은 그 녀석들이랑 소통을 하고 있었고 그것들은 내내 세상의 멸망을 시사하고 있었어요. 그 사람은 왜 믿었는지 알 수 없지만, 나는 전혀 모르는 사람이 같은 상황에서 같은 걸 안다는 사실과 무엇보다 지금 이 눈에 보이니 믿었어요. 아마 그 아나운서한테서 내가 전염됐을 거로 생각하죠? 실제로 그런 일이 있나 보더라고요. 숟가락 구부리기를 텔레비전에서 보고 숟가락을 구부릴 수 있게 되었다든가 하는 거요. 그러니 분명히 이 녀석들이 보이는 능력도 나한테 옮겨온 거겠죠.

그 이후 회사를 바로 관뒀고 기껏 관뒀으니 누군가와 공유하고 싶어져서 스트리밍 방송을 시작하게 된 거예요. 누가 나처럼 보이게 된 사람이 있을지도 모르잖아요. 결과적으로 딱히 많은 사람에게 전할 수 없었지만 지금 이 방송을 봐주는 사람이 있는 것만으로도 나는 만족하고 있어요. 나도 당신도 아스타 라 비스타 베이비.

이상 끝입니다. 검색하다가 소름이 돋았다, 아나운서와 동지일지도 모르겠다고 말씀하신 '가라짱' 님. 소름이 헛되지 않을 테니 모쪼록 기대해주세요.

어라, 슈퍼챗이 떴군요! '오월의장마' 님이 조금 전에 따듯하게 말씀해주셔서 감사하다, 그 녀석들은 원래 어디서 온 걸까요? 리고 말씀하셨습니다. 이쪽이야말로 몇 번이나 슈퍼챗을 보내주셔서 감사합니다. 우린 멸망하기 직전이 되어서야 돈 따위가 가치가 있다고 착각했을 뿐이라는 걸 실감하게 되겠죠.

그리고 모르겠어요. 이 녀석들과 소통할 수 있다는 걸 알게 되고서 정체가 무엇인지 몇 번이나 물어도 핵심을 찌르는 대답을 해주지 않아서 말이죠. 생물인지 뭔지도 확실하지 않고 지금 보이지 않겠지만 손가락으로 튕긴 녀석은 부엌 쪽으로 날아갔어요, 워이.

  천둥이 엄청나네요. 조금 전부터 빗소리가 굉장하다고 생각은 했는데 이것도 징조일까요? 지역에 따라 다를까요? 참고로 이 녀석들 왈, 끝나는 방식은 서서히가 아니라 한 방이래요. 펑 하는 느낌의 멸망이요. 그게 오늘 일어날지 내일 일어날지, 아니면 저번에 말한 대로 심판의 날은 이번 일주일 안에 일어날 수도 있다고 하네요.
  아이코. 'do_nash' 님이 태클로 맞받아치시네요. 좋아요. 어디에나 있는 음모론자보다 근거가 허술하다고요? 그래요, 한통속일지도요. 내가 나와 특정 아나운서한테만 보이는 존재를 근거로 말한 거나, 음모론자가 언론은 못 믿겠다면서 인터넷 정보는 곧이곧대로 믿는 거나, 결국 그게 그거죠.
  하지만 한 가지 다른 건 이 녀석들은 멸망 말고도 도움이 된단 말이죠. 어째서인지 다음 날 날씨를 가르쳐줘요. 최근에 기상청에서 발표한 일기예보는 주야장천 틀렸지만, 이 녀석들은 100퍼센트 맞아요. 시간은 그날그날 다르지만 갑자기 가르쳐줘서 메모해요. 내일 날씨는 아직 모르는 것 같으니, 안타깝지만 다들 일기예보 쪽을 참고해주세요. 어쩌면 이 녀석들은 고양이처럼 얌체일지도 몰라요.
  번쩍거렸어요! 와우! 천둥소리가 또 어마어마하네요. 정전은 안 나려나? 일단 콘센트는 빼놓도록 하죠. 배터리가 다 떨어지거나 멸망할 경우에는 갑자기 방송이 끝날지도 몰라요. 그때는 죄송한 걸로 할게요. 실은 우리 집 두꺼비집이 잘 내려가거든요.

스토커도 이제 집에 갔으려나, 라고 하시는데 역시 가지 않았을까요? 이렇게 비도 오는데. 그 녀석 도쿄 거의 외곽에 살고 있어서 그렇게 늦게까지 있으면 내일 하루가 힘들 거예요. 혹시 아직 현관에 있다면 얼른 돌아가는 편이 좋을 거예요. 일단은 보고 있을지도 모른다는 지적도 있어서 손을 흔들어줄게요.

……음, 어, 어, 어라? 그게 무슨 뜻이야? 잠시만, 어 그게.

그게 말이죠, 모두가 지금 채팅창을 보고 있는지는 몰라도 내가 얼른 돌아가는 게 좋을 거라고 말하자마자 '지바aka도쿄' 님이 알았어, 라는 댓글을 남겼어요. 헐.

강림? 아니거든? 스파이 닥치고 있어.

여러분, 완전히 신났네요? 그러고 보니 에이케이에이 님은 처음부터 좀 다정하기도 했고, 나를 걱정하기도 했죠. 분명 그 녀석 그 부근 출신이라고 했던 것 같은데. 어이, 얼른 멸망하라고, 지구.

아니 그게, 진짜로…… 아…… 아니라고? 아! 다행이다! 봐요! 다들 보라고요! 에이케이에이가 아니야, 우연히 말이 딱 맞아떨어진 것뿐이야, 스토킹 이야기에 대답한 게 아니라고! 하는 댓글을 달았어요. 아! 다행이다! 우와! 기껏 마지막 방송일지도 모르는데 진정제를 먹어야 할 판이었어! 우연이었구나. 아, 모두에게 미리 말하겠지만 에이케이에이를 비난하지 마요. 나 지금 엄청나게 안심하고 있으니까요. 다행이다. 보고 있는 건 상관없어요.

그런데 가능성만으로 상대가 훔쳐보고 있다고 확정 짓는 건 좀 너무하다는 생각이 들어요. 슈뢰딩거로 있어 달라고. 고양이로 있어 달라고.[6]

아니, 졸았어, 졸았다고요. 잠시 술 좀 가지고 올게요. 그사이에 에이케이에이는 뭘 알게 되었는지 써줘.

세 번째 캔, 이제 드디어 프리미엄 몰츠. 가능하면 죽는 순간까지 저축한 돈을 다 쓰고 싶어서 발포주가 아니라 맥주로 바꿨어요. 멸망하는 걸 알기 전까지만 해도 돈을 쓰면 공포심과 죄책감만 있었는데 다 써버리자 싶으니 처음으로 쇼핑이 즐거워졌어요. 마음만큼은 부유층이에요.

그래도 진짜 다행이야. 근데 에이케이에이는 뭘 알았다는 거야?

코너룬이라는 이름도 포함해서 설정을 〈터미네이터〉에서 가져왔냐고?[7] 아, 미안, 틀렸어. 미안해. 안심시켜줬는데. 에이케이에이처럼 진지하게 생각해서 정한 이름이 아니거든. 사라 코너를 말하는 거지? 설마 존은 아닐 테니까. 그 코너를 비틀어서 코너룬이 된 게 아니야. 어릴 적 별명이야.

만약을 위해서 〈터미네이터〉 시리즈를 본 적 없는 사람을 위해 간단하게 설명할까 해요. 사라 코너라는 등장인물이 있고 성인 여성인데, 그녀가 어쩌다 인류 멸망의 날, 즉 심판의 날을 알게 돼요. 그리고 그걸 막으려고 노력하는 거죠. 〈터미네이터〉는

---

6) '슈뢰딩거의 고양이'는 상자 속의 고양이가 상자를 열 때까지는 살았는지 죽었는지 알 수 없다는 물리학 이론이다.
7) 〈터미네이터〉의 여주인공 이름이 사라 코너다.

그런 영화예요. 이렇게 대강 설명해도 될까요? 나머지는 본편이나 위키피디아를 참고해요.

확실히 아스타 라 비스타 베이비라고 외치고 있으니 이상하게 연결돼 있을지도 모르겠네요. 고마워, 에이케이에이아이. 분석러가 되어줘서. 그렇다면 이런 내 주변에 있는 녀석들은 살아남은 인간 중 누군가가 미래에서 보내준 걸까요? 만약 수십 년 후의 나라면 너무 싫어요. 모두와 같이 멸망하는 순간을 고대하고 있는데. 나는 매트릭스였다면 새로운 세상에 눈뜨고 싶지 않은 쪽이에요.

이제 와서 팝콘이 맛있어졌네요. 식고 나서부터 본격적으로 맛있어지나? 단순히 내가 까슬까슬한 식감을 좋아할 뿐일지도 모르지만요.

어, 완전히 각성한 인간인 주제에, 라고 'do_nash' 님이 댓글을 달았어요. 닥쳐, 넌 자라고. 아스타 라 비스타 베이비.

자각한 인간이라, 그 말에 명백하게 악의의 뉘앙스가 들어가기 시작한 게 언제부터죠? 하지만 그리 불리는 사람들은 나랑 다르게 스스로 자각하기 위해 갔잖아요. 외부에서 보면 완전히 같은 부류겠지만 적어도 나한테는 매트릭스 같은 약의 선택지는 없었어요. 강제적인 사건이었고, 그렇다는 건 어느 쪽이냐고 굳이 따지자면 사라 코너에 가깝다고 해야 할까요. 그래요! 감사합니다, 코너룬이에요! 두둥.

천둥이 어마어마하네요. 진짜 오늘 이러다 멸망하는 거 아냐? 어쩌면 천둥을 인공적으로 일으키는 기계가 있고 인류를 끝장 내려고 하는 녀석이 있을지도 모르겠어요. 있어도 말리러 안 가겠지만요. 사라 코너만큼 행동력이 없어서.

깊이 생각해본다면, 이 배도 노아의 방주에 대한 경의의 표시 같아서 좋네요. 이 방송을 보는 사람만 살려줄게요, 같은. 괜찮아요, 종교 이야기가 아니에요. 나는 아무도 안 구해요. 그러고 보니 동물들은 어떻게 될까요? 세계는 딱히 지구를 말하는 게 아니라 인류에 가까운 의미 같으니까요. 둥둥 떠다니는 이 녀석들이 말하는 분위기라면 말이죠. 그럼 동물은 살아남을까요? 누가 방주를 만든다면 구해줬으면 좋겠어요.

오오오, 아, 천둥 때문이 아니에요. 잠시 눈을 뗀 사이에 'do_nash' 님한테서 노도 같은 펀치를 연달아 맞고 있었어요. 방송이 격해졌네요. 괜찮아요. 세기말 느낌도 나잖아요! 모처럼 감정을 실어서 읽어볼까요?

사라 코너인 척하는 거 꼴 보기 싫다.

어디에나 있을 법한 빌어먹을 예언자와 같다.

반성해라. 너희 때문에 가정이 파탄 난 녀석도 있을 거다.

네, 와우, 예. '가라짱' 님이 모든 걸 음모론으로 정리하는 건 바람직하지 않다고 응전했지만 싸움은 관둡시다. 난 신경 안 쓰니까요.

아니, 'do_nash' 님이 하는 말도 일리가 있어요.

반복해서 말하지만, 우리 같은 사람은 전부 같은 부류예요. 나처럼 방송하는 또 다른 사람이 있고 그 사람 탓에 가정이 파탄났다면 날 향한 분노도 이해 못 하는 건 아니에요. 똑같아 보이는 것도 어쩔 수 없을지도 모르죠. 방송은 강제 이벤트가 아니고 내가 자발적으로 하는 거니까요. 내가 멋대로 하고 'do_nash' 님이 원해서 보고 있을 뿐이죠. 아스타 라 비스타 베이비입니다. '가라짱' 님도 부디 마음속으로 외쳐주세요. 존 코너가 가르쳐준 마법의 말을.[8]

그런 소릴 했더니 '오월의장마' 님이 개중에는 진짜가 있을지도 모른다, 시야가 너무 좁다, 코너룬 씨한테 실례되는 말이다, 라는 댓글을 달았네요.

응. 그래요, 그렇군요. 그런 견해도 있겠네요.

아, 한 번 살짝 고민해도 될까요?

우선 공평하지 않으니 일단 말해둘게요. 나는 이제 영업으로 착한 사람들을 표적으로 삼아서 일하느라 배탈이 나곤 했던 무렵의 코너룬이 아니니까요. 나한테 유리한 말이든 아니든 정보는 개시해나가도록 할게요.

이런 말을 슈퍼챗을 많이 보내는 '오월의장마' 님에게 하기에는 조금 괴롭지만요. 싸우고 싶지 않으니 말할게요. 중재할게요. 어디까지나 중재입니다. 화내지 마세요.

저기, 진짜가 있다고 생각하지 않는 편이 좋아요.

더 정확하게 말하자면 진짜가 있다고 해도 난 아무래도 상관없다고 생각해요.

나는 진심으로 사실을 말하고 있지만 사람들이 내가 진짜라는 걸 깨달았을 땐 이미 아무도 어떻게 할 수 없어요. 가짜라면 이

---

[8] 〈터미네이터〉에서 존 코너는 '운명은 바뀌지 않는다. 그저 심판의 날이 늦춰졌을 뿐'이라는 말을 한다.

이후에도 우리는 이 삶을 계속 살아나가야 하고요.

내가 모두와 멸망을 공유하고 싶다는 마음은 틀림없다고 치고, 보는 편에 있으면 이런 방송은 진짜라고 생각하고 계속 보는 게 아니라고 봐요. 'do_nash' 님도, '오월의장마' 님도, 너도 말이야. '어딘가의스파이'.

횡설수설이라고요? 그래도 그렇게 생각해요. 내 가족이 같은 방송을 보고 믿음에 빠지면 나도 보통은 그만 보길 바랄 거예요. 걱정되니까.

그래서 더더욱 가벼운 마음으로 시청해준다면 기쁠 것 같아요. 교주도 안티도 신자도 관두고 평등하게 갑시다.

어차피 세상이 멸망한다든지 모두가 몇 년 후에 죽는다는 말을 SNS로 퍼뜨리는 녀석들은 다들, 나도 그 아나운서도 포함해 조금 전의 말을 빌린다면 사라 코너인 척하는 거니까요.

하지만 서글프게도, 서글프다고? 아니 서글프려나? 뭐, 아무렴 어때. 대부분 사람은 누구든 수고를 조금 들이면 건질 수 있는 정보를 근거로 말하고 있을 뿐이고, 그게 만약 큰 비밀이라고 해도 세상을 뒤집을 힘 따위는 없다는 거죠. 어차피 착각해서 폭력으로 호소하는 정도겠죠. 나도 그 녀석들이랑 같아요. 즐겁게 날아다니는 이 녀석들도 그 아나운서한테서 옮았을 뿐이고요. 더구나 지금 모두에게 같은 게 안 보이잖아요. 정보의 근원, 너무 수상쩍죠?

어쩌면 그 예언자 중 한 명 정도 사라 코너가 있을지도 모르죠. 심판의 날을 알고서 그걸 확실히 저지할 수단도 알고 있고요. 더구나 행동력도 있어서 실제로 멸망을 뒤집을 가능성도 있고요.

그렇지만 어떻게 그 한 사람을 알아낼 수 있을까요.

진심을 다해 분간해내려고 한다면 우리 같은 사라 코너를 흉내 내는 사람을 자세히 조사해야죠. 그렇다 해도 그 녀석이 진짜인지 아닌지는 모른다고 생각해요. 안다고 해도 예언자 전원을 비교해보는 시간은 너무 헛되고요. 학생도 사회인도 그렇게 여유가 없잖아요. 좀 더 자기를 위해서 시간을 쓰는 편이 낫고요.

그래서 분명 어디까지나 내 의견이지만 우리 자신의 일생을 정말 소중하게 살아가려고 한다면 필사적으로 세상을 구하려고 하는 진짜 사라 코너는 무시해야 한다고 생각해요. 〈터미네이터〉 시리즈를 비판하는 게 아니에요! 1편이랑 2편은 셀 수 없을 정도로 봤어요. 소년 시절의 존은 너무 천사 같았죠.

그게 아니라 현실에서 만약 세상의 멸망을 예언하는 누군가가 진짜 사라 코너라고 해도 우리가 열심히 살아가고 있는 동안 어느새 세상이 멸망하는 편이 나을 것 같아요. 진짜 예언자를 기인으로 취급하고 무시하는 편이 우리 인생을 살아간다는 느낌이 들어요.

죽는 순간에 왜 귀를 기울이지 않았을까 후회할지도 모르지만, 그것도 괜찮지 않을까 싶네요. 그야 귀를 기울이지 않은 만큼 신자들보다 즐겁게 먹거나 잘 수 있잖아요.

말이 길어졌네요. 즉 내가 하고 싶은 말이 뭐냐면요. 어디까지나 내 생각이지만 사라 코너인 척하는 우리의 말을 진심으로 믿고 생활을 침식당한 녀석들은 모두 멸망을 핑계 삼아 농땡이를 치지 말라고 해야 할까요.

우와, 댓글창이 난리가 났네요!

죽어, 쓰레기, 정신병자.

나와 시간을 보내주는 모두에게 감사하는 마음은 진심이에요! 다음 방송이 가능할지는 모르지만, 사랑을 담아 진심으로 생각하는 걸 전달했을 뿐이에요! 모두 다 아스타 라 비스타 베이비!

네, 그러니 멸망을 논하는 걸 좋아한다든가 단순히 나와 시간을 공유하는 걸 기대하는 분들은 조금 더 같이 놀아주면 좋을 것 같네요. 즐기는 건 농땡이를 부리는 게 아니잖아요. 반론이 있으시면 받아들이겠지만 특별히 언쟁을 벌이진 않을게요. 이제 곧 멸망하니까 괜찮아요.

아, 나를 진짜로 믿어주었기 때문에 화가 난 분들은 이제 그만 시청하시는 건가요? 만약 아직 보고 있다면, 하나만 마지막으로 전달해도 될까요? 그냥 나오는 대로 하는 말이지만요.

두서없이 말했지만, 나만큼은 내 감각을 믿고 있어요. 진짜인지 아닌지는 차치하고요.

다른 사람한테는 전할 길이 없는 자신의 감각이니까요. 세상이 정말 멸망한다고 생각하고 있고, 요 몇 개월 동안 내 나름대로 멸망을 향해 활동해 왔어요. 이 방송 자체가 그렇고, 일을 관두거나 본가에도 가거나 배를 만들면서요.

하지만 만약 내 감각이 전부 틀렸고 아무 일도 벌어지지 않는다면 말이죠. 가능한 일이잖아요. 진짜인지 아닌지 알 수 없으니까.

이 세상이 이번 주중에 멸망하지 않고 다음 주에도, 다음 달에도 아직 있다고 한다면요. 여러분에게 뚱딴지같은 설을 읍소하는 예언자는 두 번 다시 믿지 마세요. 억지를 부리려는 게 아니에요.

그다음에는 땡땡이를 부리지 말고, 하고 싶은 일을 어떻게 이루어나갈지 진지하게 고민하고 좀 더 제대로 주변 사람들을 보고 자신의 인생과 마주하며 살아가세요.

나도 그럴게요.

음, 미안해요! 갑자기 목소리가 다운됐네요! 기분을 전환하기 위해 지금부터 유튜버 같은 일을 해보기로 하죠. 실은 오늘 아직 멸망하지 않았다면 영상으로 개봉하려고 며칠 전부터 꾸미고 있던 일이 있습니다. 낮에 박스째로 사 온 뽑기 과자의 내용물을 모두와 함께 확인하고 싶습니다.

오, 슈퍼챗 감사합니다! 에이케이에이 님한테서 첫 슈퍼챗이 왔습니다! 모래사막처럼 메마른 채팅창에 오아시스 같은 500엔입니다. 무난하게 좋은 이야기를 하고 있다고 하네요. 마지막까지 유심히 들어줘서 땡큐. '지바aka도쿄' 님, 역시 지바현 바깥 사람들한테는 다정하네요. 당신의 내세에 행복이 깃들길 바랍니다.

악플의 팡파르

아, 그런가.

이 세상은 거의 할아버지랑 할머니가 결정하잖아요. 그래서 싫어요. 학교나 알바하는 곳의 시스템을 정하는 것도 할아버지랑 할머니. 부모님이 꾸벅꾸벅 고개를 숙이는 상대도 할아버지랑 할머니. 뉴스에서 보는 정치가나 부자들도 나쁜 사람처럼 생긴 할아버지랑 할아버지랑 할아버지랑 가끔은 할머니. 딱딱하게 구는 것도 피곤한데 노는 센스도 꽝이죠. '음반 대상'도 '아카데미상'도 'M-1'[9]도 '이 만화가 대단하다'도 '서점 대상'도 일부 할아버지랑 할머니가 어차피 결과를 정하잖아요. 아, 선정된 게 재미있는지 재미없는지 하는 이야기는 별개고요. 나도 매해 'M-1'을 기대하고 있고 우승자한테 불만을 가진 적은 한 번도 없어요. 우연히 봤는데 재미있었던 영화가 '아카데미상' 수상작이었던 적도 있고요. 음악가도 만화가도 소설가도 자신에게 투표한 쪽에 고개를 꾸벅꾸벅 숙이며 돌아다니거나 접대하거나 편지를 보내는 그런 촌스러운 짓은 역시 딱히 하지 않는다고 생각하고요. 어라, 안 하는 거 맞죠? 해요? 하고 있을지도 모르겠네요. 할 것 같네요. 하겠네.

어쨌거나 나는 이 세상의 세태나 구조가 불쾌하다고 말하는 겁니다. 할아버지랑 할머니의 가치관으로 정한 걸 이거 대단하다며, 아랫세대에 오랫동안 강요해서 언젠가 우리를 자신들과 같은 할아버지 할머니로 만들려고 한다니까요. 부모님이나 선생님들을 보고 있으면 아무래도 그렇게 이행되는 걸 멈추는 게 무

---

9) 일본에서 가장 재미있는 개그맨을 가리는 대회이다.

리인가 봐요. 그래서 세뇌되기 전에 해야 할 일을 해야 합니다.

그렇게 결정했다면 이런 곳에서 얼른 나갑시다. 당신들이 아는지는 모르지만, 학교 안에서 할 수 있는 건 너무 적어요. 난 이제 두 번 다시 안 올 거지만 이 옥상은 출입 금지인 모양이니 사람이 들어가지 않도록 일단 문을 닫아둘게요. 발로 닫아서 미안해요.

이런 태도를 보이면 할아버지랑 할머니가 하는 말이 떠오르죠. 얌전하게 굴어. 웃어른한테 실례지. 부모가 애 교육을 도대체 어떻게 시킨 거야. 할아버지랑 할머니랑 세뇌된 애들이 줄줄이 서서 다가오죠. 줄까지 서고 그러지 마요. 우리는 아침 댓바람부터 여는 파친코 가게도 아니고, 정부에 반기를 든 연예인도 아니에요. 설교 중독은 도박 중독이랑 비슷하니까요. 잃을 걸 두려워하다가 오히려 잃게 된다. 나 원 참.

느닷없이 큰 소리를 내 놀라게 해서 미안합니다. 늙음도 젊음도 존재하는 이 세상, 큰 소리로 말해야 들리는 녀석들뿐이라서 소리를 높여 봤습니다. 혼자뿐인 층계참은 생각보다 소리가 울리네요.

아닙니다, 아니에요. 모두를 바보 취급하는 건 아니에요. 나는 지금까지 할아버지나 할머니가 마음에 들어 하는 인생을 부끄러워하면서 살아왔습니다

학교 건물에서 나갈 때까지 내키는 대로 내 반평생을 이야기하도록 하죠. 아직 꽃다운 여고생이라고 해도 이제 곧 세상이 멸망하면 반평생이라고 부르기에 너무나 충분하지 않을까요. 당신들만 이야기를 듣는 것도 좋습니다. 비극과 공감과 노스탤지어

만 좋아하는 할아버지와 할머니에게 즐거운 이야기는 어울리지 않으니까요.

자, 나는 우리 언니도 태어난 병원 침대에서 17년 전에 탄생해 딱히 유전적인 질병도 없이 잘 때는 자고, 울 때는 우는 건강한 아기였다고 합니다.

잠시만요. 일직선으로 계단을 내려가서 신발장으로 향하려고 했는데 무단으로 빌린 요시카와의 야구방망이를 돌려주러 가야겠어요. 조금 전에 옥상 문을 부수려고 하다가 흠집이 났는데 화내지 않을까요? 고시엔에 가기 전까지는 모두가 죽을 테니 잘됐죠, 뭐. 그렇다면 지금부터 무기는 어떻게 구할까요. 고민할 것도 없겠네요. 나는 굉장히 우등생처럼 보이는 관현악부에 들었습니다. 음악실에 무기라면 한가득이에요. 그래도 역시 내 악기로 사람을 때리는 편이 즐겁겠죠. 제 악기는 트럼펫입니다. 아플 것 같죠?

마침 다음은 4층, 우리 반에 들르고 나서 3층 음악실로 갑시다. 아, 음악실 자물쇠는 뭐로 부술까요? 뭐, 됐어요. 안 열리면 순순히 교무실로 가서 열쇠를 빼앗으면 되죠.

이야기하던 도중이었죠?

난 건강한 아이로 태어나 무럭무럭 자랐어요. 가장 오래된 기억은 차 안이에요. 뒷좌석에 언니와 같이 앉아서 시골 할아버지 할머니한테 한창 가던 기억이죠. 대화는 딱히 기억이 안 나지만 무성 영화 씬 같은 게 내내 머릿속에 남아 있어요. 들은 이야기지만 당시부터 나는 이상하리만치 애교가 많아서 할아버지 할머니는 물론 친척 할아버지 할머니들한테도 사랑받는 아이였던 모양이에요. 언니는 그 무렵부터 말썽꾸러기여서 이미 진즉에 우리 자매의 갈림길은 그때부터 시작되고 있었던 거네요. 나의 살벌했던 일진인 언니가 처음 경찰에 넘겨졌을 때의 일을 떠올리면 여전히 배를 잡고 웃음이 나올 지경이지만 그건 또 다른 기회에 이야기할게요. 취직해서 완전히 어른스러워진 언니를 대신해서 지금은 내가 야구 방망이를 질질 끌고 있어요.

이러쿵저러쿵하는 사이에 우리 반이 보이네요. 이렇게까지 소란스럽게 굴었지만 의외로 아무도 절 불러 세우지 않네요. 당당하게 구는 편이 도둑질에 성공한다고, 언니가 한 말이랑 비슷하려나. 하지만 우리 반이라면 그렇게 일이 잘 풀리지 않을 것 같아요. 응, 뭐, 이제 상관없나. 소심하게 사는 것도 피곤하니까요.

요시카와, 고마워. 내 마음대로 야구방망이 빌렸어. 그리고 미안, 물건을 때려 부수었더니 여기에 흠집이 좀 났어. 만약 변상해야 한다면 말해. 그 표정은 뭐야? 그럼 나는 이제 갈 테니까 요시카와도 남은 인생을 즐겨. 죽기 전에 하고 싶은 걸 안 하면 손해야!

아, 네, 선생님, 아니 옥상에 가서 선수 쳐서 죽을까 싶기도 했지만, 하고 싶은 일이 있어서 나왔어요. 지금까지 감사했습니다!

이걸로 감시 카메라에 발각된 스파이나 마찬가지니 음악실까지 부적 삼아 죽도 정도는 챙겨갈까? 운동으로 검도를 선택해서 다행이야.

뭐라고? 기요미, 예이. 왜 그러냐고? 음, 뭐라고 해야 좋을까. 일단 기어를 바꿔야지. 세상이 이대로라면 하는 수 없이 지금까지 살아오던 방식대로 살아도 되지만, 아무래도 멸망해가는 세상에 발맞춰야 할 것 같달까. 그리 말해도 간략하게 설명하기는 어려워.

나, 보였어.

영 능력자도 음모론자도 아니고 나중에 라인으로 보낼게! 그럼 다들 안녕. 난 실례할게!

그렇다면 이걸로 친구에게 하는 인사도 끝냈으니 다음 무기를 찾아봅시다. 복도는 교실보다도 긴장감과 해방감의 균형이 적절해서 앗! 에잇! 아! 미안! 깜짝 놀라서 그만! 하지만 너도 갑자기 팔을 잡기도 하잖아. 뭐? 방해하러 왔어? 나 안 멈출 거야. 필사적으로 저항하다 이제 무리라고 생각되면 죽이느냐 죽느냐지.

응? 아니야? 뭐야, 야구방망이까지 들고. 지금 바로 변상은 무리지. 아니야? 같이 가겠다니, 나랑? 걱정된다고? 하지만 요시카와한테는 야구부가 있잖아. 어쩌면 다음 대회까지는 아직 멸망 안 할지도 몰라. 어차피 후보라는 그 생각은 바람직하지 않아. 조금 전에 내가 옥상에 가서 죽으려고 했던 거랑 마찬가지로 바람직하지 않아. 어차피가 아니라 조금 더 긍정적으로 생각한다면 같이 가자. 그렇구나, 모른다는 것도 긍정적인 사고방식일지도 몰라. 그럼 부탁할게. 어디까지 갈 수 있을지 모르지만 가자. 우선 사람을 때리기 위해 음악실에서 트럼펫을 가져와도 될까?

예기치 못한 곳에서 동료가 생겼네요. 앞으로 벌어질 전개가 갈수록 기대됩니다. 참고로 이 애는 요시카와, 초등학생일 무렵부터 친구이며 쭉 야구를 했어요. 여덟 살일 적에는 나한테 소소한 장난을 쳐서 우리 언니한테 얻어터진 재미난 에피소드가 있고요. 참고로 사과하러 간 건 우리 부모님이었죠. 완전 재밌지 않아요?

 방송은 뭐야. 지금 이거 방송하고 있냐는 소리야? 할 리가 없잖아! 시청률도 재생 횟수도 필요 없어. 돈은 있으면 좋지만, 그런 어리석은 방법으로 안 벌어.

 그럼 왜 내내 떠드느냐고? 그건 지금까지 너무 조용히 살았으니까 그에 대한 애도라고 할까? 죽기 전까지 억눌렀던 마음과 해방된 마음을 적어도 쌤쌤으로 만드는 것도 좋겠다 싶었어. 그리고 요시카와한테는 안 보일지도 모르지만, 바닥에서 피어오르는 이 녀석들이 듣고 있어. 아직 마음을 터놓지는 않았으니 일단 존댓말을 쓰고 있어.

 등 뒤로 들리는 선생님의 목소리는 무시하고, 요시카와한테는 미안하지만, 교실에 들어가기 전에 했던 이야기의 뒤편 말이죠? 그래요, 우리 언니가 날라리였다는 이야기. 조금 오해할 수 있는데, 우리 언니는 분명 거친 불량 청소년이었고, 어린 남자애를 패기도 하고, 민폐되는 짓도, 불순한 이성 교제도 술도 담배도 도둑질도 했지만, 나랑은 사이가 엄청 좋았어요. 부모님은 화를 많이 내면서도 첫째를 분명 걱정하고 있었고, 우리 집안의 사정이나 지역의 사정이 여의치 않았던 것도 아니에요. 언니는 제멋대로 그렇게 됐어요. 그리고 나도 내 멋대로 이러고 있고요. 피는 속일 수 없나 봐요. 아빠와 엄마한테 당신들만의 탓이 아니라고 전할 기회가 있으면 좋을 것 같아요.

 응, 그렇구나. 계단에서 막다른 골목에 다다르면 도망칠 구석이 없다고 요시카와한테서 정확하면서도 도망자에게 익숙한 조언을 들었어요. 애의 범죄 이력이 신경 쓰이네요.

농담이에요, 농담. 2층까지 갔을 때 최악의 상황에 부닥치면 창문에서 뛰어내려 운을 시험해 보기로 하죠. 슬슬 목소리를 듣고 다른 선생님들도 달려올지 모르니 서둘러야겠어요.

저기, 선생님, 가로막고 계신데 죄송하지만, 난 지금부터 선생님을 돌파해야겠어요. 아무리 방해받아도 말이죠. 실은 커터 칼이랑 언니 방에서 훔친 전기 충격기를 가지고 있으니 나한테 유리합니다. 이제 도망칠 곳이 없다고 생각하면 찌르든지 혀를 깨물 거예요. 우선 오늘은 물러나 주세요. 내일부터 민폐 안 끼칠게요. 그건 말이 안 되나? 그럼 제안할게요. 내 쪽에서는 물건을 부수지도 폭력을 행사하지도 않을 테니 따라오지 마세요. 아니, 음악실 자물쇠만큼은 부수게 해줘요!

실은 이쪽에 계신 다루미 선생님. 우리 언니 담임이기도 했어요. 완전 할머니지만 가족으로서의 감사함은 진심이니 가능한 한 실력 행사는 하고 싶지 않아요. 선생님은 자주 계단을 내려오면서 전력을 다해 설교하시죠.

이쪽 계단을 내려가면 바로 나오는 장소인 음악실. 다행이군요. 수업 중입니다. 실례를 해서 트럼펫을 빌려 가겠습니다.

너 뭐냐니, 2학년 4반 와타나베 노도카입니다. 수업 들은 적 있는데 인상이 옅은가요? 기억하지 못해서 다행입니다.

이거, 이거 좋았어. 실례했습니다. 요시카와 잠시만. 선생님도요. 힘껏 밀어붙인다고 되는 게 아니라는 걸 이해해주셔서 감사합니다. 뭐 이쪽에는 후보라고는 하지만 대담한 야구 소년이 있으니까요. ㅎㅎㅎ

어째서 너 같은 애가, 그래요, 맞아요. 그 이야기를 하고 있었죠. 우연이지만 선생님도 신발장으로 향하면서 이야기를 들으시면 됩니다. 양손을 못 쓰는 건 싫으니 죽도는 여기서 버리고 갑시다. 아, 선생님, 일부러 안 주워도 되는데.

중복되지만 아무래도 어릴 때부터인 것 같아요. 내가 할아버지 할머니에게 귀여움을 받았던 건요. 의식해서 보면 엄청나게 간단해요. 누구나 가능해요. 기본적으로 갖춰야 하는 건 일편단심인 마음과 순수함과 작위적이지 않은 어필, 그리고 상대와 자신이 소속돼 있는 커뮤니티에 대한 자연스러운 찬미예요. 뭐 SNS에서 배우들이 하는 걸 하면 돼요.

아니 모두가 비슷한 행동을 하고 있죠. 우리 날라리 언니조차 유대감이 이렇다는 둥 저렇다는 둥 선배와의 상하 관계가 이렇다는 둥 저렇다는 둥 이야기하기 시작했어요. 그리고 자기 긍정을 위해 미화해서 가족이나 학교나 회사나 고향이나 나라에 너무 '좋앙'을 시전하는 녀석들도 많다는 것! 아니, 나는 전부 좋아요. 그저 이제 누군가의 '좋앙'에도 이용당하고 싶지 않다고 말하는 것뿐이에요.

나도 너희 만할 때는, 이라고 하는 선생님, 저도 알아요. 사춘기, 청춘, 중2병, 그런 말로 정리하는 게 간편하겠죠. 그런 증상이 있을 뿐 언젠가는 정상으로 돌아온다고요. 사회가 낳은 범죄자를 미친 몬스터 취급하는 것과 비슷해요. 우리는 분명 당신들의 하류에 있어요.

그래요, 그러니까 할아버지 할머니가 물에 독을 섞어서 상류에서 흘려보내고, 그걸 예전의 선생님들과 마찬가지로 벌컥벌컥

마셔온 나는 중학교에 들어갔을 무렵에는 완전히 중독자가 되었어요. 어째서인지 연상에게 칭찬받는 게 기뻐요. 연장자는 중요하게 여겨야 한다고 생각하고요. 보건실에 붙어 있는 약물을 한 아이의 치아 사진을 볼 때마다 가슴이 답답했던 건 이게 나라는 사실을 알아차려서일지도 몰라요. 그래서 재빨리 탈출하려고 한 언니를 존경해요. 동시에 성격이 둥글어져서 '감사의 마음을 가지고 있다'는 말을 꺼내는 언니를 더럽게 재미없는 할머니로 전락했다고 지금은 생각하지만요. 역시 스물을 넘으면 독을 뿌리기 시작하는 걸까요. 나이를 먹고 감사하는 마음이 소중하다는 걸 알아차리는 건 지금부터 감사받는 쪽이 되는 자신을 위해서겠죠.

선생님 감사합– 설교 중에 송구스럽습니다만 아무래도 적이 나타난 것 같아요. 그야 그렇죠. 2층은 교무실이 있는 위험 지대니까요. 이렇게 말하면 울려서 무슨 일이 있구나 싶어 보러 오는 사람도 나타날 거예요. 지금 위에서 내려오는 우리를 눈앞에서 올려다보는 그는 내가 2년간 신세를 진 하타나카 국어 선생님이며 이상하게도 야구부 고문을 맡고 있기도 합니다. 바로 화를 내는 사람은 싫어요. 열혈 교사라고 착각하고 있는 걸까요. 그런 할아버지는 어디에나 있을 것 같아요. 확실히 운동을 한 사람은 우리보다 쉽게 상하 관계의 세계에 갇힌 듯한 느낌이 들어요. 요시카와도 조심하는 편이 좋을 거야. 이제 모두 다 죽을 테니 아무래도 상관없겠지만.

어라, 어라. 눈에 띄지 않는 얌전한 여자아이였던 내가 같은 높이에 서서 시선을 피하지 않고 고개를 숙이지 않고 두려워하지도 않는 건 생각해본 적도 없었나요? 튀는 침도, 하는 말도 더러워요. 요시카와, 그만 꾸벅대.

마침내 내 트럼펫이 불을 내뿜을 때가 왔군요. 어째서인지 다루미 선생님이 사이에 섰어요. 내가 휘두른 오른손은 대체 어디로 내려치면 된다는 거죠? 요시카와, 기껏 멋들어지게 폼을 잡았으니 내 손이 어떤 속도로 떨어지든 그냥 내버려둬.

다투는 선생님들의 소리를 가만히 듣고 있을 이유는 없으니 나는 내가 하고 싶은 일을 할게요. 그러하오니 마음대로 의미 불명인 사이드 스텝을 밟으면서 이야기를 이어서 할게요. 실은 학교 건물에서 나갈 때까지 반평생을 말하겠다고 선언했으면서 이대로는 그냥 나가버릴 듯해서예요. 요시카와도 하고 싶으면 해도 돼. 무서운 고문 선생님 앞에서, 비웃던 사이드 스텝을 밟을 기회는 분명 이제 없을 거야. 아깝잖아.

후후훗. 혼날 이유는 없어. 그야 나는 내내 선생님들에게 비웃음을 샀으니까. 됐어, 이제 됐다고. 착한 아이로 자라서 할아버지와 할머니가 만든 사회에 순응할 수 있는 사람이 됐으니 간단해서 얼마나 좋아. 가끔 있는 우리 언니 같은 사람은 손이 가겠지만 의외로 그런 애가 더 기억에 남잖아, 는 무슨. 망할 할아버지 할머니.

한 적 없는 말을 과하게 하느라 혀를 깨물었네. 정신 좀 차리고. 자기가 불량 청소년이었던 시절을 그리워해서 실실대며 모교에 놀러 오는 거 아니야, 언니.

저의 반평생을 말하려다가 또 이야기가 딴 길로 샜네요. 조금 전에도 말했지만, 나는 언니를 정말 좋아해요. 중학교 시절에는 신세를 아주 많이 졌죠. 여러 의미로요. 무난하게 사이가 좋았다는 의미이기도 하고, 언니의 기행이 이야깃거리가 된 것도 있고, 나쁜 지식을 배웠다고도 할 수 있죠. 반대로 지금 생각해보면 정말 싫었던 부분은 딱 하나지만 가장 커요. 언니가 불량한 덕분에 상대적으로 나는 갈수록 할아버지와 할머니의 마음에 들게 되어 그 즐거움에 맛을 들여버리고 말았어요. 좀 더 시간이 지나 내가 얼마나 영혼의 수명을 단축하고 있었는지 알 때까지는 마음이 편했어요. 유일하게 연상에게만 인기가 좋았던 것도 그게 이유였을까요? 중학교 때 한 살 위인 관현악부 선배가 나한테 고백하기 전에 내 마음만 떠보다가 결국 아무 일도 없었지만요. 왜 그래? 요시카와, 몰랐어? 어, 응. 말 안 했지.

중학교 시절에는 그렇게 실실거리며 살아왔습니다. 자각하게 된 건 고등학교에 들어오고 나서였죠. 중학생 시절에도 했으니 고등학교 때도 관현악부에 들어가기로 했어요. 그런 상황에서 친해진 기요미랑은 1학년 때부터 같은 반인 데다 무척이나 사이가 좋아요. 말해두겠지만 기요미나 요시카와나 언니한테 영향을 받았기 때문에 내가 밟는 사이드 스텝이 센스가 없다고 생각하지 마세요.

계기는 없어요. 그저 하루하루 착한 아이로 지내다가 마침내 그렇게 행동할 수 없어진 나 자신의 존재를 깨달았어요. 어라? 나 이미 할아버지나 할머니가 될 가속 레일에 탄 거 아냐? 아직 좀 더 예쁜 영혼으로 있고 싶은데 너무 빠르지 않아? 라고요. 수업 중이었죠. 아연실색해서 그날 현대문학 수업이 진짜 하나도 귀에 안 들어왔어요.

쓸데없는 언쟁을 끝내주셔서 감사합니다. 어떻게 할까요? 싸울까요? 교무실에요? 안 가요. 역시 서로 치고받는 일밖에 없을까요? 어라, 다루미 선생님이 우선 신발장까지 바래다준다고요? 아무렴 어때요. 시간을 벌어서 그 틈에 부모님을 부르고 싶다면 부르세요. 그러면 드디어 트럼펫이 등장할 차례죠. 악기를 소중하게 다뤄줘요. 난 무엇이든 무기로 삼는 액션 영화를 정말 좋아해요. 〈미션 임파서블〉보다 〈킹스맨〉 쪽이죠.

그렇다면 셋이서 신발장으로 갈까요? 나는 학교에서 나가겠지만 두 사람은 각자 판단을 내리세요. 그러니 요시카와 너 그만 고개 숙이라니까. 그럼 나 가요.

다루미 선생님, 조금 전에 한 이야기가 들렸는데, 그냥 뭐랄까 내가 일시적으로 발광한다고 생각하죠? 아니에요. 이쪽의 이야기를 들었는지 모르지만, 난 할아버지와 할머니의 호감을 사는 아이가 되어가는 와중에 이미 내가 레일에 올라탔다는 걸 알아차렸어요. 할아버지 할머니에게 남보다 많은 독수(毒水)를 마시고 있는 모습이 대단하다는 칭찬을 받으며 살았어요. 그런 다정하고 비웃는 얼굴로 나를 보면 넘어져요, 발밑의 단차 조심하세요.

난 어렴풋한 상상으로 결정적인 변화는 조금 더 늦게 시작된다고 생각했어요. 그래서 놀랐어요. 그렇지만 무리해서 대항하지 않았어요. 체념했어요. 어차피 빠르든 늦든 모두 이 궤도에 오르니까요. 부모님도 선생님들도 언니도 올랐고, 요시카와도 기요미도 다른 모두도 언젠가는 천천히 할아버지 할머니로 변하기 시작하잖아요. 이 사회에서 오랜 세월을 살아가기 위해서는 하는 수 없다, 수치심을 참고 견디자, 이 수치심을 잊고 아래 세대의 아이들에게 우리의 오물을 먹게 하자. 수치심은 수치심이에요, 수치심. 누군가를 자신들과 같은 부류로 삼으려고 하는 인간이 되다니, 무척이나 창피스러운 일이잖아요.

그런데 터무니없는 일이 드러났어요. 무려 세상이 멸망한다고 하니까요. 나도 처음에는 믿을 수 없어서 우연히 알게 된 그런 유의 인기 없는 유튜버에게 재미 삼아 말 정도는 걸었어요. 아, 개인 정보는 괜찮아요. 본명은 숨겼고 실은 요시카와 사진으로 남자인 척했거든요. 화내지 마. 아니, 놀리고 만족했을 뿐이지만요.

정신을 차리고 보니 나도 바닥에서 피어오르는 이 녀석들이 보이게 되었어요. 이 녀석들이 내내 세상이 멸망한다고 말한다고요.

이것 봐요. 한 걸음 한 걸음 내가 발 디딘 족적 바로 근처에 눈 두 개와 코와 입만 뻐끔거리며 직접 바닥에서 피어올라요. 뭐더라, 그 말하는 오렌지 애니메이션 같다고 해야 하나? 기묘하지만 익숙해지니 귀엽기도 해요. 이 녀석들 지금은 잠자코 있지만 이야기도 할 수 있어요. 목소리는 어린 남자아이 같고요. 안 보여요? 나도 전에는 안 보였어요. 언젠가 다른 타입이 보이게 될지도 몰라요. 그렇게 환자 보는 눈으로 날 보지 마요.

이 녀석들은 아무리 설명해도 어쩔 수 없어요. 할아버지 할머니처럼 상대가 모르는 걸 의기양양한 얼굴로 설명하면서 흥측한 얼굴로 웃는 취미도 없어요. 알아차렸더니 있었어요. 그 유튜버가 말했던 것과는 형태가 다른 것도 어째서인지 몰라요.

즉 내가 하고 싶은 말은 세상이 멸망한다면 의미가 달라진다는 거죠. 잠시만 기다려요. 이대로 할아버지 할머니가 돼서 노망이 나면 통증과 아무 자각도 없어질 거라고 해서 견딜 수 있었는데 맨정신으로 멸망한다면 레일을 탄 게 손해잖아요. 그래서 갑자기 전부 다 싫어져서 수업에 들어가지 않고 옥상으로 갔어요. 죽을 생각은 아직 없었어요. 예습이라고 할까. 자신의 각오를 끝까지 지켜볼 필요가 있었어요.

그냥 좋았어요. 이 녀석들이 아직 조금 더 시간이 있다고 했어요. 그래서 나도 알아차렸어요. 이제 곧 죽는다고 해서 지금 죽는 거나 마찬가지라는 사고방식은 틀렸다, 애초에 할아버지 할머니가 돼서 죽는 것과 마찬가지였어요. 아니, 지금까지 살아온 인생이 죽은 거나 다름없었어요! 수업도 죽으면서 받고 있었어요! 요시카와가 하는 말은 육체의 이야기, 내가 하는 말은 영혼의 이야기.

나는 내가 죽여버린 말이나 생각들에 너무나도 미안해졌어요. 그래서 조금 전에 시험 삼아 기분이 나쁘다고 생각했던 걸 혼자서 말해봤더니 멈출 수 없어졌어요. 그렇잖아요. 난 이렇게 말이 많은 사람이 아니잖아요! 할아버지 할머니에게 맞춰서 말하는 인간일 뿐이었어요!

지금 선생님이 하는 생각 알아요. 하나는 나를 어떻게 해서 진정하게 할지 생각하는 듯한데, 속이 훤히 보여요. 어쩌면 발 언저리의 이 녀석들보다 또렷하게 보일지도 모른다고요. 그야 언니가 내내 그런 소리를 들었다는 걸 아니까요.

어째서 이 아이가 이렇게 되어버린 걸까, 분명 배경에는 괴로운 일이나 복잡한 환경이 있는 게 틀림없다. 분명 이유나 명확한 이야기가 존재하고 있을 테다. 어, 내가 나쁜 말만 속으로 삼키고 있다가 폭발하고 더불어 이상한 것까지 보이는 이유가 어른한테 받은 가정 폭력 때문이라면 만족할래요? 보이는 그곳에 상처가 있다면 동정할래요? 기분 더럽죠?

당신들을 슬프게 할 만한 이야기는 아무것도 없어요.

아니면 역시 알기 쉬운 피해자나 당사자의 이야기만 듣는 건가요? 자기보다 가엽게 여겨지지 않으면 귀를 기울여주지 않는 건가요? 그래요?

내가 알아차린 후에 저항을 포기한 최대 이유는 그거였어요. 경제적으로 평범한 집과 평범한 얼굴과 평범한 부모님을 가지고 태어나서, 불량한 언니와 반대로 할아버지와 할머니가 지배하는 세계에 따라 반듯하게 살아가는 내가 대체 무엇을 외칠 수 있을까요? 갑자기 발버둥 쳐도 아무도 친구가 되어주지 않아요. 그렇다고 해서 외톨이로는 살아갈 수 없죠. 그야 부자나 미인이나 잘난 부모가 가지고 있는 무기도, 빈곤함이나 못생김이나 못난 부모가 가지고 있는 불리함도 나한테는 없으니까요! 물론 콤플렉스는 있지만 전체적으로는 보통의 보통이에요. 발만 좀 빠르죠.

학교나 아르바이트 장소나 SNS라는 사회에서 불쌍해 보이지 않는 사람들의 한탄을 비난하는 할아버지, 할머니들, 그리고 그들에게 세뇌된 애들을 많이 봐 왔어요. 나는 큰 재해와도, 뜻밖의 사고와도, 불치병과도 상관없이 살아온걸용? 물론 피해를 입고 싶지도 않고, 당사자들에게는 진심으로 위로의 말씀을 드립니다.

봐요. 이렇게 기분이 더러운데 나조차 나를 싫어할 자격이 없다고 생각하잖아요.

그리고 용은 역시 너무 가벼워 보이겠네요?

이해해주지 않아도 됩니다. 세상이 이제 멸망하니 드디어 말하는 거예요. 이제 할아버지나 할머니가 몇 대째 내려오는 가게의 소스처럼 계속 더해서 만든 세계를 날름 핥아먹는 건 딱 질색이에요. 죽은 파리가 들어 있을 거예요, 분명.

어느새 벌써 1층에 도착했고, 내 마지막 학교생활도 절정에 다다랐네요. 요시카와 왜? 그건 이상해. 몰랐던 걸 요시카와가 사과할 거 없어. 오히려 기뻐. 지금 어떻게 해야 나를 교실로 되돌려놓을 수 있을지 필사적으로 생각하는 적이라고 해도. 좀 더 일찍 난리를 쳤어도 동료가 생겼을지도 모른다는 약간의 희망이 생겼어. 고마워. 그래도 이제 세계는 멸망하니까.

선생님도 미안하다고 생각하지 마세요. 우연히 여기에 있었을 뿐 선생님 개인에게 죄는 없어요. 만약 미안한 게 있다면 저의 내면을 알아차리지 못했다는 게 아니라 조금 더 큰, 교사라는 입장조차 전혀 관계가 없는 조금 더 큰, 이 세상의 흐름에 가담했다는 것에 있다고 봐요. 그런 것에 개인적으로 맞섰다면 제대로 살아가지 못하겠죠. 자신을 소중히 여겨주세요. 모두가 사회를 뒤흔든 범죄자나 지금까지의 저를 만들어냈어요. 축하해요.

애가 뭘 안다고 그러냐고 생각하세요? 이제 관계없어요. 이번 일 같은 게 아니라 병기로 세상을 멸망시키려는 듯한 할아버지와 할머니의 그 말도 나 같은 여고생의 말도 차이는 없어요. 세상이 멸망하니까요. 그 녀석들이 멸망하지 말라고 해도 멸망할 테고 내가 멸망하라고 해도 멸망할 거예요.

만약 멸망하지 않는다면, 이라는 생각은 안 해요. 다시 태어난다면 기회는 이 순간밖에 없다고 생각해서 그런 생각은 버렸어요, 휙. 선생님도 못 주워요. 아, 움직였다!

아, 흔히들 말하는 것처럼 할아버지 할머니가 장래라든가 인생 설계에 유리할 수 있게끔 아이들을 깨우치게 하죠. 그게 아니라고 하는데도요. 그런 게 있었기에 불쾌한 인생을 선택했다고 하는데.

조금 더 일찍 말해주길 그랬냐뇨. 위험해요. 설마 선생님, 누군가가 시간이 지나고 나서 용기를 내 고발한 걸 SNS에서 비난하는 타입은 아니죠? 아니라고요? 다행이네요. 그런 사람한테서 수업을 받았다면 역시 불쾌해서 토할지도 몰라요.

목표요? 우선은 언니를 두드려 깨우러 갈까 싶어요. 선생님께는 민폐를 끼쳤지만, 그 무렵의 언니가 저는 역시 더 좋아요. 아 진짜! 그 무렵이 더, 라고 말하고 있네! 할아버지 할머니의 상투어잖아, 그건! 뭐 아무럼 어때, 이렇게 된 나는 이제 어쩔 수 없지.

드디어 신발장에 도착! 여기가 내 인생의 출발 지점이에요. 마침, 트럼펫을 들고 있지만 아무래도 불 상황은 아닌 듯하네요. 말 그대로 다들 잠복하고 있었네요. 큰 소리로 아우성쳐도 괜찮을 것 같은 여기서 선생님들 마침내 실력을 행사하시는 건가요? 학생에게 금단의 무기를 사용하게 하나요? 그래도 좋아요. 그래요, 난 대화에 응할 마음은 없어요. 맞서면 반항하는 아이가 납득할 수 있도록 가르쳐서 타이를 수 있다고 생각했어요? 이 사건에 있어서 감동적인 해결책이나 메시지를 받아들일 거라고 생각했어요? 순진하시네요. 당신들이 마음대로 생각한 해피엔딩은 오지 않을 거예요.

모든 할아버지 할머니가 손수 돌봤는데도 없애지 못했던 나를 마침내 찾았어요.

자, 멈출 것까지도 없이 이미 멈춰버린 매일에 손을 흔들어요.

요시카와는 어떻게 할래? 어느 쪽을 택하든 상관없어. 각자 다른 이데올로기를 가지고 종말 직전에 친구와 서로 치고받는 거 최고잖아. 자매이고 아니고의 차이는 있지만 너한테 있어서는 복수전이야. 물론 친구와 같이 최후의 시간을 엉망진창으로 빠져나가는 카드도 버리기 힘들지.

그래, 바로 결정하기 힘들지. 그러니 고작 후보인 거야. 농담이야, 농담. 조금은 진담이지만. 진실의 진실은 조금 전에 따라와 줬을 때 엄청 기뻤다는 거지 뭐.

나는 갈게. 여기서 잡히더라도, 요시카와에게 얻어맞아서 다쳐도, 만에 하나 죽어도, 기껏 손에 넣은 며칠, 몇 주일, 몇 개월 전부 맞서서 내보이기로 정했어.

하고 싶은 건 산더미인데 시간이 되려나. 눈앞에서 할아버지 할머니가 노려보고 있는데 이렇게 두근거리는 건 처음이야.

아, 신이 나.

악마의 오블리주

우리 선생님은 악마예요.

직접 그리 밝혔으니 그러해요.

지금은 인간의 몸을 빌려서 생활해요. 몸이 죽으면 마계로 돌아가는 것 같아요. 인간계를 공부하기 위해서 한 번 인간이 되어보는 건 사회과 견학 같은 것으로, 선생님 말고도 가끔 다른 악마가 있는 모양이에요. 선생님은 다정해요. 사고뭉치가 달려와서 부딪쳤는데도 선생님이 먼저 사과하기도 해요. 분명 지금까지 아무한테도 화를 내거나 때린 적도 없지 않았을까 싶어요. 전에 악마인데 왜 그렇게 다정한지 물어봤어요. 그랬더니 악마 같으면 바로 악마라는 걸 들키지 않냐고 했어요. 그 말이 맞아요. 선생님이 말한 대로 주변의 어른들은 아무도 선생님이 악마라는 걸 알아차리지 못한 것 같아요.

선생님은 악마라는 걸 내내 숨기고 살아왔다고 해요. 어릴 적부터 내내 말이에요. 악마와 인간은 보통이라면 잘 지낼 수 없어서인 듯해요. 비밀을 숨기는 건 괴로운 일이에요. 나는 '아무한테도 말하지 마'라고 친구에게 들은 말을 '아무한테도 말하지 마'라고 하며 그만 다른 사람에게 말해버린 적이 몇 번인가 있어요. 엄마도 수다쟁이니 물려받았을지도 몰라요. 선생님은 우리 나이의 세 배 정도 비밀을 간직하고 있다니, 대단해요.

두 달쯤 전에 이제 악마라는 걸 숨기지 않아도 괜찮아졌다고 알려준 선생님에게 나는 "다행이에요"라고 전했어요. 그랬더니 선생님이 등 뒤에 있는 악마의 문장(紋章)을 남몰래 보여줬어요. 문질러도 사라지지 않았어요. 악마는 모두 몸 어딘가에 그 마크가 있는 모양이에요. 들키면 안 되니 그렇게 눈에 띄지 않는 장소에 있겠지요.

선생님이 악마라는 사실을 숨기지 않아도 된 건 마계로부터 사자(使者)가 와서 어떤 중요한 사실을 선생님에게 알려주어서예요. 악마의 계약이라서 그게 무엇인지는 우리한테 말할 수 없다고 했어요. 하지만 선생님이 자신의 정체를 당당하게 말할 수 있게 된 건 이제부터 인간과 악마가 같은 세계에 살 수 있게 되는 것처럼 좋은 일이 아닐까 싶어요. 분명 그 첫 번째가 다와라에 대한 일이라고 생각해요.

선생님과의 추억은 많아요. 2학년 때 운동회에서 선생님이 우리 가족에게 인사하러 온 것처럼 말이죠. 우리 엄마는 그날따라 분발해서 선생님에게 자신이 만든 도시락 반찬을 권했어요. 나는 창피했지만, 선생님은 기쁜 듯 달걀말이를 드시고 엄마를 칭찬했어요. 그뿐 아니라 운동회가 끝나고 일주일이나 지나고 나서 나에게 그 달걀말이는 전통적인 방식으로 만들어서 정말 맛있었다고 말해줬어요. 엄마에게 전하면 매일 달걀말이가 저녁 식사에 나올 것 같아서 지금도 전하지 않았어요. 하지만 몰래 기뻐한 추억이랍니다. 그 무렵 나는 선생님이 악마라는 걸 전혀 몰랐어요.

선생님은 옛날부터 인간계에 있어 온 근사한 것을 좋아해요. 달걀말이의 간도 전통적이어서 맛있다고 했고, 교과서에는 나오지 않는 옛날 시인의 말을 가르쳐주기도 했어요. 선생님은 소지품도 옛날 걸 사용해요. 예를 들어 스마트폰이 아닌 옛날의 폴더폰을 사용한다든지 말이죠. 그것 말고도 선생님이 집에서 사용하는 오래된 만년필을 학교에 가지고 와서 우리에게 글자를 쓰게 해주신 적도 있어요. 어려웠어요. 그리고 선생님의 시계도 오래되었답니다. 그 시계에는 선생님과의 특별한 추억이 담겨 있어요.

나와 선생님이 사는 동네는 달라서 학교 말고 다른 곳에서 만날 일은 거의 없어요. 하지만 몇 번인가 일을 하지 않는 선생님을 우연히 만난 적이 있어요.

이 동네에서 자란 아이라면 모두가 어릴 적부터 다니는 상점가가 있는데, 그래요, 그 상점가예요. 그 구석에 어둡고 낡은 시계방이 있는 걸 아세요? 안은 컴컴하고 유리창에는 늘 얼룩이 져 있어요. 나는 아무에게도 말하지 않았지만, 어릴 적부터 그 앞을 지나가는 게 무서웠어요. 사람이 있는 느낌도 전혀 안 들고 어쩌면 안에서 누가 죽었는데 아무도 모르지 않을까 내내 생각했어요. 그렇다면 가게 안에는 시체도 유령도 있지 않을까요. 무서워요.

시계방이 그런 두려운 장소가 아니라는 걸 알게 된 건 3학년 때였어요. 일요일에, 그 무렵에는 사이가 좋았던 하치노세 무리와 놀고 있었는데 상점가에 도착하자 모두가 갑자기 달리기 시작해서 사라지는 바람에 찾고 있었어요. 상점가 구석까지 갔다가 그 가게에서 나오는 선생님을 봤어요. 선생님은 바로 내 존재를 알아차렸어요. 3학년 때 우리 담임은 나카미조 선생님이었기 때문에 선생님과 느긋하게 이야기하는 건 오랜만이었어요. 나는 선생님이 그 시계방에서 나왔다는 사실에 깜짝 놀랐어요. 선생님은 내 존재에 흠칫 놀라지도 않고 가족과 쇼핑하러 나왔냐고 물었어요. 나는 아니라고 답했어요. 그러고 나서 같이 놀던 하치노세 무리가 갑자기 사라졌다는 사실을 전했어요. 그랬더니 선생님은 평소의 그 악마라고는 생각할 수 없는 얼굴로 웃더니 만약 모두를 찾지 못하면 어두워지기 전에 집으로 돌아가야 한다며, 위험하다고 말했어요.

모두를 두고 돌아가버리면 미움을 사지 않을까 생각했지만, 그것보다도 우선 선생님이 그 가게에서 무엇을 했는지가 더 궁금했어요. 만약 그때 선생님이 악마라는 걸 알았더라면 거기는 악마가 집회로 사용하는 장소라고 선생님이 거짓말해도 납득했을 거예요. 아직 나에게도 인간인 척하던 선생님은 시계를 고치러 왔다고 말했어요. 어두운 그 시계방은 시계를 아주 잘 고친다고 했어요. 그때 처음으로 선생님이 보여준 손목시계는 참 근사했어요. 아빠들이 차는 것보다 단순하고 빛나지도 않는데 반질거렸어요. 선생님은 옛날 스타일로 만들어진 시계라고 했어요. 멋졌어요. 선생님이 학교에서 차고 있는 걸 본 적이 없지만 어른이 되면 그런 손목시계를 차고 싶다고 생각했기 때문에 처음 본 그때의 일을 아주 똑똑히 기억하고 있어요.

나중에 엄마한테 그런 시계는 앤틱이나 빈티지로 아주 비싸다는 말을 들었어요. 이 세계에 옛날부터 있어 온 근사한 물건을 그리 말하는 모양이에요. 그 시계는 선생님이 인간 할아버지에게서 받은 물건인 듯했어요. 인간이요. 할아버지는 선생님이 악마라는 걸 알고 있는 인간인 모양이에요. 선생님은 그 시계를 사용해서 자기 몸과 감각을 인간계에 맞추고 있다고 해요. 지금은 악마인 걸 숨기지 않아도 되니, 인간에게 맞추지 않아도 살아갈 수 있는 걸까요. 그랬으면 좋겠어요. 사람에게 맞추는 건 인간이어도 힘드니 악마는 더 힘든 것 같아요.

그렇군요. 그래서 선생님은 우리에게 그렇게 다정했던 거네요. 이야기하다 겨우 알았어요. 선생님은 그 노곤함과 어려움을 어느 인간보다도 알고 있었던 거네요.

– 숲의 갈림길에서는 인간이 지나갈 수 없는 길을 선택하자.

이건 선생님이 가르쳐준 옛날 사람의 말이에요. 처음 들었을 때는 모두와 다른 길을 선택하면 미아가 될 것 같다고 생각했어요. 그리고 선생님은 악마니까 사람이 지나가지 않는 길을 선택한다고 생각했어요. 하지만 선생님은 우리도 사람이 지나가지 않는 길을 선택해도 딱히 나쁘지 않다고 가르쳐준 것 같아요.

선생님과의 추억은 그것 말고도 많아요. 1학년 때부터 순서대로 말하려고 해서 운동회와 시계를 먼저 이야기했어요. 하지만 나와 선생님의 제일 많은 추억은 실험 준비실에 있어요.

나와 다와라는 매일 교실에 가지 않고 선생님이 있는 실험 준비실로 갔어요.

괴롭힘을 당한 건 아니에요. 조금 싫은 소리를 하는 반 친구는 몇 명 있었어요. 하지만 웃자고 하는 소리라고, 진지할 거 뭐 있냐며 3학년 때까지는 자주 어울리던 하치노세가 말했어요. 싫다고 생각하는 게 잘못됐을지도 모르지만, 그저 나는 내가 싫은 소리를 들었을 때 웃음으로 반응하는 반 아이들이 아주 이상한 생물로 느껴졌어요. 악마보다도 더요. 왠지 모르게 들이쉬는 공기가 다른 것 같은, 나 말고 다른 모두가 들이쉬는 공기만 따로 마련된 것 같은 느낌이었어요. 그래서 나는 숨쉬기가 괴로워졌어요. 그게 조금씩 조금씩 강해져서 어느 날 갑자기 교실에 갈 수 없게 되었어요.

내가 나쁘다고 생각했어요. 아빠는 그런 나를 한심하다고 말했고 다른 선생님도 교실에 돌아가야 한다고 했어요. 불가능했어요. 하지만 악마는 우리가 사람이 지나가지 않는 길을 선택해서는 안 된다고 하지 않았어요.

그래서 우리는 다른 친구들보다 조금 늦게 학교에 가면 교실이 아니라 공부를 가르쳐 주거나 마계에 관해 이야기해주는 선생님이 있는 실험 준비실로 가요. 나와 또 다른 한 명이 다와라예요.

다와라가 교실에 가지 못하는 이유는 나와 달라요.

다와라는 반 친구가 아니라 선생님들이 무섭대요. 나도 무섭다고 생각하는 선생님이 있어요. 하지만 그런 의미가 아니라 다와라는 남자 선생님 모두가 무섭다고 했어요. 무서워서 혼이 나지 않도록 예의 바르게 행동했더니 이번에는 반 여자아이들에게 놀림을 받게 되었대요. 그리고 그것도 두려워졌다고 해요. 다와라는 말이 어눌해서 설명도 잘하지 못했기 때문에 조용히 나와, 인간으로서는 남자지만 악마니까 어느 쪽도 아닌, 선생님과 같이 공부했어요. 다와라가 교실로 가지 못하는 이유는 다와라한테서가 아니라 선생님들이 이야기하는 걸 듣고 알았어요.

나와 다와라는 우연히 같은 6학년이에요. 실험 준비실에 가기 시작한 건 내가 더 먼저였어요. 거기에 다와라가 가담했어요. 나와 다와라는 반이 달라서 이야기를 나눠본 적이 없었어요. 같은 반이라도 이야기를 나누지 않았을지도 몰라요. 다와라는 내가 만난 저 있는 사람 중에서 제일 말수변이 없기 때문이에요. 하지만 선생님이 악마라는 이야기를 듣더니 다와라는 눈을 반짝반짝 빛내면서 "악마라서 다행이야"라고 혼잣말을 했기 때문에 왠지 모르게 친해질 것 같았어요.

매일 만나 작은 목소리로 "안녕"이라든가 "내일 또 봐"라고 조금씩 이야기하게 되자, 알게 된 사실이 있어요.

다와라는 특이한 여자아이예요. 말주변이 전혀 없는 것도 그래요. 선생님에게 질문이 있을 때도 다와라는 교과서의 그 부분을 그저 가리키듯 행동해요. 겉보기에는 다른 여자아이들과 다르지 않은데 신기해요. 인간과 다르지 않은데 내용물은 악마인 선생님 같아요. 그게 모두와 맞지 않았을지도 모르고, 그래서 무서운 사람과 무섭지 않은 악마를 간파했을지도 몰라요.

그 외에 특이한 점은, 예를 들어 엄마들이 봄이나 여름인데 긴소매를 입잖아요. 볕에 타지 않도록. 그렇게 다와라는 거의 매일 긴소매를 입고 있어요. 아무리 더워도요. 볕에 타도 딱히 상관없는데. 선생님이 내내 흰 가운을 입는 건 과학 선생님이라서라고 생각했지만, 그건 악마의 문장을 감추기 위해서였어요.

다와라는 그것 말고도 우리 엄마 같은 행동을 해요. 우리 엄마는 아빠가 퇴근해서 오는 차 소리를 구분해서 다급히 부엌을 살짝 깨끗하게 치우고 부리나케 밥을 차리기 시작해요. 다와라는 그것과 비슷한 행동을 선생님뿐만 아니라 학생을 상대로도 해요. 우리 두 사람밖에 실험 준비실에 없을 때 우리는 가끔 건네받은 문제를 풀지 않고 낙서하거나 가위질해서 동물 형태로 종이를 오려내며 놉니다. 다와라도 같이 말이죠. 하지만 다와라는 실험 준비실 앞을 누군가가 지나가기만 해도 신기할 정도로 다급히 놀던 걸 숨겨요. 그게 학생이라고 해도 말이죠. 우리 아빠는 식사가 차려져 있지 않으면 화를 내지만, 교실 앞을 지나가기만 하는 학생이라든가 이곳에 자주 오는 선생님은 우리가 살짝 농땡이를 부려도 화를 내지 않는데, 다와라는 허둥대요. 심할 때는 선생님과 셋이서 수업과는 그다지 관계없는 캐릭터 그림을 그리고 있다가 다른 선생님이 왔을 때도 다와라는 아주 급하게 자신이 그리던 종이를 구겼어요.

누군가에게 엄청나게 혼난 적이 있나 싶었어요.

맞다. 그리고 다와라는 신기할 정도로 기억력이 좋아요. 선생님은 선생님이라서 모든 공부를 잘하겠지만 나는 국어를 잘하고 산수를 못해요. 다와라는 사회를 잘하고 국어를 잘 못하고요. 다와라가 말주변이 없는 것과 관계가 있을지도 몰라요. 다와라가 답은 알고 있지만 어떻게 말해야 좋을지 모른다고 느낄 때는 내가 도와요. 반대로 다와라는 역사상 인물들을 아주 잘 알고 있어서 이름을 외우는 법을 나에게 가르쳐주기도 해요. 나는 오다 노부나가[10]를 알고만 있는 정도인데 다와라는 오다 노부나가의 형제 관계, 친척까지 잘 알고 있고, 술술 말해주지는 않지만 노트에 누구와 누가 가족이고 누구와 누가 상사와 부하라는 걸 알기 쉽게 써줘요. 학원에 다니는가 싶어서 다와라에게 물어봤더니 집에 있는 책을 순서대로 읽고 동생에게 도움이 되도록 노트에 정리했더니 자연스럽게 외우게 되었다고 말했어요.

그런 다와라도 마계에 대해서는 잘 모르는 듯했어요. 그래서

---

10) 일본 전국시대(1467~1603)의 다이묘(영주)이다.

선생님이 가르쳐주는 마계 이야기를 우리는 기대하고 있었어요. 선생님은 인간계에서 좋아하는 일을 하기 위해 공부해서 선생님이 되었지만, 마계에서 악마들이 소원을 이루고 싶을 때는 소중한 것을 산 제물로 바친다고 이야기했어요. 그리고 당연하지만, 마계에는 악마가 한가득이라고 했고요. 나쁜 마법사나 인간계에서는 보이지 않는 괴물도 잔뜩 있는 모양이에요. 선생님은 그림도 잘 그려서 때때로 마계가 어떤지 그려서 보여주었어요. 하지만 절대로 집에 가지고 가거나 스마트폰 카메라로 찍는 건 금지했어요. 만약 우리 때문에 선생님이 악마라는 걸 들키면 학교를 관둬야 할지도 몰라요. 그래서 우리는 선생님과 한 약속을 지켰어요.

선생님은 악마지만 인간 선생님과 다르지 않은 점도 있어요. 우리가 마계 이야기를 해달라고 하루 종일 조르면, 마찬가지로 인간계에 대해서도 아는 편이 좋다며, 공부를 시키려고 해요. 그 점은 다른 선생님과 같아요. 선생님은 그저 악마일 뿐인데 다른 선생님보다 더 인간계를 걱정한다고 생각해요. 우리에게 여러 나라에서 일어난 슬픈 일이나 환경에 대해서 가르쳐줬어요. 실은 아직 전쟁이 계속되고 있다든지, 그 사람 탓이 아닌데 돈이 없는 사람이 많이 있다든지, 지구가 파괴되었다든지 말이죠. 그렇게 평소에 보이지 않는 장소에서 온 SOS에 선생님이나 우리처럼 밥을 꼬박꼬박 챙겨 먹을 수 있는 인간들이 귀를 기울여서 신경을 써야 한다고 서로 대화를 나눈 걸 기억해요.

반대로 선생님을 역시, 이 사람은 선생님이지만 악마구나, 라고 생각한 적도 있어요. 뉴스 프로그램에서 세계 멸망을 예언한 사람이 있었잖아요. 나는 유튜브에서 봤어요. 나도 다와라도 믿지 않았지만, 악마는 어떻게 생각하나 싶어서 물어봤더니 선생님은 그 예언은 무서운 게 아니라고 말했어요. 그때 인간계나 마계, 천계가 하나가 될 뿐이니 무서워하지 않아도 된다고 했어요. 멸망을 믿지는 않지만 무서운 건 무서워요. 악마는 역시 인간과는 다른 사고방식을 가지고 있었어요.

그로부터 시간이 조금 지났을 때였어요. 선생님이 이제 악마라는 걸 숨기지 않아도 된 건 말이죠. 어째서인지는 가르쳐주지 않았지만 타이밍을 그냥 생각해봤더니 역시 인간계와 마계가 하나가 되어 같이 살게 된다는 뜻인 듯한 느낌이 들었어요. 선생님을 찾아온 마계의 사자가 어떻게 생겼는지는 선생님이 그림으로 그려서 가르쳐주었어요. 외양은 헝겊 인형 같았고 말하는 것 같았어요. 포켓몬에 나올 듯했어요. 그 그림은 다와라가 가지고 돌아가서 다와라의 집에 있어요.

선생님은 악마라는 걸 들켜도 괜찮게 되기 전부터 우리 집에 가끔 찾아왔어요. 우리 집에는 담임 선생님과 같이 내 공부가 어떤지 전하러 와요. 나는 대개 늘 내 방에 숨어 있어요. 왠지 창피해서죠. 엄마는 나에게 딱히 별말을 하지 않았어요. 하지만 아빠가 집에 있을 때도 선생님이 온 적 있는데 선생님이 돌아간 후 아빠는 기분이 상해 있었어요. 만약 앞으로 악마인 걸 들키면 더욱 불쾌해할 듯해서 나나 엄마는 큰일이에요.

다와라의 집에도 선생님은 몇 번인가 간 듯했어요. 선생님이 말했어요. 다와라는 선생님이 오면 반드시 늘 같은 방에 있고 평소처럼 이야기를 나누는 것도 아닌데 절대로 방에서 나가지 않는다고요. 선생님은 여러 형태가 있으니 어느 쪽이든 자유롭게 행동해도 된다고 해서 나는 자유롭게 다와라를 이상한 고집이 있는 신기한 애라고 생각했어요. 그래서 나와 악마와 사이가 좋구나, 생각했어요.

지금은 물론 그렇게 생각하지 않아요.

— 사람은 고요한 절망으로 살아간다.

이것도 전에 선생님이 유명한 시인의 말이라고 가르쳐줬지만, 의미를 알 수 없어서 일단 노트에만 써뒀어요. 어쩌면 다와라가 그런 기분이었겠구나 싶어요.

그러고 보니 그 〈죽은 시인의 사회〉라는 영화 아시나요? 나는 아직 본 적이 없어요.

왜 지금 이런 이야기를 묻냐면, 마지막에 만났을 때 선생님이 말했는데 조금 전 시인의 말도 이 영화에 나오는 모양이에요. 어떤 영화인지 내가 알았으면 좋았을까요? 선생님은 무척이나 소중한 걸 깨닫게 해주는 영화니, 언젠가 보는 편이 낫다고 말했어요. 만약 내가 이 영화를 봤다면 절망을 조용히 살아가는 다와라를 더 빨리 이해해줄 수 있었을지도 모른다고 지금 생각했어요. 그리고 좀 더 좋은 방향으로 나아갔을지도 모르죠. 지금까지 벌어진 일에 관계가 있는 사람 중에서 가장 나쁜 게 누군지는 정해져 있어요. 가장 가여웠던 것도 누군지 정해져 있고요. 나는 뭘까요?

하지만 조금 늦었지만 뭔가 이상하다고 내가 알아차린 건 그 영화를 보고 소중한 것을 알아차린 선생님의 수업을 듣고 있어서였을지도 몰라요. SOS에 귀를 기울일 준비가 되어 있어서일지도 몰라요.

아니면 어쩌면 어른들은 모두 다와라에 대해 알아차렸는데 아무것도 하지 않았을 뿐일까요? 어쩌면 그건 흔히 있는 일인가요? 그러면 모두 전혀 그 일에 놀라지 않겠네요. 선생님에 대한 이야기만 하고 있겠죠?

역시 인간계의 규칙에서는, 알고 있어도 아무것도 하지 않도록 하나요? 그래서 악마가 아니면 할 수 없었던 건가요?

내가 이상하다고 생각하기 시작한 건 선생님이 악마라는 걸 들켜도 상관없어지기 얼마 전이었어요. 솔직히 말하자면 나는 우연히 알았을 뿐이에요. 그뿐이라고 생각했어요. 일찍 알아차리지 못했던 건 분명 내가 다와라를 특이한 여자아이라고 내내 생각해서였어요. 평범한 사람이 평범한 일을 하면 이상하다고 생각하지 않는 것처럼 특이한 아이가 특이한 행동을 하면 바로는 이상하다고 생각하지 않잖아요. 선생님이 전에 흑마술 책을 읽었을 때도 악마여서라고 생각한 것처럼요. 다른 선생님이 읽었더라면 이상하다고 생각했을 거예요. 하지만 선생님은 악마니까요.

올해는 5월도 6월도 더웠잖아요. 그런데도 다와라는 거의 매일 긴소매를 입고 있었어요. 사실 매일이 아닐지도 모르지만, 그래도 반소매를 입은 다와라가 떠오르지 않아서 거의라고 생각해요. 그날 다와라는 하늘색 긴소매 티셔츠를 입고 있었어요. 그날은 기억하고 있어요. 학교에서 우리가 사는 2초메 동네로 돌아가는 길은 세 가지가 있어요. 대부분 학생이 이용하는 길과 집이 먼 학생이 이용하는 길, 그리고 어디로 가도 멀리 돌아가게 되어 아무도 이용하지 않는 길이에요. 우리는 늘 다른 학생들과 마주치지 않도록 세 번째 길을 이용했어요. 다와라와 같이 15분 정도 같은 길을 걸었어요. 다와라는 거의 늘 먼저 무언가를 말하려고 하지 않아요. 조용한 게 조금 어색한 나는 내내 무슨 말을 해야 좋을지 몰라서 이야깃거리를 찾아 노력해서 말했어요. 그날은 다와라가 유난히 더 이야기하지 않았던 날이었어요. 선생님께 수업 중에 질문을 받았을 때도 다와라는 계속 입을 다물고 있었어요. 나는 다와라가 기분이 안 좋은가 싶었어요. 하지만 아니라는 걸 알았던 건 학교에서 나와 5분 정도 지나서 다와라가 오늘은 저 계단을 지나 돌아가 보자고 말을 꺼내기 시작했기 때문이에요. 기분이 나쁜 사람은 그런 긴 계단은 올라가지 않잖아요.

그래요, 우리가 집으로 돌아갈 수 있는 길은 실은 하나 더 있었고, 그건 긴 계단을 지나는 길이었어요. 하지만 그쪽은 정말로 그저 멀리 돌아가는 길이었어요. 계단은 엄청나게 가파르고 긴데 올라갔다가 마찬가지로 그 긴 계단을 내려와야 해요. 무엇을 위한 계단일지 생각할 정도예요. 그래서 그쪽을 지나서 돌아가자고 생각한 적도 없어요. 그날도 같은 기분이었기 때문에 나는 다와라가 꺼낸 말에 반대했어요. 결국 가게 된 건, 평소에는 그다지 말을 꺼내지 않던 다와라가 숲의 갈림길에서는 사람이 지나지 않는 길을 선택해야 한다고 선생님에게 배운 말을 사용했기 때문이에요. 나는 그 말의 의미를 알고 싶은 마음과 여기서 바로 그 말을 떠올리는 다와라가 대단하다고 생각한 마음도 있어서 하는 수 없이 따라가게 되었어요.

저녁 무렵이었지만 밝았어요. 계단을 올라갈 때도 내려갈 때도 길이 또렷하게 보였어요. 제일 높은 장소에서는 노을도 보였고요. 그래서 계단 이쪽에 빈 캔이 버려져 있다든가 나뭇가지가 한가득 떨어져 있는 건 누구에게든지 잘 보였을 거예요. 물론 다와라한테도요.

다와라가 미끄러진 탓인지, 다리를 이상한 각도로 뻰 탓인지, 어쨌거나 한껏 넘어진 건 계단을 내려갈 때였어요. 다와라의 비명이 들려서 나는 순간 다와라가 어딘가로 사라진 줄 알았어요. 하지만 바로, 넘어졌다는 걸 알고 걱정이 되었어요. 다와라는 팔꿈치를 끌어안고 아파했어요. 치마가 모래투성이가 된 채 몇 계단밖에 남지 않은 계단에 앉아 있었어요. 내가 허둥지둥하자, 다와라의 하늘색 긴소매 티셔츠 팔꿈치 부분에 피가 서서히 번졌어요. 나는 더 당황했지만, 반창고를 가지고 있다는 걸 떠올렸어요. 책가방에서 반창고를 꺼내 다와라에게 건네기 위해 다가갔어요. 그뿐이었어요.

그랬더니 다와라가 내 손을 쳤어요. 반창고는 땅에 떨어져서 흙투성이가 되었고요. 어째서인지 서글퍼졌고, 살짝 발끈해서 다와라를 쳐다보자 다와라는 긴소매를 억지로 잡아당겨서 양손으로 꼭 쥐고 손이 일절 보이지 않도록 했어요. 그래서 다와라가 큰 소리로 "보지 마!"라고 했어도 어차피 나한테는 보이지 않았어요. 친구라고 생각했던 여자아이가 그렇게 화를 낼 줄 몰라서 나는 놀랐어요. 다와라는 그런 소맷자락을 잡은 채 일어났고, 나도 같이 걸어가다가 갈림길에서 "아무한테도 말하지 마"라고 다와라가 말할 때까지 둘이서 아무 말도 하지 않았어요. 그 뒤 일주일 정도는 학교에서 만나도 다와라와는 아무 이야기도 하지 않았고요. 역시 이상한 여자애라고 생각했어요.

지금 이 이야기를 하는 건 아마 이제 모두가 알고 있을 것이기 때문이에요. 그때는 나만 알고 있었어요. 그래서 내가 선생님에게 상담한 건 그때는 바람직하지 않은 일이었다고 생각해요.

이상한 일이 벌어진 날부터 나는 다와라에 대해서 내내 생각했어요. 다와라는 어쩌면 실은 전부터 내가 자기에게 다가오지 않기를 바랄 만큼 미워하고 있었나 생각했어요. 하지만 그렇다면 사이좋게 지낸 건 이상하지 않나요? 끙끙 앓다가 결국 나 혼자서는 알 수 없으니 선생님에게 상담하기로 했어요. 다와라가 아무한테도 이야기하지 말라는 건 인간을 상대로 말한 게 아닐지 생각했어요.

나는 다와라가 결석한 날, 선생님에게 그날의 일을 이야기했어요. 계단에서 다와라가 넘어져 팔을 다쳐서 반창고를 건네려고 다가갔더니 화를 내면서 손을 쳤다는 것 전부 말이에요. 물론 그래서 선생님이 다와라를 혼내면 바람직하지 않으니 나는 다와라에게 전혀 화가 나지 않았다고 살짝 거짓말을 했어요.

선생님은 다와라도 갑자기 화를 내고 아무 설명도 하지 못한 걸 고민하고 있을지도 모른다고 했어요. 분명 다와라의 생각을 그로부터 전혀 듣지 못했다는 걸 나는 마침내 생각해냈어요. 그래서 다음에 만날 때는 내 쪽에서 말을 걸 것을 선생님과 약속했어요.

그날도 선생님은 여느 때처럼 웃고 있었어요. 그래요, 악마라고는 생각할 수 없는 그 미소로요.

그리고 그 후 아주 깊은 생각을 하는 듯한 표정을 짓고 있었어요. 지금은 의미를 이해해요. 선생님은 다와라가 평소부터 특이한 여자아이라고 해도 계단에서 있었던 일은 뭔가 이상하다고 알아차린 거예요. 그리고 그 사실을 추리만 한 게 아니라 고민했던 것 같아요. 악마라는 걸 들키면 안 되는 자신이라든가, 인간에게 맞추면 안 되는 일이라든가.

그래서 악마라는 사실을 들켜도 되는 날에 선생님은 이제 고민하지 않아도 괜찮아졌어요. 악마로서 살아도 괜찮아진 거죠. 최근에 일어난 일의 이유는 바로 그거예요.

하지만 그것만으로는 선생님을 내내 인간이라고 여겼던 모두에게 이해받을 수 없다고 생각해서 조금 더 설명할게요.

선생님이 악마라는 걸 주변에 들켜도 괜찮아지는 날까지 다와라의 부상 사건으로부터 한 달 정도가 지난 듯해요. 우리는 정말로 그날은 뭐였나 싶을 만큼 완전히 화해했어요. 말이 어눌하더라도 애를 써서 조금씩 이야기해주는 다와라와 공부하고 같이 집으로 돌아가며 전처럼 매일을 보냈어요. 학교에 가는 날이면 나는 거의 선생님이나 다와라에 대해 생각해요. 하지만 그 무렵에는 학교에 가지 않는 날에도 두 사람을 생각했어요.

그래서 선생님에게 한 가지 더 상담했어요. 이런 건 실은 내가 먼저 말하고 싶지 않았지만 나는 마음대로 다와라에 대해 말했으니, 나에 대한 것도 전부 확실히 말해야 한다고 생각했어요. 그래야 공평할 것 같았어요.

나는 조금씩 다와라가 신경이 쓰였어요. 아, 하지만 너무 좋아서 참을 수 없다는 느낌은 아니었어요. 정말 조금 귀여워 보이고 기억력도 좋은 데다 화해까지 해서 악마에 대해 이야기할 수 있어서 살짝 궁금해졌을 정도였어요. 선생님에게도 누구인지는 말하지 않고 여자아이와 사이가 좋아지는 방법을 물었어요.

그랬더니 선생님은 글쎄, 하고 여느 때의 표정으로 웃더니 다와라가 다쳤던 이야기를 내가 했을 때처럼 깊이 생각하기 시작했어요. 나는 이번에도 다와라에 대한 일이라는 걸 들켰는지 생각했어요. 하지만 그렇지 않았어요. 아니, 그랬을지도 모르지만 이건 설명하기 어렵네요. 중요한 건 내가 여자아이와 친해지는 방법이 아니라서 선생님은 또 마음속으로 많이 고민했던 것 같아요. 나와 다와라가 쭉 사이좋게 지낼 수 있도록 인간계에서 악마만이 할 수 있는 일을 해버려도 되는지 고민해준 거라고 생각해요. 타이밍을 생각한다면 아마 그게 선생님이 마지막으로 인간으로서 했던 고민이었던 듯해요. 그 후에는 악마로서의 선생님이 되었을 뿐이고요. 그뿐이에요.

선생님에게 다와라와 있었던 일을 상담했던 날은 다와라가 학교를 결석한 날이었어요. 다와라는 가끔 학교를 결석하는 아이라서 나는 선생님에게 상담하기가 쉬웠어요.

그날 선생님은 조금 전에 말한 그 깊이 생각하는 듯한 얼굴을 잠시 오랫동안 유지한 후에 갑자기 또 평소의 미소를 지었어요. 악마라고는 생각할 수 없는 얼굴이었어요. 그로부터 분명 나한테 하는 말이 아니라, 즉 그런 크기의 목소리가 아니라 정말 작은 목소리로 "이제 곧 멸망하는데"라고 누군가에게 말했어요.

누구에게 한 말인지는 몰라요. 나한테는 보이지 않는 악마 동료가 실험 준비실에 있었을지도 몰라요. 그리고 또 다른 한마디도 선생님이 나한테 한 말이 아닌 듯해요.

– 그건 살아가는 양식이다. 마음을 지탱하는 것이다.

선생님은 그 말의 의미를 설명해주지 않았어요. 대신 어째서 인간계에서 인간의 규칙으로 공부해서 선생님이 되었는지를 갑자기 가르쳐줬어요. 상담과는 관계가 없었지만 나는 궁금해서 진지하게 들었어요.

선생님은 키팅[11]으로부터 많은 것을 배웠대요. 타인과 달라서 좋은 점이라든가, 타인과 다른 각도에서 세상을 보는 법이라든가, 그리고 그걸 실제로 해보는 게 얼마나 어려운 일인지 하는 것들을 배웠대요. 듣는 동안 나는 신기하다고 생각했어요.

그야 그런 걸 배우기 전부터 악마였던 선생님은 사람과 달랐고, 사람과는 다른 각도로 세상을 보고 있지 않았을까요?

선생님이 키팅으로부터 배운 것 중에서도 제일 소중하게 여기는 건, 자신이 그렇게 하고 싶다고 생각한 대로 살아가는 것인 모양이에요. 내가 외워줬으면 한다고 또 말을 가르쳐주었어요.

– 진짜 자유는 꿈속에 있다. 옛날에도, 지금도, 앞으로도.

선생님은 이 말을 인간계에 와서 15년 정도 살았을 때 알았던 모양이에요. 그리고 개성적이고 고상하게 학생들 마음에 자유와 책임을 가르쳐준 키팅 같은 선생님이 되고 싶다고 생각했다고 해요.

선생님은 조금 슬픈 듯 지금까지 자기는 꿈꾸던 선생님이 되지 못했다고 말했어요.

---

11) 〈죽은 시인의 사회〉에서 로빈 윌리엄스가 맡은 선생님 역할의 이름이 존 키팅이다.

나는 또 이상하다는 생각이 들었어요. 그야 그렇지 않으니까요. 나는 키팅을 모르지만, 선생님이 키팅처럼 되고 싶었다고 한다면 선생님은 이미 딱 들어맞아요. 그야 선생님은 악마잖아요. 악마는 그만큼 개성이 넘쳐요. 더구나 고상하다는 말의 의미를 조사해봤더니 세련되고 품격이 있다는 뜻인 듯하니 그것도 선생님과 들어맞아요.

무엇보다 나는 선생님이 있어 주었기 때문에 학교에 와도 숨이 막히지 않게 되었어요. 자유라는 말을 한 적은 없지만 이게 자유라고 생각해요.

다와라도 분명 그래요. 그래서 "악마라서 다행이야"라고 말한 거예요. 전달되는 상대를 마침내 찾은 거죠.

선생님은 마지막으로 나한테 "악마의 책임을 다할게"라고 말했어요.

선생님과 마지막으로 만나고 나서 오늘까지의 일을 이야기했어요.

우선 다음 날, 평소라면 문이 열려 있고 안에서 선생님이 기다리고 있을 터인 실험 준비실 앞에 나카미조 선생님이 기다리고 있었어요. 나카미조 선생님은 점심시간에 가끔 우리가 있는 걸 보러 왔지만 이런 타이밍에 만난 적은 없어서 놀랐어요.

나카미조 선생님은 나를 다른, 아무도 없는 교실로 데리고 갔어요.

그 교실에서 나는 매일 만나던 두 사람이 한동안 학교에 오지 못한다는 소리를 들었어요. 오늘부터는 나카미조 선생님과 같이 도서실에서 공부하자는 말도 들었고요.

나카미조 선생님은 싫지 않아요. 그래서 이런 말을 그다지 하고 싶지 않지만, 나한테 그때 제대로 전부 설명하지 않았던 나카미조 선생님은 허술해요.

말이 전달되는 속도를 몰랐던 모양이에요. 그건 반 친구인 누군가가 짜증 나는 말을 했을 때 반 전체에 웃는 분위기가 퍼지는 속도와 비슷한 듯해요.

알고 있어요. 나카미조 선생님은 내가 걱정하지 않도록 그때는 설명하지 않았어요. 하지만 귀를 기울였더니 바로 여러 곳에서 들렸어요.

악마인 것을 숨기지 않아도 되었던 선생님이 인간계에서 무엇을 했는지, 다와라가 어떤 집에서 자랐는지. 그리고 선생님은 원래부터 중2병이라서 이상했다든가, 부잣집에서 태어나면 이상해진다든가, 다와라의 겉모습이 어땠다든가 하는 절대로 상관없는 말까지 여러모로 들렸어요.

그런 게 조금씩 나한테 닿아서 나는 며칠이나 선생님과 다와라를 생각했어요. 그래서 알았던 건 나는 선생님의 수업을 들었기 때문에 사고방식이 조금 악마처럼 변했을지도 모른다는 것이었죠.

심한 짓을 당한 사람이 다와라가 아니라서 다행이라고 생각했어요. 친구니까요. 심한 짓을 당한 아이는 따로 있었어요.

나는 다와라답다고도 생각했어요. 다와라가 한 행동은 본인한테 들은 게 아니에요. 우리 아빠와 엄마가 자기들은 속닥속닥 이야기하고 있다고 생각하고서 말한 소리를 듣고 알았어요. 나는 다와라의 친구가 된 지 아직 몇 년이 지나지 않았지만 다와라가 한 행동은 다와라답다고 생각했어요.

 그렇게 역사를 외울 수 있을 정도로 영리하지만, 누구보다 말주변이 없는 신기한 여자아이.

 다와라는 알았던 거예요. 말하지 못해도, 설명하지 못해도, 누구에게 전해지는지요. 누가 구해줄지요. 그걸 용납해줄 사람은 누군지요. 분명히 내가 선생님에게 상담할 것도 알고 있었어요.

 다들 내가 제일 충격을 받고 제일 화가 난 게 뭐라고 생각할까요.

 분명히 갑자기 선생님이 사라진 일이라든가, 다와라의 아버지와 어머니가 교육이라고 말하면서 심한 짓을 했다든가, 그런 것으로 생각할 거라고 봐요. 그리고 나는 딱히 그렇게 생각하지 않지만 다와라에게 이용당했던 거로 생각할 거예요. 전부 틀렸어요.

 나는 다와라가 대단하다고 생각해요. 계획적이라는 말은 6년 동안 여름방학이 되면 반드시 선생님과 엄마에게서 듣는 소리지만, 이게 진짜 계획적이라고 생각해요.

 조금 전에도 말한 대로 다와라 본인에게서 들은 게 아니라서 아마 여러 사람의 상상이 섞여 있을 거예요. 하지만 다와라라면 그럴지도 모른다고 생각해요. 다와라는 어떻게든 자신의 방식으로 비밀을 누군가에게 전달하려고 했겠지요. 말로 설명했을 때 믿어주지 않았던 적이 있었을지도 모르고 역시 단순히 말주변이 없어서일지도 몰라요. 자기 집에서 무언가 이상한 일이 벌어지고 있다는 것을 행동으로 전달하려고 했던 거겠죠. 남자 선생님을 무서워하고, 혼이 나지 않도록 허겁지겁 정리하고, 팔에 보이고 싶지 않은 상처가 있는 것처럼 내내 긴소매를 입고, 선생님이 집에 왔을 때는 남동생만 없는 게 눈에 띄도록 내내 방에 있었고요. 일부러 다쳐서 화가 나지도 않았는데 나한테 고함을 지르기도 했고요. 잘도 그런 행동을 했구나 싶어요.

다와라도 선생님의 수업을 들었으니 점점 다가갔을지도 몰라요. 무엇이냐면 악마에게로 말이죠. 악마들은 소원을 이루기 위해 산 제물을 바친다는 이야기를 조금 전에 했잖아요. 다와라에게 있어서 시원함과 상처 입지 않은 팔꿈치가 산 제물이고, 그렇게 해서 소원을 이루려고 했던 게 아닐까요.

내가 비밀을 지키지 못할 거라고 생각한 건 조금 속상하지만 정말 그대로 됐으니 어쩔 수 없죠. 화를 내지 않을 거예요.

그래서 화가 난 대상은 선생님도 다와라도 아닙니다. 정말로 용서할 수 없는 건 두 사람의 이야기를 어딘가에서 주워들은 우리 아빠와 엄마입니다. 역시 잘 들리기만 하는 이야기를 집에서 속닥대며 하고 있었어요.

아빠가 농담을 던지는 것처럼 선생님이 구한 다와라를 "장차 남자를 홀릴 못된 계집이 될 거야"라고 말했어요.

해도 되는 말과 해서는 안 되는 말이 인간계에 있다면 그 말은 해서는 안 되는 거예요.

다와라는 동생을 구하려고 했다고요.

그런데 엄마는 아빠의 말에 전혀 주의를 주지 않았어요.

내가 의미를 모른다고 생각하는 걸까요.

존경이라는 말이 있지요. 누군가를 공경해서 그 사람처럼 되고 싶다고 생각하는 거죠.

내가 아빠와 엄마를 존경하는 일은 앞으로 평생 없을 거예요. 감사는 하고 있어요. 엄마는 거의 매일 밥을 차려주고 아빠는 돈을 벌고 있어요. 하지만 그 말을 농담처럼 한 아빠와 그걸 넘어간 엄마를 존경하는 일은 이제 절대 없을 거예요.

아빠 엄마처럼 될 바에는 나는 악마가 되고 싶어요.

선생님은 악마지만, 그리고 다와라 본인이 끔찍한 짓을 당하고 있다고 착각한 모양이지만, 다와라네 집에 멋대로 쳐들어가서 아버지와 어머니와 심하게 다툰 모양이지만, 그게 문제가 되었다고 해도 무척이나 다정하고 대단한 선생님이에요. 그야 인간 중 누구도 다와라의 SOS를 알아차리지 못했거나, 알아차렸으면서도 아무것도 하지 않았으니까요.

그렇게 전에도 말했더니 우리가 세뇌당했다고 생각하는 어른도 있었던 모양이에요. 내 나름대로 생각해봤어요. 말의 의미도 조사했고요. 그래서 생각한 건 선생님이 마계와 인간계에 대해서 가르쳐줬고 우리가 배운 것을 세뇌라고 한다면 우리 아빠나 엄마가 하는 것도 세뇌겠죠. 펜을 쥐는 법도, 식기를 사용하는 법도, 옷을 입는 법도 어릴 적에 엄격하게 올바른 방법을 배웠어요. 이거야말로 세뇌겠죠.

악마라면 분명 내가 아무리 이상하게 펜을 쥐고 있어도 괜찮다고 말해줬을 거예요.

그런 선생님이 한 행동이 조금 문제더라도, 물건이 살짝 망가졌어도, 그건 인간계의 규칙과 맞지 않았을 뿐 선생님은 선생님이 말한 것처럼 악마로서 책임을 다했으니 어쩔 수 없어요. 악마와 인간끼리 앞으로 의논하면 돼요. 우선은 선생님 덕분에 도움을 받은 아이가 있다는 게 정말로 중요해요.

다와라는 어딘가에 사는 친척에게 맡겨져서 전학을 가게 되었다고 들었어요.

그게 진짜라면 걱정이에요. 그야 그쪽 학교에는 이상한 아이를 인정해주는 악마가 없을지도 모르니까요. 그렇다면 적어도 언제든지 만날 수 있도록 선생님이 계신 곳을 알아야 해요. 선생님은 스마트폰을 가지고 있지 않아서 만일의 경우를 위한 전화번호밖에 우리는 몰라요. 요전번에 용기를 쥐어 짜내 걸어보았지만, 선생님은 전화를 받지 않았어요. 또 이야기하고 싶어요. 다와라뿐만이 아니에요. 나한테도 선생님이 필요해요.

저기, 혹시 악마를 믿는 우리를 어리석은 아이라고 생각하나요? 선생님이 마계에서 왔고, 인간과는 다른 생물이며, 등에 있는 건 문신이 아닌 진짜 악마의 문장이라고 하나도 의심하지 않는 두 아이가 어리석다고 생각하나요?

전부를 믿는 건 아니잖아요. 6학년이에요.

하지만 진짜라면 좋겠다는 생각은 하죠.

이걸로 전부 다 이야기했어요. 하나도 안 숨겼어요. 중요한 말이나 하기 싫은 말도 전부 했어요. 이게 저의 산 제물이니까요.

부디 부탁드려요. 선생님이 이 학교를 관두지 않게 해주세요.

아빠 엄마나 교실에 있는 인간들을 존경하지 못하는 나한테는 악마가 필요해요.

지옥행 파쿠르

비켜!! 하는 멍청한 고함과 등에 받은 충격, 그리고 땅의 서늘함과 통증. 어린 나에게 멋들어진 플라잉 바디 어택을 날린, 동갑인 로쿠타는 바로 일어나더니 서로의 부모님에게 혼나는 것도 개의치 않고 내 눈만 보고서 몸을 낮추고 사과했다. 정글짐에서 한 도약도, 사각에서 나타난 내가 다치지 않도록 아슬아슬하게 비튼 몸놀림도, 부모님께 목덜미를 잡혀서 끌려갈 때의 얼굴도 동물원에서 본 북방족제비라는 동물을 닮았다.

✱

친구의 생일이라든가 어울려 지내온 기념일은 물론이고, 몇십 년에 한 번밖에 없는 개기 일식이라든가 몇백 년에 한 번밖에 일어나지 않는 별의 나열 같은 것도 내 마음을 아주 두근거리게 한다. 물론 기념일에는 선물을 마련하고 자연 현상이 일어날 때면 그날의 일을 달력에 메모해서 친구나 동료, 때로는 여사친과 스케줄을 맞춰 과자나 술을 사서 준비해놓기도 한다. 텔레비전이나 인터넷에서 광고하는 이벤트를 두고 설렘을 느끼기도 하고, 한 번도 얘기해본 적 없는 사람들과 하나의 일에 감동하기도 한다. 해가 바뀌는 순간 다 같이 '해피 뉴 이어'라고 말하는 건 다들 좋아하지 않을까. 나는 그때밖에 없는 걸 맛보고 싶다.

이건 일반적인 감각이라고 생각했지만, 아무래도 나는 주변 사람들과 비교했을 때 그런 편의 감동에 좀 요란한 모양이다. 모두와도 공유하고 싶은데 말이다. 내가 평범하지 않다는 소리를 들으면 뭐랄까, 같이 즐겁게 놀던 친구들이 공원에서 연달아 집으로 돌아가던 그 외로운 광경이 떠오른다. 기껏 모였으니 혼이 날 정도까지 한껏 만끽하잔 말이야.

세상이 멸망하는 걸 볼 수 있는 사람은 앞으로도 뒤로도 우리밖에 없을 것이다.

"진짜야?"

"몇십 년에 한 번이나 몇백 년에 한 번보다 훨씬 희귀해."

"그게 아니라, 아, 아니 그것도 그렇지만."

내 눈을 힐끗 쳐다보는 이 녀석은 어릴 적부터 함께했던 나의 소중한 친구로 이름은 에마다. 에마는 자기 머리를 쓰다듬으며 한숨을 쉬고 4인용 테이블 구석을 가리켰다.

"지금 여기에 로쿠타한테만 보이는 동물이 있다고?"

"족제비나 흰코사향고양이랑 비슷하지만, 인터넷에 실린 사진이랑 다 달랐어. 다리가 다섯 개 있고."

"꼬리 아냐?"

"꼬리는 따로 있어. 그런데 어쩌면 선천적인 사정을 안고 있는 족제비일지도 몰라."

에마가 점괘 결과가 나쁘게 나왔을 때의 표정을 지었다. 그 표정을 누그러뜨려 주고 싶었다.

"선천적인 사정이라면 누구나 가지고 있지. 에마가 신경 쓸 일이 아니야."

"그런 거 신경 안 써."

"그럼, 다행이고. 에마한테도 안 보이는 건 안타깝네. 사람을 이렇게 잘 따르니 같이 놀 수 있었으면 좋았을 텐데."

"느닷없이 불러내서 뭐냐 싶었는데."

"그야 너 작은 동물 좋아하잖아. 고양이라든가 족제비라든가."

에마는 눈을 빙그르르 비스듬히 위로 치켜뜨고, 입을 절반은 벌린 무서운 얼굴로 한숨을 쉬었다. 아니, 이 녀석이 그렇게 귀여운 동물을 좋아하는 건 진짜다. 초등학생 때 사육을 담당해서 토끼를 돌봤었다.

"멸망 예언이라든가, 타인한테는 안 보이는 게 보인다든가, 다른 대학에 간 소꿉친구를 점심에 불러내서까지 스물이나 된 남자가 할 소리야?"

"에마한테 말해두고 싶었어."

한숨을 한없이 쉬는 에마 앞에 햄버거 접시가 놓였다. 내 앞의 햄버거 위에는 파인애플이 올려져 있었다. 패밀리 레스토랑인 '빅쿠리 돈키'는 햄버거는 물론, 샐러드가 사실상 주메뉴인 듯하다. 절묘한 양념과 식감이 좋아서 곱빼기를 주문하지만 먼저 전부 다 먹어치운다.

"그거 베지 퍼스트지? 어릴 적에는 야채 엄청나게 싫어했으면서."

"시간이 지나면 좋아하는 맛도 변하니까. 베지 퍼스트는 뭐야?"

"건강을 목적으로 야채를 먼저 먹는 거. 그건 어찌 됐거나 로쿠타가 그렇게 오컬트를 믿었었나? 초등학생 때 귀신의 집에서 엄청나게 졸았던 건 기억하는데."

"놀라게 하는 쪽은 싫어. 지금도 그렇고. 그러고 보니 그래서 전에 사귈 뻔했던 여자애가 나한테 식었던 적이 있는데, 들어볼래?"

에마는 된장국을 천천히 마시고 나서 입술 오른쪽만 끌어올리며 웃었다.

"먼저 멸망 이야기부터 해. 거기에 있는, 로쿠타한테만 보인다는 생물이 지구 멸망을 예언한다니, 왠지 얼마 전에 화제가 됐던 아나운서랑 비슷한 소릴 하는 것 같아."

"그 방송 사고 나도 봤어! 무섭더라. 정신이 나간 사람을 실제로 보니까."

지금 같은 기분이야, 라는 소리가 들려올 거라고 생각했는데 에마는 그런 표정을 짓고 있을 뿐이었다. 오늘은 이것 말고 다른 스케줄이 딱히 없는 듯한 에마는 나와 만날 때만큼은 힘을 빼도 되는데 눈 화장을 완벽하게 하고 있었다.

"난 안 미쳤어, 라는 말을 일단 하게 해줘."

"왜 그 애를 믿을 마음이 든 거야?"

"나도 완전히 믿는 건 아냐. 이건 느낌인데 사실을 말하는 것 같아. 더구나 이 녀석이 말한 것처럼 만약 세상이 멸망한다면 그저 슬퍼해도 어쩔 수 없잖아? 기껏 찾아온 멸망이니 다 같이 즐기자고 하고 싶어서."

"가령 만약 진짜라고 치면 보통은 안 즐겨."

"그런가?"

"안 슬퍼?"

"슬퍼, 죽는 거 싫어. 그래도 내가 같이 살아 있고 싶은 사람들이 모두 죽는다면 나만 살아남아도 무의미하니까. 에마라든가 다른 친구들이라든가 가족이 없는 세상에서 살고 싶진 않아."
에마는 잠시 잠자코 있다가 내 눈을 다시 빤히 본 후 "그래"라고 읊조리고 테이블 나뭇결로 시선을 옮기더니 한숨을 가볍게 쉬었다. 어른이 되면서 에마는 나와 대화하는 중에 한숨을 쉬는 일이 있는 것 같다. 뭔가 고민이 있으면 해결해주고 싶은데, 전에 직접 물어봤더니 딱히 아무 일도 없는 것 같았다. 어쩌면 하루하루 작은 스트레스가 쌓여서일지도 모른다.

"즐기다니, 뭘 하면서?"

"멸망 전에만 할 수 있는 걸 하고 싶어. 아직 정확한 날짜는 모르지만. 지금 나는 같은 말을 하는 녀석을 인터넷상에서 찾아 공감하거나 고찰하고 있고, 우주에 메시지를 남기는 방법을 검색하고 있어. 본격적으로 멸망할 때는 조짐 정도는 있겠지. 그렇다면 연락할 테니 모여서 건배하자. 지금은 아무도 믿어주지 않지만."

"모두한테 이 이야길 하는 거야? 그건 글쎄다."

"우선은 신뢰할 수 있는 친구들한테만 하고 있어. 그래서 에마한테 말하고 싶었어."

에마는 빅쿠리 돈키의 귀여운 잔을 응시하면서 아이스커피를 빨대로 한 모금 빨아 마시더니 다시 이쪽으로 시선을 되돌렸다. 에마는 좋아하는 걸 먹거나 마시는 순간에 그 용기를 보는 습관이 있다.

"로쿠타가 말한 대로 만약 진짜로 멸망한다면."

"응."

"나한테는 따로 가고 싶은 곳이 있을지도 몰라."

"경치가 엄청 좋은 곳? 그런 곳도 정말 좋지."

에마는 아무도 없는 옆자리를 보며, 아무것도 먹지 않았을 텐데 입술을 위아래로 움직이다 결국 한숨을 크게 내쉬었다.

"경치라면 난 죽기 전에 우유니 소금 호수 같은 곳이 보고 싶긴 하네."

어떤 곳인가 싶어서 스마트폰으로 검색해보니 마치 SF영화 같은 경치가 나와서 놀랐다. 이게 합성이 아니라고? 대박.

"세상에는 아직 내가 모르는 근사한 게 많네. 볼리비아! 멸망하기 전에 간다면 꽤 서둘러서 준비해야겠네."

"그 경치는 우기 때만 볼 수 있는 모양이지만."

그 밖에도 오로라를 볼 수 있는 지역의 이야기라든가, 세상에서 제일 아름다운 별하늘 이야기를 했고, 엄청나게 로맨틱한 경치를 여러모로 검색해서 스마트폰으로 같이 봤다.

이런 자연유산 같은 경치에는 비길 수 없지만, 어릴 적 둘이서 놀 때 갑자기 여우비가 내린 후에 본 무지개가 예뻤다는 이야기도 했다.

우린 햄버거를 다 먹고서 굳이 자리를 계속 차지하지 않고, 계산하고 밖으로 나갔다. 에마는 "빅쿠리 돈키는 딱히 저렴하지도 않아"라며 롱스커트에서 들여다보이는, 번쩍이는 부츠로 조약돌을 걸어찼다. 확실히 그렇다. 그렇다고 해도 나를 포함해 모두가 자주 온다는 건 맛있다는 증거일 것이다.

에마의 다리 언저리를 빙글빙글 돌고 있던 그 녀석은 이대로 집에 간다고 생각했는지 내 머리 위로 돌아왔다.

"에마, 이 이후 스케줄은 변경 안 됐어? 아무 일도 없어?"

"응. 노래방에라도 갈래?"

"그것도 좋지. 나 최근에 좀 연습하고 싶은 곡이 있거든."

에마와 노래방에 가면 다른 여사친과 갈 때와는 다르게 둘 다 서로를 신경 쓰지 않고 자신이 좋아하는 곡을 부를 수 있어서 좋다. 좋아하는 장르가 달라서 펑크 계열과 팝송 계열의 유행 정보를 늘 교환하는 느낌이 든다. 에마는 영어와 노래를 잘한다.

"그런데 오늘은 에마를 데리고 가고 싶은 곳이 있어."

"보이지 않는 이 아이를 소개하는 거랑 멸망을 예언하는 것만이 아니었구나."

"이것도 말하고 싶었어. 오늘 메인은 이쪽이야."

"이쪽?"

역시 나는 평소보다 감동이 짙어졌다. 하지만 에마가 알아차리지 못해도 괜찮다. 그만큼 서프라이즈를 한 보람이 있다.

"그래. 사실은 오늘 내가 에마랑 처음 만난 지 딱 5천 일째야! 엄청나지 않아?"

"5천?"

"그러니 만약 시간이 된다면 지금부터 총알처럼 빨리 정글짐 공원에 가서 기념으로 사진 찍자. 교통비는 내가 낼게."

내 예상으로는 에마가 5천 일이나 지났다는 사실에 놀라서 당일치기로 고향 가는 여행에 바로 찬성할 거라고 생각했다. 어릴 적에는 내가 놀러 가자고 권하면 늘 손을 들어줬으니까. 하지만 스물을 넘어서자 점점 엉덩이가 무거워져서인지 에마는 멍한 표정으로 고개를 끄덕이지 않았다. 권했다가 거절당하는 건 그 상대가 누구든 속이 쓰리지만, 시간을 공유한 친구로부터 거절당하면 특히 더 그렇다. 에마의 심경을 생각해보았다.

"알지도 모르지만, 막차 시간을 알아보니 10시 정도까지는 있더라고. 괜찮아, 지금 내 머리 위에 올라탄 이 녀석도 걱정하지 않아도 돼. 모르는 곳에 데리고 가면 즐거워할 것 같아. 그리고 뭐, 우리가 만난 기념일을 바꿔 말하면, 내가 에마의 무릎을 까지게 만든 날이기도 하고."

"갈게."

"오예! 아, 노래방이 아니라?"

에마는 조금 전 멍한 표정을 짓던 건 잊은 것처럼 양쪽 입꼬리를 씩 올리고 고개를 끄덕였다. 에마가 눈을 살짝 치켜뜨고 쳐다보면 늘 생각한다. 에마는 어릴 적부터 속눈썹이 길었다.

"공원에 가자. 그래서 지금이라면 멋들어지게 착지하는 모습 보여줘."

에마가 즐거운 표정을 지어서 다행이다. 권한 보람이 있다. 오늘은 운동용 신발이 아니지만, 지금의 우리라면 정글짐 정도는 거뜬하다. 어릴 적의 나에게도 보여주고 싶다.

"그렇구나. 벌써 5천 일이나 지났구나."

"그래, 사실 1년 정도 전에 깨닫고 본가에 남아 있던 영상으로 계산해서 오늘을 기다리고 있었어. 그럼, 가자. 같은 타이밍에 귀성하는 일도 최근에는 별로 없었잖아."

"성인식 때 귀성했잖아."

"에마는 알바 때문에 바로 돌아갔잖아."

"로쿠타!"

내가 서둘러서 빅쿠리 돈키의 입구에서 걸어 나오려고 하자, 에마는 아직 할 말이 있는지 나를 가로막았다. 빙그르르 돌아선

원심력 때문에 머리 위에 있던 녀석이 통, 하고 날아 에마의 옆에 멋지게 착지했다. 꽤 하는데?

"응. 왜?"

"가는 도중에 로쿠타가 졸아서 차인 이야기도 해줘."

"차인 거 아니라니까. 우선 사귄 게 아니라 살짝 썸을 탔을 뿐이야."

"그래서 나한테 보고도 안 했던 거야?"

"그래그래."

머리 위에 그림자가 돌아오는 것을 확인하고 나서 이런 짧은 계단에서 볼썽사납게 넘어지지 않도록 앞을 확실히 보고 걸었다.

그러자 또 뒤에서 에마의 한숨이 들렸다. 이런 때에도 나온다면 이건 이제 에마의 습관 같은 것일지도 모른다.

✶

그립다는 감각에는 영혼을 나약하게 만드는 달콤함이 가득 채워져 있어서 고향에는 가능한 한 돌아가지 않으려고 한다고, 친구에게 말한 적이 있다. 고집이 세다 보니 더 이상 고향에 찾아가기 힘들다고 생각했다. 실은 추억을 희석하는 듯한 느낌이 들어서 싫다. 하지만 이렇게 권유받는다면 역시 갈 수밖에.

설마 했던 기념일이던 그날은 결국 엄마한테 연락해서 로쿠타도 같이 우리 본가에서 밥을 먹었다. 밤에는 각자의 본가에서 묵고 다음 날 아침, 나는 대학교로 갔다.

전철 안에서 로쿠타의 머리 위에 있다고 하는 그 녀석들을 떠올려보았다. 족제비 같은 녀석이 족제비 같은 녀석을 기르기 시작한 걸 나도 볼 수 있으면 좋았을 텐데.

물론 그로부터 2주일이 지나도 세상은 여전히 존재했고, 로쿠타에게 '멸망할 조짐은 있어?'라고 연락해도 아직인 모양인 듯했다. 우선 보이지 않는 족제비의 이름을 캡이라고 정했다는 사실을 전해 들었다. 이동 중에 늘 머리 위에 올라타 있어서 모자를 쓸 수 없게 되어서라고 한다.

전화했을 때, 다음 주 토요일에 연습 모임이 있다는 걸 듣고 오랜만에 로쿠타의 훈련 모습을 보러 가기로 했다. 대학교 1학년 때 녀석이 이 지역팀에 합류한 이후 처음이었다.

토요일 점심시간이 지나서 그들은 고향의 통칭 정글짐 공원과는 비교도 안 될 만큼 넓은 공원 한구석에 모여 있었다. 단단한 콘크리트 단차나 경사면이 있는 공간에 로쿠타를 포함해 남녀 총 일곱 명이 원을 만들어 준비 운동을 하고 있었다.

우리는 벤치에 앉아 소풍 기분으로 커피를 한 손에 들고 그들을 쳐다보았다. 우리라는 건, 내가 대학교 친구에게 권해서 함께 왔기 때문이다.

"파쿠르는 벽이라든가 단차를 발판으로 삼아 훽훽 날아서 이동하는 거지?"

그 파쿠르를 내 소꿉친구가 하고 있다는 이야기를 한 시점에서 흥미를 느껴준 미야코는 고등학교 시절 치어리딩을 했다.

육체적으로나 정신적으로나 나보다 훨씬 로쿠타에게 그 구조가 가까울 것이다. 나는 스포츠를 좋아하는 사람과 친해질 운명으로 태어난 듯하지만 어릴 적 수영 교실을 다닌 것 말고는 아무것도 하지 않았다. 가볍게 날아오르는 건 특히 잘 못한다.

스트레칭 후 시작된 트레이서들의 웜업으로 시선을 돌리면서 나는 금발을 휙 날리며 점프하는 소꿉친구와 파쿠르의 관계에 대해 미야코에게 말했다.

어릴 적부터 날아오르거나 뛰어오르는 걸 좋아했던 로쿠타는 좌우지간 잘 다쳤다.

내 무릎을 까지게 한 것도 모자라 자기 몸에도 늘 까지거나 베인 상처를 냈다. 보다 못한 로쿠타의 부모님은 몸을 움직이는 방법을 배우게 하려고 녀석을 체조 교실로 보냈다. 탄력성이 좋은 로쿠타는 실력이 우수해서 장래도 살짝 기대를 받았지만, 교실도 체육관도 스케일이 걸맞지 않았던 모양이다. "좀 질렸어"라고 나한테 흘리듯 말한 녀석은 얼마 지나지 않아 지구가 통째로 무대가 되는 파쿠르의 존재를 알았다.

로쿠타는 중학교 2학년 때 체조를 관두고 어리지만, SNS를 통해 경험자에게 연락해 오늘처럼 연습 모임에 참가해서 트레이닝 방법을 배워나갔다.

에마도 할래? 라고 권유받자마자 나는 무리라며, 거절했다. 내가 하는 건 말도 안 되고 보는 것만으로도 조마조마하다. 나라면 한 번에 끝이다. 경험자라도 언젠가는 다칠지도 모른다. 콘크리트에 목이 접질리지 않을까 여전히 걱정하게 된다. 물론 그렇게 되지 않기 위해 기술을 익힌다고 하지만.

적당히 조절해주길 바라는 마음은 당연히 있다. 하지만 저 녀석의 라이프스타일을 바꾸려고는 하지 않는다.

"파쿠르 대회가 있어?"

작은 스푼으로 뜨거운 커피를 휘저어 식히려는, 뜨거운 걸 잘 못 먹는 미야코에게 나는 중학생 때 들은 지식을 과시했다.

"있어. 그런데 파쿠르의 본래 목적은 대회에서 이기는 게 아니야."

내 시선 끝자락에서 로쿠타가 경사면의 난간에서 난간으로 여유롭게 날아서 옮겨갔다.

"운동 능력을 높여서 언젠가 누군가를 구하는 거지."

물론 전원이 그럴 작정으로 파쿠르를 마주하고 있는 건 아닐 테고, 로쿠타조차 스포츠나 예술로서의 측면을 더욱 즐기고 있을지도 모른다. 하지만 나는 5년도 훨씬 전에 인터넷상에서 발견한 트레이서의 말이 마음에 들었다.

지구가 멸망한다는 사실을 로쿠타로부터 전해 들었을 때 진짜 멸망한다고는 생각할 수 없었고, 저 녀석이 장난을 치거나 일시적으로 저 녀석의 머리가 이상해졌을 뿐이라고 여겼다. 다만 건물의 잔해에서 도움을 요청하는 누군가를 구하기 위해 도약하는 저 녀석의 모습이 보고 싶기는 했다.

오늘 연습 모임에는 파쿠르를 갓 시작한 남고생도 와 있었다. 나이가 제일 비슷한 로쿠타는 조언해주는 역할을 담당했고, 그에게 기초적인 움직임과 방해물에 손을 짚고 뛰어넘는 볼트 기술을 가르치고 있었다. 나와 미야코는 최신 뉴스나 학교 내의 소문에 관해 이야기하면서 전도유망한 고등학생의 성장을 지켜보고 있었다.

긴소매 티셔츠에 흙이 묻은 로쿠타가 달려서 이쪽으로 다가왔던 건, 고등학생의 다리가 방해물에 부딪쳐서 휴식 시간을 갖게 된 게 계기였다. 로쿠타도 처음에 파쿠르를 할 때는 그런 느낌이었다.

"안녕, 처음 보는 친구네. 둘 다 심심하지 않아? 괜찮아?"

나는 대답하지 않고 미야코 쪽을 보았다. 미야코는 "안녕"이라고 인사하고 "전혀 지루하지 않아. 실제로 처음 봐서 즐거워"라고 참으로 나긋나긋하게 대답했다.

"그럼 다행이야. 고등학생인 저 녀석은 최근에 들어왔는데 예쁜 여자가 둘이나 보러 와줘서 기쁘대."

미야코는 수줍은 모습을 숨기는 척하더니 "솔직한 애네!"라고 농담했고, 로쿠타와 서로 해맑게 웃었다. 그리고 그게 거짓말인 것처럼 로쿠타가 연습하러 돌아가고 난 후 나에게만 들리도록 "그렇구나"라고 의미심장한 얼굴로 읊조렸다. 반응해달라는 느낌도 아니었고, 할 생각도 없었다. 사전에 질문을 받아 설명했던 나와 로쿠타의 관계성을 납득했다는 이상의 의미가 담겨 있다는 건 알았다.

"치어리딩을 한 걸 알면 같이 놀자고 할지도 몰라."

"그냥 좀 관심이 있는 건데 뭘."

세계 멸망보다도 훨씬 있을 법한 가능성으로, 별 뜻 없이 나눈 대화는 현실이 되었다.

연습이 끝난 후 로쿠타는 우리를 팀 회식에 초대했다. 리더를 맡은 30대 후반 남성이 제안했다고 한다. 로쿠타는 여자 멤버도 참석하니 남자들만 바글대는 회식은 아니지만, 싫으면 물론 거절해도 된다고 배려해주었고, 그에 대한 대답은 미야코가 참석하고 싶다는 이유로 예스로 정해졌다. 로쿠타는 기쁜 듯했다. 미소 짓는 얼굴이나 말투에서 흔히 순진무구해 보이는 내 소꿉친구는 실은 여자를 밝힌다. 그 점에서도 친구로서 거침없이 이야기해주기 때문에 잘 안다.

알면서도 미야코를 부른 나는 나쁜 걸까, 애처로운 걸까. 로쿠타가 여자와 소중한 친구를 단호하게 나눠서 생각하는 것도 아는 나는 어느 쪽일까.

역 앞 저렴한 술집에서 순조롭게 시작된 회식은 나쁘지 않았다. 언니 오빠들이 어른스러워서 우리가 꺼림칙한 일을 겪지 않도록 조치해주었다. 술에 취한 후 요즘 시대에 뒤떨어진, 외모를 칭찬하는 신난 분위기도 웃으면서 받아들일 수 있었다. 내가 말한 대로 치어리더 경험이 있다는 이야기를 한 미야코는 파쿠르를 부디 한 번 체험하기를 바란다고, 여러 사람에게 권유받았고 본인도 아주 싫은 눈치는 아닌 듯했다. 나는 부드럽게 거절했다. 로쿠타가 '에마에게는 다른 기술이 있다'고 거들어주었다.

며칠 후, 미야코는 로쿠타에게 일대일로 놀러 가자는 제안을 받았는데, 가도 되는지, 나한테 상담했다. 놀라지도 않았고 반응도 하지 않았다. 회식 후 돌아가는 길에 셋이 남았을 때 로쿠타는 내 앞에서 당당하게 미야코에게 연락처를 물었으니까.

"스포츠맨들은 진도가 빠르네."

미야코를 향해 웃음을 섞어 보인 한숨을, 그녀는 확실히 우정의 산물로 착각해주는 듯했다. 실제로는 정신적인 자해 행위이자 자위행위를 할 때마다 내 입에서 나오는 상실감과 우월감이 뒤섞인 한숨이라고는 알아차리지 못했다.

로쿠타는 앞으로 무엇을 얼마나 더하든 미야코에게 캡 이야기를 절대로 하지 않을 것이다. 나는 그걸 알고 있다.

속으로 혼자 상처받고 자기 위안으로 기분을 누그러뜨리면서 두 사람과 계속 친하게 지내는 내가 나쁜 걸까? 이렇게 하지 않으면 살아 있는 것만으로도 숨이 찰 듯한 기분이 드는 나는 애처로운 걸까?

로쿠타가 말하기로는 그로부터 이미 5천 일이나 지났다고 한다.

날수는 세지 않았지만 나는 매일 로쿠타가 나를 다치게 했던, 그날부터의 일을 떠올린다. 즉 내가 가진 변명의 사고에 따르면 내 영혼은 이미 옛날에, 달콤함에 다 썩었다.

✳

미야코가 본 에마는 강하고 근사한 여성인 모양이다. 그런 캐릭터로 행동한다는 것 정도는 알고 있었지만, 내가 오랜 세월 봐 온 그 녀석의 이미지와는 조금 다르다. 그렇다고 해서 에마의 허락도 받지 않았는데 고자질할 생각은 없다. 그래서 미야코에게는 "옛날에는 얌전한 편이었어"라고만 전했다.

친해지자, 미야코는 에마와 나눈 대화를 털어놓았다. 맨 처음에 파쿠르 연습 모임에 가자는 말을 들었을 때는 에마의 남자 친구로서 나를 소개해 준다고 생각했고, 아니라는 설명을 듣고 나서도 그런 사이일 거로 생각해서 보러 갔다고 한다. 하지만 내가 연습 중 말을 걸러 왔을 때 받았던 느낌으로 아니라는 걸 알았던 모양이다.

미야코는 에마와 내가 진짜 소꿉친구였기에 마음이 가는 다른 이성에게 그런 태연한 얼굴로 예쁘다고 말할 수 있었을 거라고 했다. 그래서 에마도 그런 말을 듣고도 가만히 있을 수 있었을 거라고도 했다.

"고등학생이 한 말을 전했을 뿐이야."

미야코는 인상을 찌푸리고 웃었다.

"만약 줄곧 그런 태도인 로쿠타를 에마가 좋아한다면 지옥일 거야."

"그럴 리가 없으니, 천국에 갈 것 같아서 다행이네."

천국이라든가 지옥이라든가 사후 세계의 이야기는 캡이 나타나고서 멸망을 알게 되었을 무렵부터 친숙해졌다. 나는 믿는 종교도 없고 구체적인 지식이 있는 것도 아니다. 하지만 천국과 지옥의 이미지 정도는 막연하지만, 누구에게나 있을 것이다. 만약 소멸하거나 환생하는 게 아니라 어딘가에 가게 된다면 당연히 모두와 가고 싶은 건 천국 쪽이다.

술에 취하면 개방적인 사람이 되는 미야코는 "그래도 한 번 정도는 하고 싶다고 생각한 적 있겠지"라고 놀렸다. 그래서 정말, 없다고 말했다. 하지만 대화의 계기가 될 만한 화제를 만들어준 에마에게는 고마워해야 할 듯했다. 에마의 다음 생일 선물 가격에 금액을 조금 더 보태고 싶다. 에마한테는 이런 일도 웃으며 전달할 수 있다.

그렇게 여자를 만나거나 친구와 놀다 보면 내 하루하루는 그냥 지나간다. 시끌벅적한 건 거의 특별한 날이다. 내 일상이라는 건 실제로 좀 더 소소한 데 있다. 최근에는 캡도 잘 알고 있다.

수업과 알바 시간 짬짬이 사람이 적은 시간대를 노려 몇 군데 알고 있는 공원 중 하나로 나간다. 이래 보여도 연습은 성실하게 하는 편이다.

이른 아침이나 심야, 평일 한낮이라면 공원에서 날아다니거나 뛰어올라도 타인에게 민폐를 끼치지 않는다. 요 몇 주일 동안에는 내가 한창 날아다니거나 뛰어오르는 동안 늘 캡이 근처를 돌아다니고 있다.

같이 춤추고 있는 것일지도 모른다.

오늘은 10시에 일어났다. 1교시를 빠졌다고 생각하면서 소시지를 통째로 먹고 오후 2시 무렵부터 걸어서 갈 수 있는 비교적 큰 공원으로 외출했다. 도착하면 우선 벤치에 앉아 있는 할머니에게 인사한다. 그러고서 스트레칭하고 있으면 이전부터 내가 연습하는 모습을 내내 지켜보던 초등학생 남자아이가 오늘도 놀러 와서 하이 파이브를 한다.

팀원은 없고, 거의 혼자다.

대학교에도 파쿠르 서클이 있지만 왠지 규율이 꽤 엄격한 듯해서 관뒀다. 고향에 있었을 때와 마찬가지로 연령이 상관없는 팀에 입단했다. 그리고 모일 때 말고는 개인 연습을 하는 습관을 기른 것이 벌써 2년이 넘었다.

준비 운동은 빼먹지 않고 중학생 당시 팀원에게 배운 대로 꼼꼼하게 한다. 다리 들기 운동 등을 하는데 단순해서 즐거운 장면도 아닌데도 벤치에 앉은 할머니는 연신 싱글벙글 웃으며 이쪽을 봐주었다.

그 할머니와는 휴식 중에 이야기를 나눈 적이 있다. 지난번에는 다른 사람에게서, 가끔 물어오는 정해진 질문을 받았다. 날아다니거나 뛰어오르는 건 무엇을 위해서냐는 것이었다.

다들 신기하게 생각하겠지.

파쿠르의 기원이라는 의미에서라면 파쿠르는 프랑스 군대의 훈련 방법이다. 물론 나는 평소에 그런 역사를 의식하지 않는다. 나 개인으로 말하자면, 그저 단순히 운동을 좋아하고 갈수록 매끄럽게 아크로바틱을 할 수 있게 되는 게 즐겁다. 그리고 한 가지 더, 이게 내 안에서는 최고로 중요한데, 실은 파쿠르를 하면서 제일 좋아하는 순간은 착지할 때다. 그게 중요하다.

그야 제일 멋지니까. 씩씩하게 히어로가 등장하는 느낌이다. 아직 파쿠르라는 이름을 몰랐던 어린 시절부터 그 감각이 내내 이어지고 있다. 근사해 보이고 싶다고 에마에게 말하면 분명 "여태 그런 소릴 하는 거야?"라고 비웃을 게 뻔하다. 그래서 그 말을 하는 건 그 녀석이 졸 정도로 능숙해지고 나서다. 감동하게 만들고 싶다. 그 녀석, 겉으로는 쿨해 보이지만 실은 상당히 쉽게 감동하는 타입이라는 걸 알고 있다.

그래서 파쿠르의 기본은 소중히 여기고 싶다. 즉 안전제일이다. 내 신체 능력을 모르고 무리하다가 다치는 건 초라해 보이고 친구를 슬프게 한다.

오늘은 최근에 생각하던 플로우를 발전시키고 반복 연습을 해서 쓸데없는 동작을 줄여나가려고 한다. 스마트폰을 놓고 촬영해서 나의 움직임을 확인하고, 단순하게, 조금씩 움직임을 세련되게 만들어 가는 게 중요하다. 큰 기술을 멋지게, 그리고 즐겁게 해낼 수 있게 된다. 연습한 작은 동작을 펼친 후에 몸을 꼬는 공중제비를 하면 산책 중인 부모와 아이가 손뼉을 치거나 순수하게 기뻐한다. 한 번은 행위예술가로 보여서 500엔짜리를 건네받은 적도 있다.

잠시 음악을 들으면서 묵묵히 연습하고 있으니, 수업이 끝난 친구 두 명이 시간을 때우기 위해 보러 왔다. 나 혼자서는 촬영하기 어려운 각도에서 영상을 찍어달라고 하고, 이왕 만났으니 둘에게 간단한 동작을 가르쳐주며 체험하게 했다. 콤비네이션 느낌의 동영상도 만들었다. 내 나름대로 서비스 정신을 다해서 화려해 보이는 벽을 타는 기술을 펼치면, 〈SASUKE〉[12]에 나가라는 소리를 듣는다. 솔직히 말하자면 파워 쪽은 무리다. 땀을 흘리며 웃고 나서 셋이서 밥을 먹으러 가기로 했다.

나무 그늘에서 티셔츠만 갈아입고 후드를 걸쳤더니 조금 떨어진 곳에서 내내 보고 있던 하이 파이브 어린이가 달려왔다.

"어떻게 해야 할 수 있어요?!"

잠시 생각하고서 솔직하게 대답했다.

"체육 시간에 매트 운동이라든가 뜀틀 뛰기라든가 평균대 건너기를 하지?"

"네."

"우선은 그걸 조금씩 깔끔하면서도 빠르게, 높으면서도 멀리

---

12) 일본 TBS에서 방영하는 스포츠 엔터테인먼트 쇼 프로그램이다.

까지 갈 수 있도록 하는 거야. 그러기 위해서는 근육을 단련해야지. 달리거나 팔굽혀펴기를 하거나 복근을 기르거나 해서. 그러고 나서 아버지나 어머니께 부탁해서 파쿠르를 배울 수 있는 교실에 다니는 거야."

기대한 답과 달랐는지, 노골적으로 시시하다는 표정을 짓는 어린이에게 옛날에 본 픽사 영화로 예를 들어 주었다. 바로 이 말로 말이다. "미스터 인크레더블도 트레이닝하잖아?" 더구나 평범한 인간에게 느닷없이 날개가 돋아날 리 없다.

"몰라요."

"그래? 슈퍼 히어로라도 연습이 제일 중요해. 무슨 말인지 모를 수도 있겠지만 파쿠르는 원래 어디든지 갈 수 있도록 하기 위한 트레이닝 방법이거든."

무슨 소린지 이해하지 못하는 듯한 얼굴 앞에 손을 내밀었다. 조금 전처럼 하이 파이브를 하고 나서 "혼자 있을 때 흉내 내지 마. 위험해"라고 전하고 우리 대학생 셋은 빅쿠리 돈키에 가기로 했다. 벤치에 앉은 할머니를 향해 손을 흔들었더니 할머니가 손짓했다. 할머니는 눈깔사탕 두 개를 주었다. 디저트로 먹어야겠다.

오늘은 달걀 요리를 먹을까, 된장국이랑 콘 수프 중 어느 게 좋을까 생각하다 보니 문득 평소와 달리 머리 위가 허전한 걸 느꼈다.

시간이 지나도 캡이 머리 위로 올라오지 않았다. 어라? 평소에는 내가 이동하는 기척이 들면 바로 발 언저리에서 달려오는데. 최근에는 이제 파트너처럼 느끼기도 했다.

캡을 찾기 위해 공원을 떠나기 직전까지 돌아보았다.

그리고 그곳에 있던 것에 나는 내심 놀랐다. 하지만 소리를 지르면 친구가 이상한 녀석이라고 생각할 테니 참았다.

조금 전까지 작고 귀여웠던 캡은 내가 잠시 눈을 뗀 사이 거대화되어 있었다.

이젠 족제비나 흰코사향고양이가 아니었다. 크기가 대형견 정도 되었다. 캡이라는 걸 알았던 건 다리가 꼬리 외에 다섯 개 있어서였다. 분명 그렇게 커지면 내 머리에서 삐져나올 것이다. 그래서 배려해준 걸까.

캡은 느릿느릿 내 쪽으로 다가왔다. 나 말고 다른 사람에게는 변함없이 보이지 않는 모양이었다. 이렇게 큰데도? 이 정도 크기라면 족제비 같은 동물이라고 해도 박력이 심상치 않을 테다. 확실히 말해서 지금까지처럼 귀엽지 않았다. 하지만 친구 둘 몰래 손가락으로 신호를 보냈더니 손끝에 코를 갖다 댔다. 같이 시간을 보낸 지 아직 몇 주밖에 되지 않았지만, 그 동작에는 애착이 있었다.

혹시 이게 세상이 멸망한다는 징조일까?

진짜야? 막상 찾아오니 꽤 난감했다. 시간이 조금 더 있을 줄 알았다. 에마의 생일도 아직 다가오지 않았고 그 녀석을 감동하게 할 퍼포먼스도 준비하지 못했다. 멸망을 즐길 준비도 아직 못했고 말이다.

나는 우선 햄버거를 먹고 나서 약속대로 에마에게 연락하려고 했다.

✱

 첫 번째, 두 번째에는 한잔하러 같이 갔다거나 연습 모임을 견학했다거나 하는 보고가 있었는데, 미야코는 이제 더 이상 그 화제를 꺼내지 않았다. 그 의미 정도는 아는 나는 그저 미야코의 곁에 있는 것만으로도 유리 조각이 섞인 격류에 삼켜진 듯한 기분을 맛볼 수 있었다.
 솟구치는 한숨을 필사적으로 억눌렀다. 미야코가 자신이 나쁘다고 잘못된 생각을 하지 않길 바랐다.
 갑자기 로쿠타에게 온 연락에는 평소처럼 인사말도 주어도 없이 용건만 담겨 있었다. 이야기를 너무 생략하면 알맹이가 무엇이었는지조차 알 수 없을 때도 있지만, 이번에는 알았다.
 '징조일지도 몰라.'
 수업 중이었다. 메시지를 읽고 바로 답장했다.
 '무슨 일 있어?'
 로쿠타로서는 드문 일인데, 조금 당황한 듯한, 그리고 마치 그 자리에 그 녀석 자신이 없는 것처럼 둥둥 떠 있다가 착지하는 순간 땅이 사라진 듯한 긴 메시지가 왔다. 요약하자면, 캡이 갑자기 커져서 무서워졌다는 것이었다.
 그곳에 있는지 없는지조차 로쿠타만 알 수 있는 생물의 모습이 변했다고 해도 그것이 진짜인지 가짜인지 따져보는 게 우선이다. 그런데도 그 녀석이 다급해하는 모습이 보고 싶어서 5교시 후 만나기로 했다. 로쿠타는 약속 장소를 전에 연습 모임을 견학하러 갔던 큼직한 공원으로 정했다. 한숨이 문장에 섞이지 않도록 조심하며 이유를 묻자, 실내에서 커진 캡이 자기 몸을 주체하지 못해서인 모양이었다.

만약 캡이 정말 존재하고 있고 갈수록 커진다면 그 아이가 괴수가 되어 지구를 파괴하고 말지도 모른다. 꽤 장대한 상상을 하면서 수업을 마지막까지 다 듣고, 참가 예정이던 술자리에 컨디션이 좋지 않다는 이유로 빠지고 나서 연락했다.

밤이 되자, 그 연습 광장은 스케이터나 댄서들의 공간이 되어 있었다. 내가 먼저 도착했고 머지않아 온 로쿠타는 어릴 적부터 받은 인상과 다름없는 미소를 지으며 어째서인지 사탕을 주었다.

"공원에서 자주 만나는 할머니가 주셨어."

"고마워. 캡은?"

"여기에 있어. 이렇게 커져도 안 보이는구나."

보이지 않으니, 시선을 둘 곳도 없었다. 적어도 프레데터가 사라질 때처럼 공간이 일그러져 보이는 서비스를 줘도 좋을 텐데.

로쿠타는 쪼그려 앉아서 마치 개의 턱이라도 쓰다듬듯 공간에 손가락을 놀렸다.

"족제비 계열도 그거 좋아할까?"

"잘 모르지만, 이 녀석은 싫어하지 않는 듯해."

"커진 게 징조인지 아닌지 캡은 안 가르쳐줘?"

먼젓번 5천 일 기념으로 고향에 돌아가는 도중에 있었던 일이다. 로쿠타는 캡과 소통하는 방식을 이야기해주었다. 확실히 말해서 요령을 터득하지 못했다. 아무래도 표정을 보고 있으면 그게 말로 느껴지는 경우가 있는 모양이다. 존재도 의사 전달 방식도 너무 애매해서 나는 역시 로쿠타가 만든 설정이 허술하거나 그의 정신이 이상해졌다고 의심했다.

"안 가르쳐줘. 세계가 이제 곧 멸망한다는 소리는 여전히 하지만."

"그럼 관계없는 거 아냐? 단순히 성장했을 뿐일지도 모르잖아."

"그럴까?"

나로서는 100퍼센트 확신하기 어려운 일이다. 하지만 로쿠타는 캡의 거대화 말고 멸망 그 자체는 진지하게 받아들이고 있었다.

로쿠타가 난감해하는 표정은 흔치 않아서 재미있었다.

"조짐이라고 해도 로쿠타가 요전번에 그건 그것대로 즐긴다고 해서 괜찮을 줄 알았어."

로쿠타는 캡이 있는 듯한 쪽을 쳐다본 채 쑥스러운 미소를 지었다.

"에마한테는 미안해. 소꿉친구가 꼴사납게."

딱히 미안해할 일은 아니었다.

"모두가 사라진다면 다 함께 사라지는 편이 낫다고 생각하는 건 사실인데, 실제로 가까워졌을지도 모른다 싶으니 이것저것 하지 않은 일들이 떠오르기 시작하더라고. 조금 무서워졌어. 에마를 우유니 소금 호수에 데리고 가줬더라면 좋았겠다 싶기도 했고."

"기억하고 있었구나. 그런 건 아무래도 상관없어. 멸망 안 하면 혼자 가거나 잊어버리겠지."

조금 전까지 잊고 있었다. 그런데 이걸로 이제 잊어버릴 수 없게 되었다. 빅쿠리 돈키에서 나눈 적당한 말에 의미가 부여되었다.

나는 한숨이 새어 나온 김에 로쿠타에게 제안했다.

"그럼 적어도 하나 정도 내가 하고 싶은 걸 이루게 한 다음에 멸망하게 해."

말에 담긴 뉘앙스를 전부 파악한 로쿠타는 웃으며 일어났다. 마치 지금 당장 뛰어오를 듯한 탄성력이 느껴지는 동작이었다.

"내가 멸망시킨다는 듯이 말하지 마. 뭐야? 볼리비아는 어려워."

"그건 됐어. 얼마 전에 말한 노래방에 아직 안 갔잖아."

로쿠타는 그걸로 되겠냐는 듯한 표정을 짓고 있었다.

"그다음에 로쿠타가 하고 싶은 일이 있으면 이번에는 내가 거들게. 도중에 언젠가 멸망해도 좋고."

"그거 완전히 안 믿는다는 말투잖아. 그래도 에마가 그 정도 느낌으로 있어 주면 나도 홀가분해서 좋아. 고마워."

"적어도 캡이 보여야 말이지."

로쿠타는 캡과도 이렇게 대화를 나누는지 상상했다. 캡의 우는 소리라든가 표정을 가능한 한 느낌으로 받아들여 함축적 의미를 깨닫는 식으로 말이다.

만약 그렇다면 캡은 로쿠타의 추측하는 역량을 완벽하게 파악하고 일부러 자신에게 비우호적인 발언을 하지는 않을 거라고 믿고 있을 테다. 다리가 다섯 개인 족제비가 자해나 자위행위를 하는지 모르지만 분명 그렇다.

"로쿠타가 옛날에 좋아했던 아이를 만나러 가는 일에는 끌어들이지 마. 귀찮으니까."

"걱정하지 마. 난 딱히 과거사를 질질 끌지 않으니까. 현재진행형을 중시하는 남자야."

나는 한숨을 한 번 쉬었고, 소꿉친구의 실연을 놀리는 거라고 생각한 모양인 로쿠타는 중학생 시절의 짝사랑에 대해 너무 맹목적이던 자신이 잘못했다고, 이쪽이 바라지 않는데도 죄를 마음대로 인정했다.

딱히 잘못하지 않았다.

노래방에 도착한 우리는 두 사람이 쓰기에는 조금 널찍한 방을 달라고 했다. 로쿠타가 캡을 배려한 것이다. 두 시간짜리로 계산했는데 결국 중간부터 시간 무제한으로 바꿨고, 아침 무렵의 한 시간 동안은 아무도 노래를 부르지 않고 앉은 채 잤다. 내가 먼저 일어나 L자형 소파의 앞쪽 자리에서 비스듬히 자는 남자의 얼굴을 들키지 않을 때까지 빤히 보고 있었다.

캡은 자는 건가, 잔다면 언제일까.

후일에, 노래방에 대한 보답으로 로쿠타가 어머니 생일에 보낼 선물을 같이 골라주기로 했다. 그리고 그때 여성용 옷 가게를 돌아다니면서 물었다.

아무래도 잠을 자지 않는 것 같았다. 간혹 로쿠타가 밤중에 일어나면 방구석에서 소리도 내지 않고 날아다니거나 뛰어다니면서 빙글빙글 돌고 있다고 했다.

"주인이랑 닮았네."

역시 보고 싶다는 생각이 들었다.

그에 비해서는 전혀 안타깝지 않은 일이 내 주변에서 일어났다. 멸망을 향해 로쿠타와 서서히 활동하기 시작한 게 계기였다. 학교에서 내 입장이 조금 떳떳하지 못하게 되었다. 그날 컨디션이 안 좋다고 거짓말하고 빠진 술자리의 참가자가 우연히 이른 아침에 남자와 동행하고 있는 나를 보았다고 한다. 영리해서 만만치 않은 상대인 미야코에게는 로쿠타라고 솔직히 말했으면 아무 변명도 필요 없었을 텐데, 세상엔 그렇게 이해심 좋은 사람만 있는 게 아니다. 그렇다고 해서 일부러 왕따라든가 폭력이라든가 하는 범죄를 저지를 만한 사람도 없다. 그래서 대단한 일이 아니니 내버려두었다.

로쿠타와 미야코는 여전히 만나고 있는 듯했다. 시간이 지나도 무언가 보고도 없었다. 즉 공식적으로 사귀고 있다고 말할 만한 관계가 아니라는 뜻이다. 두 사람은 날마다 나한테 살아 있다는 실감이 나게 해주었다. 이 실감이 있었기에 로쿠타에게 아무리 세상이 멸망한다는 소리를 들어도 전혀 두려움이 솟구치지 않았을지도 모른다.

아닌가, 나도 로쿠타와 마찬가지다. 누가 죽어도 다들 함께라면 좋다고 생각한다.

그래서 이런 이야기도 했다. 요전번에 근처 정식집에서 한번 먹어보고 싶은 메뉴가 있는데 양이 좀 많으니 남기는 분량만큼 해치워줬으면 한다고, 내가 부탁하자 로쿠타가 확실히 소원을 들어준 때였다.

"만약 캡이 근처에 있는 인간의 생각을 읽어서 멸망시킬지 안 시킬지를 결정한다면 로쿠타가 모두가 같이 죽는다면 딱히 상관없다고 생각했으니 멸망하는 걸지도 몰라."

"그런 무서운 소리 하지 마. 나만 분명 지옥으로 갈걸?"

"아마 그때는 나도 끌려갈 거야."

"친구가 있어서 다행이야."

"바늘산 지옥에서도 깡충깡충 뛰어다닐 수 있도록 연습해."

아직 세상이 멸망할 낌새는 없었다.

나는 수업을 듣고 연구실에 갔고, 무난하게 알바하러 가서 로쿠타와 연락을 주고받았다. 대학교에서 아무래도 상관없을 상대에게 가벼운 괴롭힘을 당해서 휴일에는 동네에서 나가 무리해서라도 로쿠타를 만났다. 그리고 언젠가 같이 지옥으로 떨어질지도 모르니 동료로서 힘을 합쳤다. 아직 세상이 멸망할 조짐은 없었다.

계절이 변하고 더워져도 캡에게 일어난 변화의 의미를 알 수 없었다. 처음부터 의미뿐만 아니라 캡 자체가 없을지도 모르니, 생각할 도리가 없다.

역시 이렇게 세상은 로쿠타의 마음을 망가뜨리기만 하고 앞으로 나아가는구나.

소꿉친구를 덮친 무언가에 대해서 나는 딱히 근심하지 않았고, 요 5천몇십 일째도 아슬아슬하게 넘기며 살아 있었다.

오늘도 아무것도 달라지지 않았고 수업을 듣고 있는 내 옆에서는 오프숄더 스타일을 한 미야코가 스마트폰을 만지작거리고 있었다.

아담한 교실이었다면 비명 정도 질렀겠다 싶지만, 공교롭게도 칠판과는 나름대로 거리가 있었다.

부채꼴 모양의 교실로 앞문을 열지 않고 무언가가 들어왔다. 나는 이 세상의 법칙도 잊고 개가 헤매고 있다고 생각했다. 수업은 중단되는구나, 그것도 좋다고 생각했다.

그런데 아무도 반응하지 않았다. 우연히 앞쪽 칠판으로 시선을 보내고 있던 미야코도 난입자를 무시하고 있었다.

금색에 크기는 골든 리트리버 정도 되었다. 그래서 골든 리트리버라고 생각한 그 녀석은 무언가를 찾듯 힐끗거리며 의자가 나란히 놓여 있는 계단을 올라와 이쪽으로 다가왔다. 다가왔을 때 마침내 그게 개와는 다른 생명체라는 걸 알았다. 얼굴이 둥글고 눈에는 애교가 담겨 있었지만, 육식하는 흉악성도 번지고 있었다.

또 한 걸음 다가오자 한 가지 더 알아차렸다. 타이밍 좋게 상대도 이쪽의 존재를 알아차린 듯했다.

다리가 꼬리를 빼고 다섯 개 있었다.

캡이다.

들은 그대로의 모습을 한 캡의 얼굴을 정면에서 본 나는 그 자리에 있는 물건을 전부 남기고 교실에서 뛰쳐나왔다.

*

에마를 어릴 적부터 알던 나와 에마를 요 몇 년간 알게 된 친구 사이에는 그 녀석에 대한 인상이 다르다는 걸 잘 안다. 지금의 에마라면 초등학교 교실에서 다른 아이가 한 실수를 우연히 뒤집어쓰게 되어도 애매하게 받아들이는 짓은 절대로 하지 않는다.

에마는 외양이 변했다. 뭐라고 할까, 또렷해졌다. 어릴 적에는 인상이 좀 더 파스텔컬러 같았다. 초등학생, 중학생, 고등학생, 대학생을 거친 성장을 전부 봐왔고, 에마는 갈수록 전보다도 짙은 색의 갑옷을 걸쳐나가는 것 같았다. 그래서 고등학생 시절의 에마는 이제 꽤 강한 이미지를 가지게 되었다.

예전부터 쭉 아는 나로서는 에마가 갑옷을 그저 걸치고 있을 뿐이라는 걸 알고 있다. 갑옷을 벗으면 처음 만났던 그때처럼 다정한 얼굴로 미소 짓고 있어서 우리는 공원에서 가능한 한 오래 같이 놀곤 한다.

그 녀석이 갑옷을 입어야 하는 이유는 세상의 부조리 때문이거나, 아니면 나와 비슷하려나. 요컨대 라이프 스타일에 자신을 맞춰나간 것이다. 내가 멋있게 도약하기 위해 근육 트레이닝을 하거나 달리는 것도 마찬가지인 느낌이다. 아무리 근육을 기른다고 해도 알맹이는 나 그대로인 것처럼. 그렇다, 에마도 에마의 생활 속에서 가능한 기술을 늘려가는 걸 테다. 사귀던 남자와 뒤탈 없이 헤어지는 방법이라든가 하는. 그건 분명 고등학교 3학년 때일 것이다. 위로하려고 했는데 전혀 충격을 받지 않은 듯해서 웃었다. 실은 그때 내 쪽이 다른 일로 충격을 받았던 것이 지금 생각하면 웃긴 일이다. 당시의 여자 친구와 같이 있을 때, 실연한 에마에게 기운을 북돋아주기 위해 가고 싶다고 해서 헤어지자는 소리를 들었다. 그 아이의 심정도 이해한다. 하지만 어릴 적부터 알고 지내는 둘도 없는 친구와 좋아하는 아이를 비교할 수는 없었다. 필사적으로 설명해도 이해받지 못한다면 어쩔 수 없다.

'언젠가 누군가를 도울 거야.'

처음 대면했을 때 다치게 한 것과는 별개로 한 가지 더 에마에게 미안한 게 있다.

내가 파쿠르를 시작한다고 했을 때, 여러모로 조사해본 에마가 트레이서가 한 말로서 기쁜 듯이 가르쳐준 그거. 당시에는 조금 창피해서 "그만해"라며 웃었더니 에마는 그 후 한 번도 언급하지 않았다. 그래서 잊었다고 생각했다. 에마는 모르지만 설마 노래방에서 잠꼬대로 다시 들을 줄은 몰랐다.

그래서 이게 아이의 목숨을 구하기 위한 일이라면, 하고 멋을 부렸다.

나의 단순한 부주의를 파쿠르를 하는 모두에게 사과하고 싶다. 세상이 멸망한다고 해서 초조하더라도 무리는 하지 말라는 기본적인 것을 잊었다. 미안하다.

하지만 가장 사과하고 싶은 사람은 역시 에마다. 에마에게는 아무 책임도 없다. 전부 나 때문이다. 동영상만 남아서 거기에 '에마를 감동하게 하기 위한 특훈, 3일째'라고 기록하는 내가 찍혀 있다고 해도 말이다. 신경 쓰겠지. 갑옷 안에 자리한 부드러운 에마를 슬프게 만들지도 모른다.

적어도 설명하게 해줬으면 좋겠다.

오늘도 나는 연습하러 나갔다. 사탕을 준 할머니가 있는 그곳으로. 아침까지 내리던 비가 무색하게 거짓말처럼 날씨가 화창했다. 할머니는 오늘도 있었는데 소풍 갔을 때 사용하는 시트를 벤치에 깔고 앉아 있었다. 그리고 얼마 전 하이 파이브를 한 아이도 있었다.

공원에는 주차장이 이웃해 있다. 사이에는 꽤 단차가 있어서 배리어 프리[13]를 위한 경사가 설치되어 있다. 이게 좋은 연습 장소다.

내가 가진 기술에서 조금 더 발전한 큰 기술을 연습했다. 아마 아무 일도 없었으면 성공했을 것이다. 거짓말이 아니다. 허세도 아니다. 아니, 평소라면 비가 막 그쳐서 미끄러질지도 모를 장소에서 나는 그런 행동을 하지 않는다. 하지만 내일에라도 세상이 멸망한다고 하면 이제 에마를 감동하게 할 기회가 사라진다는 초조함과 긴장감과 그냥 폼이라도 잡고 싶은 생각 탓에 악조건이 겹쳤다. 그리고 이건 단순히 확인차 하는 말인데, 누군가의 책임도 아니지만, 눈에 들어왔다. 쓰레기가 아니다. 내 흉내를 내서 철봉에 오르고 그곳에서 위험한 착지에 도전하려고 하는 어린아이의 모습이 공중제비를 한창 하던 중에 보였다.

회전력이 부족할 때나 미끄러질 때의 대처법은 물론 가지고 있다. 하지만 늦었다. 운도 나빴다. 등 뒤로 떨어지면 아프기만 하고 무사하다. 콘크리트 지면에 닿을락 말락 해서 위험하다 싶을 때 슬로모션이 시작되고 주마등이 보였다.

그것도 이제 곧 끝난다.

마지막으로 눈이 마주쳤다.

캡과 에마의 눈이.

---

[13] 장애인, 고령자 등 사회적 약자의 생활에 지장을 주는 물리적 심리적 장벽을 없애기 위해 실시하는 운동을 말한다.

✱

 스마트폰으로 몇 번이나, 몇 번이나, 몇 번이나, 몇 번이나, 몇 번이나 전화도, 라인 통화도 걸었지만 연결되지 않았다. 하지만 아무것도 하지 않을 수 없었다. 따라오는 캡과 택시를 억지로 타려고 했더니 캡은 지붕 위에 탔다. 녀석의 집 쪽으로 향하다 다시 몇 번이고, 몇 번이고, 몇 번이고 인스타그램 계정으로 DM까지 보냈더니 마침내 전화가 연결되어 이름을 불렀다. 그랬더니 그쪽에서 답을 한 건, 모르는 할머니였다.

 패닉에 빠졌고, 사정에 대한 설명을 듣고 다시 패닉에 빠졌다. 로쿠타는 구급차로 실려 가서 지금 병원에 있었다. 우연히 때마침 그 자리에 있던 할머니가 거들어서 공원에서 옆으로 떨어진 스마트폰을 주워 보관하고 있었던 모양이다. 할머니로부터 병원 이름을 듣고 택시 운전기사에게 또다시 외치다시피 전했다.

 병원에 도착하자마자 만약을 위해 늘 스마트폰 케이스에 넣고 다니던 1만 엔짜리 지폐를 택시에 던져버리다시피 하고 달려서 로비로 뛰어 들어갔다. 그 모습을 본 간호사와 고상해 보이는 한 할머니가 다가와 주었다. 내 이름을 묻고 어깨를 보듬어주며 "괜찮다"고 위로해주었다. 그럴 리가 없다고 생각했다. 캡의 출현에 확신하고 있었다.

 그런데 설마 했지만, 진짜로 괜찮았다.

 로비에서 잠시 사람들에게 위로를 받았지만, 간호사나 할머니의 말이 귀에 들어오지 않았다. 그렇게 기다리고 있으니, 삼각건에 오른팔을 매달고 이마에 거즈를 붙인 소꿉친구가 씩씩하게 다가왔다. 로쿠타는 내 얼굴을 보고 놀란 후 바로 미소 지었다.

"착지하는 데 실패해서 팔이 미끄러졌어. 꼴사나워서 미안."

나는 사람을 걱정시키고서 싱글벙글 웃을 수 있는 로쿠타에게 진심으로 화가 났다. 하지만 이건 타당한 화가 아니라고도 느끼고 있었다.

일부러 나에게 모습을 드러내서까지 로쿠타가 사고를 당했다는 심각성을 전하러 온 캡에게도 당연히 열을 받았지만, 이것도 타당한 화가 아니었다.

로쿠타가 무사해서 내심 안도했지만, 이건 진정한 안심이 아니었다.

나도 잘 모르겠다. 여전히 패닉 상태에 있는 듯하다. 무사한 로쿠타의 얼굴을 보고 피어오른 지금의 감정이 난폭해져서 전혀 정리할 수 없었다. 표면만 건져 올린다면 기껏 무사한데 안타깝게도 이제 곧 세상이 끝나버리는구나, 하는 느낌이었다. 이상하다.

물론 한 번은 '다행이야, 안심했어. 죽은 줄 알았어, 이 바보야!'라고 전했다. 로쿠타는 미안하다는 말과 고맙다는 말을 반복했다.

실제로 팔은 뚝 부러졌지만, 입원은 하지 않고 자연 치유로 뼈가 붙기를 기다리기로 한 모양이었다. 로쿠타가 수납 절차를 밟는 동안 나는 로쿠타의 어머니에게 전화했고, 할머니와 간호사에게 감사 인사를 하고 얻은 티슈로 코를 풀었다. 그리고 내 가방을 챙겨뒀다고 라인으로 메시지를 전해준 미야코에게 고맙다는 인사와 가볍게 설명도 했다. 불길한 예감을 느꼈다는 걸 상대가 어디까지 믿어줄까.

병원을 나서자 조금 전에 타고 온 택시 운전기사가 택시비가 1만 엔을 넘지 않았다며 기다려주고 있어서 때가 때인 만큼 한 번 더 탔다.

차 안에서는 "다치지 마" "모두한테 걱정 끼치지 마"라고 자신의 본심도 모른 채 설교하면서 몇 번인가 놀러 간 적 있는 아파트 앞에서 세워달라고 해 나도 내렸다. 한쪽 팔로는 힘들겠다 싶어서 둘이서 마트에 장을 보러 가기로 했다.

로쿠타는 길을 가면서 정성을 다해 무슨 일이 벌어졌는지 설명해주었다. 걱정을 끼친 일에 대한 사과도 계속해서 해주었다. 나는 그 말을 들으면서 이해할 수 없을 만큼 난폭해진 내면을 상대하느라 여전히 필사적이었다. 냉정하게 있을 수 없었다.

패닉이 일어난 계기로 내 안에서 폭발하려고 하는 게 있는 듯했다. 두려웠다.

집에는 아이스크림과 본가에서 보내준 쌀밖에 없다고 말하는 로쿠타를 위해 페트병 차라든가, 포크나 스푼으로 먹을 수 있는 레토르트 식품을 대량으로 샀다. 그러고서 "어차피 뼈가 부러질 거라면 정식 여자 친구가 있을 때 부러졌으면 좋았을 텐데"라고 자신에게 상처 주는 말도 던져보았지만, 내 마음이 흘러넘칠 듯 무언가가 아슬아슬하게 여전히 계속 있었다. 두려웠다.

로쿠타는 캡이 사라졌다고 했다. 하지만 우리 뒤를 따라오고 있었다. 아무래도 주인이 바뀐 모양이었다. 할머니 앞에서는 불길한 예감을 믿어 의심치 않는 히스테릭한 여자로 행동하느라 캡에 대해서 아직 로쿠타에게 말하지 못했다.

로쿠타의 집에 식재료를 옮기자, 캡도 흙이 묻은 발로 들어왔다. 컴퓨터가 놓여 있는 책상 밑이 자기 위치인지, 그곳에서 곧바로 웅크렸다. 나는 봉투에서 냉장고에 넣어야 할 걸 꺼내서 넣고 나머지는 한 손으로도 다루기 쉽도록 방구석에 대충 정리했다. 그사이 로쿠타는 흙투성이가 된 티셔츠와 바지를 갈아입었다. 나는 적당히 책상 의자에 앉았다. 그때 처음으로 캡의 몸 일부가 내 다리와 포개어졌고, 캡이 눈에 보여도 이쪽에서 건드릴 수 없다는 걸 알았다.

나는 감당하지 못하는 것을 끌어안은 채 바닥에 앉은 로쿠타에게 실은 수업 중에 캡이 뛰어 들어와서 처음으로 모습을 보았다는 사실을 전했다. 그리고 지금 이곳에 있다는 것도 말이다. 로쿠타는 놀라워했지만 신기해하지는 않았다.

"내가 부탁한 걸 들어줬네. 실은 좀 더 설명을 잘해줬으면 좋았겠지만."

"너한테 무슨 일이 일어났는지?"

"아니, 흔히 사고가 나기 전 주마등처럼 보인다든가 주변이 슬로모션으로 보인다든가 한다잖아. 그게 정말로 일어나더라고. 에마와의 기억이 엄청나게 떠올라서 만약 이대로 죽으면 나 대신 에마한테 사과해줬으면 좋겠다고 말하다가 착지에 실패했어. 잠시 기절한 사이에 캡이 사라졌고."

"그랬구나."

캡은 로쿠타가 죽었다고 착각해서 나한테 옮겨왔을까. 평소라면 나를 바늘방석에 밀어버리는 듯한 로쿠타의 말도 지금은 가슴에 울릴 뿐 콕콕 쑤시지는 않았다. 모든 게 아무래도 좋을 듯한 큰 감정, 로쿠타가 사라질지도 모른다는 폭발적인 감정이 실린 파도를 맞보고 말아서 마비되고 있는 듯했다. 이 파도는 대체 무엇일까. 앞으로 불어올 바람 한 줄기를 계기로 폭발로 돌아와 이번에야말로 모든 것을 휩쓸고 가버릴 듯했다. 로쿠타가 한 임사체험으로 인한 흥분이 캡을 통해 나한테 전달된 걸까. 혹은 그 반대일까. 도대체 뭐지? 정리되지 않는다. 두렵다.

"결과적으로 나도 그 아이도 무사해서 다행이지만 걱정 끼쳐서 정말 미안. 에마가 파쿠르는 언젠가 누군가를 돕기 위해서 있는 거라고 한 트레이서의 말을 가르쳐준 것도 주마등처럼 스쳐 지나갔어. 누군가를 위해서라면 몰라도 부주의 때문에 사고를 당하다니, 에마한테도 그 트레이서한테도 진짜 미안하다고 생각했다니까."

"그거 기억하고 있었구나."

공유한 추억을 어느 쪽이 순간적으로 말로 꺼내서 다른 한쪽의 감정을 간지럽혔다. 더불어 긴 시간을 보내온 두 사람 사이이기에 일어날 수 있는 일이었다.

계기는 그런 일상에 숨어든 평온한 기쁨이 아니었다.

"실은 지난번에 노래방에 갔을 때 에마가 잠꼬대해서 생각났어."

"진짜? 말하지 그랬어. 창피하게."

쑥스럽거나 후회해서가 아니었다.

"사실을 더 말하자면 에마가 전에도 그런 말을 했다는 거 미아코한테 들었지만."

나는 책상 의자에서 일어나 몇 걸음 앞에 앉은 로쿠타의 바로 앞까지 걸었다.

　로쿠타의 경쾌한 성격은 나한테는 없는 것이다. 나는 느릿느릿 다가가서 무릎을 꿇었다. 의아해하는 로쿠타의 얼굴에 양손을 뻗었고, 시선을 살짝 떨어뜨리고서 삼각건을 매달고 있는 목에 양 손바닥을 갖다 댔다. 피부의 열기를 느끼고 맥박을 느끼고 피의 흐름을 느꼈다.

　그때 힘을 천천히 실었다.

　로쿠타는 놀란 표정을 지었다. 내 이름을 부르더니 부러지지 않은 왼손으로 내 팔을 다정하게 잡았다. 나는 조금씩 힘을 실어 갔다.

　내 의사가 아니라 강렬한 무언가에 따른 것이었다.

　정리가 되지 않았다. 정리가 된 적도 없었다.

　이제 아픈 건 싫다고, 마침내 끝난다고 어차피 끝난다고, 이제 이 상황에서는 어쩔 수도 없다고, 아프지 않았으면 좋겠다는 그 마음들이 전부 손바닥에 담겼다.

　얼마나 해야, 얼마나 가야, 답을 알기 전에 정리하기 전에 멈출 수 있어서 다행이었다.

　로쿠타는 내 팔을 놓고 그때 공원에서 내 얼굴만 보고 사과했던 때와 같은 표정을 지었다.

　"사고보다 에마한테 당하는 편이 낫지."

　내가 무엇을 하고 있는지 이해했지만 손바닥이 로쿠타의 목에서 떨어지지 않았다. 늘 한숨을 쉬던 입이 움직였다는 것을 호흡을 듣고 알았다.

　"로쿠타."

이름을 불렀지만 실은 로쿠타가 대답해주기를 바라서였는지는 알 수 없었다.

"나한테도 보였어."

"캡 말이야?"

로쿠타는 내 등 뒤를 한 번 보았다. 그곳에 있다고 믿고 있는 듯했다.

"이제 멸망하겠네."

로쿠타는 이번에는 내 등 뒤에 있을 터인 캡을 힐끗 쳐다보지도 않고 고개를 끄덕였다.

"그렇게 느끼고 있어."

"부탁이야. 죽어줘, 로쿠타."

말과 행동이 일치하지 않는다. 나는 마침내 로쿠타의 목에서 떨어뜨린 손으로 소꿉친구의 티셔츠를 벗기려고 했다. 삼각건이 걸리고 로쿠타가 비협조적이어서 벗길 수 없었다. 나는 앞으로 벌어진 내 셔츠 단추를 한 손으로 난폭하게 풀면서, 다른 손으로는 로쿠타의 티셔츠 옷깃을 잡아 끌어당겼다. 그리고 다가가서 목에 얼굴을 파묻고 혀를 가능한 한 내밀어 핥았다. 지금까지 한 자해행위가 전부 상쇄되는 듯한 맛이 났다.

다급한 소꿉친구가 내 이름을 불렀다. 무시했다. 지금까지 내 쪽이 몇 번이나 필사적으로 이름을 불렀고, 그 대부분은 이 세상에서 목소리를 내지 못했다.

"얼른 멸망해버려."

토쿠타를 붙잡은 채 셔츠를 벗기고, 내가 입은 캐미솔과 위의 속옷을 벗었다. 어떻게 해야 좋을지 잊어버린 듯한, 마음이 이어진 친구와 어떻게 해야 할지 생각할 필요가 없었던 듯한 로쿠타의 얼굴을 내 마음대로 끌어당겨 입술을 맞췄다.

"1초라도 얼른 멸망해버려. 여기서는 물러날 수 없어."

세상이 멸망한다는 소리를 듣고도 전혀 두려워하지 않았던 이유를 정확하게 알았다. 믿지 않아서일 뿐만이 아니었다.

내내 누군가가 그렇게 해주기를 바랐다. 얼른 다음 세계에서 환생할 수 있게 해주기를 바랐다.

만약 환생하면 다음에는 무리라도, 세상이 앞으로 몇 번인가 더 돈다면 어딘가에서 모르는 누군가로 로쿠타를 만날 수 있을지도 모른다. 어쩌면 언젠가는 지금 모습 그대로인 우리 둘로서 말이다.

다만, 그때 내가 공을 따라가지 않도록 해야 하고, 로쿠타는 정글짐에 올라가지 않도록 해야 한다. 아니, 어쩌면 그렇게 전부터 어긋나지 않아도 된다. 그 뒤에 서로를 확실히 보고 얼굴을 외우는 일만큼은 없어야 한다. 얼굴을 기억해서는 안 된다, 다음에는 절대로.

일이 지금처럼 흘러가면 외골수인 사람과 둘도 없는 친구가 되어 소중한 존재로서 대우받게 되고, 소심한 너는 평생 그 위치를 버릴 수 없게 된다. 변명거리인 갑옷만 겹쳐 입게 된다. 몸이 묵직해져서 로쿠타처럼 움직일 수 없게 된다.

결국에는 살며시 다가온 끝의 기척에 안심하고, 실현되지 못한 현실에 폭발하는 듯한 분노를 끌어안게 되기까지 한다. 그것은 분노다.

그런 최악의 자신도 멸망한다면 상관없어진다. 모두가 죽으니까.

세상과 같이 부모도 형제도 친구도 모두 죽어도 되지만 부탁이야, 우리를 먼저 보내줘.

"멸망하려나?"

나부터 일방적으로 맛을 잊지 않도록, 부디 잊지 않도록, 언젠가 다시 만날 수 있도록 확인하면서 몇 번째쯤 되는 한숨을 돌릴 때 로쿠타가 물었다.

"멸망해. 나도 죽어."

바람을 가지고 고개를 끄덕인 내 얼굴에 천천히 다정한 손바닥이 더해졌다.

오늘 처음으로 키스라고 불러도 될 만한 행위를 했다.

나는 소리를 내지 않고 흐느껴 울었다. 자해행위의 일환이었던 화장이 전부 벗겨져 갔다. 다행이다, 믿을 수 있다, 몇십 년이나 기다리지 않아도 된다. 극단적인 폭력을 행사하지 않아도 된다. 지금 로쿠타의 뺨 내음으로 믿을 수 있다. 세상은 멸망한다.

로쿠타는 삼각건을 목에서 빼내 능수능란하게 깁스를 풀었다. 그리고 내 목에도 키스하고 그로부터 잠시 간격을 두고서 가슴과 겨드랑이를 정성스럽게 끌어안다시피 스킨십했다. 이걸 누군가와 경험하고 있다니, 더 이상 고통이 느껴지지 않았다. 세상이 멸망하니 친구와 여자의 선을 긋지 않은 채 로쿠타는 나를 문득 마주 보고 있었다. 나는 로쿠타의 눈 깊숙한 곳에서 확실히 욕망을 찾을 수 있었던 게 또 울고 싶을 정도로 기뻤다.

흐름이 끊이지지 않도록 계속 어딘가를 만지면서 서로의 옷을 찢다시피 벗어던졌다. 다리에 걸린 스커트는 로쿠타가 내 옆구리를 쓰다듬으며 키스하면서 빼주었다. 나는 고맙다는 인사를 하지 않고 로쿠타의 복근을 만졌다.

보드라운 러그가 깔려 있어서 다행이었다. 바닥에 쿠션이 놓여 있어서 다행이었다. 여름이어서 다행이었다. 손이 닿는 곳에 콘돔이 있어서 다행이었다. 사실은 그 어느 것도 없어도 다행이었다. 멸망하니까. 하지만 그곳에 로쿠타의 생활이 있었다.

오른 다리는 끌어안기고 왼쪽 다리만 나지막한 위치에서 로쿠타의 허벅지와 내 무릎 뒤가 서로 닿았고, 상대의 오른팔이 부러졌다는 현재 상황을 떠올리고서, 어째서인지 혼자 즐거웠다.

들어오기 전 아주 잠시 스쳐 지나간 불안감, 그럴 리가 없다고 생각하면서도 지금까지 한 것 중에 제일 기분 좋게 느껴지지 않으면 어쩌나 싶은 불안감은 기우였다. 친구로서 마음이 연결되어 있었기 때문인지 사랑과 우정과 성욕이 로쿠타의 것과 연결되자 마치 지금까지 알고 있던 것과는 전혀 다른 감정을 주고받는 듯했다. 뜨거운 물에서 느껴지는 마비되는 감각과 미지근한 물에서 느껴지는 둔한 감각과 비슷할 만큼 감싸인 듯한, 말도 안 되는 느낌을 맛보았다.

한숨과 땀을 교환하고 이제 슬슬 절정이 밀려올 때쯤 로쿠타가 순간적으로 말했다. "늘 생각했지만, 넌 속눈썹이 참 길어." 나는 물었다. "늘, 이라니 언제부터?" 로쿠타는 "까먹었어"라고 대답했다.

절정은 있었다. 하지만 그건 끝을 의미하지 않았다. 초등학교 졸업도, 중학교 졸업도, 고등학교 졸업도, 나와 로쿠타에게 마지막을 주지 않았던 것처럼, 몸속에 고작 일부가 깃든 욕구가 해방

되는 것을 끝이라고 보기에는 어려웠다. 아직 세상도 멸망하지 않은 틈에 나는 접히는 로쿠타의 귀 연골 부분을 깨물었다. 꽉 깨물고 싶어지는 식감을 가지고 있었다. 멸망하는 순간이 오면 귓불 정도는 피어싱과 통째로 줄지도 모른다.

로쿠타도 끝이라고는 생각하지 않았는지 위를 보고 누운 내 등에 손을 두르려고 했기 때문에 몸을 들어주었다. 안아 일으켜 줘서 앉았더니, 말이 아니라 몸의 움직임으로 바로 그곳에 있는 침대로 이동하도록 리드해줬다. 나는, 아주 조금 여유가 생긴 나는 바다 한가운데에서 떠오른 페트병처럼 이제 와서는 아무래도 상관없을 진심을 전했다.

"여자애랑 하는 것처럼 하지 마."

로쿠타는 오랜만에 긴장감이 누그러든 미소를 지어 보였다.

"그것밖에 모르는데?"

"나랑 하는 것처럼 해줘."

로쿠타는 바다 한가운데에서도, 사막 한가운데에서도 단련된 몸과 마음으로 멋지게 나타나, 언젠가는 내 앞에 서서 나를 알아봐 줄 것이다. 꿈을 꿨다. 하지만 그게 이번 생일 줄은 몰랐다. 아, 이제 진짜로 세상이 멸망한다니, 최고다.

로쿠타는 잠시 망설인 끝에 나와 마주보고 앉아 서로 끌어안은 채 내 뺨을 핥거나 키스했다. 그리고 그사이 내내, 내 머리카락을 쓰다듬거나 빗겨주었다. 로쿠타의 입은 가끔 아래로 비켜나서 가슴이라든가 겨드랑이라든가 어깨로 옮겨갔고, 무사한 손은 머리카락을 만지작거렸다. 그루밍 같다. 나는 세상이 멸망하기 전에 전하려 했지만 까먹었던 것을 떠올렸다.

"내내 생각했지만, 족제비랑 닮았어."
"내내라니 언제부터?"
"내내."
내내, 내내다.

해가 저물기 시작하자 커튼을 열어젖히고 있었다는 걸 깨달았다. 베란다의 철책이 눈가리개가 되어 준다고 해도, 건너편 아파트 옥상에라도 올라가지 않으면 안을 들여다볼 수 없다고 해도, 평소라면 다급히 몸을 숨겼을 것이다. 하지만 이제 우리에게는 의미가 없었다.

오히려 지금, 이 세상에 과시하고 싶은 기분마저 솟구쳤다. 나와 로쿠타를 터무니없는 방식으로 만나게 하고, 나에게는 되돌릴 수 없는 감정을 심어주고, 멸망이라는 형태로밖에 속죄할 수 없게 하는 짜증 나는 세상에 과시하고 싶었다. 조금이라도 잘못했다고 생각한다면 제발 빨리 사라져 주고 우리를 얼른 다른 곳으로 튕겨 보내 주길 바랐다.

그 과정에서 육체도 사라지고 마음도 사라져서 이 썩은 영혼하나만 남아도, 반드시 로쿠타를 기억할 수 있도록 나는 로쿠타의 존재를 가능한 한 나에게 각인시켰다.

✷

배가 고프고 목이 말라서 우선 둘 다 채울 수 있도록 냉장고에 남아 있던 아이스크림을 에마와 딱 붙어 제각각 먹었다. 둘 다 다른 맛이었지만, 곧 어느 쪽이 어느 쪽인지 알 수 없어졌다.

반복해서 눈이 마주칠 때마다 지금까지 내가 본 적 없는 종류의 에마의 흥분감이 전해져왔다. 나도 비현실적인 행위에 아드레날린이 흘러넘쳤다. 정신이 돌아온 순간이 없었던 건 아니다. 하지만 전부 에마에게 저지당했다.

그저 안타깝게도 세상의 멸망보다도 먼저 체력의 한계가 오고 말았다. 바닥에 발라당 쓰러졌다. 어두컴컴해지기 시작한 방에서 고개를 살짝 들어 분명 캡이 있을 듯한 책상 아래를 보았다. 아무래도 우리는 닮은 모양이다.

내 몸 위를 덮친 에마는 마치 피부도 근육도 뼈도 넘어서 하나의 몸이 될 수 없는지 시도하듯 서로의 심장을 맞대고서 비비고 있었다. 나는 소꿉친구의 가느다란 허리에 부러지지 않은 한쪽 팔을 놓았다. 언젠가 이성을 되찾으면 소중한 친구와 키스를 한 것도, 서로 핥은 것도, 말도 안 되는 일이라고 생각할 것이다. 창피하고 어색해서 견디지 못할 것이다. 다만, 서로 기대 있는 건 함께 어울려 다닌 이상 지금까지도 있을 수 있었던 일이라 안심할 수 있었다.

"실은 안 잊어버렸어."

에마는 내 목에 달콤하게 이를 세우고 있었다. 세상이 멸망하지 않으면 물어뜯길지도 모른다. 정말로 죽는다면 에마에게 당하는 편이 낫다고, 천장을 보면서 조금 전과 비슷하게 비교적 진심으로 생각했다.

"속눈썹이 길다고 처음으로 생각했을 때를 기억해. 초등학교 5학년 때 수련회에 갔잖아. 반이 달라서 따로 행동했지만, 카레를 만들 때 우연히 수돗가에 같이 있었고 말이지. 왠지 오랜만에 만난 듯한 느낌이 들어서 여러 이야기를 나눌 때 젓가락을 씻는 에마의 옆모습을 보고 생각했지."

에마는 내 목을 깨물기를 멈추고 얼굴을 내 목덜미 주변에 푹 들이밀었다. 그리고 마치 이 세상에 존재해서는 안 되는 말을 살포시 귀 뒤로 숨기듯이 했다.

정말 좋아했었어, 라고 들렸다.

10년 이상이나 이어져 온 관계성의 내용이 바뀌었다. 어딘가에서 들은, 지옥이라는 말의 의미가 추억을 침식했다. 내가 처음 생긴 여자 친구에 대해 에마에게 악의 없이 상담하고, 에마가 처음으로 남자 친구가 생겼을 때 나한테 착실히 보고하는 과정에서, 우리는 서로의 그런 행동 어딘가에서 상처를 받았다.

실은 진지하게 생각해야 한다. 소중한 친구인 에마가 나에게 자신의 마음을 내내 말하지 않았던 이유라든가, 갑자기 일이 이렇게 흘러가서 사귀게 된다면 어떻게 해야 한다든가, 에마가 사귀는 걸 바라지 않을 때는 어떻게 해야 한다든가를 말이다. 우정이나 배려심으로는 정리할 수 없는 성욕을 쏟아냈던 소꿉친구와 어떻게 서로의 맛을 모르는 얼굴로 살아갈 수 있을까.

하지만 멸망한다면.

나는 에마의 허리를 살짝 터치해서 예고했고, 위에 올라탄 에마를 온몸을 움직여서 옆으로 넘어뜨렸다. 벌어진 거리를 용납하지 않겠다는 듯 에마가 한쪽 다리를 내 다리에 걸치고 끌어당기려고 했다. 그건 우연히 내가 하려고 했던 동작에 박차를 가하게 되어 매끄럽게 서로의 위치를 바꾸었다. 에마의 다리 사이에 내 다리를 끼워 넣고 나는 무릎과 한쪽 팔로 몸을 지탱해 에마를 내려다보았다. 쭉 나를 보고 있던 에마와 우연이 아니라 일부러 눈을 마주치기 위해서였다.

"에마."

미래의 자잘한 일은 무엇 하나 생각하지 않아도 된다고 해도 딱 한 가지, 우리에게는 아직 제일 중요한 착지가 남겨져 있을 터였다. 오늘은 실패했고, 에마는 당장이라도 세상이 멸망해주기를 바랄지도 모른다. 하지만 내 안에는 에마를 감동하게 하고 싶은 마음이 아직 남아 있다.

"세상이 끝나기 전에 에마가 가고 싶은 곳이 있으면 나도 갈게. 우유니 소금 호수든 어디든. 어디가 좋아?"

너무 멀면 늦을지도 모르고 천국이라든가 내세라는 말을 들으면 내 힘으로는 어렵다. 하지만 가능하다면 어디로든 데리고 가고 싶었다.

진심으로 그렇게 생각했는데 에마는 팔을 벌려 나를 자신의 품으로 이끌고 귓가에서 답했다.

"여기서 하고 있자. 세상이 멸망할 때까지."

나는 그걸로 괜찮을지 생각했다. 그리고 앞으로 세상이 멸망하지 않는다면 나와 에마 사이에서 벌어진 지금 같은 일은 외국의 어디보다도, 지옥보다도 멀었을 것이라는 느낌이 들었다.

나는 에마의 입술 가장자리에 묻은 초콜릿을 발견해서 핥아주었다. 그건 에마와 스킨십을 나누는 계기가 되었다. 멸망 전에만 할 수 있는 일에 둘이서 한창 감동하고 있었다.

나는 그 공원을 떠올렸다. 에마가 그곳에 있는 동안에는 나도 돌아가지 않는다.

형해화[14] 멘톨

---

[14] 어떤 형체의 흔적이나 자취만 남은 것을 뜻한다.

오랜만에 돌아가 보니 하얀 벽의 평범하지만, 한때 추억이 깃든 단독주택이 서 있던 땅은 주차장으로 변해 있었다. 인기 있는 자리는 아닌지 빨간색과 검은색 승용차가 한 대씩 주차되어 있었다. 우연히 마주치지 않도록 한밤중을 선택했지만 무의미한 배려였다. 옆에 세워진 아파트 앞에 설치된 자판기의 기계음과 옆에 자리한 인도의 단차에 주저앉아 담배를 피우는 불량소녀의 담배 연기가 이 자리의 어색함을 자아내고 있었다.

자판기의 불빛이 희미하게 비추어진 그 애한테서 흘러나오는 탄 냄새에 10년 이상 끊었던 담배가 피우고 싶어졌다. 물론 가지고 있지는 않았다. 어딘가에 있을 법한 편의점을 찾는 게 제일 정상적인 방법인 건 틀림없지만, 무척이나 맛있게 빨아들이는 녀석이 그곳에 있었다. 말하면 이해할 녀석일지도 모르고.

"미안한데 담배 하나만 줄래?"

소녀는(어느 정도까지 가까이 가서 본 옆얼굴로 확실히 알았다. 중고생이었다) 내 존재를 알아차리지도 못한 듯 눈앞에 세워진, 정체를 알 수 없는 아담한 기업의 사옥을 응시하고 있었다.

"공짜로 달라는 거 아니야. 백 엔 있으니 팔아. 담뱃값이 올랐다고는 하지만 이 정도면 파격적이잖아. 내가 모르는 사이에 한 갑에 2천 엔이 되지 않은 이상."

주머니에 들어 있던 동전에서 백 엔을 골라 가슴 부근까지 집어 들었다. 소녀의 눈앞까지 가지고 가고 싶었지만, 너무 가까이 다가갔다가 의심받으면 귀찮아진다.

소녀는 계속 무시했다. 입에서 천천히 담배 연기를 계속 내뱉었고 이윽고 하나를 다 피웠다. 나는 끈질기게 기다렸다. 그 보람은 있었다.

 발 언저리의 수채에 꽁초를 버린 그 애는 주머니에서 찌그러진 상자를 꺼내 새 담배 하나를 손끝으로 튕겼다. 담배는 메마른 소리를 내고 내 발 언저리까지 데굴데굴 굴러왔다. 소녀는 여전히 이쪽을 볼 마음은 없는 듯했다.

 상대의 태도는 거칠지만, 원하는 것을 원하는 때에 백 엔으로 손에 넣을 수 있다고 생각하면 나쁘지 않은 구매다. 이쪽만 정중하게 나설 필요도 없어서 담배를 줍고서 같은 장소에 백 엔짜리 동전을 놓아두었다. 원한다면 주워가줘.

 중고생과 신경전을 벌일 마음이 든 나는 곧바로 나의 어리석음을 깨달았다. 당연하지만, 불이 필요하다. 라이터 사용권도 서비스로 한 번 양보해줬으면 해서 그렇게 교섭하려고 하는데, 소녀의 손 언저리에서 그 독특한 금속음과는 다른 소리가 들렸다. 새 연기가 피어올랐다.

 내 발 언저리에 이번에는 성냥갑이 굴러왔다. 10대치고는 대단히 허세스러운 취향이라서 아니꼽지만, 국물은 감사히 얻어 마셨다. 상자에서 성냥을 하나 꺼내 입에 문 담배에 불을 붙이고 남은 성냥은 상자째 백 엔 위에 올려놓았다. 어둠 속에서 표식을 대신할 것이다.

 멘톨 향은 흡연자였던 시절 내 취향이 아니었다. 하지만 쓸쓸한 주차장 경치에는 의외로 여실히 와 닿았다.

 여기에 있었을 터인 집이 언제 없어졌는지 심심풀이 정도로 소녀에게 물으려고 하다가 아직 철도 들지 않았을 가능성에 생각이 도달해서 삼갔다.

그 아이는 나보다 먼저 담배 하나를 다 피우더니 아무 말 없이 일어났다. 이쪽으로 등을 보이고 나름대로 큼직한 아파트 무리 쪽으로 걸어가기 시작했다. "백 엔이랑 성냥 놔뒀어"라고 말을 걸어도 돌아보지 않았다. 길고양이처럼 쌀쌀맞았다. 요즘 불량 청소년은 모두 저럴까. 적어도 내가 저 또래일 무렵에는 말을 건 아저씨를 노려보는 붙임성은 있었다.

기껏 샀으니 최대한 끝까지 피웠다. 혹시 나를 유령이라고 오해해서 쫓아내기 위해서 가지고 있던 걸 집어던졌을 뿐인 걸까? 라고 공상하기도 했다. 장소도 시간도 오해하기에 더할 나위 없었다.

혹은 현실적으로 내가 사라진 후 돈을 가지러 올지도 모른다. 백 엔도 성냥도 방치한 채 나는 발 언저리에서 불씨를 껐다. 그 녀석이 버린 꽁초와 같은 수챗구멍으로 굴려 보냈다. 마침, 먼저 떨어져 있던 꽁초 옆에 나란히 놓였다. 네가 오늘 이곳에서 제일 예의 바른 녀석이구나.

나는 일하는 회사에서 빌린 자전거를 타고 한동안 숙박을 해결하고 있는 사무소로 돌아갔다.

어느새 고향에서 경영자가 되어 있던 성실한 친구 덕분에 나는 우선 직업과 숙소를 얻었다. 대부분 녀석과는 십수 년 사이에 평생 친구라고 말하는 일도, 절교를 선언하는 일도 없이 만나지 않게 되었지만, 이 무로토라는 의리 있는 친구만큼은 내 얼굴을 자주 보러 왔다.

지금에 와서는 자격증을 마구잡이로 따놓은 것도 다행이었다.

조금은 도움이 되는 일도 있을 것이다. 언제까지든 있어도 된다고 말해주는 건 고마웠지만, 회사는 어찌 됐거나 집 정도는 구해야 한다. 다만 그것도 첫 월급을 받고 나서의 이야기다. 비상금이 없는 건 아니지만, 어쩐지 불안하다.

낮에는 기이한 시선을 받으면서도 열심히 일한다. 밤이 되면 사무소 샤워실에서 땀을 씻어내고 근처 마트에서 사 온 발포주를 마시고 소파에서 잠든다. 하루하루가 완벽해서 불평불만도 없다. 다만 아무래도 주말에는 한가하다. 회사에는 경비원밖에 없다. 외출하고 싶은 곳도, 보고 싶은 것도, 만나고 싶은 사람도 없다. 있다고 해도 멀리 나가거나 사치를 부리는 건 아직 이르다. 사무실 청소를 적당히 하고 동전 빨래방에서 세탁한 후, 자전거로 두 정거장 떨어진 목욕탕에 가보았다. 돌아오는 길에 헌책방에서 산 문고본(文庫本)을 공원 벤치에서 읽었다.

술이 있는 것 말고는 여태까지와 그다지 다르지 않은 생활 사이클 속에서 때로는 담배 맛을 떠올렸다. 단 한 개비로 완전히 흡연자 감각이 되살아난 모양이다. 낭비로 직결된다고 생각해서 바로는 손대지 못했다. 하지만 일하기 시작하고 맞이한 네 번째 일요일에 잠이 잘 오지 않는 밤이 와서 나는 결국 산책을 할 겸 담배를 구하러 나섰다. 견딜 수 없는 건 아니었다. 이제 곧 첫 월급을 받아 집도 구할 수 있다. 미리 축하 정도는 할 수 있지 않을까.

언제 가도 나와 같은 세대인 아저씨는 검품이나 청소를 열심히 하고 있고, 젊은 녀석은 계산대 앞에 우두커니 서 있다. 그런 흔해 빠진 편의점이 사무소에서 걸어 약 10분 떨어진 장소에 있다. 본 적 없는 상품보다도 시간이 아무리 지나도 살아남은 상품을 발견하고는 기분이 고조된 나의 눈앞에 생각하지 않으려고 한 나이가 아른거린다.

머리를 뒤로 묶은 계산대의 형씨에게 말을 걸고 나서 마침내 사려고 한 품명조차 정하지 않았다는 사실을 깨달았다. 어렴풋이 그날 밤에 피웠던 한 대를 이미지로 떠올리고 있었지만, 그러고 보니 상자도 유심히 보지 않았다.

향이 멘톨이었던 건 기억한다. 계산대 안의 선반에서 예전에 피웠던 브랜드의 녹색 상자를 발견하고 점원에게 번호로 주문했다. 2천 엔까지는 아니지만 비교적 비쌌다.

편의점 밖에 흡연 장소가 없어서 사무소로 향하는 도중에 상자를 뜯어 담배를 하나 꺼냈다. 같이 산 라이터로 불을 붙여 한 모금 빨아들이고는, 바로 아니라는 걸 알았다. 그리고 동시에 알아차렸다. 담배라면 뭐든 상관없는 게 아니다. 그 장소에서 피운 그 담배가 피우고 싶은 것이다. 사라진 본가의 터에서 십수 년 만에 피운 맛이 뇌에 각인되어 사라지지 않았다.

일단 끝까지 피우고 나서 배수구 망에 던져버렸고, 나는 발걸음을 되돌리지 않고 사무소로 돌아갔다. 도착하자마자 자전거 열쇠를 가지고 다시 한번 더 나갔다.

있을 거라고는 그다지 기대하지 않았다. 오히려 나의 내면에 오랜만에 솟구친, 생리적인 욕구 말고 다른 무언가를 하고 싶다는 마음에 의미가 있었다. 설령 그게 담배 품명을 알고 싶다는 정도의 작은 바람이라고 해도 말이다.

자전거를 15분 정도 타고 가자 완전히 낯설어진 장소에 눈에 익은 주차장 간판과 자판기 불빛이 있었다. 만약 있다고 해도 자전거로 곧장 달려가면 주차 중인 차 안의 물건을 훔치는 도둑이나 납치범으로 신고당할지도 모른다. 어디까지나 근처에서 자판기를 이용하러 왔을 뿐인 사람으로 가장하기 위해 자전거는 모퉁이 하나를 돈 곳에 지어진 아파트 앞에 세웠다.

자전거 열쇠를 매번 착실하게 잠그는 건 빌린 것이기 때문이다. 먼젓번에 백 엔 숍에서 손에 넣은 동전 지갑을 주머니에서 꺼냈다. 변명거리 삼아 안의 동전을 뒤지면서 모퉁이를 걸어서 돌아 주차장 쪽으로 다가갔더니, 있었다.

지난번보다도 자판기에서 떨어진, 어둠이 섞인 장소에서 오늘도 담배를 피우고 있었다. 나는 우연히 마주쳤다는 기적은 믿는 편이 아니다. 아마 분명 이 시간에 담배를 피우는 걸 테다.

우선 캔 커피를 사고 나서, 나로서는 발 연기로 그 아이의 존재를 알아차리고 놀란 척했다.

"아, 얼마 전에 담배 피우던?"

너무나 서툰 대사였지만, 소녀의 시선을 단 한 순간이라도 빼앗을 수 있었다. 그렇다고 해도 어떠한 반응도 얻지 못했고, 그 아이는 방구석에 있는 거미라도 본 것처럼 자기 세계로 돌아갔다. 기억하는지, 잊어버렸는지조차 알 수 없었다. 어느 쪽이든 기껏 손에 넣은 기회였다.

"미안하지만 한 개비 더 줄래? 이번에도 백 엔 낼게."

예상대로 소녀는 지난번과 마찬가지로 내 부탁을 우선 무시했다. 이쪽도 저번과 마찬가지로 잠자코 기다리고 있었더니, 그 아이는 한 개비를 다 피우고 나서 역시 수챗구멍에 꽁초를 집어

던졌다. 그리고 나는 그녀가 천천히 주머니에서 꺼낸 상자를 어두웠지만 훔쳐보려고 했다.

그 시야 중심에 담배가 한 개비 날아왔고 미간에 맞았다.

담배라는 걸 알았던 건 땅에 떨어지고 나서였다.

아프지는 않았다. 아플 리가 없지만, 반사적으로 나는 표정이 굳어지는 걸 느끼고 스스로를 달랬다. 상대는 아이다. 어른으로서 한숨을 쉬고 담배가 떨어진 장소에 백 엔을 탁 놓았다.

오늘은 라이터를 가지고 왔다. 손바닥으로 바람을 막고 빨아들이자, 오랜만에 담배 때문에 목이 멨다.

"야, 이거 저번 거랑 다르잖아. 아니, 야, 라고 부른 건 미안."

알지도 못하는 아저씨한테, 야, 라고 불려 열 받았던 소년 시절의 나를 간신히 떠올렸다.

소녀는 여전히 아무 반응도 보이지 않고 그때와는 명백하게 다른 품명의 담배를 맛있게 빨아들이고 있었다. 오늘은 멘톨조차 아니었다. 품명을 전혀 고집하지 않는 타입이었구나.

거리감에는 신경을 써야 한다. 하지만 이 상황에서 눈치를 보느라 담배 이름을 수수께끼로 남길 정도로 나는 배려심이 넘치는 인간도 아니다.

"전에 만났을 때 피우던 담배 이름 기억하니? 그 멘톨 향이 나던 담배 말이야."

역시 예상대로 소녀는 대답할 마음이 없는 듯했다. 나는 하는 수 없이 주머니에서 내용물이 거의 꽉 채워진 담뱃갑을 꺼내 그 아이에게 내밀었다.

"이것도 줄게. 너…… 네가 피우던 담배라고 생각해서 샀는데 아니더라고. 한 개비밖에 안 피웠어. 대신 전에 피우던 게 뭔지 가르쳐줄래?"

말하고 나서 이미 개봉한 물건을 받는 건 위험하다고 여길지도 모른다고, 상대의 입장에서 새삼스레 생각했다. 더구나 나는 생판 모르는 아저씨고 상대는 10대 소녀. 그 방면의 위험 관리 능력은 적어도 가지고 있을 것이다.

거래는 당연히 성립되지 않을 거라고 생각했다.

그래서 그 결과는 그저 우연인 듯한 느낌이 들었다.

그 아이가 우연히 오른손에 담배를 들고 있었으니, 왼쪽 반신 쪽으로 건넨 담배 상자를 자연스럽게 받았을 뿐이라고. 어른에 대한 혐오감이나 공짜라면 갖고 싶다는 의지가 전혀 보이지 않아서 반신의 움직임이 가진 고유의 아름다움이 엿보였다.

"몰라."

처음 들은 그 아이의 목소리는 상상했던 것보다도 조금 높았다. 답을 모르면서 왜 담배를 받았냐고 정당하게 불만을 토로하고 싶었지만, 조금 전의 자연스러운 행동이 이유의 모든 것처럼 여겨져 거듭 묻는 게 망설여졌다.

"그렇군."

"초록색이었지."

멘톨은 대개 그렇지 않을까? 하지만 그것보다도 그 아이의 중얼거리는 듯한 말투가 신경 쓰였다. 마치 전혀 다른 생각을 하면서 머릿속에서 뒤죽박죽으로 말을 꺼내는 것처럼 이상하게 어긋나는 느낌이 들었다.

"그렇구나. 그것도 얻은 건가 보네. 그럼, 언제 기회가 있으면

준 사람한테 물어봐 줘."

"몰라. 패밀리 레스토랑 자리에 놓여 있었어."

몇 초간 말문이 막혔다. 말에 담긴 숨은 뜻을 바로 알아차리지 못하게 된 걸 보니, 나에게도 나이에 걸맞은 상식이 자리 잡았음을 알 수 있었다.

"훔쳤구나."

나이에 어울리지 않은 성냥도 그래서였구나. 처음 대면한 아저씨한테 선심 쓰듯 나눠준 것도 그래서였다. 내 검지와 중지 사이에서 연기를 피우고 있는 이것도 어딘가에 놓여 있었을지도 모른다.

소녀는 대화하고 싶지 않은 건 아닌 듯했다. 그저 만족한 듯한 모습으로 절반 정도 남은 담배를 불을 끄지 않은 채 수챗구멍에 내던졌다. 그리고 일어나 아무 말도 하지 않고 내가 건넨 상자를 주머니에 넣고 이쪽을 등졌다.

"백 엔 가져가."

말을 걸었지만, 물론 소녀는 멈추지 않았다. 꽤 많이 건네준 담배에 대한 감사 인사도 할 리 없었다. 그 반응에 유치하게 화를 내지는 않았다. 오히려 이해했다. 저 아이한테는 공짜로 손에 넣은 거니까.

돈을 지나치게 지급한 내 쪽은 찾던 게 아닌 담배를 끝까지 피우고 얌전히 사무소로 돌아가기로 했다.

인생은 대가를 지급하는 것으로 성립되어 있다.

노동력을 건네고 임금을 받는다. 돈을 지급하고 식자재를 손에 넣는다. 자신과 상대가 이해할 수 있는 교환 조건을 서로 제시하고 거래한다. 나에게 있어서 젊었을 때부터 노동은 대가만 맞는다면 싫은 것이 아니었고, 가벼운 범죄는 얻는 것에 비해 손해가 더 크다고 생각해서 저지르지 않았다. 잡혔을 경우 가성비가 나쁘니 아르바이트하는 편이 더 나았다. 즉 나라면 담배 정도의 절도는 권하지 않지만, 그런 건 도덕 수업에서 질리게 들었을 것이다.

왠지 모르게 그 아이를 떠올리면서 일하는 틈틈이 인터넷으로 조건에 맞는 집을 찾았다. 문의했지만 이미 계약이 됐거나, 더 비싼 집세를 내야 하거나, 외진 장소에 있는 집을 권유받았다. 그런 과정을 반복해나가는 와중에 다시 담배가 피우고 싶어졌다. 뭐든 좋은 게 아니다. 원하는 건 처음 그 아이를 만났던 밤에 주차장에서 피운 담배였다. 이렇게 된 김에 제비뽑기하는 감각으로 시험해 보려고 점심 휴식 시간을 이용해서 편의점으로 향했다. 초록색 상자 중에서 적당히 하나를 샀다.

이번 담배도 피우고서 바로 아니라는 걸 알았다. 입에 문 한 개비를 향한 낙담보다도 남은 열아홉 개비와 보낼 타협과 마주하는 게 어려웠다. 무거운 짐을 주머니에 넣은 듯한 기분으로 사무소까지 가는 길을 걷다가 문득 알아차렸다. 제비뽑기는 둘이서 하는 편이 빨리 당첨된다.

오늘 그 아이가 가지고 있는 건 그때와 같은 담배일지도 모른다. 당첨되면 좋고, 당첨되지 않아도 주머니의 짐을 건네면 범죄를 억제할 수 있다. 한동안 훔치러 갈 필요가 없다는 이유는 설교보다 훨씬 효과적이다.

다시 밤중에 자전거를 빌려 오늘은 그 주차장 앞까지 곧장 달렸다. 이제 세 번째다. 우연을 가장하는 것도 뻔뻔하다.

하지만 소녀는 없었다. 천 엔도 하지 않는 손목시계로 시간을 확인했는데 전의 두 번보다 조금 일렀다. 기다리는 건 역시 너무 수상한가. 사이클 기분으로 그 주변을 빙그르르 한 바퀴 돌고 와서도 상황은 달라지지 않았고, 두 바퀴째를 다 돌고 돌아왔더니, 있었다.

소녀는 브레이크 소리에 대한 경계심만큼 시선을 이쪽으로 돌리더니 바로 흥미를 잃은 듯했다. 평소대로 눈앞에 있는 회사를 보고 있었다. 관찰하는 데 뭔가 의미가 있는 걸까.

목적이 있다면 지금보다 좀 더 기온이 낮아지더라도 이 아이는 변함없이 이곳을 흡연 장소로 삼을까. 그렇게 생각했으나 그 상황을 신경 써야 하는 건 추워질 때까지 그 담배 이름을 몰랐을 때뿐이다.

"안녕."

수상한 사람이 아니라는 표현법으로 인사를 했다. 대답해주리라고는 생각지 않았다. 아니나 다를까, 대답하지 않았다. 나는 자전거를 잠갔다.

생각해보니 이 아이는 늘 같은 트레이닝복을 입고 있었다. 오늘도 담배를 입에 물고 있었고, 내가 다가가려고 하는 그 한 걸음과 동시에 재를 떨어뜨렸다. 슬슬 기억해주고 있을 가능성을 기대하며 나는 얼른 용건을 전달했다.

"또 담배를 팔아줬으면 해서 왔어. 한 개비랑 담배 이름을 가르쳐주면 이걸 줄게. 아직 열아홉 개비 들어 있어."

첫 번째 교섭이 성립했다고 해서 두 번째도 흔쾌히 응해준다는 보장은 없다. 수상한 사람을 수상하다고 정상적으로 판단할지도 모른다.

그 아이는 지금 피우고 있는 담배를 자신의 페이스대로 다 맛본 후 주머니에서 상자를 꺼내 내용물을 보지 않고 이쪽으로 던졌다. 주워서 들여다보자, 하나밖에 들어 있지 않았다.

"고마워. 자, 이거. 수상쩍으면 내가 이 자리에서 한 개 피울게."

최대한 베푼 배려는 무시당했고, 소녀는 아무 말 없이 받아 든 상자에서 한 개비를 꺼내 독의 유무를 확인하듯 필터 냄새를 맡았다. 이상한 점이 보이지 않았는지 입에 물고 라이터로 불을 붙였다. 늘 위험을 그렇게 감지하는 걸까.

소녀에 이어 나도 담배를 피우려고 했다. 불을 붙이고서 바로 알았다. 이것도 찾던 담배가 아니라는 걸. 하지만 오늘은 멘톨이었다. 후보를 하나씩이라도 줄이기 위해 이름을 휴대전화에 메모했다.

소녀가 어떤 의미를 가지고 눈앞의 회사를 보고 있는지 알 수 없지만, 나는 별 뜻 없이 주차장 쪽을 보았다. 오늘은 흰 차 한 대와 검은 하이에이스 왜건 한 대가 주차돼 있었다.

"전에는 여기에 단독이 있었어. 모르지?"

대답을 기대한 건 아니다. 처음 만났을 때 물으려고 한 걸 떠올려서 시간을 때우기 위해 말을 해봤을 뿐이다.

예상대로 그 아이는 아무 대답도 하지 않았다. 그저 시선으로 서로를 확인한 순간이 찾아와서 처음으로 한쪽 눈만 마주쳤다. 자판기 불빛을 빨아들여 순진무구한 유리구슬 같았다. 조금 전의 담배 냄새를 맡던 동작이 생각나서 마치 강아지나 아기 고양이처럼 보였다. 그 아이는 시선을 떼더니 배를 젓듯 고개를 한번 끄덕였다.

오늘은 내가 한 개비를 먼저 다 피웠다. 이쪽에서 등을 돌려 저번 두 번과는 다른 순서대로 자리를 떠나려고 했다.

현실에서는 내가 다 피운 담배꽁초를 수챗구멍에 버리려고 하는데, 소녀가 앉아 있는 끝자락에 있던 어둠 속에서 엔진 소리와 더불어 검은 오토바이가 나타나 그 아이를 뒤에 태우고 달려갔다. 풀페이스 헬멧에 가려진 운전자의 연령이나 성별은 확인할 수 없었다.

"불량스럽기 그지없네."

혼자 남겨진 뒤에 그냥 읊조린 말이 마치 보호자인 척하는 아저씨나 그 아이와 보내는 시간을 빼앗겨 토라진 소년이 하는 것처럼 들려서, 어느 쪽이든 견딜 수 없어 헛기침을 한번 했다.

그 사흘 후의 일이었다. 사무소에 놓여 있던 사원의 귀중품이 사라졌고, 그런 말을 직접 듣지 않지만 내가 의심을 받고 있다는 흔해 빠진 일이 일어났다. 딱히 아무래도 상관없을 사건이었지만, 나는 스트레스를 받았다는 이유로 오늘도 심야에 편의점으로 향했다. 지금은 제비뽑기의 이유를 찾으러 가는 것처럼 여겨졌다.

실제로 아무 근거 없는 누명 같은 것보다도 느닷없이 찾아온 재회의 순간이 마음에 더 걸렸다.

단골 편의점에 들어가서 망설이지 않고 계산대 쪽으로 향하자, 평소 이 시간에 검품이나 청소를 하던 동 세대 아저씨가 오늘은 접객하고 있었다. 젊은 친구는 휴식 중일까, 몇 번이나 오다 보면 당연히 그런 날도 있다.

"혹시 우라야스?"

오늘도 또 다른 초록색 상자를 건네받은 타이밍에서 성이 불렸다. 상대의 얼굴을 똑바로 바라보아도 지인인지 생각나지 않아서 명찰을 확인하고 기억을 더듬었다. 때마침 그 소녀와 같은 또래 정도 되는 나에게서 답을 찾아냈다.

"마쓰카와였구나. 몰라봤어."

"다행이야. 실은 내내 우라야스가 아닌가 싶었는데 확신이 없었거든. 마주 보고 있으니 의외로 안 변했네."

정면에서 본 얼굴과 옆얼굴의 인상에 차이가 나는지 나는 모른다. 하지만 세월이 지나도 전체 인상이 변하지 않았다는 자각은 들었다. 원인도 알고 있다. 나와 다른 동급생 사이에는 명백하게 시간의 감각이 다를 테고, 그게 육체에 작용하고 있어도 이상하지 않다.

"나는 보이는 대로지만, 우라야스는 지금 어떻게 지내? 저기, 옛날이야기는 들었어."

"고맙게도 같은 고등학교에 다녔던 무로토의 회사에서 신세 지고 있어. 한 달 전부터 말이지."

조심스레 떠보는 말투에 나까지 덩달아 반응하면 상대에게 미안해서 일부러 아무렇지 않게 대답했다.

"그랬어? 그 녀석도 가끔 물건 사러 와."

나도 가끔 매상에 공헌하러 온다고만 전하고 자리에서 물러날 생각이었다. 하지만 그때부터 마쓰카와는 계산대를 사이에 둔 채 여러 질문을 거듭해 왔다. 어디에 살고 있는지, 다른 반 친구들은 만나는지, 지금까지는 어떻게 생활해왔는지 말이다. 그 질문들이 재회를 기뻐하는 뉘앙스와는 미묘하게 어긋나 있다는 사실을 그다지 예리한 편이 아닌 나조차도 알아차렸다. 불쾌하다고 할 만큼 명확하지는 않았다. 번져 나오는 이면의 의도를 알면서 맞춰나가는 것을 번거롭다고 느꼈다. 그 아이라면 무시했겠지.

다른 손님이 들어와서 나는 무사히 넘어갔다. 옛 친구라고 할 정도로 사이가 좋지 않았던 느낌도 드는 마쓰카와에게 작별 인사를 하고, 나는 바깥에서 바로 비닐을 벗겨 담배 한 개비에 불을 붙였다.

오늘은 이게 꽝이어서 다행이었을지도 모른다. 가능하다면 묘한 불운이 없는 날에 제비에 당첨되고 싶다.

그 아이에게 사흘 전 건넨 담배가 아직 남아 있을지도 모르지만, 나는 자전거를 가지러 돌아갔다가 평소대로 그 주차장을 향해 달렸다.

소녀는 당연히 있었고, 인사는 무시당했다. 하지만 오늘은 지금까지와 다르게 담배를 교환하자고 말해도 물건이 날아오지 않았다. 그 아이는 담배 상자를 손에 들고 이쪽으로 내밀었다. 공손한 행동이 신기하게 여겨지는 것도 이상하다. 얌전히 받으러 가서 그 가느다란 손가락 끝자락에 닿지 않도록 주의했다.

자신이 조금은 용납받았다고 방심한 내 틈을 노린 듯 그 아이가 날카롭게 손등을 할퀴었다.

"무슨 짓이야?!"

무심코 나온 내 화난 목소리에 주눅이 드는 기색도, 더구나 의미 불명인 행동을 사과하려는 기색도 없이 소녀는 아무것도 들고 있지 않은 손바닥을 위로 향하더니 이쪽으로 내밀어 담배를 달라고 재촉했다.

똑같이 되갚을 수도 없는 노릇이다. 입장이 불리한 쪽은 문제를 안고 있는 나고, 교환을 제안하고 있는 것도 나다. 하는 수 없이 개가 물었거나 고양이가 할퀸 것으로 생각하기로 하고 사 왔던 담뱃갑을 그 얇은 손바닥에 올려놓았다.

동물한테서 받은 상자는 사흘 전 내가 건넨 것이 아니었다. 또 다른 멘톨이었다. 휴대전화에 담배 이름을 메모하고 나서 불을 붙였다. 꽝이었다.

챌린지 실패와 더불어 떠올린 손등의 통증으로 혀를 차고 싶고, 욕이 나올 것 같은 걸 참았다. 상대는 청소년이라고, 스스로 타일렀다.

하지만 마쓰카와 일도 있어서 아무 말도 하지 않고 있을 수 있을 만큼 마음이 평온한 것도 아니었다.

"그러고 보니 오늘 조금 네 마음을 이해하겠더라."

잊을 수 없는 아픔이 이인칭으로 나왔다. 당연히 항의도 맞장구도 없었다.

"딱히 친하지도 않은 녀석한테서 아무래도 상관없을 질문을 받으면 대답하기 귀찮지?"

내가 마쓰카와에게 했던 것 같은 배려 따위가 있을 리 없었다. 소녀는 역시 투명한 눈빛으로 눈앞의 사옥을 바라보고 있었다.

무시하려는 의식조차 없는 듯한 옆모습을 보며, 동물이라기보다는 맹수에 가깝다고 재차 생각했다.

동물이든 맹수든 인간이든 목적에 협력해준다면 아무래도 상관없다. 자판기 불빛으로 손등을 비춰보자 긁힌 자국이 지렁이처럼 부어 있었다.

오늘의 소녀는 한 개비만 어중간하게 피우자마자 불을 끄지도 않고 수챗구멍에 꽁초를 버리고 사라졌다. 나는 근처에 있던 길고양이가 불에 데지 않도록 쫓아내고서 자전거에 앉았다.

계속 이어지던 방 구하기에 마침내 희망이 보였다.

보증금과 사례금이 많지 않고 전철이나 버스를 이용하지 않아도 회사에 다닐 수 있는 곳을 찾아내, 염치없지만 무로토에게 보증인을 부탁했고, 다섯 번째 집에서 겨우 심사에 통과했다. 다만 입주가 한 달 후부터 가능해서 한동안은 사무소 생활이 이어졌다. 무로토에게 지금까지의 숙박료를 지급하겠다고 제안했지만, 오히려 가구를 갖출 수 있도록 돈을 빌리게 될 듯했다. 월급으로 최소한의 저렴한 침구와 냉장고, 세탁기만 사서 더 이상 민폐를 끼치지 않기로 했다.

은혜를 받는다는 건 개인적인 사정으로 입은 손실을 누군가 대신 갚아주고 있는 것과 같다. 언젠가 이자를 붙여 갚을 수 있도록 다시 자립해야 한다. 담배 이름을 맞히는 것과는 전혀 다른 반듯한 목표가 생겼다.

분실돼서 소소한 소동이 일어나게 했던 사원 카드 케이스는 무사히 발견되었다. 주인의 책상 서랍에 껴 있다가 시간이 지나

떨어졌던 모양이다. 의심하고 있었던 것도, 의심받고 있었던 것도, 명백하지 않은데 누명을 둘러싼 어색함과 뻔뻔함이 오늘 하루 회사 내에 가득 차 있어서 모두가 집으로 돌아가고 나서 사무소를 환기했다.

생활 공간에 날아든 냉랭한 공기에 일주일 만에 담배를 피우고 싶어졌다.

가능하면 이사하기 전까지 제비뽑기를 끝내고 싶었다. 새집은 그 주차장에서 회사를 사이에 두고 딱 반대 위치에 있어서 거기까지 다니는 것도 번거로워졌다. 그렇지 않더라도 언젠가는 소녀 근처에 우두커니 서 있는 이상한 아저씨가 있다고 신고하는 건전한 판단력을 가진 인간이 나타날지도 모른다. 만약 그때가 오면 나를 할퀸 상처의 복수로 그 아이가 도둑질했다는 고자질이라도 할까. 그 이튿날 마침내 나를 동료로 받아들이기 시작해준 아줌마 사원이 상처를 걱정해줘서 고양이가 한 짓이라고 얼버무렸다. 한밤중에 10대 여자아이가 나를 할퀴었다고 하면, 그야말로 신고를 당할지도 모른다.

담배는 마쓰카와가 없는 다른 편의점에서 사기로 했다. 주택가에 오도카니 자리한 그 가게는 주 고객층이 가족 단위인지, 늦은 시간에는 극단적으로 사람이 없어서 점내 BGM만이 소란스럽게 울리고 있었다.

계산대에도 사람이 없었다. 나는 어딘가에서 작업하고 있을 점원을 찾았다. 널찍하고 사각이 많은 구조라서 통로를 일부러 들여다봐야 했다.

그러니 이건 이날에만 벌어진 우발적인 사건은 아니었을 것이다.

그냥 지나갈 생각이던 화장품 코너에서 절도하는 순간을 목격했다. 서툰 손놀림으로 상품을 주머니에 넣은 건 앙증맞은 무늬의 맨투맨 티셔츠를 입고 화려한 화장을 한 소녀였다. 아무래도 최근에는 절도범과 인연이 있는 듯하다. 하지만 어딘가의 누구와 눈앞에 있는 소녀의 인상은 대조적이었다. 지금 바로 도둑질을 목격당했다는 사실을 알아차린 그 아이는 대단히 인간적이고 10대다운 모습을 하고 있었다. 불만과 공포심이 생생하게 보였다. 당황해서 부산을 떨던 소녀는 그걸 숨기듯 나를 눈으로 위협하더니 그 자리에서 빠른 걸음으로 사라지려고 했다.

"어이."

말을 걸어도 절도범이 멈출 리가 없다. 내 목소리를 듣고 마침내 나타난 젊은 점원에게 지금 본 것을 그대로 전했다. 당황스러움과 번거로움이 이는 짜증을 감추지 않는 모습이 이쪽도 대학생다운 외양과 아주 어울렸다.

경찰에 신고하러 갔는지, 아니면 창고에 있는 점장이라도 부르러 갔는지, 젊은이가 사라진 틈에 나는 가게를 나왔다. 증언해달라고 해도 조금 전에 전한 사실 말고는 이야기할 게 없었다.

담배를 사지 못했다. 그 주차장 부근까지 자전거를 몰고 가서 근처의 편의점을 찾았다. 그 결과 너무나도 금방 찾았다. 나는 이 거리에 있는 편의점을 이용하지 않고, 소녀에게 백 엔을 지급하는 아저씨였던 것인가. 완전 의심스러운 사람이다.

하지만 이제 와서 그 녀석에게 변명을 해봤자 소용없다. 우선은 혼자서 제비뽑기했다. 비닐을 대충 벗겨서 가게 앞 쓰레기통에 넣고 담배를 피웠다.

 또 꽝이었다. 하지만 오늘은 여기까지 왔으니 결과적으로 다행이었을지도 모른다. 현행범으로 절도는 막지 못했지만, 들치기는 미연에 방지할 수 있으니 말이다.

 가까운 거리라서 자전거를 밀어서 갔다. 편의점을 여기저기 다니느라 시간이 걸린 만큼 당연한 듯 소녀는 담배를 피우고 있었다. 때마침 담배를 빨아들인 게 이유는 아니겠지만, 인사에 대답은 없었다.

 오늘 교환은 무사히 이루어졌다. 물건은 날아오지 않았고 긁힌 상처도 생기지 않았다. 소녀의 손에서 상자를 받아 들고 나는 가지고 있던 분량을 건넸다. 허물없는 사이가 되었다고는 생각하지 않는다. 만약을 위해 "할퀴지 마"라고 사전에 주의를 주었지만, 그게 효과가 있었다고도 생각지 않는다. 맹수의 변덕일 것이다. 집 앞을 지나가는 사람에게 으르렁댈지 으르렁대지 않을지 그날의 기분에 따른 것과 같다. 여전히 앞으로 시선을 계속 던지고 있는 새까만 트레이닝복을 입은 소녀의 태도에는 조금 전에 목격한 절도범에게서 느낀 듯한 10대 특유의 숨이 턱턱 막히는 초조함이나 고독이 전혀 배어 있지 않았다. 그저 그곳에 의심 없이 존재할 뿐인 길고양이나 무언가와 같았다.

 그래서 평소대로 이곳에 인간은 나 하나밖에 없다고 느꼈다. 받은 담배를 입에 물고 불을 붙여 한 번 빨아들였을 때 어딘가에서 들려온 목소리가 소녀의 목소리라는 걸 바로 알아차리지 못했다.

갑자기 닿은 목소리의 내용을 쫓아가지 못한 채 잠시 생각하고서 마침내 소녀가 짧게 무언가를 읊조렸다는 걸 알았다.

내가 말할 때는 들은 척도 안 하던 소녀는 내가 의도적으로 무시했다고 생각했는지, 어쩌면 그저 이쪽의 청력이 나쁘다고 생각했는지 첫 번째보다도 크고 천천히 말했다.

"죽인 쪽?"

나른한 음이 지닌 의미를 내가 아니면 몰랐을지도 모른다. 일단은 망설였다.

"그래."

본격적으로 조사해보면 언제든지 도달할 수 있는 답을 두고 얼버무릴 이유가 없었다. 더구나 상대는 나보다 스물이나 어린 세대니, 정보를 손에 넣는 방법도 잘 알고 있을 테다.

"쪽이라는 건 무슨 뜻이야?"

"살해당한 쪽일지도 모르잖아."

소녀는 처음으로 이쪽을 향해 얼굴의 정면을 돌렸다.

마쓰카와가 했던 말의 의미를 이해했다. 사람은 옆에서 본 얼굴과 정면에서 본 얼굴 간에 이렇게 밀도가 다르다. 지금까지 어슴푸레하게 품고 있던 그녀의 이미지가 실체가 되어 날아들었다.

눈을 깜빡이지 않고 이쪽을 보는 소녀의 얼굴에 나는 문득 유소년기의 나를 포개었다.

좋아했던 전대물을 방영하는 텔레비전에 열중하다가 엄마를 무시해서 화가 나게 한 적이 있다. 갑자기 꺼져서 까매진 텔레비전 화면에 반짝반짝 눈을 빛내는 내 얼굴이 비쳤다. 소녀의 얼굴은 그와 쏙 빼닮았다.

하지만 그건 내가 기껏 대여섯 살 무렵의 이야기다.

중고생씩이나 되어, 어떻게 그런 해맑은 표정을 지을 수 있단 말인가. 내가 줄 수 있을 리 없는 거대한 희망이나 끊임없는 쾌락을 배고픈 동물에게 요구받는 듯해서, 불필요한 죄책감에 나도 모르게 한 번 눈을 돌리고 말았다.

"살해당한 쪽이라니. 나를 유령이라고 생각했어? 담배를 교환하고 있는데?"

"그런 유령일지도 모르잖아. 확인하고 싶었어."

유령이라는 말을 사용하는 소녀의 목소리에서 한 치의 쑥스러움도 찾아볼 수 없었다.

그 진지함을 보고 자칫 산타클로스마저 정말 믿고 있지 않은지, 이상한 걱정을 했다. 설마라고는 생각하지만, 물리적인 공격이 효과가 있을지 없을지 시험해보고 싶어서 할퀸 건 아니겠지?

담배를 한 모금 더 빨아들이고 한 가지 더 알아차렸다.

"여기 있었던 집에서 일어난 일을 알고 있었구나."

"몰랐어. 지인이 말해줬어."

"얼마 전 오토바이를 타고 있던 친구 말이니?"

"같이 논 적은 없어."

그래서 심야에 데리러 오는 사이라도 지인일 뿐인가. 생각해보면 이렇게 나이에 어울리지 않는 직선적인 시선을 어떤 녀석이 정면에서 받아들이고, 친구로서 대등하게 어깨를 나란히 할 수 있을까. 내가 같은 세대라면 위태로워 보여서 다가가고 싶지 않을 것이다.

"전에 참살 사건이 일어난 집이라며? 듣고서 알아봤어. 만약 거주했던 사람이고, 남자라면 살해한 쪽이거나 살해당한 쪽이겠지. 어느 쪽이든 처음 봤어."

상대의 입장을 고려해서 목소리를 조절하는 기술은 아직 익히지 않은 모양이었다. 내가 이 아이와 같은 나이일 무렵에는 선배에게 찍히지 않도록 사회적인 이유로 몸에 익히고 있었다.

말을 그대로 받아들이자면, 이 아이는 한밤중에 나타나는 수상한 남자의 신상을 조사하고서, 위기감이나 불쾌감보다도 호기심이 앞서 오늘 여기서 기다리고 있었다는 뜻이 된다.

"설마 흥미가 있을 줄은 몰랐어. 내내 무시당했으니까."

"히요리의 대답을 원할 줄 몰랐어."

"히요리?"

"내 이름."

어떤 단어를 말하다가 더듬었다든가 이쪽이 잘못 들은 줄 알았다. 이런 타입 인간의 일인칭이 자신의 이름일 줄이야. 하지만 받아들이고 보니 자신 이외의 것으로 자기를 표현하지 않는 점이 순진무구한 맹수 이미지 그대로인 것 같은 느낌이 들었다.

"사람을 죽이고서 어땠어?"

히요리[15]라는 이름의 한자를 그대로 日和라고 쓴다면 그 난폭함이나 거리낌 없는 태도에 비해 너무나도 온화하게 느껴졌다.

"너 말이야."

---

15) 일본어로 히요리(日和)는 맑게 갠 날씨를 뜻한다.

"사람 죽이니 어땠어? 즐거웠어, 슬펐어?"

미소를 지어가며 호감을 사려고도 하지 않고, 괜히 사람을 떠보지도 않는 그 방식을 내가 알 턱이 없었다. 욕망을 숨기려고도 하지 않고 오로지 계속 바라기만 하는 소녀에게 불쾌함보다도 오히려 일종의 걱정이나 한 줄기의 부러움이 솟구쳤다.

위태롭기는 하다. 구멍 속에 뭐가 있는지 호기심에 차서 들여다보는 병아리 같다. 동시에 만약 이렇게 쭉 살 수 있다면 인생이 얼마나 통쾌할까 싶었다. 거대한 꿈을 꾸는 어린아이처럼 이것저것 할 것 없이 바라는 것을 전부 수중에 넣을 수 있다는 마음으로 하루하루 보낼 수 있지 않을까.

그 아이로부터 받은 질문에 대해 나는 몇 가지 정해진 답을 가지고 있었다. 후회나 반성의 색이 짙은 것, 동정의 여지를 남기는 것, 결과에 이르기까지의 경위를 자세히 설명하는 것, 그리고 그것들의 평균치를 낸 것. 전부 다 신세를 진 변호사 선생님에게 배워서 질문을 던진 상대가 바라고 있을 법한 내용을 그때마다 선택했다. 나의 의사는 그다지 중요하지 않았다. 변호사 선생님이나 남은 가족의 고생을 가능한 한 줄이는 것이 목적이었다.

하지만 지금, 이 아이가 그런 답을 기대하고 있다고는 도무지 생각할 수 없었다. 적어도 사회성을 익히기 전에 텔레비전에 열중하던 순수한 아이였던 자신이 그런 것에 흥미가 있다고 하면, 무엇을 알고 싶은지는 정해져 있다.

나는 생각하는 동안 담배 하나를 다 피웠다. 수중에 담배는 이제 없었다. 소녀는 가만히 기다리고 있었다.

"조금 전에 내가 준 거 하나만."

소녀는 부탁을 들어주었다. 주머니에 넣어둔 담뱃갑을 꺼내 한 개비를 나에게 내밀었다. 그리고 그녀 자신도 눈앞의 회사 쪽을 보고 손가락에 끼운 담배를 피우기 시작했다.

딱히 이야기해도 상관없다고 생각했다. 친절함이나 서비스 정신에서가 아니라 그들의 욕구에 따르는 형태로.

그것은 아주 조금이나마 나도 이런 사람이 되어보고 싶다고 느낀 상대를 적어도 진지하게 대하고 싶다는 욕구에서 비롯된 것 같았다.

근래 10년 이상이나 되는 시간 속에서 무로토 말고 다른 상대에게 품은 적 없는 감정이었다. 성별도 연령도 관계없이 그저 그 녀석의 내면을 부러워할 수 있느냐 없느냐에 달려 있었다. 얼마 전 마주친 마쓰카와와 나눈 대화가 이 감정을 두드러지게 했다. 생리적인 욕구와는 또 무관한 것이었다.

그 욕구를 이루고 얻을 수 있는 쾌감과 담배 한 개비가 대가라고 해도 좋았다.

한밤중에 이곳에 있는 것과 히요리라는 이름밖에 모르는 소녀에게 진실을 말하는 게 어쩐지 어울린다는 느낌이 들었다. 기분 탓일지도 몰랐다.

"쇼핑을 잘했다고 생각해."

소녀는 시선이나 몸짓으로 교묘하게 궁금증을 드러내는 법이 없었다.

"무슨 소리야?"

"담뱃값이 얼마나 인상되어도 피우고 싶은 녀석들은 사. 아직 그 값어치에 어울린다고 생각하는 동안에는. 나도 백 엔을 냈지.

넌 훔쳤지만."

"히요리는 사면서까지는 피우고 싶지 않아."

대체 어떤 교육을 받아왔는지, 말 그대로의 의미로 부모 얼굴이 보고 싶었다.

"내 경우에는 사면서까지 필요했어. 백화점에서 비싼 물건을 사는 감각이었지. 형기, 교도소에 있던 기간이야. 그런 것도 조사했고, 이거라면 균형이 맞을 거로 생각했지. 그리고 지금해도 좋다고 결정했어. 여전히 손해를 봤다고는 생각 안 해."

음미했다. 새 가방이나 옷을 사러 백화점으로 향하는 고객처럼. 의미나 타이밍, 앞으로의 인생, 모든 것을 가미해서 값어치를 매겼다. 재판에서는 계획성이 짙은 범행일수록 중죄가 되는 모양인지 변호사 선생님으로부터 입막음을 당했다. 말다툼이 일어나 우발적으로 죽였다고 해야 한다고 배웠다.

"살인을 샀다고?"

"아니, 죽이고 싶은 상대가 없는 세상을 산 거지."

사실은 아직 다 지급하지 못한 것도 있다. 무로토한테 입은 큰 은혜는 변제하지 못했다. 고등학교에서 만나 내가 쇼핑을 실행할 때까지 이어온 친구 관계를 그 녀석은 내가 담장 안에 있는 동안에도 계속 이어 나가 주었다. 친구를 잃을 각오를 하고 있었기에 고마웠다.

"히요리의 인생은 한 번에 살 수 없지."

누구에게 한 말은 아니었지만, 하늘로 피어오르는 연기와 더불어 입 밖으로 내뱉어진 혼잣말의, 처음 보는 흉기를 품평하는 듯한 들뜬 말투에서 역시 위태로움이 느껴졌다. 진짜 칼과 장난감 칼을 구별할 수 없을 듯했다. 무심코 만지지 말라고 주의 주고 싶어졌다. 아무것도 배우지 못한 어린아이처럼 칼 끝자락을 태연하게 타인을 향해 겨냥하거나 손가락으로 더듬을 듯했다.

이 아이를 두고 처음에 품었던 불량아라는 말은 적절하지 않다는 생각이 들었다. 조금 전의 절도범 소녀와 비교해도, 같은 또래였던 시절의 나와 비교해도 뭐라고 해야 좋을까, 좀 더 깎여 나가 있었다. 쓸모없는 지방이 붙어 있지 않았다. 몸을 뜻하는 게 아니라 태도나 시선에서 말이다.

계속해서 그대로 아무것도 모르는 아이나 맹수 같은 순수함을 유지한 채 살아갈 수 있을까. 갑자기 이 아이의 장래가 궁금해졌다.

영혼의 아름다움만으로는 바라는 대로 살아갈 수 없다는 것을 나 같은 사람도 알고 있다. 사람이 진정한 의미에서의 사람이 되는 것은 그렇게 하지 않으면 어디든 존재하는 사회 속에서 살아갈 수 없어서이다.

어른이나 사회에 물들어가기를 바라는 게 아니다. 하지만 경험자로서 최소한의 조언 정도는 하고 싶어졌다.

"죽이지 마."

소녀가 한쪽 눈으로 힐끗 내 얼굴을 쳐다보았다.

"자긴 죽이고서."

"난 대가에 걸맞아. 걸맞다고 확신하면 괜찮아. 네 인생에 깊이 관여해서 끔찍한 방향으로 뒤틀어 놓으려는 녀석이 있고 절대 용서할 수 없다면, 그게 교사든 상사든 정치가든 가족이든 상관없어. 다만 그 녀석들의 목숨은 전부 네가 앞으로 이쪽에서 보낼 수 있는 10년, 20년보다 훨씬 저렴해. 그러니 죽이지 마. 아까우니까."

이런 설교가 소녀에게 닿으리라고는 생각하지 않는다. 그런데도 내가 존재를 알린 흉기가 언젠가 그녀가 돌발적인 행동을 일으키게 하는 가능성을 줄여준다면 좋겠다는 생각으로 전했다.

"걸맞다는 건."

말뜻을 모르는가 싶었는데 그렇지는 않았다.

"12년 4개월은 즐거웠어?"

판결이나 뉴스의 내용까지 꼼꼼하게 읽은 상태였다. 그런데도 나한테 혐오감의 조각도 보이지 않다니, 정말 어떻게 자라 온 걸까.

"즐겁지는 않았어. 내내 지루했어. 그래도 그런 규칙이니까 받아들이고 저울질했어. 내 경우에는 이쪽에서 이루고 싶었던 꿈도, 이 세계에서 지켜야만 하는 녀석도 더 이상 없었어. 넌 아직 10대잖아. 만약 아직 꿈이 없더라도 앞으로 찾을 수 있을지도 몰라. 내가 평생 사귀어나갈 친구와 진짜 친해진 것도 성인이 된 후였어. 그러니 죽여도 되는 건 너의 소중한 걸 포함한 미래에 걸맞다고 생각했을 때뿐이야."

역시 너무 훈계조였나? 마치 긍정적인 팝송이나 교훈처럼 느껴져서 질리는 소설 같은 소리를 하고 말았다. 이런 상황에서 시시한 사회성을 몸에 익힌 어른이라는 사실을 재확인하게 될 줄은 몰랐다.

마찬가지로 내 말에 시큰둥해졌는지 소녀는 말없이 다음 한 개비에 불을 붙였다.

생각해보면 오늘 밤에 처음으로 대화를 나누고 있다. 이쪽에서 던지고 싶은 질문도 몇 가지 있었다. 가족은? 학교는? 친구는? 하지만 하나같이 조금 전의 설교와 이어지는 인상을 주는 것 같아서 주저했다.

소녀는 추가 질문을 하지 않았다. 연기를 피우며 눈앞에 있는 회사를 보고 있었다. 인간인 나는 시간이 아깝다고 생각했다.

"여기 무슨 회사야?"

특별할 것 없는 내 질문을 소녀는 무시했다.

"히요리한테 묻는 거야."

상식적으로 생각해서 수상한 아저씨한테 이름으로 불리면 불쾌할 것이다. 하지만 나를 싫어한다고 해서 곤란할 만큼 호감을 사고 있는 것도 아니니까.

"몰라, 트럭이 자주 와."

대답에서 불쾌함은 느껴지지 않았다.

돌이켜 생각해보면 이 소녀는 처음 만났을 때부터 무뚝뚝하거나 무례하기는 해도 불쾌해한 적은 한 번도 없었다. 이런 곳에서 헛된 시간을 보내고, 절도처럼 쓸데없이 위험한 행동을 저지르고, 구입할 만큼 좋아하지도 않는 담배를 늘 피우고 있는데 말이다. 전부 다 인생을 사는 게 지루해서 짜증이 난 애들이나 할 법한 짓이다.

특이하다고 생각해서 어리둥절한 얼굴을 하고 물었다.

"히요리, 사는 게 즐겁니?"

"응."

망설이지 않고 고개를 끄덕이는 히요리 앞에서 웃음이 솟구쳤다.

비웃음이었다. 그녀보다 두 배는 오래 살았지만, 어떤 상황에서도 즉답은 하지 못했을 자신에 대한 비웃음이었다. 설령 내가 아무도 죽이지 않았다고 해도, 설령 죽이고 싶은 상대가 없는 세상을 손에 넣었다고 해도 그렇게는 고개를 끄덕일 수 없었다.

소녀는 평범한 10대가 품을 만한 초조함은 가지고 있지 않았다.

만약 지금 가진 그 정신으로 살아갈 수 있다면 분명히 이 아이는 유령이나 산타클로스나 살인범이 사라져도 쭉 기대감으로 가득 찬 얼굴을 하고 삶을 이어 나갈 수 있지 않을까. 부럽기 그지없다.

"있어."

"……뭐라고?"

소녀가 한 갑작스러운 말의 의미를 이해하지 못한 채 나는 질문을 거칠게 던졌고, 그녀의 말은 혼자만의 대화로 이루어져 있었다.

"여동생. 평생 나를 즐겁게 해줄 친구라면 갖고 싶어."

두 번째 말로 마침내 내 설교에 대한 대답이라는 걸 알았다. 그렇구나, 같이 놀 수 있는 친구는 아직 없다는 말이구나.

"그럼 지금은 여동생이 잘 살아갈 수 있도록 지켜주면 되겠네. 잘 지내?"

"잘 지내. 오컬트를 좋아해서 지난번에 같이 〈고스트버스터즈〉 봤어."

여동생 이야기가 나오자마자 불필요한 정보까지 덧붙인 히요리의, 말수보다 더 기대하지 않았던 미소를 머금은 웃음에서 애정이 배어 나왔다.

의외로 여동생에 관한 이야기가 하고 싶었던 김에 친구 이야기를 꺼냈을지도 모른다.

히요리가 중학생이나 초등학생 정도 되는 여자아이와 나란히 앉아 영화를 보는 모습을 상상했다. 자매는 닮지 않았을 것 같다. 설마 영화의 영향을 받아서 내가 유령일 가능성을 생각한 걸까?

히요리는 담배를 다 피우고 수챗구멍에 던져버리더니, 여전히 아무 말 없이 일어나 등을 지고 물러나려고 했다. 거리가 좁혀진 게 아니었다.

"아무도 죽이지 마, 히요리."

하지만 말이 자신을 향해 있다는 사실을 알고서 대답이 필요하다고 생각했는지 돌아봐 주었다.

"아직 못 골랐어."

저런 아이의 마음은 읽을 수 없다. 하지만 그 정도의 대답으로 조금이나마 안심할 수 있었다. 언젠가 우리와 마찬가지로 탁한 인간이 될지도 모르는 그녀가 가능한 한 무사하기를 바라는 이 기적인 바람이, 무로토에게 보답하기와 담배 이름 찾기에 이어 내가 출소한 후에 가지게 된 세 번째 소망이 되었다.

히요리의 협력으로 제비뽑기는 그로부터 3개월간 이어졌다. 그 아이는 추워지고 나서도 떡볶이 코트를 입고 뜨개 모자를 쓰고 담배를 피우고 있었다. 나는 이사를 마치고 새로운 생활에 익숙해지는 중에 한가한 틈을 타서 교환을 의뢰하러 갔다. 하지만 원하는 담배는 좀처럼 찾을 수 없었다. 메모장에는 담배 브랜드가 좌르륵 줄지어 적혀 있었고, 석 달째가 되어서야 비로소 제대로 된 협력을 구했다.

히요리에게 그때 피운 담배 이름으로 짐작이 가는 바가 없는지 다시 한번 더 물었다. 잠시 틈을 두고 히요리는 "얼마 전에 건네받은 게 같은 맛이었어"라고 답했다. 나는 내 기억력이 의심스러울 정도로 나쁘다는 사실에 아연실색했다. 그런 아저씨를 무시하고 히요리는 그날도 다른 멘톨 담배를 피우고 있었다.

나는 과거의 기억과 향수를 피우고 있었을 뿐이었다.

담배 이름이 밝혀지고 나서도 히요리의 절도가 억제된다고 생각해서 주차장에 계속 다녔다. 실제로는 자각한 것 이상으로 출소 후 유일하게 개인적으로 생긴 대화 상대에게 관심과 집착이 솟구쳐서일지도 모른다. 문득 생각난 것처럼 그 아이가 나에게 던진 질문에 가능한 한 답했다. 담장 안에서 본 풍경이나 사람을 죽이고 나서의 흐름, 영혼의 행방이 신경이 쓰이는 듯했다.

"저주받았어?"

"저주받는 편이 좋아?"

"응. 본 적 없거든."

이쪽에서 질문하면 대답할 때도, 대답하지 않을 때도 있었다.

"히요리는 나 같은 사람이 무섭지 않아?"

"히요리는 아직 사람을 죽이지 않았을 뿐이야."

"언젠가 죽일 것처럼 말하지 마."

"다들 마찬가지지 뭐."

무언가를 그저 숨기려고만 하지 않는 히요리에게 사생활에 대해 들은 적도 있다. 공부가 싫다든가, 규율이 귀찮은 건 아닌 모양이었다. 학교는 가라고 하거나 오라고 하면, 가도 될 것 같은 기분일 때 가는 듯했다. 이제 설교하는 꼰대로 보여도 하는 수 없다고 각오를 다지고 지식으로서만 전했다.

"졸업이나 학력 자체에 관심이 없어도 제대로 된 지위가 있는 편이 일하기 편해. 여동생이 곤란해할 때도 지켜줄 수 있고."

히요리는 맞다, 아니다, 좋다, 나쁘다 등을 말하지 않았다. 일반적인 금전적 자유나 인간관계조차 빼앗고 위협하는 방식으로 파악하고 있는 게 아닌지 생각했다. 그날 밤, 그 녀석은 왼손에 붕대를 감고 있었다. 이유는 묻지 않았다.

봄이 되자 히요리는 아무 말도 하지 않은 채 자판기 옆에 나타나지 않았다. 맨 처음 스쳐 지나간 생각은 결국 무언가 사고를 쳐서 잡혔구나, 였다. 하지만 생각해볼 필요도 없이 이사했다면 그 사실을 나한테 전할 의무는 없었고, 나이도 물어본 적 없어서 고등학교 3학년이었다면 시기적으로 진학이나 취직을 했을 수도 있다. 혹은 그저 단순히 질렸을지도 모른다.

적어도 틈이 날 때마다 흉악 범죄 정보를 검색했다. 현재 상황으로는 히요리로 보이는 사람이 일으킨 살인은 밝혀지지 않았다.

히요리를 못 본 지 벌써 5년이 지났다.

살아 있으면 어엿한 사회인이 되었을지도 모를 맹수에 대해 괜한 걱정을 하는 건 꽤 오래전에 관뒀다. 간혹 반년에 한 번 정도이기는 하지만 그 장소에 찾아가 담배를 피우고 참배처럼 나와 히요리의 건강을 기원한다. 그 주차장에는 주차하는 차가 늘었고, 자판기는 다른 회사의 것으로 바뀌었다.

사는 집이나, 일하는 회사나, 하는 일은 거의 달라지지 않았다. 나는 매일 아침 자비로 산 자전거를 타고 출근해 오랜 시간이 흐르며 꽤 익숙해진 다른 직원들에게 인사를 하고 작업복으로 갈아입는다. 그리고 반드시 예전에 사장실이었던 장소로 들어가 불단에 합장한다.

10대 때부터 어울리던 친구이자 내가 담장 안으로 들어가고 나서도 연락을 계속하다가 출소 후에는 고용주가 되어준 무로토는 2년 전 겨울 죽었다.

그 무렵의 일을 누군가와 이야기할 기회는 별로 없다. 병으로 괴로워하던 무로토는 사람이 달라진 것처럼 원망을 반복해서 쏟아내게 되었다. 가족은 괴로운 듯했다. 나는 괜찮았다. 병문안을 갈 때마다 나를 향해 퍼부은 독설은 이제 와서 보면 무엇 하나 틀리지 않아서였다.

"살인범을 위해서 귀중한 시간을 쓰는 게 아니었어."

영원처럼도 느껴지지만 실제로는 한정된 하루하루가 계속되는 가운데 이틀 동안 이어지던 비가 멎은 날, 나는 어째서인지 무로토에게 호출을 받았다. 병실에서 그 녀석은 처절했던 몇 개월이 거짓말인 것처럼 평온한 표정을 짓고 있었고, 나한테 죽여달라고 부탁했다.

그게 신세를 갚는 일이 되는 건지, 내가 이해할 수 있을지, 생각할 시간이 필요하다고 하고 헤어진 날 밤, 무로토는 숨을 거두었다.

그 녀석의 회사에서 계속 일하는 것을 은혜를 갚는 길이라고 생각지 않는다. 그 녀석 본인에게 진 신세를, 가족이나 소중한 직원이라고 해도 타인에게 갚아봤자 소용없다. 내가 소소하게나마 일을 이어 나가고 있는 건 그것 말고 달리 할 수 있는 것이 없어서이다.

무로토가 죽고 나서 꿈을 자주 꾸게 되었다. 그 녀석이 교도소에 넣어준 소설을 계속 읽고 있던 담장 안에서 꾸던 꿈이다. 바닥도, 벽도, 책의 감촉도 마치 그 무렵의 실물처럼 느껴져서 잠에서 깰 때마다 손에 아무것도 들려 있지 않다는 사실에 위화감마저 들었다.

젊은 시절부터 그를 소중한 친구라고 틀림없이 생각했고, 죄를 저지르고 나서 입은 은혜를 가슴속에 품었다. 하지만 그 이상으로 내가 얼마나 무로토와의 연결고리로 고독에서 구원받았는지 이제야 실감하며 하루하루를 보냈다.

어느 날, 소복이 쌓인 고독이 나를 결국 망가뜨렸다는 걸 안 것은 마침내 또 같은 꿈을 꾸고 잠에서 깬 내 손에 문고본이 쥐여 있을 때였다.

낯선 책이었다. 표지에 제목도 저자명도 표시되어 있지 않았고, 팔랑팔랑 넘겨봐도 안에는 단 한 줄도 인쇄되어 있지 않았다. 바로 이건 현실이 아니라는 것을 알았다. 바닥에 내팽개치고 화장실로 가자 닫힌 변기 뚜껑 위에, 이번에는 무시하고 세면대로 갔더니 칫솔 옆에, 새치기해서 흰 책이 놓여 있었다.

혼란스럽지는 않았다. 환각을 받아들이고 납득했다. 오랜만에 그 흡연 장소 말고 다른 곳에서 절절히 히요리를 떠올렸다. 저주받은 게 아니다. 나는 순진하게 저주 따위를 믿지 않는다. 그저 내가 이상해졌을 뿐이다.

단념하고 흰 책을 상의 주머니에 숨겨 넣고 직장으로 향했다. 책은 성미가 급해서 로커를 열었더니 이미 그곳에 있었다. 상의에서 사라졌다. 증식하지 않는 게 그나마 구원이었다.

그날은 내내 책에 쫓긴 채 작업을 했다. 귀가하자 책은 선수쳐서 테이블 위에서 나의 귀가를 기다리고 있었다. 무시하고 샤워했다. 아무래도 물에 젖어도 아무렇지 않은 듯했다.

자기 직전 과연 꿈속에 나타날지 궁금해져서 장난삼아 책 페이지를 넘겨보니, 변화가 있었다.

아침에는 분명히 없었던 글자가 인쇄되어 있었다. 그 내용에 조금은, 내가 지금 보고 있는 환각이 우습게 느껴졌다. 참으로 흔해 빠지고, 참으로 허술했기 때문이다.

'세상이 멸망한다. 모두 죽는다.'

조금 전 사무실 텔레비전으로 방송 사고를 일으킨 아나운서에 대한 뉴스를 봤다. 그도 이 책과 같은 소리를 했다. 분명히 내가 쉽게 그 영향을 받은 것 같다. 공포심도 놀라움도 없었다. 잠에서 깼을 때 세상이 멸망해 있어도 딱히 상관없다고 생각하며 나는 불을 끄고 눈을 감았다.

해가 뜰 무렵 잠에서 깼는데, 목마름이나 졸음보다 먼저 느낀 건 어젯밤에 했던 생각에 대한 궁금증과 반발심이었다.

어째서 나는 이 세상이 멸망해도 된다고 생각했을까.

내가 나를 위해 거금을 들여 손에 넣은 세상일 터였다. 어제나 자신은 그걸 내팽개치는 일에 주저하지 않았다. 아무리 정신 상태가 이상해지고 환각을 보고 있다고 해도 말이다.

내가 인생을 걸고 손에 넣은 것은 이제 이 세상밖에 없는데.

더군다나 나는 잠에서 깨고 난 지금도 여전히 이 세상이 멸망해버려도 상관없다고 생각한다.

전에 살던 사람이 피운 담배의 니코틴이 물든 천장을 올려다보면서 나는 망연자실했다. 아니, 실은 훨씬 전부터 망연자실해 있었다.

나는 이 세상과 어울리지도 않았고, 이제는 어울릴 일도 없다는 걸 깨달았기 때문이다.

나의 12년 4개월뿐이라면 괜찮다.

나는 무로토에게도 그만큼의 시간을 지급하게 하고 말았다. 시간뿐만이 아니다. 내 큰 선택을 친구로서 믿고 곁에 있어 주었기 때문에, 그 녀석은 적게나마 주위로부터 신용과 애정과 청춘을 잃었을 것이다. 모든 것을 걸고 돌려줘야 했는데 손에 넣은 세계에 그는 이제 없다. 그 녀석이 나 대신 지급한 몫도 이제 돌려줄 수 없다.

남은 건 흐리멍덩하게 삶을 질질 끌며 이어 나가고 있을 뿐인 나다. 살아 있어서 즐거운지, 누군가에게 질문받으면 절대 고개를 끄덕일 수 없는 나뿐이다.

정말 중요한 대가도 치르지 못했는데 인생은 무엇을 위해 있는 걸까.

나는 이렇게 일찍 무로토를 빼앗아 갈 세계에 12년 4개월을 지급할 생각은 없었다.

아무리 탄식하고 아우성쳐도, 앞으로 아무리 대가를 지급해도 무로토나 시간은 돌아오지 않는다. 나는 앞으로 어떻게 해야 할까. 망연자실한 나는 환각의 달콤한 말에 귀를 기울이려고 하고 있었다. 만약 이 세상이 멸망한다면 어울리고 자시고 할 것도 없다. 모든 것이 없었던 게 된다. 나와 세계, 서로 사라지면 0이 된다. 누군가에게 빚을 남길 것도 없다.

저항하는 선택지도 있었다. 마음의 일시적인 흔들림이라며, 잊을 수도 있었다.

병원이나 절에라도 부지런히 다니며 몸과 마음의 부조화를 치료하고 미래를 생각할 여지는 있다. 하지만 장차 남은 인생을 걸고 손에 넣고 싶은 것은 없었다.

또한 히요리의 얼굴이 떠올랐다.

만약 이 세상이 머지않아 멸망한다는 소리를 들으면, 그 녀석이라면 어떻게 할까.

아무것도 지급할 필요가 없고 가치 있는 시간도 전부 무로 돌아간다는 걸 알고서 어떤 행동이나 각오가 정해졌다고 치자. 그리고 그것이 남은 짧은 시간에 어울린다며 세상을 통째로 건네받는다면 어떤 반응을 보일까.

틀림없이 기대로 가득 찬 얼굴을 할 것이다.

그 녀석의 얼굴이 보고 싶어졌다.

머리맡에 놓아둔 책을 들고 천장을 보고 누운 채 펼쳐보았다. 또다시 변화가 있었다. 어젯밤과 마찬가지로 반응했다. 귀여운 구석이 있다고 느끼고 웃었다.

'멸망한다. 거짓말이 아니다.'

환각으로 확인 타를 날리다니, 이제껏 전례가 없었다. 알았어, 알겠다고. 하는 수 없군.

그렇게까지 말한다면 믿어줘야지.

믿는다면 알려주러 가자.

내가 시시한 설교를 늘어놓은 맹수를 해방해 줘야지.

내가 정산해야 하는 대가는 이제 그 정도밖에 남아 있지 않다. 이대로 이 세상에서 목숨을 부지한다고 한들.

온몸에 힘을 싣고 일어나 세면대로 가서 손과 얼굴을 씻고 아주 간단히 채비하고서 집을 나섰다. 평소의 출근 시간보다 두 시간이나 일렀다. 자전거에 걸터앉아 평소에는 아무 의지도 없이 지나가는 길을 묘하게 화창한 기분으로 달렸다.

아직 야근하는 경비원 말고는 아무도 출근하지 않는 시간이다. 나는 경비실 창문을 두드려서 60대로 보이는 그에게 지금 로커에서 찾아가고 싶은 물건이 있다고 말하고서 열쇠를 빌렸다.

이 회사에는 무로토가 있었을 적부터 상여금을 현금으로 주는 풍습이 있다. 먼젓번에 건네받은 돈을 나는 로커에 방치해놓고 있었다. 앞으로 돈이 필요해진다.

로커의 자물쇠를 열고 작업복 밑에 숨겨둔 봉투를 꺼내 주머니에 넣었다.

그 외에도 가지고 가는 편이 나을 만한 게 있는지, 어지럽혀진 로커 안을 쪼그려 앉아서 뒤졌지만 나오는 건 1엔의 값어치도 되지 않을 듯한 서류나 부적 정도였다. 부적은 무로토 말고 다른 사람 중에서 나를 동료로 받아들여 준 아주머니한테서 받은 것이다.

이제 이곳에 오는 일도 없겠지, 다소 감상에 젖어 라커 룸을 나가려고 한 그 순간, 시야 끝자락에서 빛나는 것이 보였다. 쓰레기통 뒤를 들여다보자, 동전 지갑처럼 보이는 것의 지퍼가 빛을 반사하고 있었다. 누군가가 떨어뜨렸을 것이다. 주워서 열어 보았다. 안에는 동전 몇 개와 접힌 1만 엔짜리 지폐 두 장이 들어 있었다. 나는 지퍼를 닫고 지갑을 주머니에 넣었다.

경비원에게 감사 인사를 하고 열쇠를 돌려주고, 마음속으로 무로토에게 재차 고마움을 전하고 나서 나는 회사를 떠났다.

어려운 문제는 지금부터다.

나는 사람을 찾아본 적이 없다. 탐정에게 의뢰하는 건 당치도 않다. 가뜩이나 이 나이를 먹은 남자가 예전에 미성년이었던 소녀를 찾으려고 하다니, 사건성이 느껴진다. 상대가 내 과거를 조사하게 되면 일을 맡아줄 리도 없다.

우선 길을 가다가 맥도날드에 들러 제일 저렴한 세트 메뉴로 아침 식사를 때웠다.

먹으면서 스마트폰을 이용해 사람 찾는 방법을 조사했다. 우선은 SNS 계정을 찾아내는 방법이 주류라는 걸 알았다. 하지만 히요리라는 히라가나 세 글자의 정보밖에 모르니 이것도 무리가 있다. 시험 삼아 검색해보았지만, 그런 계정을 사용하는 녀석은 엄청나게 많았다. 하나하나 조사해나가는 건 현실적이지 않았고, 그 녀석이 SNS를 하지 않으면 소용도 없다. 희박한 가능성에 걸고 익명 게시판에서 발견한, 그 지역에 대한 페이지에 이름과 내가 아는 특징을 적어 정보를 구하기로 했다.

역시 기본은 발로 뛰어다니면서 찾는 수밖에 없을지도 모른다. 시간은 걸리겠지만 하는 수 없다. 우선은 그 녀석이 밤마다 자취를 감췄던 아파트 단지에서 탐문이라도 해보기로 했다. 그 녀석이 아니더라도 부모님이나 여동생을 찾아낼 수 있을지도 모른다. 찾아내면 집 안에 힌트가 확실히 있을 것이다.

만약 그 녀석이 불량 청소년으로 유명하면 주위에 존재가 알려져 있을 가능성도 있다. 어두워지면 그 부근에 많이 모여 있는 비행 청소년들에게 이야기를 들어보자. 그러고 보니 그 녀석은 늘 트레이닝복을 입고 있었다. 어렴풋하게 색을 기억하고 있다. 그게 학교 체육복이라면 그 녀석을 찾는 건 좀 더 빨라질 것이다.

사람들이 본격적으로 움직이기 시작하는 시간까지 맥도날드에서 동영상을 보면서 시간을 보냈다. 우선은 그 아나운서에 대한 영상을 골랐다. 자막이나 해설까지 달려 있어서 감사했다. 아나운서는 예언과 주의 환기만 한 게 아니라 자신의 주변에 위성이 날아다닌다고 말했다. 나는 어느새 주머니 안에 있던 흰 책을 꺼내 영상을 보란 듯이 들이밀며 작은 목소리로 "동료냐?"라고 물었다. 대답은 없었다.

인터넷상에는 그 외에도 예언자들이 있었다. 상상했던 것보다 많았다.

유튜브에 올라온 남녀노소의 동영상을 몇 개 찾아보니 멸망한다는 사실을 알고서 회사를 관뒀다는 젊은 여자가 있어 묘한 친근감이 솟구쳤다. 그녀의 방에는 말로 표현할 수 없는 무언가가 대량으로 있는 모양이었다. 그 모습은 내 책과도, 아나운서의 위성과도 다른 듯했다. 접점이 없는 세 사람이 비슷한 경험을 하고 있었다. 이로써 신빙성이 더해가는 이야기일지도 모른다.

그렇다고는 하지만 세상이 멸망할 가능성이 몇 퍼센트이든 솔직히 그다지 문제가 되지 않았다.

문제는 오히려 내 안에 있다. 내가 무엇을 믿고, 무엇에 가치를 느끼며, 앞으로 나아갈 수 있을지에 있다. 적어도 무로토가 죽기 전까지 나는 그런 신념으로 살아가고 있었다. 그 녀석이 죽은 날도 그런 생각만 했다.

사람과 마지막으로 나눈 대화라는 건 기억에서 간단히 사라지지 않는다. 목숨을 빼앗은 상대나 목숨을 빼앗지 못한 상대뿐만 아니라 히요리와 대화를 나눈 기억도 마찬가지다.

히요리는 이쪽을 보지 않았다. 여전히 무엇을 하는지 모르는 회사의 사옥을 가만히 응시하고 있었다.

"히요리, 얼른 따듯해졌으면 좋겠네."

"아무래도 상관없어."

때마침 만족스러울 만큼 담배를 다 피운 그 녀석은 안녕, 인사도 하지 않고 사라졌다.

고등학생 커플이 가게로 들어온 것을 보고 나는 자리에서 일어났다. 통학 시간이다. 설령 수확이 없더라도 행동으로 옮겨 그 아파트 단지를 살피러 가자.

가슴이 설렜다. 만날 수 있다는 확신이 드는 것도 아니다.

세상이 멸망하는 일이 현실이 될지 안 될지 하는 것과 마찬가지다. 결과보다도 나의 내면에 오랜만에 솟구친, 생리적인 욕구 외에 무언가를 이루고 싶다는 마음에 의미가 있었다.

설령 목적이 억지로 만들어진 것이어도 괜찮다. 좋아하지도 않는 멘톨을 이대로 지루한 표정으로 피우면서 시체가 되는 것을 기다리기보다 얼마나 나은 시간을 보낼 수 있을까.

운 좋게 결과가 따라줘서 재회할 수 있다고 해도 히요리가 순진무구한 짐승이었던 시절의 자신을 잊고 인간으로 전락했을 가능성도 충분히 있다. 이제껏 겪어본 적 없는 실망이 나를 기다리고 있을지도 모른다.

그때는 이번에야말로.

취향 저격 볼로네제[16]

---

16) 고기와 토마토가 들어간 스파게티 소스를 뜻한다.

직장 선배가 얼토당토않은 이야기를 꺼내기 시작했을 때의 대처법을 어디에서 배웠더라?

"어서 오세요! 오늘도 우리 집에 잘 오셨습니다. 아! 가라스다 씨, 머리 잘랐구나, 너무 예뻐. 응, 바로 알겠어! 그저께 봤을 때랑 분위기가 완전히 다른걸?"

마중을 나왔을 때의 하라 씨는 평소처럼 기분이 고조되고 활발했다. 아무것도 걱정할 필요가 없어 보일 정도로. 나는 신발을 가지런히 놓고 손을 씻고서 이미 거실에 모여 있던 멤버들에게 인사했다. 간식은 챙겨 오지 않았다. 한 번 가지고 오기 시작하면 한도 끝도 없으니까.

"오늘도 다들 즐겁게 요리하도록 하죠! 선생님이라고 놀림당하는 건 몇 번이나 겪어도 부끄러워. 아, 모에 씨, 미안, 지금 알았어! 에이프런 바꿨네? 엄청나게 잘 어울려. 에이프런을 고르는 데 같이 가주다니, 여전히 자상한 남편을 뒀구나. 입에 발린 말 아니야. 우리 그런 사이 아니잖아."

우리는 정기적으로 무척 넓은 이 집에서 개최되는 요리 교실에 참가한다. 오늘 초대받은 다른 세 사람은 무슨 생각을 하는지 모르지만 나는 이 모임이 즐거웠다. 주최자인 하라 씨도 평소대로 즐거운 듯했다.

"여러분 괜찮아요? 그 외에도 뭔가 변화가 있으면 지금 자백해도 좋아요. 가라스다 씨, 마음에 드는 남자애라도 생겼어? 훗, 미안해. 아줌마의 귀찮은 참견이라고 생각해."

이건 아직 하라 씨가 평소대로의 모습이었을 때 나눈 대화다. 그녀는 스스로 귀찮은 참견이라고 말하고 있고, 우리 직장에는 확실히 그걸 귀찮게 여기는 아무개가 있다는 것도 알고 있다. 나처럼 먼저 적극적으로 다가가려고도 멀어지려고도 하지 않고, 사이가 좋아지든 나빠지든 타이밍에 따를 뿐 집착하지 않으며 살아온 사람을 무리에 끼워준 걸 나는 아직도 여전히 진심으로 감사히 여기고 있다.

"그럼, 바로 본론으로 들어갈게요. 오늘 준비한 재료는 이겁니다! 자, 사진 마음껏 찍으세요. 거리낄 거 없어요. 오늘은 재료만으로도 뭘 만들지 알 것 같죠? 가라스다 씨, 바로 정답이에요. 오늘은 다 같이 볼로네제를 만들 거예요. 그래요, 맞아요! 평소보다 꽤 단순하고 가정적이죠? 저번처럼 냄비를 사용한 오븐 찜 요리인 캐서롤이라든가, 호사스러운 탈리아타 스테이크에 비하면 말이죠. 실은 오늘은 조금 내 마음대로, 내 취향인 볼로네제의 맛을 모두와 공유하고 싶었어요. 한 번 봐줘요~ 오랜 세월 동안 넘버 투 메뉴인 걸 감안해서! 요코 씨를 괴롭히려는 거 아니야. 정말이야. 아하하."

사람의 정신세계를 열정이 있다거나 없다는 걸로 표현하는 사람이 있는데, 나와 하라 씨는 실제로 체온부터 다른 듯했다. 하라 씨는 높은 체온의 포용력과 압박감으로 짜증을 사기도 하지만 크게 사랑받고 있었다. 반면, 나는 이 나지막한 평상 체온 때문에 살짝 짜증을 유발하기도 하지만, 가끔 상대 쪽에서 마음을 써주는 사람이 나타난다. 하라 씨 같은 사람 말이다.

"아, 맞아요! 또 여느 때처럼 실수했지 뭐예요. 오늘은 사전 준비를 하다가 손을 다쳤어요. 괜찮아요, 나는 쉽게 다치는 인간인만큼 통증에 익숙해져 있으니까! 그래도 요리를 가르쳐주는 쪽이 손에 반창고를 붙이고 있으면 정말 설득력이 없긴 하죠. 미안해요. 늘 맛있다니 너무 기뻐요~ 그래도 오늘도 너무 기대하지 마요. 어디까지나 내가 좋아하는 맛일 뿐이니까."

하라 씨는 요리를 잘하지만 자주 화상이나 베는 상처를 입는다. 그런 점도 하라 씨답다. 큼직한 반창고 너머로 빛나는 미소를 보여준 요리 시작 전이 이미 그리워진다.

"그리고 한 가지 더 내 마음대로 찬스! 오늘은 소고기하고는 조금 별개로 다른 특별한 고기도 다진 고기에 섞을 거예요. 평소대로라면 시시할 것 같아서요. 맞다! 이거는 퀴즈로 맞추도록 하죠. 겉보기로는 모를 테니 먹어보고 나서의 재미로 남겨두죠. 분량이랑 구입처는 나중에 꼼꼼하게 메모해서 건네드릴 테니 안심하세요. 젊은 친구들처럼 이렇게 즐기는 거 괜찮죠? 아니, 아니, 젊어요, 젊어. 가라스다 씨나 사라 씨 그룹도 내 나이쯤 되면 안다니까. 여섯 살 이상이나 어린 사람을 거의 또래라고 부르다니, 주제넘어서 그렇게는 못 하겠어."

실제로 본인은 나이 차라는 관계성에 있어서 무엇 하나 신경 쓰지 않는 듯했다. 기껏해야 선배라고 하거나 후배라고 하는 정도다. 나는 남몰래 그저 우리를 배려해서 직장에서도 사생활에서도 하나하나 젊은 사람에게 불필요한 확인을 하는 하라 씨가 사랑스럽다고 생각했다.

"우선 평소대로 채소 껍질을 벗기고 썰어나갑시다. 양파, 당근, 셀러리는 기본에 충실하게 잘게 썹니다. 이것들을 합쳐서 볶은 것을 소프리토라고 합니다. 자, 모두 각자 좋아하는 채소를 잘게 썰어나갑시다. 육즙을 좀 더 많이 내려고 고기 비율을 높였으니, 집에서 만들 때는 채소도 취향껏 넣으세요. 오늘은 고기를 실컷 먹고 저마다의 하루하루를 극복해봅시다! 이미 박살 났지만요."

그게 고기를 가리키는 말이라는 걸 알아도 모두 이상하게 해석한 탓인지, 칼이나 필러를 고쳐 잡았다.

"확실히, 박살 났다고 말하면 그로테스크할지도 모르겠네요. 아니, 눈을 안 시리게 하는 양파는 개발 안 되나? 누가 재미있는 이야기 좀 해봐요. 농담이에요. 농담! 귀여운 후배나 인생 선배한테 그런 벌칙 게임 같은 건 안 시켜요. 요코 씨를 놀리려고 하는 말 아니라니까요. 응? 나요? 나더러 재미있는 이야기를 하라고요? 선생님은 이래 보여도 진지한 사람이니까 고민하게 되네요. 나 지금 내 입으로 선생님이래."

위 세대 사람들은 하라 씨를 입사 초기부터 조금 덜렁대고, 밝고 귀여운 면이 있는 후배로 회사 안에서 키워온 모양이었다. 언젠가 직접 말했다. 바로 그런 점이다. 그게 평소의 하라 씨다.

"그럼, 모두에게 아직 공개하지 않은 내 취미 이야기라도 해볼까요? 뭐? 피곤하다고? 진짜? 그래도 들어준다고?! 다정한 숙녀들과 같은 직장에서 일할 수 있어서 난 참 좋아."

실은 자신이 하고 싶은 말을 하기 위해 다른 사람에게 먼저 이야기를 건넨 듯하다. 우리는 그 정도 행동은 하루하루 살아가는 중에 얼마든지 하고 있다. 곰곰이 생각해보면 하라 씨도 그랬을지도 모르고, 아니면 정말로 우연히 이야기가 그렇게 흘러갔을 뿐일지도 모른다.

"좋았어요, 우선 채소 잘게 썰기 끝! 짝짝짝. 자, 다음은 올리

브오일을 가열해서 채소를 볶을 준비를 합시다. 이것저것 볶는데 30분 정도 걸리니까, 지루하면 스마트폰을 가지고 놀아도 되고, 냉장고에 술도 차갑게 해놓았으니 자유롭게 마셔도 돼요. 술값을 늘 꽤 많이 내주는 요코 씨에게 박수! 장소 대여료라니요. 남편이 없는 우리 집에 직장 동료들이 놀러 와 줘서 나는 행복해요. 그럼 이게 타지 않도록 지글지글 볶아나갑시다."

하라 씨의 남편은 아나운서였다. 낮에 생방송 프로그램을 진행하는 그가 없는 집에서 우리는 누구에게도 잔소리를 듣지 않고 요리 교실이라는 이름뿐인 식사 모임을 즐길 수 있었다.

"여러분, 정말 잠시 볶기만 하면 되니까 음료라도 마시면서 휴식을 취해요. 평소처럼 그쪽 자리에 앉아요, 앉아."

이 집에서 우리의 정위치는 메인 셰프를 맡은 하라 씨의 옆이거나, 셰프의 시선 끝자락에 있는 직사각형 테이블 자리다.

"피곤하면 사양하지 않고 말할 테니 괜찮아. 그래, 가라스다 씨, 다른 사람이랑 자리 한번 바꿔줄래? 고마워."

하라 씨가 나만 성으로 부르는 데는 버젓한 이유가 있다. 6년 전에 입사한 신입 사원들의 명찰을 보고 몇 달간 나를 시마다[17]라고 착각했다는, 그녀의 기준에서 아주 소소하고 재미있는 에피소드가 있어서이다. 이름 한자에 까마귀[18]가 들어가다니, 근사하다며 놀라워했던 그날의 일을 그녀는 추억으로 간직해주고 있다.

---

17) 가라스다는 한자로 烏田이며, 시마다는 한자로 島田이다. 여기서 하라는 烏(까마귀 오)와 鳥(섬 노)를 잘못 본 것이다.
18) 가라스는 일본어로 까마귀를 뜻한다.

"오늘은 식사하기 전에 먹을 간식으로 이런 것도 준비해봤어요. 짠, 생햄. 지인 중에 고기에 박식한 사람이 있는데 나눠주더라고요. 맛 좀 봐요! 고마워, 가라스다 씨도 먹어봐요, 먹어봐. 내가 프라이팬 봐줄 테니까. 그래, 이게 있으면 술도 필요하지. 맞다, 건배만 할까? 오늘은 요코 씨가 강력 추천하는 스파클링와인도 있는데 다들 그걸로 괜찮지? 고마워. 사라 씨, 잔 위치 알지? 그럼 나는 부엌에서 실례 좀 하고, 우리 숙녀 직장인들의 모임을 위해 건배! 숙녀라고 해버렸네. 요코 씨 이거 맛있어! 고마워, 알려줘서."

짙은 붉은색의 생햄은 짜고 감칠맛도 강해서 스파클링와인과 잘 어울렸다.

"아니야, 아니야, 조금 전에 말한 취미 이야기는 안줏거리가 될 정도는 아니야. 숨긴 건 아니고. 나한테 거부감을 느끼면 어쩌나 싶어서. 요리, 응. 영화 감상, 응. 해외여행도 그래. 그래도 그런 게 아니라, 코스프레?! 그렇게 젊은 감성의 취미는 없어. 나 벌써 서른넷이야."

내가 스물여덟, 하라 씨가 사라라고 부르는 가시와기 씨는 스물일곱. 둘 다 젊은 사람 대우를 받지만 이제 딱히 젊지 않다. 야마모토 모에 씨는 서른둘로, 하라 씨보다 두 살 어리다. 이 자리에서 최고 연장자인 다카라 요코 씨는 올해 마흔이다.

"실은 취미라고 해도 뭐랄까, 즉 활동 쪽은 아니야. 그래서 다들 당황해하지 않을까 조금 걱정하고 있는데, 이른바 기호라고 해야 하나. 성벽(性癖)이라고 표현하면 너무 민감하게 들릴지도 모르고. 하지만 요리를 타인에게 먹이고 싶은 게 애초에 내 취미

이자 기호라고 하면 그건 그것대로 맞고."

성벽이라는 말이 하라 씨의 입에서 자연스럽게 나온 것이 이때 왠지 모르게 의외였다. 그 말이 애초에 성적인 의미가 아니라 개인의 취향을 나타낸다고 해도.

"성벽이라고 말했더니 다들 좀 적극적이네. 그럼 안심하고 말해도 되려나. 괜찮아, 손도 움직이고 있어. 그럼 핵심을 건드리기 전에 이야기가 한 번 둘러 가긴 하지만, 이해하기 힘들면 돌아올 거고, 시시하면 멈출 테니 꺼리지 말고 말해줘! 아줌마의 옛날이야기를 하는 건 미안하다고 생각해. 그럴 리가! 언니라고 말해주는 건 가라스다 씨랑 사라 씨뿐이야."

여담이지만 우리는 어떤 신탁은행에서 일하고 있다. 친구에게조차 번거로워서 업무 내용을 자세히 설명하고 싶어 하지 않는 나와 달리 하라 씨는 가족에게도 세세하게 설명하는 듯했다.

"10년 정도 전이었나. 내가 아직 팔팔하던 20대 무렵, 조금 화제가 되었던 일본 영화가 있어. 당신의 췌장을 먹어버릴래 같은? 어, 틀렸어? 아하하, 그래? 먹는다는 말만 강렬하게 기억하고 있었어. 영화 내용을 간단히 말하자면 청춘물에 시한부 물에 감동 물이려나. 꽤 울었던 것 같아."

그건 그런 이야기였구나. 처음 알았다.

"그걸 당시 사귀던 남자 친구와 보러 가게 되었거든. 아니, 지금의 남편이 아니니까 비밀로 해줘. 어머나, 그건 나중에 말해줄게, 호호호. 그런데 그때 영화 정보는 제목이랑 출연자 정도밖에 모르고 보기 시작했지. 아, 이런 느낌이네, 하고 진행되어 가는 스토리를 따라갔는데 나는 실은 영화가 시작된 순간부터 스스로 알아채지 못했던 한 가지 큰 기대를 하고 있었던 거야. 남자 친구가 하고 있었을 여러 기대와는 전혀 관계없이 나는 영화 내용에 한 가지 제멋대로 된 예상과 기대를 했었어. 하지만 당시에는 그 마음 자체를 전혀 알아차리지 못한 채 무난하게 영화를 다 봤지. 그리고 그날 그 기대가 이루어지지 않아서 그 사람과 잘되지 못했을지도 모른다고, 시간이 꽤 흐르고 나서 생각했어."

능수능란하게 재료를 볶으면서 술술 이야기하던 하라 씨가 한숨을 돌리는 것처럼 잔에 입을 갖다 댔다. 그 타이밍에 나도 스파클링와인을 마셨다. 나 말고 다른 사람과 있을 때 나는 음료를 마시는 타이밍을 누군가에게 맡기고 있는 듯하다.

"그로부터 시간이 흘러서 약 1년 후, 또 나는 당시의 남자 친구, 아, 조금 전의 남자 친구랑은 다른 사람이고 남편도 아니야. 지금 그건 됐어! 20대 무렵에는 팔팔한 육식녀였을 뿐이야. 애고, 재미없는 말장난 같네. 뭐 어쨌든 그때의 남자 친구랑 이번에는 집에서 외국 영화를 보게 됐어. 지금부터 하는 말이 그 영화의 결말과 꽤 상통해서 스포일러가 되지 않도록 제목은 숨길게."

나와 서로의 사생활을 알 정도로 사이가 좋아졌을 때의 하라 씨는 이미 30대로 결혼을 한 상태였다. 그래서 이성 교제를 활발히 한 육식녀였다는 건 몰랐던 정보였기 때문에 재미있어서 정말 나중에 여러 가지 이야기를 물어보자고 생각했다. 하라 씨와 달리 잡식녀인 나는 내가 나서서 상대를 찾으러 갈 만큼 탐욕은 없지만, 어떤 상대나 타이밍이나 전혀 덫을 치지 않는다고 할 정도로 욕망이 없지도 않았다. 그래서 극단적인 사람의 이야기는 자극적이어서 좋아한다.

"정말 대강 줄거리만 설명하자면 타고 있던 배가 폭풍 때문에 침몰하게 돼. 그리고 표류한 끝에 식료품이 다 떨어지고 사지 건강한 남자들이 비쩍 말라버리기 직전에 이르게 돼. 그래서 이제 여기까지인가 하는 이야기야. 아, 알고 있어? 나중에 몰래 답 맞춰보자. 영화 후반이 되면 이제 아무것도 먹을 게 없어. 우리 이런 곳에서 구조도 못 받고 죽는 건가 하는, 어떤 의미에서 상투적인 장면이 나오는데 나는 그걸 빤히 보다가 온몸이 확 달아올랐다는 사실을 알아차렸어. 술은 마셨지만, 그런 종류의 달아오름이 아니었어. 물론 뜨거운 우정에 관한 내용도 펼쳐졌지만 감동한 건 아니고. 그 몇십 분 후에 알아차렸는데 내가 하고 있던 건 그래, 기대였던 거야."

그날 밤의 일을, 밤인지 아닌지 모르겠지만, 남자네 집에서 영화를 봤다면 밤이겠지. 그때의 일을 떠올리고 다시 달아올랐는지 하라 씨의 말이 빨라졌다.

"그 후끈거림의 정체를 알아차린 건 엔딩크레딧이 흐르는 순간이었어. 이제 후끈거림이라고 말해버렸네. 인간이란 말이야, 역시 얻을 때보다도 잃고 나서 알아차리는 법인가 봐. 그 영화에서 주인공들은 결국 구조됐어. 다른 동료들도 살아서 같이 돌아갈 수 있었더라면 좋았을 텐데, 하는 안타까운 장면도 나와서 목숨은 소중히 여겨야 한다는 것과 같은 마무리로 영화는 끝났어. 나는 엔딩크레딧이 나오는 순간 내가 하고 있던 큰 기대가 영화를 보는 중에 이루어지지 않았기 때문에 그만 남자 친구 옆에서 힘껏 소리를 지르고 말았지, 뭐야. 술도 들어갔으니까."

하라 씨는 주변의 공기를 쓱 그러모으듯, 혹은 볶고 있는 채소의 향을 충분히 즐기듯 숨을 크게 들이쉬었다. 그리고.

"야, 안 먹어?!"

생각보다도 큰 목소리를 낸 자신에게 놀란 하라 씨가 사랑스러웠다.

"의미 불명이지? 알 수 없겠지. 나는 그때 내 배 깊숙한 곳에서 나온 고함에 확실히 이해했어. 나한테 스스로 자각하지 못했던 성벽이 있었구나 하고. 그랬더니 기억이 퐁 되살아나더라고. 아, 그렇구나, 1년 전에 영화를 보고 나서 기분이 썩 내키지 않았던 건 제목이 그런 주제에 그런 장면이 전혀 없어서였구나, 그랬었구나, 하고 말이지."

참으로 매끄럽게 술술 풀어나가는 이야기가 노래하는 것 같았다.

"이야기가 꽤 둘러왔지만, 즉 아직 아무한테도 말 안 한 내 취미라는 건, 와, 여기까지 와놓고 왠지 말하기 창피하네. 괜찮아, 이 나이쯤 되면 이런 상황에서 망설이는 게 얼마나 재미없는 일인지 잘 알고 있으니까!"

하라 씨는 자신만만하게 가슴을 폈다.

"난 사람이 사람을 먹는다는 표현을 아주 좋아해서 흥분해버려. 그래서 제목이나 설정으로 기대하게 해놓고 그런 장면이 없었던 영화에 낙담했던 거지. 생각해보면 내가 좋아하는 영화 내용에는 우연이라는 말로 정리할 수 없을 정도로 그런 장면 자체나, 그런 분위기를 풍기는 표현이 많았어. 그래, 조금 무섭지? 거봐, 이제 다들 당황해하잖아."

하라 씨는 이 자리의 분위기를 당황해한다고 표현했지만, 어느 쪽인지 굳이 따지자면 어리둥절함과 궁금증 쪽이 타당했다고 본다. 안주로 고기를 내주고, 더구나 지금부터 고기 요리를 다 같이 먹으려고 할 때 어째서 이런 이야기를 하는 거지? 라고. 하라 씨가 그런 점에서 배려심이 없는 사람이 아니라는 걸 알고 있어서 괜히 더 그랬다.

"아니야, 아니야! 사람을 잡아먹는다는 야한 이야기처럼 말장난하는 게 아냐. 사람이 사람 고기를 먹는 장면을 좋아해. 다만 이게 전해질지는 모르겠지만, 확실히 설명하자면 예를 들어, 식인종이 일상적으로 사람을 먹어 치우는 건 전혀 흥분 안 돼. 그리고 단순한 고어물에 나오는 사람 고기를 먹는 살인귀 이야기 같은 것에도 느낌이 전혀 안 와. 내가 제일 좋아하는 건 극한 상황에까지 몰려서 평소라면 절대로 먹지 않지만 하는 수 없이 먹는 상황이라든가, 허기를 견딜 수 없어서라든가 하는 거야. 후회하는 장면까지 표현해주면 오히려 좋고. 조금 전에는 영화라고 했지만, 만화나 소설에 나오는 것도 좋아. 그리고 다른 각도에서 본 표현이지만 그것도 좋아. 모르고서 먹는 패턴. 예를 들어, 다른 고기라고 셰프가 거짓말해서 먹게 되는 거라든가."

하라 씨가 이런 블랙 유머를 날리는 사람이었던가? 따르는 선배가 갑자기 어울리지도 않는 색깔의 운동화를 신고 온 듯한 기분이었다.

"아, 설마! 미안, 그렇게 생각하게 했어? 인육은 색이 그렇게 선명하지 않은 모양이니 안심해! 아니, 내 지인이 어떤 사람이라고 생각하는 거야? 사람 다리를 일부러 생햄이 될 때까지 보관

하는 건 위험부담이 너무 크잖아."

아니, 지금 지인에 대해 짚고 넘어가자는 게 아니잖아요, 라고 마음속으로 솔직하게 태클을 걸었다. 말로 하지 않았던 건 하라 씨의 들뜬 기분에 대항할 수 없을 것 같아서였다.

"지인은 남편의 대학 시절 친구인데, 식사 모임을 통해서 알았어. 꺼림칙한 건 아무것도 없으니 안심해! 고기에 박식해서 식재료를 자주 나눠주는 관계일 뿐이야."

하라 씨와 남편은 같은 대학교를 졸업했다. 전에 공통된 친구의 결혼식에서 만나 금방 친해져서 그길로 결혼에 골인했다는 인싸의 표본 같은 연애담을 들었다. 두 사람은 같은 수업을 듣기도 했는데 서로를 몰라서, 인생은 정말 타이밍이라는 자랑도 들었다. 두 사람이 같이 들었던 수업은 생물학이었다. 복제 인간이라든가 뭐라던가, 흥미진진한 이야기였다. 설마 하라 씨도 모르는 사이에 인육을 나눠 먹게 되었다는 반전은 없겠지, 하고 농담을 섞어 상상해봤다. 하라 씨의 겉모습에서 악의를 찾아내려고 했다.

즉 그건 내가 그녀를 완벽하게 반듯한 사람이며, 장난기가 있는 다정한 사람이며, 자신이 가진 윤리관의 바깥에 자리하는 사람이 아니라는 걸 믿고 있다는 뜻이다. 생각해보면 이상하기도 했다. 어릴 적 나는 확실히 가까이에 있던 도덕성이나 양심이 결여된 인간의 존재를 잊고 있었다. 성장해 사회인이 되면서 어울리고 싶은 사람을 선택할 수 있게 되었고, 나는 내가 반듯하다고 생각하는 사람하고만 어울렸다. SNS에서의 악플이나 직장으로 오는 항의 전화에는 질릴 만큼 익숙해도 현실에는 그 녀석들이 없는 것처럼 말이다.

"물론 오늘 만든 볼로네제도 누군가의 고기는 아니야!"

반듯한 직장 사람들이 쭉 반듯하게 있어 줄 거라는 억측은, 이 세상이 적어도 내 시야가 사라질 때까지 계속될 거라고 믿는 것과 비슷한 느낌이 든다. 숨기고 있었을 뿐이라면 그런 믿음은 상당히 무의미하다.

"정말 미안! 그렇게 당혹스러워하니 어쩔 줄을 모르겠네. 안심해! 냉장고에서 대기하고 있는 수수께끼의 다진 고기는 사슴 고기야. 실은 예상 게임을 하고 싶었는데 내가 분위기를 망쳤으니, 다음에 다른 고기로 설욕전을 할게."

하라 씨는 입술을 뾰로통하게 내밀고 프라이팬에서 일단 떨어져 냉장고 앞까지 이동하더니 우리에게 새빨간, 다진 사슴 고기를 자랑스럽게 내보였다. 아무도 진심으로 그게 인육이라고는 생각지 않았다. 그저 타이밍이 나쁜 그로테스크한 화제에 입을 다무는 분위기였을 뿐이다. 그 책임을 하라 씨가 지고서 귀여운 태도로 자리를 따듯하게 데웠다. 하지만.

"그렇게 의외려나? 그래도 다들 감추고 있는 취미나 성벽 정도는 있지 않아? 그래, 그래. 흥분한다고 해도 정말 성적인 의미는 아니었어. 시험 삼아 해봤으니, 흥미가 있으면 참고해. 한 번은 말이지, 물론 남자 친구한테는 설명을 안 하고 시간을 계산해서 그런 장면이 나올 때 섹스를 시도한 적이 있는데 그건 그다지 좋진 않았어."

역시 당신 상태가 좀 이상해, 라고 이상해진 사람의 얼굴을 맞대고 말할 수 있는 사람은 그다지 없다. 대개 다른 다정한 말로 바꿔서 전한다.

"안 쉬어도 돼. 안 피곤해. 이 정도 기운이라면 아직 있어. 괜찮아, 괜찮아. 고등학교 때까지 발레한 덕분에 쌓인 적금이라고 생각하는데, 이 나이가 돼도 체력만큼은 확실히 있어."

하라 씨는 알통을 만드는 포즈를 매력적으로 취하고 나서 스파클링와인을 들이켰다. 아무도 반응하지 않아서 아직 자기 차례가 끝나지 않았다고 생각했는지, 그녀는 말을 이어 나갔다.

"알딸딸하게 취했으니 솔직히 말할까? 물론 현실에서 보고 싶다고 생각한 적도 있어. 사람이 사람을 먹는 순간을. 하지만 조난이라든가 표류를 내 힘으로 맞닥뜨리게 할 수 없잖아? 나한테 아무리 체력이 있다고 해도 말이지. 그리고 내가 먹는 취미는 없기도 하고. 그래서 어딘가 해외 연구소 주변에서 복제 인간이 배양된 걸 먹고 있는 사람이 있을지도 모른다고 생각해서 검색해봤는데, 복제가 인류까지는 아직 도달하지 못했더라고. 물론 누군가가 누군가에게 먹이는 장면을 조우할 수단도 없었어. 애초에 인육은 꼼꼼하게 품질을 관리하지 않으면 먹은 사람이 병에 걸린대. 그건 슬프지. 그것 말고도 여러모로 조사해봤어. 먹는 부위도. 뇌는 프리온이라는 물질이 많아서 위험하다고 하지만, 여러 동물의 부위 중에서 뇌가 제일 맛있다고 하잖아."

정신이 나갔나? 라고 누군가 그렇게 말한 게 들렸지만, 그 사람의 생각이 착각이었으면 좋겠다 싶어서 확인하지 않았다.

"그러게. 이야기의 흐름도 이렇고, 그래, 먼저 말할게."

이야기의 주도권을 계속 쥐고 있던 하라 씨는 오른팔을 천장으로 향해 쑥 치켜들었다. 그런 행동을 하지 않아도 모두가 보고 있었다.

"여러분! 실은 제가 보고할 게 있습니다!"

아무도 재촉하지 않는데 하라 씨는 프라이팬을 일단 불에서 치우더니 쥐고 있던 나무 주걱을 마이크처럼 입 언저리에 갖다 댔다.

"슬프기만 한 이야기는 아니니 들어주세요. 여러분도 아시다시피 먼젓번에 우리 남편이 생방송 프로그램 도중 그렇게 돼버려서 우리 집은 야단법석입니다. 시아버지, 시어머니께서 제안하기도 해서 남편은 현재 시댁에서 요양하고 있지만, 그곳에서도 인터넷을 사용해 세상의 진실을 발신하고 있습니다. 아시나요? 아니, 몰라도 괜찮아요. 이야기를 나눈 끝에 나나 앞으로 어딘가에서 임신하게 될지도 모를 나의 미래 아이들을 위해 요전번에 이혼을 받아들였어요. 그래서 나도 우선 친정으로 돌아가고자 업무 정리가 끝나는 대로 퇴직할 듯합니다. 지금까지 정말 신세 많이 졌습니다. 그리고 요 몇 개월간 본래라면 불필요한 사고 대응에 심신을 소모하게 만들어서 죄송합니다."

하라 씨는 표정은 진지했지만, 나무 주걱 마이크를 내려놓으려고 하지 않아서, 그게 말과 자세를 일부러 엇나가게 하는 콩트 같아 어쩐지 불쾌했다. 하지만 우리는 반듯하게 모두가 일어나서 이쪽이야말로 감사했다는 인사와 사과는 필요하지 않다는 마음을 전했다. 적어도 나는 진심이었다. 다들 그럴듯했다. 그래서 오늘 모두가 마치 아무 일도 없었던 것처럼 행동했다. 그걸로 괜찮다고 생각했다.

"침울하게 만들어서 미안해. 자, 앉아요, 앉아. 얼른얼른."

강하게 권유받아 우리는 다시 각자의 자리에 앉았다. 더 이상 줄지 않게 된 생햄이 조금씩 말라가는 것을 보고 있는데, 다시 프라이팬을 가열하는 소리가 들렸다.

"이 흐름에서 갑자기 보고한 데는 이유가 있어서야. 실은 조금 전까지 한 내 성벽 이야기와 관계가 있는데, 혹시 내가 느닷없이 폭로하기 시작해서 정신이 나갔다고 생각 안 했어? 그럴 거 없어. 일을 관두는 건 슬프지만 난 긍정적이야. 괜찮아, 괜찮아."

아무도 맞장구치지 않았다.

"모두 나와 사이좋게 지내준 것 이상의 감사 인사를 하고 싶었어. 그래, 우선 조금 전에 추가된 감사 인사부터 전해도 될까? 나는, 누군가가 어쩌면 자신도 모르는 사이에 인육을 먹게 되지 않았는지 의심하거나 두려워하는 표정으로도 충분히 흥분할 수 있다는 걸 알았어! 이것만으로도 이야기한 보람이 있네. 사라 씨의 미간에 진 주름은 최고였어."

이런 순간에 지명받았을 때의 대처법을 후배가 어딘가에서 배웠을 거라고 기대했지만 이기적인 바람이었기에 이루어지지 않아도 괜찮았다. 하라 씨의 이상한 이야기는 퇴직 보고의 도입부로 분위기를 띄우려고 하다가 실패한 산물일 뿐이라는 기대도 이기적이었기 때문에 이루어지지 않아도 하는 수 없었다.

"그래서 원래 하고 싶었던 감사 인사는 말이지, 실은 이건 무덤까지 가지고 갈지 생각했던 건데, 막상 말하려니 거부감이 드네. 단순히 창피해. 잠시만 있어 봐. 심호흡 좀 할게. 쓰읍, 쓰읍."

하라 씨가 과장된 심호흡을 하는 동안 나는 그녀를 만나고 나서 지금까지 쌓아온 추억을 돌이켜보았다.

"좋았어, 말할게! 감사 인사는 제대로 전하고 싶으니까. 이 집에서 모이는 것도 마지막일지도 모르고. 계속 볶고 있는 건 창피함을 숨기려고 하는 거로 생각하고 눈감아줘. 저기 말이야, 오늘은 아니지만, 지금까지 몇 번이나 우리 집에서 이 요리 모임을 했잖아? 내내 흥분하게 해줘서 정말 고마워. 꺅, 말해버렸어!"

말에 담긴 의미를 생각하는 순간, 오늘 이곳에서의 일이 단번에 떠올랐다. 같은 직장에 다니는 다정한 선배가 얼토당토않은 소리를 꺼내기 시작했을 때의 대처법은 안타깝게도 머릿속 매뉴얼의 어디에도 없었다.

내 의식이 돌아가고 싶지도 않은 지금으로 돌아와 있었다.

"타인의 고기는 말이야, 그 사람이 살아 있든 죽었든 잘라서 먹이거나 하면 죄를 따지게 돼. 상해죄나 사체손괴죄나. 그래서 나는, 아, 걱정하지 마. 조금 전에 말한 프리온이라는 건 뇌라든가 내장이라든가 근육에 많이 함유돼 있는데, 먹어도 질병에 걸리지 않도록 배려했으니까. 산산조각 내기도 했고."

하라 씨의 팔에 붙은 반창고가 보였다. 예전에 그런 묘사 전반이 끔찍하다고 말했던 선배 한 사람이 입가를 가리고 화장실로 사라졌다.

"거짓말이 아니냐고 물어도 다 진실이야. 하지만 증거는 없어. 마음은 타인한테 보여줄 수 없으니까. 그래서 배려가 필요한 거지. 왠지 지금 좀 근사한 말을 한 것 같아서 쑥스럽네."

요리를 잘하는 주제에 어째서 늘 상처를 입었는지, 오늘은 왜 반창고를 붙이고 있는지. 증거는 없다.

"그래서 말했잖아. 이건 생햄이 맞다고. 이렇게 많이 잘라내면 죽어."

하라 씨가 너무 큰 동요나 곤혹스러움이나 책임감을 견디다 못해 망가졌는지 아닌지는 모른다. 그녀가 말했듯이 마음은 보이지 않는다. 하라 씨는 다정하니까 정말로 성벽을 충족시켜준 감사 인사를 전하려고 했을 뿐이라는 소리를 듣는다면 그것도 이해할 것 같고, 어쩌면 전에 한 번 요리 중에 다쳤다가 피가 한 방울 정도 섞여 들어가게 되어 그걸 마음이 약해진 타이밍에 과장되게 후회하고 있을지도 모른다.

하라 씨는 이제 더는 제정신이 아닌 것처럼 보이는데, 그런데 그게 바로 어제오늘부터 시작된 일일까. 남편과는 관계없이 훨씬 전부터였을까. 어느 쪽이든 그녀가 말하고 있는 내용이 진실인지 허위인지 지금은 판단할 수 없었다.

나는 소량이기는 하지만, 사람을 먹었을지도 모른다.

"하라 씨, 하나 묻고 싶은 게 있는데요."

내가 손을 들자 하라 씨는 다정하고 열정적으로 시선을 보내주었다.

"네, 가라스다 씨! 선생님이 뭐든 답해줄게요!"

주걱 마이크 끝자락이 이쪽을 향했다. 살짝 공포심이 들어서 시선을 돌렸다.

"혹시 묘한 게 보이나요?"

"응?! 아무것도 이상한 건 안 보여. 뭐야, 뭐야, 내가 오컬트에 눈을 떴다고 생각했어? 아니야. 내가 우리 남편도 아니고."

그렇구나. 자포자기한 게 아니구나.

남편의 그것이 전염돼서 믿고 있는 게 아니었구나.

그 대답을 들은 나는 지금부터 실행할 방침을 정해야만 했다.

몇 년 전, 처음 이 집에 초대받아서 놀러 왔던 날의 일을 떠올렸다.

그날은, 지금 아직 화장실에서 돌아오지 않은 야마모토 모에 씨와 같이 하라 씨가 보글보글 끓인 스튜를 먹었다. 그다음은 고기파이였다. 아, 그렇구나, 그 영화에 영향을 받았을지도 모른다. 그 후에는 그라탱이나 전골, 호화로운 치킨이나 탈리아, 이 집에 오게 되고 나서 이름을 안 캐서롤이나 닭도리탕, 전부 다 맛있었다. 정말 좋아하는 맛이었다.

"나는 좀 더 먹을래. 여러분도 사양하지 말고 어서 들어요. 요코 씨, 이거 정말 맛있네. 어머나, 잠시만. 이거 정말 사슴 고기였던가? 어라? 뭐 상관없나?"

갑자기 허둥대기 시작하다가 제멋대로 차분해진 하라 씨의 목소리를 들으며 나는 눈앞에서 말라가는 생햄을 포크로 한 장 집어 먹었다. 짜서 스파클링와인에 잘 어울렸다. 다카라 요코 씨와 가시와기 사라 씨가 오싹해하며 이쪽을 보고 있었다. 살짝 웃었다.

다행이라고 생각했다.

그야 내가 인육을 강제로 먹게 되었다는 사실을 앞으로 몇십 년 동안이나 짊어져야만 한다면 버거울 것이다. 아무리 사이가 돈독한 상대라도 그건 버겁다. 특히 앞으로 교류가 없어지고 나서부터가 더 버거울 듯했다.

하지만 지금 하라 씨의 얼굴에 우글우글 모여드는 저 녀석들이 말하길 세상은 이제 곧 멸망한다지 않은가.

사라져서 없어질 수 있다면 윤리관이나 혐오감은 버려도 된다. 오늘까지만 해도 나는 저 녀석들의 존재를 믿지도, 믿지 않지도 않았고, 하라 씨의 남편을 제정신이라고도, 제정신이 아니라고도 생각지 않았지만, 지금의 나는 확실히 자신의 취향대로 저울을 믿는 쪽으로 기울였다. 그렇게 단정 짓고 나서야 처음으로 나 같은 인간은 정상이 아닐 수 있었다.

무리 전체의 의지를 느낄 수 있는, 벌레와 같은 저 녀석들은 나와 마찬가지로 하라 씨를 무척이나 마음에 들어 한 모양이다. 이 집에 들어와서 내내 그녀의 온몸을 엎드려서 기어다니고 있었다. 왠지 이 광경을 본 적이 있는 것 같다. 그래, 영화 〈미이라〉다. 하라 씨한테도 언젠가 그 영화를 남자와 본 밤이 있을지도 모른다.

안타깝게도 하라 씨에게 지금 저 녀석들의 모습은 보이지 않는 듯하다. 내 아하 체험[19]도, 남편이 틀리지 않았다는 것도 설득력 가지고는 전달할 수 없다.

그렇다면 적어도 이 세상에서 가장 좋아하는 선배의 성벽을 충족시켜줄 수 있어서 다행이었다.

더구나 그렇다, 그래. 눈앞의 생햄은 무척이나 맛있다. 곧 먹을 볼로네제도 분명 엄청나게 맛있을 것이다. 하라 씨에게 간을 부탁하면 틀림없다.

---

19) 어떤 문제를 이해하게 되어 머릿속에서 '아하!' 하고 깨달음을 얻는 순간을 의미한다.

갑자기 신이 난 나는 자리에서 일어나 냉장고를 마음대로 열어 한 병 더 있는 스파클링와인을 꺼냈다. 피와 살을 나눠 가진 사이니까 이제는 사양 따윈 필요하지 않다. 만약 하라 씨가 말했던 전부가 거짓이라면 나는 그저 실례되는 후배지만, 하라 씨는 이제 곧 회사를 관둘 테고 그런 자질구레한 상하 관계를 신경 쓸 속 좁은 사람도 아니다.

나는 자리로 돌아와서 코르크 마개를 뽑아 잔에 찰랑찰랑 붓고, 다른 두 손님에게도 충분한지 물었다. 꽉 다문 그들의 입에서 답은 나오지 않았다. 기껏 아직 살아 있는 시간을 즐기면 좋을 텐데, 하고 나는 꽤 열정적이고 긍정적인 마음을 품었다. 하라 씨 덕분이다.

"하라 씨."

"왜?"

"20대 육식녀였을 때 어떤 느낌으로 놀았어요?"

"그건, 이야기하자면 길어져. 그래도 그 시간이 내 인생에 엄청나게 좋은 양식이 된 것 같아. 그러니 가라스다 씨도 실컷 노는 게 좋을 거야! 젊음은 최강의 메이크업이고 액세서리니까. 그러게, 어디서부터 이야기하는 게 좋을까."

즐거워하는 하라 씨를 보는 것만으로도 나는 기뻤다. 이게 내 몇 개 되지 않는 취미 기호 중 하나였을지도 모른다.

무엇인지 알 수 없는 고기 굽는 내음 속에서 나는 하라 씨의 자극적인 하루하루에 대한 이야기를 즐겁게 들었다.

인상파적 애티튜드

안녕하세요! 몇 번인가 팬레터를 보낸 적 있는 나스 고유키라고 합니다! 팬레터를 이만큼이나 보냈으니, 어쩌면 저를 기억해 주실지도 모른다는 기대감을 품고서(자의식 과잉일까요?^^), 지난번에 발매된 앨범 〈Delta〉에 무척이나 감동해 펜을 다시 들게 되었습니다. 뮤직비디오로도 제작된 타이틀곡 〈델타〉가 초기곡 같아서 특히 좋습니다. 이런 곡을 더 듣고 싶습니다! 어떻게 하면 그런 멜로디나 가사가 떠오르나요?

이 곡에 비하면 최근의 일본 히트곡 차트에 오른 다른 곡들은 모두 존재감이 약한 것 같아요. 뮤직비디오 조회수가 증가하고 있다는 건 알고 있지만, 어떤 잡지의 순위에서는 아이돌 노래나 보컬로이드 같은 곡들이 상위에 있어서 도무지 납득이 안 갑니다. 틱톡밖에 안 보는 층이 투표해서일까요? 세간의 흐름대로 가네요. 개인적으로는 1위예요!

작곡가의 취향이 담긴 곡 〈Seek〉가 수록돼 있는 것도 힘을 뺀 가벼운 느낌이 들어서 정말 좋았어요. 인스타그램에 늘 업로드되어 있는 열대어들의 노래를 들을 수 있다니! 저한테도 노래로 만들고 싶을 정도로 좋아하는 게 있을까 싶었지만, 생각이 나지 않았습니다.(^^;;) 참고로 최근에 살짝 빠져 있는 건 고발 프로그램입니다! 타인의 바람직하지 않은 비밀은 무의식중에 찾아보게 되네요. 나쁜 짓을 한 녀석들을 폭로해서 반성하게 하면 사회를 위해서도 좋으니 대단하다고 생각합니다(열대어처럼 평온함을 느끼지는 않습니다^^).

이번 앨범은 본래의 기타 연주 스타일 말고도 타악기 곡이나 피처링 곡이 늘어서 호불호가 갈릴 것 같지만, 일반 소비층에 먹힐 수 있게 된 건 무척이나 좋은 일인 것 같아요. 개인적으로는 같이 작업한 아티스트들의 영향을 너무 많이 받지 말고 계속해서 본인의 음악을 만들어 주신다면 무척이나 만족할 것 같습니다! 최근에는 투어의 수용 인원도 늘었지요! 가능하면 옛날부터 노래를 들어왔거나 돈을 내는 진짜 팬의 자리는 좋은 곳으로 잡아주셨으면 하니, 팬클럽 개설하기를 희망합니다. 다만 지금 소속된 음반 회사는 과거에 그쪽 면으로 사고를 쳤으니, 팬클럽을 개설할 때는 외부 업체에 위탁할 것을 추천드려요.(^^) 팬이 느는 것도, 나쁜 어른들이 주변에 느는 것도 잘나간다는 증거겠지요.

얼마 전, 음원 스트리밍으로 아직 공개되지 않은 인디 시절의 CD를 중고로 샀는데, 가격이 거의 떨어지지 않아서 대단하다고 생각했어요! (그리고 도착해서 보니 사인이 들어가 있어서 완전 행운이었습니다! 보물로 간직할게요!) 그런 자신의 위상을 노래한 곡 〈인상〉도 말 그대로 인상 깊었습니다. 역시 유명해지면 유명해질수록 고생하는 일도 있구나 싶었습니다. 하지만 잘나가서 팬을 매정하게 대하는 아티스트는 되지 말아 주세요! (소문으로 듣곤 합니다. H 씨라든가요.)

타이틀곡과 관련해서 조금 관계없는 이야기를 하겠지만, 인상파라는 말을 아시나요? 다른 팬의 감상평을 보고 검색해봤더니 미술 장르였어요. 윤곽보다도 주변의 빛을 강조해서 그리는 기법인 모양인데, 바로 늘 빛을 발산하는 아티스트를 나타내는 데 딱이라고 생각해서 전해드립니다. 그에 비하면 저는 늘 정말 운이 나쁜데 최근에 일어난 불행했던 일을 들려드려도 될까요? 정

신을 차리고 보면 늘 이런 이야기를 쓰고 있는 듯하지만 사실이에요.(ㅠㅠ)

실은 먼젓번 날에 엄지손톱을 뽑았어요.(ㅠㅠ) 이렇게 쓰니 제가 직접 엄지의 끝을 집어서 손톱과 살갗의 접착 면을 억지로 벗겨낸 것 같네요! 죄송해요, 그런 건 아니에요! 참고로 발이 아니라 손입니다. 조금 더 자세히 설명하자면, 요전번에 타고 있던 차 문을 닫을 때 오른손 엄지가 꼈습니다. 그 순간을 떠올리면 아프다기보다 묵직한 감각이 듭니다. 엄지손가락은 차 기능 덕분에 바로 해방되었지만 욱신거리는 감각이 들고 손톱 안은 건강한 핑크색에서 순식간에 적갈색으로 물들어갔습니다. 이거 큰일이다 싶어서 같이 있던 지인이 당사자인 저보다도 당황해서 병원에 데리고 가줬습니다.

그 병원이라는 게 터놓고 말하자면 무척이나 허름했습니다. 건물뿐만이 아니라 사람도 말이죠.(^^) 그래서인지는 모르지만 의사는 뼈에 이상이 없다고 설명하자마자 놀랄 만한 제안을 했습니다. 바로 뽑는 편이 손톱이 다시 예쁘게 자랄 수 있는 방법이라는 겁니다. 끔찍한 소리 하지 마, 죽을래? 라고 생각했습니다.(^^) 다만 나쁜 걸 제거해서 좋은 것에 자리를 비워줘야 한다는 건 최근에 보는 고발 프로그램에 빠져서 한 생각이기도 해서 얼른 낫는다면 하기로 했습니다. 하지만 바로 후회했어요. 의사는 오른손 엄지손톱과 피부 사이에 칼날을 끼워 넣었어요. 나는 그만 비명을 질렀고, 역시 죽일 거라고 생각했습니다.(^^) 의사로부터 사전에 "아플 거예요"라는 통보는 받았지만 각오를 훨씬 웃도는 충격이었습니다. 왜 이런 일을 당해야 하냐고 생각했습니다.(ㅠㅠ) 안심하세요! 엄지손톱은 현재 조금씩 다시 자라고 있습니다. 생명의 신비네요. 만약 신비로움을 느낀 일이 있다면, 부디 듣고 싶으니 어딘가에서 들려주세요!

생명의 신비라고 하면 한 가지 더 있는데, 머지않아 세상이 멸망한다는 이야기 아시나요? 이 일대에서는 꽤 유명합니다. 아나운서의 방송 사고를 계기로 널리 퍼졌습니다. (방송을 망친 건 물론 프로 실격이라고 해도 여자들이 비난하는 건 그 사람이 꽃미남이 아니라서라고 생각합니다. 세상은 그야말로 인상으로 움직이고 있다고 할 수 있죠) 그 한 사건 이후로 이상한 게 보이게 되었다고 스스로 고백하는 사람이 SNS에 있는 모양인데, 녀석들은 하나같이 세상이 멸망한다고 예언하고 있습니다. 아나운서의 말을 복사했을 뿐인 그런 조악한 놀이가 유행하고 있나 봅니다. 개중에는 방송으로 세상에 퍼뜨리려고 하는 음모론자 같은 사람이 나타나기도 해서 발견했을 때는 댓글로 주의를 주고 있습니다! 세계 멸망이라든가 배후 세력 같은 음모론은 자주 듣긴 하지만, 그런 걸 꾸며서 이득을 보는 악과 휘둘리는 바보(어떤 의미에서 악 이상의 악)가 소란을 떨어 반듯한 인간들에게 민폐를 끼치는 건 용서할 수 없어요. 저는 지금은 〈델타〉로, 그 전에는 다른 앨범으로 귀를 행복하게 해주고 있습니다! 그래서 음모론 따위에 귀를 기울이는 일은 평생 없을 거예요!!

그렇게 생각하고 있었어요. 실은 그런 어리석은 녀석들과 한통속이라고 절대로 생각되고 싶지 않아요. 하지만 알아주기를 바라서 글을 씁니다. 세상은 아무래도 정말 멸망할 모양입니다. 이렇게나 오컬트와 음모론을 싫어하던 제가 하는 말이니 귀를 기울여주세요. 다른 사람과는 다릅니다. 아나운서가 보인다고 주장한 것이나 인터넷상에서 호소하는 누구의 것과도 일치하지 않는 이상한 게 보입니다.

어느 날부터 갑자기 왼팔에 꽂혀 있는 주사기 세 개가 보이게 되었습니다. 꽂혀 있는데 건드릴 수가 없습니다. 형태는 영화 〈쏘우〉에 나오는 것을 한 둘레 크게 만든 듯한 느낌입니다. 투명한 외관에 핑크색 액체가 주사기 세 개에 다 들어 있습니다. 처음에는 무엇인지 알 수 없었지만, 이 주사기가 움직이기 시작해서 몸 안으로 핑크색 액체가 흘러들어오게 되었을 때 알았습니다. 이 녀석들은 세상의 멸망을 전하기 위해 나타났다고요. 처음으로 그 예언이 몸속으로 흘러들어왔던 날부터 오늘까지 대개 반나절에 한 번, 액체와 더불어 세상의 멸망을 경고합니다. 최근에 알게 된 사실이지만 이 녀석들은 살아 있거나, 혹은 통신기 같은 기능이 달려 있어서 질문을 던지면 간단한 답을, 다음 주입 시에 가르쳐줍니다.

내가 이런 이야기를 꺼내는 인간이 되다니, 생각지도 못했습니다. 신비롭습니다. 하지만 그래서 진짜일지도 모른다고 생각하게 되었습니다. 세상은 정말 멸망할지도 모릅니다. 괜찮습니다. 다른 음모론자들처럼 세간에 정보를 흘려보내 평범하게 살아가고 있는 사람들을 혼란스럽게 만들 생각은 없습니다. 그런 녀석들이 있으면, 어쩌면 동료일지도 모르지만, 앞으로도 주의하려고 합니다. 하지만 알아야 하는 사람은 알아야 한다고 생각하기에 이런 편지를 씁니다. 후회가 없도록 세상이 끝나기 전에 하고 싶었던 일을 하세요.

여기까지 읽어주셔서 감사합니다! 앞으로도 응원할게요. 건강 조심하셔서 근사한 음악, 계속 만들어주세요!

P.S. 정치적인 메시지는 조금 더 에둘러서 표현하는 편이 좋다고 생각합니다.

여기까지 써서 평소대로 보낼 생각이었습니다. 보내면 읽어줄까 하는 기대와 걱정, 분명 읽어줄 거라는 생각에 느끼는 울렁거림, 또 그렇게 꺼림칙한 이야기만 쓰고 말았다는 자책에 시달리면서 살아갈 작정이었습니다. 그리고 조금은 자신의 편을 들어줄 생각이었습니다. 봉투를 닫으려던 때, 오늘도 액체가 주입되었습니다. 세상이 멸망한다는 실감을 느끼게 하는 예언이 또 와서 욕심이 생겼습니다. 내가 뭘 쓰고 있는 걸까요? 문득 그런 생각이 들었습니다. 만약 세상이 정말 멸망한다면 진심으로 묻고 싶었던 거나 전하고 싶었던 게 있지 않을까 싶었습니다. 지금까지 써서 보낸 게 거짓이었던 건 아닙니다. 전부는 아니지만 사실입니다. 팬이고, 인스타그램도 보고 있고, 초기곡을 좋아합니다. 덧붙인다면 애니메이션 주제곡을 불렀을 때부터 다른 아티스트가 된 것 같다고 생각합니다. 이건 좋은 의미이기도 하고 나쁜 의미이기도 합니다. 휘갈겨 쓰고 있네요. 읽기 힘들다면 죄송합니다. 손톱도 정말 뺐습니다. 다만 고발 계열의 프로그램 이야기는 거짓말입니다.

무슨 말이 하고 싶었냐면, 분명 인상파에 대한 이야기일 겁니다. 인상파에 대해 조사했다고 썼었지요? 그리 불리는 화가들이 사용하는 기법으로 색채 분할이라는 유명한 게 있습니다. 아시나요? 색을 섞을수록 점점 어두워지기 때문에, 섞는 것보다 서로 다른 색을 나란히 배치해서 인간의 뇌가 마치 섞인 것처럼 느끼게 하는 편이 더 밝게 보인다는 기법입니다. 정확하지 않을지도 모르지만 그런 걸로 치겠습니다.

다른 사람은, 분명 당신에게 도착할 편지를 보내는 대부분의 반듯한 사람은 자신의 밝은 마음과 어두운 마음, 좋아하는 마음과 아무래도 마음에 들지 않는 부분에 대한 답답한 마음, 그런 걸 능숙하게 섞어서 균형감 있게 만들어 좋은 말만 전하고 있을 겁니다. 가족이나 친구에게도 그럴 거라고 생각합니다. 그런데 저는 그게 비겁하다는 생각이 드네요. 저는 그게 불가능해요. 섞으면 섞을수록 어두워져서 나쁜 것만 남게 됩니다. 그런 상태는 싫고, 견딜 수 없습니다. 그래서 어느 순간부터 저마다의 색을 타인 앞에 확실히 꺼내서 나란히 배치하기로 했습니다. 그때는 인상파를 몰랐는데, 이건 돌이켜 생각해보면 인상파에 빗대고 있었네요. 즉 상대를 기분 좋게 만들 말도 하고, 꺼림칙한 기분이 들게 만들 말도 일부러 했습니다. 그랬더니 인생이 아주 조금 달라졌답니다. 여러 사람으로부터 미움만 사게 되었다고 생각할지도 모릅니다. 사람한테는 꺼림칙한 기억이 더 잘 남으니까 말이죠.

당신의 기억에도 만약 과거의 편지 내용이 남아 있다면 늘 어째서인지 기괴하고 불쾌한 에피소드를 쓴다든가, 꺼림칙한 소리를 한다든가, 요점에서 벗어난 주의를 준다든가, 사람을 무시한다든가 하는 괴힌 팬이기 때문이라고 생각합니다. 이런 녀석에게 사랑받고 있었구나 싶어서 불쾌한 기분이 드나요? 하지만 그렇게 당신이 불쾌한 경험을 겪게 하고 싶었습니다. 누군가에게 미움받음으로써 처음으로 자신의 편을 조금은 들어줄 수 있게 됩니다. 인상파를 예로 들면 두 가지 색을 나란히 놓았을 때 조금은 밝게 보인다는 그겁니다. 물론 그런 삶의 방식으로 살다 보면 다투거나 사람이 멀어져 가지만, 자신의 아군이 되어주지 못했던 무렵과 비교하면 편합니다. 그런 와중에 좋아하는 아티스트에게 보내는 편지라면 팬이라는 대전제가 있기 때문에 다툼이 벌어지지는 않을 거라며, 당신의 호의를 기대했습니다. 감사합니다.

여기서부터는 질문입니다. 답을 들을 기회는 없을 거라고 생각합니다. 당신은 SNS에서 팬에게 반응도 하지 않고, 팬과 접촉할 기회도 만들지 않습니다. 그게 감사히 여겨지기도 했습니다. 질문입니다. 신곡 〈인상〉에서 '이 마음을 인정하고 껴안아줄 것'이라고 노래하잖아요? 그건 어떻게 하는 건가요? 누군가를 이용하지 않고도 자신의 편이 되어줄 수 있다는 말인가요? 다들 그렇게 사나요? 얼굴도 잘생기고, 호소력 짙은 목소리를 가지고 태어났고, 음악적 재능도 있고, 동료도 많은, 엄청 잘나가는 당신이 어떤 기분으로 그걸 노래하나요? 순수하게 던지는 질문입니다. 불쾌해하라고 쓰는 건 아닙니다. 저는 지금 무슨 글을 쓰는 걸까요? 이런 글을 덧붙여 쓰는 것도 바람직하지 않다는 걸 알고 있습니다. 저는 지금 울고 있습니다. 세상이 멸망해서가 아닙니다. 그렇다고 슬픈 것도 아닙니다. 괴롭기는 합니다. 하지만 그건 늘 있는 일이니까, 지금 이렇게 편지를 쓰면서 우는 이유는 모르겠습니다. 이런 이야기들은 하지 않아도 된다고 말하기 시작하면 지금까지 한 말 전부가 해당되겠네요.

 다정한 당신의 동정심을 살 만한 글을 쓰고 싶지는 않았습니다. 팬이 있는 곳을 늘 바라봐주는 당신에게 동정 따윌 받으면 자신의 아군으로 있을 수 없게 됩니다. 하지만 조금 알아줬으면 했습니다. 사실은 당신처럼 수많은 사람의 아군이 되어주면 좋겠지만, 모두 죽는다면 이제 그럴 필요도 없습니다. 수없이 오는 편지는 어차피 어딘가에 모여 있다가 시차를 두고 당신의 곁에 도달하거나, 혹은 스태프가 사전에 체크해서 이런 편지는 통과되지 않도록 할 테니, 부디 이 편지를 당신이 펼치기 전에 세상이 멸망하기를 소망하며 보내겠습니다. 오랫동안 감사했습니다. 이 편지에서뿐만이 아니라 지금까지 쭉 감사했습니다.

- 나스 고유키

 안타깝다.
 적어도 하나, 이루지 못한 소원을 감출 생각으로 편지지를 접었다.
 팬레터치고는 비교적 많은 매수를 반으로 접었기 때문에 두께도 꽤 되었다. 봉투도 편지지보다 필요 이상으로 크다. 위험물을 체크하기 위해 사전에 절단한 봉투의 입구를 열어서 편지지를 넣었다.
 그 찰나, 안에서 무언가 검고 작은 돌 같은 것이 굴러 나왔다.

작은 광석을 선물로 보내주는 팬도 있어서 그런 건가 생각했다.

꺼내려고 그곳에 있는 돌을 잡았을 터인데 눈앞에서 손을 펼치자 작은 돌은 어디에도 없었다. 꺼림칙했다. 떨어뜨렸나 싶어서 바닥을 구석구석 돌아다니며 살폈지만 찾을 수 없었다. 하는 수 없이 잊어버리기로 하고 편지는 다른 것과 같이 편지용 박스에 넣었다.

나스 고유키를 기억하고 있다.

실명인지 필명인지 모를 인상적인 이름으로, 성별도 연령도 판별할 수 없는 편지를 자주 보내주는 팬 중 한 명이다. 내용은 늘 마냥 칭찬받을 만한 것을 쓰는 건 아닌데, 이번 편지를 받기 전부터 내내 자신을 과도하게 속이며 쓰고 있는 듯한 느낌이 들었다. 표본 같은 글을 쓰고 있어서였다. 이른바 안쓰러운 팬레터라고 해야 할까.

실제로는 나에게 아무것도 숨기지 못했던 것 같다. 본인은 중요한 고백을 한 기분이겠지만, 타인에게 불쾌한 감정을 쏟아내고서 그만큼 돌려받지 않으면 벌을 받는다고 착각하고 있는 모양이다. 앞면에도 뒷면에도 악의가 있는 인간인 건 사실인 듯하다. 그 결점과 더불어 편지에서는 늘 주저하는 마음과 선을 넘지 못하는 소심함이 배어나오고 있었다. 그 또한 이번 편지에서 확증으로 바뀌었다.

그래서 나스 고유키가 속속들이 드러낸 내면보다도 나에게 갑자기 이야기한 세상이 멸망한다는 황당무계한 말이 더 의외였다. 그런 대담한 말을 꺼낼 수 있는 사람이 아니라고 생각했다.

편지에 대해 생각하면서 따듯한 물을 받은 욕조에 들어가 술을 마시고, 싱글베드에 누웠다.

눈을 감으면 늘 그곳에 꽃이 있다.

어릴 적부터 변하지 않는 눈꺼풀 뒷면의 풍경이다. 그 아름다운 꽃들이 내내 싫었다.

나를 불쾌하게 만드는 꽃에 대해 의사에게 상담한 시기도 있었다. 하지만 아무것도 해결되지 않았고, 세로토닌을 분출하게 하는 약은 몸에 맞지 않았기 때문에 스스로의 판단으로 복용을 멈췄다. 신인 시절에 친해진 밴드맨한테는 "성공했을 때 사라지는 거 아냐?"라는 말을 들었다. 하지만 기대는 허무하게도 무너졌다. 몇만 명 앞에 서려고 눈을 감고 호흡을 한 번 했을 때 꽃은 여전히 그곳에 피어 있었다.

나는 정신 상태를 꽃의 양으로 잰다. 두 송이나 세 송이인 날도 있고, 꽃다발 같은 날도 있고, 늘면 늘수록 정신 상태가 악화되어갔다. 대개 징조는 없었다.

오늘은 양팔로 다 끌어안을 수 없을 정도였다.

취재 전에 약속 장소에서 만난 매니저로부터, 둘만 있게 된 엘리베이터 안에서 "밝게 가도록 하죠"라는 말을 듣고 혀를 차고 말았다. 벌써 몇 년이나 일을 거들어주는 그녀는 반응하지 않았다. 나쁜 행동이라고 생각했고, 수습하려고 한다면 할 수 있었지만 즉시 사과하면 혀를 찼다는 걸 인정하게 된다. 아무 말 없이 시간이 지나기를 기다렸다.

누구 앞에서든 불안한 마음이 이어진다. 인터뷰 중에도 어떻게든 기분을 틸래려고 창밖의 간판 글자를 눈으로 쫓다가 인터뷰 진행자로부터 큼직한 목소리로 이름이 불렸다. 그리고 나는 그만 내가 어떤 음반을 발매해도 어차피 형식적인 질문밖에 던지지 않느냐는 취지의 말로 되받아쳤다. 이번에는 매니저가 필사적으로 거들어주었다.

취재가 끝나고 매니저와 단둘이 있게 되었을 때 매니저가 꽃의 양을 물었다. 그리고 혼자 있어도 괜찮겠냐고, 걱정했다.

우습게 보지 말라고 생각했고, 그런 의미의 말을 퍼부었다. 하지만 실제로 지금까지 괜찮았던 날도 괜찮지 않았던 날도 있었기에 그녀의 배려는 틀리지 않았다.

다행히 오늘은 이 이상 부담되는 스케줄은 없었다. 딱 하나, 오늘 밤에 예전에 주제곡을 불렀던 영화의 감독이 찍었다는 신작 시사회에 초대를 받았다.

평소라면 다소 무리했겠지만, 오늘은 매니저에게 그 영화감독에게 내가 컨디션이 좋지 않다는 말을 전해달라고 부탁하고 혼자서 돌아가기로 했다.

매니저도 괜한 소리는 일절 하지 말고 그 즉시 등을 돌렸으면 되는데 그럴 수는 없었는지, 배려를 해준답시고 "감독의 최고 걸작이라고 하니 영화관에서 보는 편이 좋을 거예요"라고 말했다. 그렇다면 내가 주제곡을 담당한 영화는 걸작이 아니었냐고, 답을 알고 있을 리 없는 한 명의 음악 사무소 매니저에게 따져 물었다.

누군가에게 폭력을 휘두를 목적으로 술집을 기웃거리던 시기도 있었다. 그러면 그날의 마음은 풀 수 있지만, 그 이튿날 꽃의 양이 다시 늘어난다는 것을 알고 난 후에는 아예 관뒀다. 폭력성이나 성욕은 그저 비대해지기만 했고, 본질이 아닌 여백을 채우면 공허함만 남았다.

이미 알고 있었지만 눈을 감으면 수많은 꽃이 보이니 평소보다 빨리 잠이 들 리 없었다. 집에 있던 술을 많이 마시고 이젠 노래를 들어주지 않는 상대에게 그만 전화를 걸고 말았다.

스케줄을 취소해야 할 정도의 꽃다발은 이튿날부터 서서히 그 수를 줄여나갈 것이다. 지금까지의 경험상 그럴 터였다. 하지만 아침에 꽃다발은 그 크기가 오히려 더 커졌다.

이동하는 날이었다. 신칸센을 타고 내일 출연하는 이벤트 장소로 향했다. 다만 오늘 밤에 지방 라디오 방송국 출연 스케줄이 있어서 전날 가게 되었다. 오후 3시에 매니저와 시나가와 역 신칸센 개찰구 앞에서 만나 그녀가 마련해준 표를 받아들고 홈에 섰다. 매니저는 내 컨디션을 걱정했지만, 적당히 무시했다. 고민을 공유한들 일을 간단히 쉴 수 있을 리도 없고, 내 병이 나을 방법을 그녀가 가지고 있을 리도 없다.

직업상 나는 신칸센을 자주 탄다. 홈에서 도착을 기다릴 때마다 현기증이 난다. 이 또한 매니저에게 이야기할 만한 게 아니라서 혼자 끌어안고 있다. 두려워서 견딜 수 없다. 오늘 같은 날은 특히 더 그렇다.

스크린 도어다. 하지만 저렇게 간단히 뛰어넘을 수 있을 만한 높이에 쳐두어서는 위험하다. 이곳에 있는 누군가 한 사람이라도 이 세상이 가망 없다고 단념하면 어쩌지, 홈에 있는 모두가 일제히 뛰어드는 장면을 상상하자 기분이 나빠졌다.

마음속에 자리한 무의미한 그로테스크함을 멈추게 한 건 매점에서 차와 커피를 사는데 말을 걸어온 중고생 이인조였다. 매니저가 곧바로 사이를 가르고 들어와서 감사 인사만 전했다. 엊그제 읽은 편지의 주인인 나스 고유키도 저 정도 되는 중고생일 거라고 예상한다. 남학생인지 여학생인지는 모르지만 그걸 다 큰 어른이 썼다고 하면 또 다른 형태로 그로테스크하기에 생각하고 싶지도 않다.

네잎클로버가 디자인된 차량에 타고서 표에 기재된 창가 좌석에 신속히 앉았다. 가방은 통로 쪽 좌석에 두었다. 매니저는 뒷좌석에 앉았다. 그녀는 무언가 위험할 때를 대비해 긴장하고 있을 것이다. 지금까지는 위험한 일을 당한 적이 없다. 그렇지 않으면 곤란하다. 매니저가 조금 더 넓은 이 좌석을 마련한 이유는 설비가 아닌 이용객층 때문이다. 이곳에는 무례하게 말을 걸어오거나 도촬하는 사람이 없다고 할 수는 없지만, 보통 차량보다 압도적으로 적다. 사실이다.

그래서 이건 선민사상이 아니라 대책이라고, 일반 차량에 타는 사람들을 얕보지 않는지 의심하는 자신에게 매번 그렇게 계속 타이른다. 그리고 늘 어딘가 우월감을 가지고 있는 듯한 느낌이 들어서 가슴이 답답하다.

매니저는 이동 중에도 손을 놓지 않고 일에 정성을 쏟는다. 예전에 한 번, 이쪽은 혼자 멍하니 있는 게 미안하다고 말한 적이 있다. 그러자 그녀는 미소 짓는 얼굴로 "원하는 장소로 이동하는 게 일이잖아요"라고 대답했다. 그렇다면 우리 사무소에서도 아르바이트생이 집을 나온 순간부터 시급을 줘야하지 않을까,

그렇게 의견을 냈더니 "가치가 다르니까요"라고 똑같이 웃는 얼굴로, 최악의 답을 돌려주었다. 그런 말을 들을 줄 알면서도 자신이 발언한 듯한 느낌이 들었다.

어둠 속에 꽃이 흐드러지게 피어 있는 날은 평소에 끌어안고 있는 다양한 불안감이 몇 겹이나 되어 덮쳐온다.
선글라스를 벗고 경치로 시선을 보냈다.
차창으로 흐르는 풍경은 이 울적한 머릿속에서 중요한 역할을 한다. 술도 악기도 없이 혼자 멍하니 있을 때 떠오르는 과거의 괴로운 기억이나 처참한 사건에 대한 생각을 현재 들어오는 시각 정보의 도움을 얻어 어떻게든 머릿속에서 쫓아내려고 시험한다. 눈에 비치는 집들이나 자동차 안에 한 사람 한 사람의 생활이 있고, 그곳에 조촐하지만 각자의 행복이 존재한다는 것을 상상하는 순간, 그 시도는 성공한다. 자동차든 자전거든 이것들을 이용하는 습관은 중학생 무렵 이미 몸에 배어 있었다.
그건 그렇고 오늘은 지금까지 살아온 인생에서 희귀할 만큼 정신이 흐트러진 날이었다.
무심결에 자세를 바꿔 차창에서 뒤편을 들여다보았다.
흘러가는 경치 속에서 문득 이상한 공간을 본 듯한 느낌이 들어서였다. 하지만 확인하기 전에 신칸센은 터널로 들어가고 말았다. 뒤에 있던 매니저가 무슨 일이냐고 물었지만, 아무 일도 없다고 답했다. 잘못 봤다는 걸 알고 있다. 분명 스스로도 알아차리지 못한 사이에 잠시 졸아서 어둠과 현실이 뒤죽박죽되었을 것이다.

논이 펼쳐지는 경치 한 구석에 꽃밭이 있었던 것 같다.

이 눈꺼풀 뒷면의 꽃이 여기 말고 다른 어딘가에 모여서 피어 있을 리 없다.

그렇게까지 말한다면, 대체 네가 보고 있는 건 어떤 꽃인지, 그렇게 꽃의 특징을 질문받은 경험이 어릴 적부터 몇 번이나 있었다. 그저 흥미 위주이거나 해결의 실마리를 같이 찾아보자고 하는 친절한 마음에서 나온 질문에 매번, 겸연쩍은 표정으로 나를 바라볼 거라는 걸 알면서도 일단은 솔직하게 답했다.

내내 불타고 있다고.

꽃의 형태는 팬지에 가깝다. 꽃잎의 두께는 알로에잎 정도 되고 유색 투명하고 각도에 따라서는 레몬색으로도 보이고 빨간색으로도 보인다. 그리고 차례차례 포개진 꽃잎 틈새에서 불이 일렁이고 있다. 거봐, 여기 있잖아.

현실을 외면하고 몽상에 빠진 어른이 만든 설정도, 아이가 꾸는 꿈도 아니다. 모든 것이 나를 계속 따라다니는 현실이지만, 이해받기 어렵다. 대개는 비웃음을 사거나, "예술가는 다르네요"라는 가벼운 말로 얼버무려진다.

현지에 도착하자마자 호텔에 짐을 두고 신세를 지고 있는 관계자들에게 돌아다니며 인사했고, 라디오 출연 스케줄을 간신히 소화해냈다. 평소에 숙취를 이유로 말수 적게 살아온 게 보람을 드러냈다. 모든 업무를 마치자, 시각은 이미 밤 10시를 지나고 있었다.

매니저가 저녁을 먹자고 했지만 거절했다. 이쪽이 식사에 별

관심이 없다는 것을 알고도 예의상 먹자고 한 것이기 때문에 거절하는 것 또한 예의다. 푹 쉬세요, 라고 인격이 아니라 능력을 향해 숙여진 머리의 가마를 보고 느낀, 언제나와 같은 가슴속의 불편함이 오늘의 불안정함 때문에 한층 더해졌다.

호텔 주변을 잠시 걷기로 했다. 패스트푸드점이나 편의점을 찾았다. 호텔 바로 앞에 모스버거 가게 하나가 있었지만, 바깥에서 들여다보니 캐리어를 끄는 샐러리맨 그룹이 있어서 들어가지 않았다. 나는 짐이 많은 사람이나 공공장소에서 소리를 내며 동영상을 보기 시작하는 사람, 타인만의 공간에 자각 없이 침범하려고 하는 사람에게 무조건적인 기피감을 가지고 있다.

자칫하면 차별 의식의 근원이 될 수 있는 감정을 가진 내가 나쁜 것일까, 아니면 차별은 애초에 선악과 관계없이 떼어놓을 수 없는 것일 뿐일까.

극적인 전개도 운명적인 이끌림도 없이 꽃을 찾아냈다. 길 한복판 어둠 속에 세워진, 이미 영업을 끝낸 복고풍 찻집 앞에서 꽃을 싱겁게 찾아낸 것이다. 다만 찾아냈다는 그 사실 자체가 안타깝지는 않았다. 거의 포기라고 해도 될 정도로 이미 납득하고 있었으니 말이다. 어딘가로 이런 순간이 오리라는 상상을 하고 있었을지도 모른다.

오늘 신칸센 차창에서 본 것은 착각이 아니었던 모양이다.

눈꺼풀에서 새어 나온 건가.

멈춰 서서 응시했다. 나의 내부에만 존재했을 터인 꽃이 가게 앞 한곳에 모여 자라고 있었다. 불길에 온도는 없는지, 이웃한 다른 화초에는 불이 붙지 않았다.

왠지 모르게 결과는 예상했다. 그런데도 쪼그려 앉아 만지려고 했지만 역시 손끝에는 감각이 없었다. 이 꽃은 현실에 존재하지 않는다. 즉 이상한 것은 이 시야이며, 머리이며, 마음이다.

다른 사람에게는 이 경치가 어떻게 보일지 궁금해서 스마트폰을 들었다. 그러자 들이댄 카메라에 반응했는지, 끄트머리 한 송이가 마치 불꽃처럼 흩어졌다.

동시에 누군가의 생각이 머릿속에서 울려 퍼지는 듯한 감각이 들었다. 어릴 적 처음으로 이어폰을 사용했을 때 머리 중심에서 울리는 음악에 충격을 받았던 그 경험과 비슷했다.

이어서 옆에 있던 꽃 한 송이가 더 흩어졌다. 제대로 된 의미였지만 처음과 마찬가지로 장난스러운 또 다른 말이 뇌리에 와 닿았다. 일단은 주위를 둘러보긴 했지만 이어폰을 사용했을 때처럼 외부의 소리를 고막이 감지한 게 아니라는 건 알고 있다.

소리는 눈꺼풀 뒷면에서 울리고 있었다. 다른 사람에게 그 이상의 설명은 할 수 없을 듯했다.

나를 오래 괴롭혀와서인지 짜증 나게도 그 사실을 바로 이해할 수 있었다.

꽃이 말을 걸어오고 있다.

한 송이마다의 의사인지, 집합체의 의사인지는 모르겠다. 사람이 성대를 사용하듯 흩어지는 것이 이 꽃의 소통 방식일지도 모른다. 오래 함께 있었지만 처음 알았다. 또 한 송이가 흩어졌다.

꽃들은 세상의 멸망을 구가하고 있었다.

당연히 엊그제 읽은 나스 고유키의 편지를 떠올렸다. 나의 불안정한 정신이 그 문장에 영향을 받아 이런 환상을 만들어내버린 걸까. 무난하게 생각하면 그렇다.

그런데 존재하지 않는 꽃과 더불어 살아온 사람이, 타인이 말하는 비현실적인 사상을 부정할 수 있을 리 없다. 어쩌면 나스가 쓴 예언도 주사기도 무엇 하나 가상이 아닌 사실이라서 나에게도 같은 현상이 일어나고 있는지도 모른다.

집단 히스테리라는 말이 떠올랐다. 다음으로 편지에 묻어 있던 어떤 세균이나 바이러스가 접촉 감염을 일으킨 게 아닐까 상상했다.

나스는 어디까지 의도한 걸까.

발병하는 것뿐만 아니라, 만약 눈꺼풀 바깥으로 흘러넘치는 꽃의 증폭조차 그 녀석에게 원인이 있다고 해도 따지고 싶은 마음이나 혀를 차고 싶은 불쾌감은 생기지 않았다.

그저 그 경우에도 또다시 이루어지지 않은 나스의 바람에 대해 생각했다.

안타깝다.

기껏 전해줬는데 미안하게도 믿는 것도 믿지 않는 것도 아니다. 세상이 멸망하다니.

나스는 세상이 멸망한다는 사실에 기뻐하며 신나게 편지를 썼을 것이다. 글에 기대감이 엿보였다.

아마 그 녀석은 이 감각을 알고 두려워하지 않았을 것이다. 오히려 안심했을 것이다. 세상이 멸망하면 이렇게나 음습한 자신의 아군이 되어줄 필요가 없어지니까. 내내 혼자서 품고 있던 자신의 본성을 누군가에게 밝히고 편해질 수 있으니까.

화가 치밀어 오른다. 그런 동반 자살 같은 사고 회로도, 테러 같은 해결안도 이기적이고 최악이다. 혐오감이 더해갔다.

다시 스마트폰으로 촬영하자, 꽃은 찍히지 않았다. 대신 흙만 담긴 화분 몇 개가 나란히 놓여 있었다. 예상대로인 결과에 미련도 없이 그 자리에서 물러났다.

편의점에서 술과 주먹밥만 샀다. 호텔방으로 돌아와 인터넷으로 꽃이나 주사기 같은 것이 보이는 사람이 또 없는지 검색했다. 아무래도 자기 주변을 날아다니는 위성이 보이는 아나운서의 방송 사고를 계기로, 이상한 것이 보이기 시작했다는 사람이 몇 있는 듯했다. 역시 집단 히스테리의 일종일까.

어째서 사람에 따라 멸망을 전하는 형태가 다른지 궁금해하면서 눈을 감았다. 주사기 쪽이 좋았다. 꽃보다 훨씬 좋아할 수 있다.

어릴 적 눈을 감으면 늘 있던 그 꽃이 무섭다고 말하며 믿어달라고, 꽃 그림을 계속 그린 적이 있다. 주위 반응을 보고, 생각의 형태를 전하기 쉽게 정리하는 능력을 가져야 한다는 사실을 알고서 그게 현재의 일로 이어졌다.

꽃에 감사하는 마음도 애착도 없다. 어두운 나의 인간성을 부각시키는 상징으로만 여겨진다. 친해진 누군가나 의사에게 상담할 때도 망설이지 않고 혐오하는 맥락으로 말했다.

그래서 만약 꽃들에도 감정이 있다면 화가 났을지도 모른다.

호텔의 더블베드에서 깨어났을 때 내가 죽은 줄 알았다. 곰곰이 생각해보면 이 광경은 내가 죽고 나서 맞이하게 될 테니 실제로 볼 일은 없다.

꽃이 침대를 에워싸고 있었다. 머리 옆에도 있었고, 손으로 내팽개치려고 해도 닿지 않았다. 아직 일어나야 할 시간은 아니었지만 하는 수 없이 묵직한 머리를 내젓고 꽃길을 걸어나가 세수를 했다.

기분 전환이라도 하자고 마스크를 쓰고 바깥으로 나갔다. 꽃은 호텔 주변에도 여기저기 피어 있었다. 입구에 실제로 장식된 화단이 무슨 색인지, 스마트폰 카메라로 비춰보지 않으면 알 수 없었다. 역에서 제일 가까운 스타벅스에서 주문한 뜨거운 커피용 컵에 꽃이 꽂꽂이 되어 있는 것처럼 보였지만, 입을 갖다 대자 뜨거운 액체가 흘러 들어와서 실감 나게 괴로웠다. 컵에는 둥근 글씨체로 '오늘 라이브 공연 힘내세요'라고 적혀 있었다. 일이니 굳이 그런 말을 들을 필요가 없다고 생각하고, 어제의 중고등학생도 그렇고 그런 말은 삼가길 바란다. 팬의 얼굴은 의외로 무대 위에서 보고 싶지 않다.

눈을 떠도 꽃이 있다는 현실은 생각 이상으로 숨 막혔다.

평소와는 종류가 다른 꺼림칙함이 바깥 세계를 덮쳐왔다. 지워 없애고 싶었지만, 애초에 마음에 꽃을 끌어안고 살아가고 있는 건 누구인가. 또 비난받는 듯한 기분이 들었다.

꽃들은 세상의 멸망을 알고 있으니 어차피 숙주가 죽는다면 마지막으로 괴롭히는 길을 선택했을지도 모른다. 누구를 위한 것도 아니고 의미도 없는 그런 상상에 시달리면서 햇볕을 쬤다.

결국 혼자서 가만히 꽃에 둘러싸여 시간을 보내는 데 견딜 수 없어서 아직 자고 있을 매니저에게 전화를 걸었다. 같은 호텔에 묵고 있는, 잠에서 덜 깬 목소리의 그녀에게 지금 당장, 채비하도록 부탁했다.

만날 시간을 정하고 방으로 한 번 돌아갔다. 20분 후 입구에서 만나자 그녀는 억지로 일어나게 된 상황에서 느꼈을 불쾌함은 조금도 드러내지 않고, 앞 유리창이 꽃으로 빼곡하게 장식된 택시를 준비해주었다.

타기 전에 우선 나의 이기적인 행동을 사과했다.

"아니요, 딱 잘됐어요. 저도 낯선 도시에 훌쩍 나가보는 거 좋아하거든요."

그런 말을 들을 거라는 걸 알고서 사과한 기분이 들었다.

또 꽃이 늘었다.

이럴 때다. 어젯밤과 마찬가지다. 그녀의 태도에 참을 수 없을 만큼 마음이 욱신거렸다.

욱신거리는 이유는 자신이 담당하는 뮤지션의 사정을 최우선시하는 사회인에 대한 가학적인 마음 때문이었다. 나는 도저히 그 마음을 숨길 수 없었다.

생각하지 말아야 한다는 걸 알면서도 불안한 마음에 이끌려 자꾸 머릿속으로 말을 떠올리고 만다. 그리고 어느새 그 말은 본심이 되었다. 직업인으로서 완벽한 모습을 보이면 보일수록 개인으로서가 아니라 아티스트라는 입장으로서 중요하게 취급받는다는 걸 알고 있기에, 이쪽을 존경하고 있다는 듯한 거짓된 태도를 짓밟고 싶다. 너는 얼마나 모진 대우를 받아야만 인정하겠느냐고 시험하고 싶다. 예를 들어 내가 갑자기 노성을 지르면, 그 뺨을 때리면, 날씬한 몸에 맞춘 단정한 맥시스커트를 억지로 여기서 벗긴다면 너는 어떻게 할래?

둘이서 조용히 택시를 탔다.
서로 운이 좋을 뿐이다. 여기에 없는 제삼자에게 우리는 도움을 받고 있다. 예전에 그녀의 선배였던 남성이 희생해준 덕분에 한동안 나의 시의심과 자기애가 채워졌다. 인간적으로 내가 싫다고 그가 말해준 덕분에 더는 거짓으로 상대에게 맞춰주지 않아도 된다고 생각하자 안심되었다. 그 영향 덕분에 지금 이렇게 택시 뒷좌석에 둘이 태연하게 앉아 있을 수 있었다.
차 안에서는 매니저가 나인 척 운영하는 인스타 계정에 대한 이야기를 했다. 엊그제 한 인터뷰에서도 화제로 나와 곤란했기 때문에 그녀가 기르는 열대어의 사진을 업로드하는 건 잠시 피하도록 주의를 줬다.
열대어를 대신하는 건 아니지만, 관광지로 알려진 성터에 도착하고 나서 그녀는 아침 햇살에 비춰진 동굴을 촬영하고 있었다. 스마트폰 화면을 보여달라고 했는데, 그곳에 꽃이 많이 떠 있지는 않았다.
불안정한 마음이 불안정한 마음을 이끈다. 꽃들이 어딘가에서 친구를 부른다.
그 후에도 눈을 뜨든 감든 사라져주지 않는 꽃들은 당연한 얼굴을 하고 이벤트 회장까지 따라왔다.

지금 생각해보면 옛날에는 그나마 나았다.
믿지 않아서였다. 그리고 나만 최악인 건 아니라고 생각했다.

누구나 마음속으로는 어둡고 불안정하며, 상대에게 억지로 웃거나 기뻐하는 모습을 보여주고, 감정이나 사고는 늘 어떤 혐오감에 휩싸인 채 불안하게 살고 있겠지 싶었다. 그러니 서로 이해할 거라고 생각했다.

깨달음에 도달하게 한 일이 무엇이었는지는 모른다.

예를 들어 꽃과 관련이 있는지 없는지 몰라도 괴롭힘을 당하던 시기가 있었다. 괴로운 기억이다. 하지만 내가 내내 시달린 건 누군가에게 괴롭힘을 당한 기억이 아니라 누군가가 괴롭힘을 당하는 순간을 내가 묵인했던 기억이다. 계속 후회하다가 몇 년이나 지나고 나서 당시의 친구들과 재회한 기회에 털어놓았는데 모두 피해를 입은 아이의 이름도 잊고 있었다.

또 예를 들자면 먼 타국에서 일어난 분쟁으로 피해를 입은 도시나 사람들의 영상이 보도되었던 날, 평소보다 더 암담한 기분으로 등교했는데 아이들은 너나 할 것 없이 꽃처럼 밝은 표정을 짓고 있었다. SNS로 좋아하는 아티스트들의 계정을 살펴봐도 일부가 분쟁에 격렬하게 반대하는 것 말고는 대부분 사람은 언급도 하지 않았다. 모두가 주위를 어두운 기분으로 만들지 않도록 꿋꿋하게 행동하고 있구나, 그렇다면 나도 그러자고 마음먹었다. 곧 국내에서 일어난, 명백하게도 무차별이 아닌 살인 사건에 대해 많은 사람이 분노와 슬픔의 목소리를 내기 전까지는. 그들, 그녀들의 공감에 중점을 둔 근심과 거기에 경멸을 품은 나 자신이 싫어졌다.

젊은 인기 연예인의 말꼬리를 잡아 특정 직업을 비웃었다고 비난하던 사람이 정치가의 당당한 차별 발언은 너그럽게 봐줘야 한다고 주장한다. 유명인의 죽음을 애도하는 사람들이 요전번에 일어난 유아 학대 살인 사건에 관한 뉴스는 무시하기도 한다. 전부 참을 수 없이 역겹다고 생각한다. 무엇보다 그것들을 못 본 체하고 같은 행동을 하며 살아가는 나도 마찬가지다.

어느새 알아차렸다.

아무도, 적어도 반듯한 삶을 사는 수많은 사람은 이렇게 불안하게 살아가고 있지 않다. 세상에 대해, 자신에 대해 강렬한 혐오감을 품고도 생활이나 건강을 위협받지 않는다. 감정이나 생각을 다시 새로 칠하고서 행동할 수 있다. 어느 쪽의 삶의 방식이 주변에 더 다정한지, 어느 쪽이 손닿는 범위에서라도 평화를 가져올 수 있는지 명백하다. 나는 그걸 이해해도 실행으로 옮기지 않고, 우울해하고 분노하며 주위 사람이나 자신에게 화풀이하며 살아가고 있다. 눈꺼풀을 닫으면 있는 꽃들로부터 너는 어둡고 야비한 인간이라고 손가락질을 받으며 무거운 마음으로 하루하루를 보냈다.

마음이 활짝 개는 듯한 인간관계와도, 삶의 보람과도 만나지 못했지만 노래를 만드는 건 잘했다.

대기실에서 머리를 다듬고 화장을 받고서 회의를 했다. 모든 공간에 불타는 꽃이 장식되어 있었다. 저 꽃에 공연이 방해받지는 않을지 걱정이었다. 마이크 스탠드가 보이지 않을 정도로 무대 위에 피어 있거나 하면 어쩌나, 흉한 상상을 했다.

목 관리를 하면서 기다리고 있으니 노크하는 소리가 들렸다. 조립식 건물의 대기실 문이 열리고 이름이 불렸다.

한발 먼저 스탠바이하고 있던 스태프들과 둥글게 서서 말을 주고받았다. 농담하며 서로 살짝 웃고 최고의 시간을 만들자고, 정신 상태와 반대되는 말을 그와 그녀들에게 했다.

어차피 무대에 올라가는 순간에는 늘 혼자다.

연주 스타일 때문이기도 하다. 하지만 만약 내가 밴드를 꾸렸고, 멤버들이 먼저 무대 위에서 기다리고 있다고 해도 아무것도 달라지지 않는다.

객석에서 보이지 않도록, 객석을 보지 않도록 가만히 무대 옆에 섰다. 그러자 자연스럽게 내쫓으려 했던 나의 나약함과 관련된 기억들과, 지금까지 보고 들은 끔찍한 광경이나 외면하고 싶은 폭력의 존재가 생각하지 않으려고 할수록 평소보다 더 강렬하게 떠올랐다.

오늘은 무대 위의 마이크가 육안으로 보인다는 것에 우선 한번 안심했다. 하지만 그것도 잠시였다. 언제나 그랬듯 정신 상태가 이렇게 최악인 날에도 변하지 않고 일상처럼, 불안정한 마음이 가득한 상태에서 바람을 담았다.

이곳에서 세상이 멸망하면 좋을 텐데.

음악에 대한 기대로 가득 찬, 환호성이 울려 퍼지는 무대를 향해 한 걸음 내딛은 그 장소에 세상을 끝나게 하는 스위치가 장치되어 있으면 좋을 텐데. 망설이지 않고 밟을 텐데.

그러면 모두의 슬픔도 불안정함도 전부 다 사라지고, 그 계기가 된 나도 죽을 수 있다. 눈꺼풀 안의 꽃도 사라진다.

분쟁으로 상처 입은 아이들도, 어딘가에서 강간당하는 소녀도, 빈곤으로 허덕이는 어른도, 괴로워서 울고 있는 누군가도, 그걸 못 본 체하고 살아가는 모두도 함께 끝나버리면 좋을 텐데.

안타깝게 됐네.

멸망을 전할 필요도 없었다. 믿고 자시고 할 것도 없다. 멸망은 내내 내 마음 곁에 있었다. 사랑이나 희망이 아니라, 멸망이 말이다.

안타깝다.

그런 일이 일어날 리도 없이 시간은 나아간다.

결국 혼자 죽을 용기가 없어서 나를 좋아해주는 사람들과의 동반 자살을 바라고 만 죄책감에 압박받으면서도, 적어도 이제부터 가능한 한 수많은 사람을 기쁘게 만들자며 넓은 회장 뒤편까지 보인다는 의미로 평소라면 그곳에 있을 누군가를 가리켰다.

오늘은 나를 움직이게 하는 목표를 하나도 찾을 수 없었다.

무심코 멈출 듯한 몸을 경험이 간신히 움직이게 했다. 무대 한가운데 놓여 있는 기타 세 대 중에 메인인 어쿠스틱기타를 들고 스트랩을 어깨에 걸쳤다. 그리고 마이크 스탠드 앞에 섰다.

눈앞에 펼쳐진 것은 평소와 동떨어진 멸망의 경치 같았다. 이대로 세상이 멸망해도 이상하지 않을 듯한.

누구의 얼굴도 보이지 않았다. 눈이 부셨다.

지금부터 이 한 면의 꽃밭을 향해 노래하는 건가.

어딘가에서 꽃 한 송이가 흩어졌다. 너무 넓어서 어딘지 알 수 없었다. 생각이 목소리처럼 흘러들어왔다.

이름을 불러주는 사람의 목소리도 여기저기에서 들렸다. 하지만 그것도 서서히 꽃들에 방해받게 되었다. 바깥에서 들리는 목소리보다도 안에서 울리는 목소리 쪽이 더 강했다.

꽃늘은 차례차례 죽어가고, 여기 있는 사람들의 죽음을 바랐던 내가 있고, 기다려온 멸망에 대한 염원과 다가온 멸망에 대한 예고로 머릿속이 엉망이 되어버렸다.

그런데도 노래해야 한다.

첫 번째 곡과 두 번째 곡은 악기를 연주하며 노래를 불러서 다행이었다. 더구나 오늘처럼 처음 보는 관객이 많은 날을 위해 이미 수백 번이나 사람들 앞에서 노래한 곡을 선택해두었다. 그래서 해낼 수 있었다. 문제는 세 번째 곡부터였다. 뒤에 나란히 있는 피아노나 타악기를 연주할 서포트 멤버를 불러들일 필요가 있었다. 한창 노래하는 중에도 꽃들의 목소리는 존재감과 그 수를 더해 나를 덮쳐왔다. 내가 노래하는 목소리조차 이상해질 정도였다. 이 상태에서 타인이 치는 악기의 소리가 들릴 리 없었다.

꽃들은 역시 이 멸망의 기회를 통해 분노를 전달하려는 걸까.

특별히 좋아서 너 같은 것과 함께 있었던 게 아니라고 말이다. 용케도 지금까지 우리의 존재를 계속 부정했구나, 하고.

박수 소리도 평소와 달리 드문드문하게만 들렸다. 그런 와중에 나를 소개하고 멤버들을 호명하기 위해 잡아놓은 짧은 토크 시간이 시작되었다.

꽃들은 변함없이 어딘가에서 계속 흩어지고 있었다. 점점 소란스러워졌다. 머릿속에 울려 퍼지는 내 목소리에만 의지해서 말했다.

"어젯밤에 라디오 스케줄이 있어서 미리 이동해 있었는데, 라디오 들어주신 분들 감사합니다. 스케줄이 끝난 후 기껏 이곳에 왔으니 이 지방 음식을 먹어볼까 싶었는데, 심야여서 가게를 찾을 수 없었어요. 결국 호텔 근처에 세븐일레븐이 있어서 거기서 주먹밥을 사 먹었습니다. 자고 일어나서 호텔 조식으로 뷔페에서 배부르게 아침을 먹었기 때문에 오늘 여기에 있을지도 모르겠네요. 커플인 아이들이 저한테 말을 걸기도 하더라고요. 그 두 사람도 혹시 이 시간을 휴식 시간으로 쓰려고 왔다면 어쩌죠. 휴식이 될지 모르겠지만, 페스티벌이니 자유롭게 즐기세요.

아까 회장에 들어와서 뒤편에서 이 무대에 대해 여러모로 진지하게 이야기를 나누었습니다. 오늘은 지인도 많이 나와주기 때문에 대기실로 인사하러 갔더니 바로 출연할 시간이 오더군요. 잠시 혼자서 집중할 시간을 마련해 평소와 같이 행동했어요. 평소대로 행동한 끝에 이렇게 수많은 분에게 환영받고 있으니, 새삼스럽게 지금까지 해온 모든 음악 활동이 이곳으로 이어지기 위해 존재한 거였구나, 하는 실감이 납니다. 고마워요. 아, 역시 안 되겠네요."

귀에서 인이어를 뺐다.

토크가 끝날 타이밍을 가늠하고서 의욕을 가득 품고 무대로 한 걸음 내딛었을 서포트 멤버를 손으로 저지했다.

'이제 아무 목소리도 안 들려.'

토크를 길게 한 만큼 한 곡 줄여서 공연을 펼치고 무대에서 내려왔다.

걱정과 질책의 말에 적당히 대답하고 대기실로 돌아갔다. 지금은 혼자 있고 싶었다. 후련한 기분은 전혀 들지 않았다. 앞으로 사후 처리로 곤란한 건 스태프들이다. 고개 정도는 함께 숙일 수 있지만 그것이 속죄가 되지는 않는다.

흘러넘치던 꽃들은 눈꺼풀 뒷면으로 전부 돌아와 있었다.

매니저와 이야기하고 난 후, 저녁 무렵까지 혼자 식사하고 술을 마시면서 시간을 때웠다. 그러고 나서 예전에 곡을 같이 제작했던 밴드의 무대에 출연해서 한 곡만 부르고 오늘 일정을 전부 마치고서 머지않아 회장을 뒤로했다.

돌아오는 길에는 신칸센이 북적였기 때문에 나는 매니저 옆에 앉아 있었고, 언제나처럼 마음속에 드리운 먹구름을 억눌러버릴 수 있도록 말없이 풍경을 바라보았다. 그 꽃을 키우고 있는 농가 따윈 당연히 없었다.

순식간에 살고 있던 도시로 돌아왔다. 매니저로부터 "SNS는 되도록 보지 마세요"라는 말을 전해 듣고 아파트 앞에서 헤어졌다.

타이밍 좋게 1층에 있던 엘리베이터에 혼자 타려고 하는데 등 뒤에서 서두르는 발소리가 들렸다. 기다릴 이유는 없었지만, 버튼을 눌러서 문을 열어두었다.

감사 인사도 하지 않고 올라탄 어딘가 낯이 익은 여자를 보고 놀라서 목소리를 살짝 내고 말았다. 셔츠 가슴 쪽 주머니에 꽃 한 송이가 꽂혀 있었다.

의심을 사는 바람에 여자가 나한테서 거리를 한 걸음 벌렸다. 당사자는 알아차리지 못한 듯했다. 어쩌면 이 여자에게도 이제 곧 꽃이나 주사기와도 다른 형태로 무언가가 보이기 시작할지도 모른다. 어떻게, 누군가로부터 건네받은 걸까.

여자는 엘리베이터에서 먼저 내렸고, 문이 닫힐 때 이쪽의 얼굴을 보고 눈이 휘둥그레졌다. 그 반응으로 짐작했다.

이번에는 내가 다른 사람의 손에 건넸을지도 모른다. 회장에서일까, 화면을 통해서일까. 현상의 전염에 대해 생각하다 꺼림칙한 기분을 느끼면서도, 현관문을 잠그고 신발을 벗고 쓸데없이 긴 복도를 걸어가 거실 문을 밀었다.

테이블 위에 놓여 있는, 언젠가 누군가가 남겨놓고 간 화병을 보고 한층 더 진절머리가 났다. 화병째 버릴까 생각했지만, 어차피 화병이 아닌 다른 형태로 꽃이 나타난다면 똑같다. 더구나 아직 눈꺼풀 바깥에도 있다는 건 목소리나 생각으로 전달하지는 않아도 역시 멸망을 말하러 왔다는 뜻일지도 모른다. 만약 사실이라면 이 세상과 곧 이별이다.

꽃은 무시하고 냉장고에 남은 술을 마시면서 미처 다 읽지 못한 팬레터를 조용히 읽었다. 따듯한 말을 받아들이고 다양한 내용이 담긴 편지가 들어 있는 박스에 같이 넣었다. 소문을 듣고 걱정이 된 가족한테서 온 메시지는 무시했다.

평소대로 욕조에 들어가서 또 술을 마시고 침대에 혼자 벌러덩 누워 누군가가 무단으로 촬영해서 올린 오늘 무대에서 한 나의 행동을 확인했다. 매니저가 이쪽의 정신 상태를 우려해서 보지 말라고 한 장면이었다.

짜증이 묻어나는 표정을 지은 나는 도저히 사랑이나 희망을 노래하는 뮤지션으로는 보이지 않았다.

'알겠어요, 알겠다고요. 저기 실은 바로 세 번째 곡으로 들어가려고 했어요. 부를 예정이었던 건 〈인상〉이라는 곡인데, 좀 더

하고 싶은 말이 있으니 할게요. 한 번 확실히 말해야 속이 풀릴 것 같거든요……. 너 말이야, 여기에 있는지 없는지는 모르지만 너 말하는 거야. 여태껏 쭉 유난스러운 녀석인 척 연기하면서 편지를 보낸 너. 내가 이름을 기억 못 할 거라고 생각해? 여기에 있든 없든 상관없어. 네가 콘서트 원정은 가끔씩만 할 수 있다고 했었지? 지금 네가 듣고 있든 말든 상관없어. 어찌 됐든 네가 하는 말도, 하는 일도 틀렸어. 나한테 이상한 걸 보낸 덕분에 나는 소란스러워서 견딜 수 없을 지경이야. 네 괴로움과 관계없는 타인에게 상처 주고 자신을 보호하려고 하지 마. 다른 방식을 생각해봐. 편지에 다정한 당신한테 동정받고 싶지 않다고 썼었지? 내가 동정 따위 하고 있을 리가 없잖아. 애초에 다정하다니, 뭘 보고 그렇게 생각했어? 예전에 내가 썼던 의지가 될 만한 가사? 귀에 쏙 들어오고 모두가 쉽게 노래할 수 있는 멜로디? 그건 다정함이 아니라 기술의 영역에 속해. 그리고 그 나머지에는 만드는 사람의 이기적인 희망이 담긴 거고. 적어도 널 향한 긍정적인 다정함 따위가 담겨 있진 않아. 동정해주고, 다정하니까 이해해주고 그런 게 아니야. 자신을 닮은 당신을 위해 노래한다고 말하는 녀석들이랑 똑같다고 생각했어? 그런 적당한 녀석들과 마찬가지라고 생각했어? 아니야. 너를 닮은 나를 위해 노래하는 거야. 차이를 이해하지 못하겠다면 그래도 괜찮아. 평소라면 이런 말 안 해. 아무리 불안정해도 그것만큼은 지켜왔어. 노래를 들어주는 한 사람 한 사람과 사람으로서 마주하지 않아. 그랬더라면 한 사람 한 사람을 위해 노래하고, 한 사람 한 사람과 대화해야만 해. 아무리 그걸 바라더라도 그건 무리야. 하지만 이제 세상이 멸망한다면 기회도 없겠지. 그래서 지금 이곳에 분명 없을 너와 이야기하기로, 온 세상에 있어 주는 한 사람 한 사람과 이야기하기로 내 멋대로 정했어. 마침 지금 객석의 얼굴이 전혀 보이지 않아. 네가 착각하고 있는 건 더 있어. 곡에 대한 감상은 자유롭게 가지고 있어도 돼. 그건 말할 필요도 없지.

하지만 이쪽에서 사실을 전한다면 〈델타〉는 초기와는 전혀 다른 형태로 완성되었고, 열대어를 기르는 건 매니저고, 나의 위상을 노래한 곡은 한 곡도 없어. 넌 초기곡을 좋아한다고 쭉 반복해서 말했지. 최신곡을 비방하고 싶을 뿐일지도 모르지만, 초기곡을 좋아하는 마음이 진심이라면 기쁠 것 같아. 다만 대중에게도 알려지는 건 좋은 일이라는 둥, 제대로 된 팬을 우대해줬으면 한다는 둥, 누구의 시선으로 말하는 건지 알 수 없는 소리를 하는 너는 진짜 초기부터의 팬이 아니야. 이번 편지로 확신했어.

진짜 초기에 응원해준 사람들은, 지금 이제는 곡을 들어주지 않게 된 그 녀석들은 내 원래 얼굴과 목소리를 알고 있어. 이건 커밍아웃도 무엇도 아니야. 얼굴도 목소리도 본명도 숨긴 채 편지를 보내고, 나이도 성별도 알 수 없는 네가 굳이 말할 필요도 없는 내면을 써서 보냈던 거랑 똑같은 짓을 나도 하고 있는 것뿐이야. 어때, 내가 말하고 나니 후련해졌어? 조금은 긍정적으로 생각할 수 있게 됐어? 사람을 공격할 마음이 사라졌어? 어두운 너의 마음이 바뀔 것 같아? 내가 대신 대답해줄게. 넌 변하지 않아. 네 마음 깊숙한 곳에 있는 비굴함도 잔혹함도 이기적인 행동도 외로움도 괴로움도 사라지지 않아. 세상이 멸망해도 그게 너야. 그러니……'

꽃들이 숨을 고르는 듯한 한순간의 침묵이었다.
'아름다운 꽃은 무시해도 돼.'
화면 너머로도 절규가 들렸다. 수를 다 셀 수 없는 꽃들이 항의의 자살을 했다.
'자신보다 정당하게 아름다운 무언가와 굳이 비교하지 않아도, 순서대로 늘어세우지 않아도, 섞이지 않더라도 맨 처음부터 미움받을 필요도 없이 넌 음울한 이물 같은 존재야. 이제 와서 누군가를 상처 입히지 않아도 너 자신의 아군이 되어줄 수 있어. 너, 사람을 기분 좋게 만드는 말도 그만큼 똑같이 떠올릴 수 있잖아. 인정하고 다시 한번 더 들어봐……. 피아노를 넣을 예정이었지만 기타를 치면서 노래하겠습니다. 〈인상〉이라는 곡입니다.'

그때 영상이 끊어졌다.
아무 말 없이 흩어져간 꽃들은 찍혀 있지 않았다. 무엇을 말해도 소용없다고 포기한 걸까, 계속 늘어가는 것에 지친 걸까.
스마트폰 알람을 세팅하고 블루라이트와 작별했다. 너를 닮은 나를 향해 내뱉은 말에 구원받는 일 역시 없이 평소대로 눈을 감았다.
누군가 마음대로 〈인상〉을 가지고 구원받는다면 그건 그것대로 좋다고 생각했다. 그건 그런 곡이다.
여전히 암흑 속에 있는 꽃을 보고 그 봉투에 들어 있던 작은 돌은 씨앗이었을지도 모른다고, 멍하니 생각했다.

소야곡: 세레나데

나는 두 가지 약속을 가슴에 품고 살아가고 있다.

그 약속을 지키며 건강하게 시간을 보내기 위해 오늘 오전에는 2층 베란다에서 일광욕을 하며 친구와 수다를 떨었다. 오후부터는 1층 거실로 내려가 나한테는 조금 큰 소파에서 생각을 하고 있다 보니 어느새 태양이 기울었다. 이윽고 태양이 완전히 저물었을 무렵 어제와 거의 다름없는 시간에 그가 돌아왔다.

마모루라는 이름을 가진 그는 일로 매우 지친 모습에도 불구하고 내 얼굴을 보자마자 여느 때의 미소를 지어주었다. 그리고 손씻기와 가글을 바로 마치고 자신의 몫과 내 몫의 식사를 차렸다. 간소하지만 충분한 저녁 식사를 다이닝 키친에서 같이 먹고 있는 동안 마모루는 적극적으로 이야기를 건네주었다. 날씨가 좋았다, 근처에서 자주 보는 고양이가 걷고 있었다, 그 정도의 세상 사는 이야기라도 가족에게는 소중하다. 나도 맞장구를 쳤다. 마모루는 다정해서 바깥에서 사이렌 소리 하나라도 들리면 근처에 병원이 있으니까, 라며 자리의 분위기를 누그러뜨리려고 일일이 사정을 설명해준다.

저녁을 다 먹고 나자 마모루는 샤워하고 작업실에 틀어박혔다. 나는 거실에서 얌전하게 텔레비전을 보았다. 예능보다 영화나 드라마를 좋아한다. 제일 마음에 드는 건 〈토이스토리〉 시리즈지만 오늘 밤에는 방송하지 않았다. 텔레비전을 보는 데 질려서 문득 마모루의 모습을 들여다보러 갔더니 그는 이어폰을 끼고 진지하게 컴퓨터와 마주하고 있었다. 최근에는 늘 그렇다. 나는 천천히 문을 닫고 방에서 나왔다.

그건 무시했다.

내가 거실에서 꾸벅꾸벅 졸기 시작했을 무렵, 마모루도 졸린 듯한 얼굴을 하고 다가왔다. 둘 중 하나의 컨디션이 나쁘지 않은 한 밤에는 거실에서 나란히 잠든다. 나는 이불에 둘러싸였고 마모루는 소파를 사용했다. 그렇게 정신을 차리고 보면 아침이 오고, 날씨가 나쁘지 않으면 같이 20분 정도 산책을 하러 나간다. 아침 시간에 약한 마모루의 팔을 내가 끌어서 통근 중이거나 통학 중인 자전거를 피하고, 내가 솔선해서 스쳐지나가는 동네 지인과 인사를 나눈다. 마모루의 잠이 확실히 깨는 건 집으로 돌아오고 나서다. 저녁 식사와 마찬가지로 아침 식사도 다이닝 키친에서 나란히 앉아 먹고, 나는 준비를 마친 그가 일하러 나가는 걸 배웅했다.

마모루가 없으면 그것도 지루함을 느끼는지, 아니면 무언가 역할이라도 가지고 있는지, 거처로 삼고 있는 마모루의 작업실에서 거실로 나온 적이 있다.

나는 오늘도 기척을 느끼고 달려서 2층 침실로 이동했다. 불쾌한 기분은 가능한 한 맛보고 싶지 않다. 침실에 가지 않게 된 마모루는 아무것도 모르지만, 이 방문과 창문은 늘 조금씩 열린 상태다.

내가 커튼 사이로 기어들어 창문 틈을 지나 2층 베란다로 나가자 먼저 온 손님이 있었다.

"완전 제 세상이라는 얼굴이군."

진즉에 알아차렸을 텐데, 내 목소리에 처음 이쪽을 알아차린 듯 가장하는 고등어 태비 고양이는 아무렇게나 드러누운 자세 그대로 꼬리만 움직였다.

"이 계절의 단잠은 여기서 자는 게 최고지. 기온도 딱 좋고, 혼자 사는 인간은 나갔고 말이야."

"네가 숨어들어온 지 아직 1년도 안 지났잖아."

"무엇보다 듬직한 집 지키는 개도 있고."

"길고양이를 위해 짖을 목은 없어."

나는 고등어 태비 고양이와 거리를 두고 철거도 손질도 하지 않은 파라솔 밑에 앉았다.

"너그럽게 봐줘. 닷새 만에 오는 거야. 집주인이 있는 시간에는 방해를 안 하는 게 내 나름대로의 매너라고. 네 주인은 한 주에 이틀이나 집에 틀어박혀 있잖아. 이름이 뭐라고 했지?"

주인이라는 표현은 요즘 시대의 흐름에 참으로 뒤떨어졌다. 그라는 인간에게 일정한 존경심은 가지고 있지만, 그게 그와 나 사이에 상하 관계를 강요하는 건 아니다.

"마모루야. 전에도 가르쳐줬잖아."

고등어 태비 고양이는 코를 찡긋거리고 몸을 더욱 웅크렸다.

어제 낮에 수다를 떨었다는 내 친구라는 건 이 녀석이 아니다. 친구라는 건 더욱 긴 시간을 친밀하게 보내는 사이를 뜻한다. 이 녀석은 동네 길고양이로, 우리 집의 경계가 허술하다는 걸 알자마자 베란다를 마음대로 잠자리 중 하나로 삼은 침입자에 불과하다. 꽤 대단한 것은 당사자인 고양이가 말하길, 환생을 반복해서 지금 아흔여덟 번째 생애를 한창 보내고 있으며, 존재하는 대부분 생물보다 이 세상에 오래 있었다고 했다. 다 헛소리다.

허풍쟁이 고양이는 본래 그냥 내버려두면 된다. 하지만 기껏 찾아왔으니 장소 이용료 정도는 받아내야지.

"우리 집에 아직 그게 눌어붙어 있어."

거짓말쟁이 고양이는 몸을 둥글게 만 채 이쪽으로 고개를 돌리려고도 하지 않고 하품을 했다.

"목적을 달성하지 못했나보군."

"여전히 진종일 마모루한테 말을 걸어."

"원인이 제거되거나 사태가 완결될 때까지 있을 셈이겠지."

"골치 아픈 이야기야."

의기양양한 태도로 몸을 뒤로 젖히는 고양이의 지식이 진실이라는 확증은 무엇 하나 없다. 다만 길고양이인 만큼 지금의 나보다 수많은 정보를 접하며 살아가고 있는 건 사실이다. 참고 정도로 해서 들어두자.

요즘의 우리는 만나면 반드시 비슷한 토론을 한다. 평소부터 존재하던 그것들의 변화에 대해서다.

예전부터 그것은, 적어도 내가 관측할 수 있는 범위 내의 언제 어디서든, 삶과 죽음의 경계에서 반투명한 존재로 떠다니고 있었다. 나에게 자아가 주어지고 나서부터이기는 하지만 늘 주위에 있었기 때문에 그게 자연의 섭리라고 생각했다.

갑자기 섭리에 변화가 찾아왔다.

징조는 없었다. 간섭할 필요도, 간섭받을 위험도 없을 터인 반생물 같은 그것들 중 하나가 용모와 자태를 가지고 우리 집에 갑자기 나타났다. 날짜도 기억하고 있다. 때마침 우리 집에서 마모루의 아내 사요가 사라진 지 2주가 지난 날의 일이다. 고양이가 베란다에 침입한 날과 거의 겹친다.

나는 당시, 자칭 백 번 산 고양이를 추궁했다.

"데리고 온 건 아니겠지?"

고양이 말고 초대받지 않은 손님이 그것의 변이체라는 사실은 냄새로 바로 알았다. 직접적인 피해를 주는 건 아니다. 하지만 형태를 가지고 있고, 닿기 때문에 집 안에 있으면 피해야만 한다. 각오를 다지고 한 번 대들었던 적도 있지만 그것은 알아차리지도 못한 듯했다. 무엇을 계기로 우리 집에 눌러앉게 되었는지는 모른다. 더구나 그런 불쾌한 형태로 말이다.

"암컷이네."

고양이는 세상물정 다 안다는 얼굴로 설교했다. 지금 생각해도 그 얼굴은 절묘하게 열이 받는다.

"실체가 있어서, 그러니까 이쪽에서 만질 수 있는 게 암컷이고, 저쪽에서밖에 간섭할 수 없는 게 수컷이지. 500년 이상 전에 만난, 정령처럼 이 세상에 오래 살았던 고양이한테 들었어. 아니, 그 무렵에는 원숭이였던가?"

"참 믿을 만한 이야기네."

거짓말을 습관적으로 하는 고양이와 풍부한 정보망을 가진 내 친구의 이야기에 따르면 그것의 변이는 우리 집에서뿐만이 아니라 각지에서 일어나고 있는 현상인 모양이다.

"변덕인지, 혹은 번영에 필요한 건지는 모르지만, 수백 년에 한 번 저런 윤곽을 가지고 전체의 어떤 목적에 따라 생물에 접촉을 꾀하지. 우리처럼 강하지는 않지만 각자 자아가 있는 모양이야."

그것의 세세한 생태 따위는 알고 싶지도 않다. 문제는 제거하는 법이다. 정작 중요한 순간에 도움이 되지 않는 고양이는 순수하게 질문하는 나를 향해 크게 하품을 했다.

"몇 번씩이나 살아온 경험에 의거하면 제거하려고 해도 제거할 수 있는 게 아니야. 목적을 달성하면 자연스럽게 사라져주겠지. 뭔가 암시하고 있지는 않아?"

"멸망한다고 하네."

"뭐?"

"우리 마모루한테 이 세상이 멸망한다고 말하고 있어."

이렇게 며칠에 한 번씩 찾아와 망언을 늘어놓는 고양이와, 불쾌한 그것이 모두 우리 집을 거처로 삼은 뒤로 이미 몇 달이 지나 있었다.

정오가 지나면 그것은 마모루의 작업실로 돌아간다. 마모루가 이 시간대에 잊어버린 물건을 가지러 돌아온 적이 있어서일지도 모른다. 해가 지면 어딘가로 가버리는 고양이를 베란다에 재운 채 나는 집 안으로 돌아왔다.

어느새 밤이 되어 나는 조신하게 마모루를 맞이했다. 어제와 마찬가지로 나란히 식사하며 배를 채운 마모루는 역시 작업실에 틀어박혀 있었다.

이 집에, 인간은 이제 한 명밖에 없다. 그럴 터인데 매일 밤 작업실에서 대화 같은 게 들린다. 전화로 멀리 있는 누군가와 이야기를 나누고 있는 게 아니다. 이야기 상대는 지금 그곳에 있다.

나는 목소리가 들리지 않게 되기를 기다린 후 가만히 슬라이드 문을 열어 방을 들여다보았다. 마모루는 컴퓨터 화면을 열심히 응시하고 있었다. 방구석에는 그것이 눌러앉아 있었다.

낑낑거리기도 하고, 으르렁대기도 하고, 울기도 하며 생각할 수 있는 모든 공격은 이미 다 시험해보았다. 어느 것도 그것을 소멸시키기는커녕 두렵게 만들지도 못했다. 그런데도 적어도 마모루에게 접근하지 말라는 강한 의지를 담아 노려보았다.

건방지고 아니꼬운 고양이와 소중한 친구에 따르면 저것은 각지에서 다양한 형태로 자신의 외양을 변화시키고 있는 모양이다. 어떤 모습으로든지 변할 수 있다면 어째서 우리 집에는 그런 불쾌한 형태로 나타난 걸까.

우리 집에 있는 저것은 하필이면 인간 여자의 모습을 흉내 내고 있다.

다만 전체가 새까만 그림자로 되어 있고 윤기나 세세한 볼륨감은 없다. 얼굴 부위는 코로 보이는 부분만 돌출되어 있을 뿐이다. 그러니 표정을 알 수 있을 리도 없다.

그런데 마모루는 저것의 어딘가에서 아내였던 사요를 느끼고 있었다.

이 집에 나를 데리고 온 건 사요였다.

태어나자마자의 기억은 없다. 병원에서 나누던 사요와 의사의 대화에서 추측하건대 젖먹이일 무렵, 어딘가에서 거두어들인 모양이었다. 사요와 함께 살던 1인 가구용 아파트에서 한 살을 맞이하고 이 집으로 이사 왔다. 자아가 아직 형성되지 않았던 나는 사요와 그녀의 배우자가 된 마모루에게 꽤 민폐를 끼쳤다. 겁이 많은 새끼 강아지였기 때문에 무턱대고 으르렁대고 말았던 동네 동물들에게도 마찬가지로 폐를 끼쳤다.

가족들과 3년을 보내고 4년을 보내고 5년을 보냈다. 집에 아이는 태어나지 않았다. 두 사람은 몇 가지 사정 때문에 그 선택을 할 수 없었다. 이제 와서 생각해보면 다행인지 아닌지 모르겠지만, 누가 봐도 어쩔 수 없는 일이었다. 틀림없었던 것은 두 사람과 한 마리의 생활은 행복했다. 같이 식사하고, 산책이나 여행을 가고, 1년에 세 번 오는 생일 파티에서는 서로를 축하했다. 사요가 사라진 건 5월의 비가 내리는 날이었다. 평소라면 회사에서 돌아왔을 시각을 진즉에 지나서도 그녀는 집으로 돌아오지 않았다. 연락도 없어서 마모루는 걱정을 많이 했다. 사요는 돌아오지 않았다. 다음 날에도 그다음 날에도. 설마 이렇게 빨리 이별이 찾아올 줄은 몰랐다.

소용없다는 걸 알면서도 하나의 가능성에 대해 생각하고 있었다. 사요가 교통사고라도 당해서 죽었다면 마모루는 그녀에 대한 기억을 아름다운 추억으로 바꿀 수 있었을지도 모른다.

가정이라는 단위로 보면 죽음은 큰일이지만, 이렇게 사소한 사건은 전 세계에서 일어나고 있다. 현세에서는 누구에게도 길러진 경험이 없다는 고양이도 자초지종을 알고 나서는 '인간은 뻔한 짓만 한다'며 웃었다.

사요는 사라지기 전에 마모루 말고 다른 사람들에게는 의무를 다했다. 본가의 부모님에게는 마모루와 진즉에 헤어졌다는 뜻을 담아 보고했고, 회사는 몰래 관뒀다. 그녀로부터 직접 들은 건 아니지만, 마모루의 허둥대는 모습을 보고 그 사실을 알았다.

사요는 어릴 때부터 금방 질려하는 성격이었지, 라고 언젠가를 돌아보는 나를 뒤로한 채, 책임감 있는 마모루는 일상을 꾸려나갔다. 그 덕분에 내 생활은 사요가 있었을 때처럼 유지되었다.

다부지게 행동하는 마모루도 변함없는 나의 모습에 이끌려 기운을 조금씩 되찾는 것처럼 보였다.

따라서 착각한 내 책임이기도 하다. 마모루의 마음에 그것의 침입을 허용한 것은.

미연에 방지할 방법이 있었다면 잘난 척하는 고양이한테라도 사사하고 싶을 정도다. 어딘가에서 부유하고 있었을 터인 그것의 변이체는 찾아온 게 아니라 정신을 차리고 보니 있었다. 그리고 며칠이 지나도 집에서 나가지도, 원래의 모습으로 돌아오지도 않았다.

마모루도 맨 처음에는 자신의 마음이 이상해졌다고 생각하는 듯했다. 실제로는 그것이 마모루의 마음을 이상하게 만들었다.

처음에는 심해도 하루에 한 번 정도였다. 마모루가 시야 끄트머리에 비친 그것을 사요와 착각한 적이 있었다. 그는 자조적으로 웃었다. 즉 애석한 자신의 마음을 객관시하고 있었다.

하지만 내가 그것을 위협하는 하루하루를 보내는 동안에 마모루의 착각은 빈도가 더해갔다.

어느 날, 결국 일하고 돌아온 마모루는 그것을 "사요"라고 불렀다.

기회를 노리고 있었을지도 모른다. 아연실색한 나를 못 본 체하고 그것은 없는 입을 벌리고 마모루에게 세계 멸망을 이야기하기 시작했다.

그리고 마모루는 변했다. 일하러 가고 나를 돌본다. 집안일도, 최소한의 필요한 일은 한다. 하지만 며칠에 한 번은 반드시 했던 바닥 청소나 정원 손질, 옷을 개는 작업 시간을 그는 컴퓨터 화면을 보고 지내는 시간으로 대신했다.

무엇을 보고 있는지 궁금해서 마모루의 무릎 위에 억지로 올라가 화면을 들여다본 적이 있다. 나는 인간이 말하는 모든 정보를 이해하지는 못한다. 그런데도 단편 정도라면 이해할 수 있겠지, 기대했다. 마모루가 가진 흥미와 관심사를 알아내서 무언가 해결책으로 이어질 수 있기를 바랐다.

갑자기 닿은 내 존재에 놀란 마모루는 의자를 뒤로 살짝 당겼다. 그 움직임으로 이어폰이 컴퓨터에서 빠졌다.

'선택받은 사람만이 알 수 있는 세계 멸망의 징조가—'

음량에 내가 놀랐다고 생각했는지 마모루는 동영상을 바로 정지시키고 내 양쪽 겨드랑이를 안아서 거실로 옮겼다. 방구석에 앉아 있던 그것이 그 모습을 빤히 보고 있었다. 눈은 없는데 이쪽으로 얼굴을 돌릴 때가 있다. 그 움직임 또한 불쾌하다.

그 후에도 기회가 있으면 컴퓨터 화면을 몇 번인가 훔쳐보았다. 거실 테이블에 놓인 이상한 책의 표지를 확인하기도 했다. 이윽고 헤아릴 수 있었다.

아무래도 마모루는 그것의 말을 사랑하는 아내가 하는 말인 것처럼 진지하게 받아들이기 시작한 모양이었다.

고양이 친구가 해준 충고를 믿고 정보를 모으고 있었다. 추측이 확신으로 바뀐 것은, 그가 작업실 구석에서 그것과 바닥에 나란히 앉아 두려워하지도 불안해하지도 않고 대화를 시도하려고 하던 것을 봤을 때였다.

그것은 무슨 소리를 든든, 무슨 질문을 받든, 세상이 멸망한다는 말 말고 아무 소리도 하지 않았다. 나에게는 틀림없이 그렇게 들렸지만 마모루에게는 뭔가 다른 말이 들릴지도 모른다. 그는 의욕에 불타거나 슬퍼하거나 이따금 기뻐하는 듯했다.

"요 며칠간 그것 같은 걸 두 개 찾았어. 늘고 있어. 그 고양이가 말한 대로 종족을 늘려서 인간들에게 수백 년 만에 경고를 하고 있다고 한다면, 그것들은 무언가 징조를 포착했을지도 몰라. 의외로 이 세상은 머지않아 멸망할지도 모르지."

오늘은 베란다에 친구가 놀러 왔다. 회색 비둘기인 그는 변이한 그것에 흥미를 가지고 이것저것 한 달 정도 하늘에서 계속 관찰하고 있었다. 나도 우리 집의 그것을 제거할 방법을 알 수 있냐고, 보고를 부탁했다.

"이거 말고 사람 형태를 한 개체가 또 있어?"

"아직 못 봤어. 하나는 공중에 뜬 물고기 같은 모습을 하고 있었고, 하나는 헝겊 인형 행세를 하고 있었어."

"그렇구나. 보고 고마워."

"내쫓을 힌트를 못 찾아서 미안해."

그는 베란다 손잡이에 내려서서 햇볕이 닿는 장소에 앉았다. 사요가 있었을 무렵에는 이곳에서 한 사람과 한 마리가 자주 햇볕을 쬐었다.

"어제도 여전히 우리 집에서 계속 떠들던 그것의 말을 들으면서 생각했어. 그것이 말하는 세계란 무엇을 가리키는 걸까? 모든 생물이 멸망한다는 뜻일까? 이 별을 가리키는 걸까? 아니면 경고하는 상대를 생각하면 인간 사회를 가리키는 걸까?"

"마지막 하나라면 달리 생각할 필요 없어. 인간 사회가 멸망하는 날은 언젠가 찾아올 거라고 알고 있었잖아. 난 문제는 예기치 않은 곳에 있다고 생각해. 예를 들면 이 별 자체가 소멸하는 경우 영혼은 어디로 갈까, 하는 거?"

"그 거짓말쟁이 고양이가 별 밖으로 한 번 나가서 시험해봐 줬으면 좋겠네."

내 가벼운 농담에 비둘기가 날개를 부풀리며 웃었다. 집 앞을 지나가는 도로에서 통학하는 아이들의 웃음소리와 따르릉거리는 자전거 소리가 들려왔다. 세상이 위기에 직면해 있을 가능성도 있는 가운데 우리 집 베란다만이 몹시 평화로웠다.

"그러고 보니 그녀의 자세한 정보는 이제 됐어? 시간이 또 조금 걸리겠지만 바람결에 들리는 소문을 찾아나갈 순 있어."

"무사히 있으면 그걸로 됐어."

사요가 사라진 직후, 마모루가 사람을 고용해서 그녀의 행방을 찾았던 것과 마찬가지로 나는 친구와 그 동료의 힘을 빌려 그녀를 쫓았다. 생사 확인만이라도 하고 싶었다. 결과적으로 사요는 상상했던 것보다 훨씬 먼 곳에서 따스한 사람들에 둘러싸여 생활하고 있었다.

그녀의 삶의 방식에 불만을 부릴 생각은 없다. 어릴 적부터 부대끼며 살아온 관계다. 물론 쓸쓸하지만, 인간들이 자주 말하는 대로 인생은 한 번뿐이다. 하고 싶은 대로 하면서 살면 된다.

그렇게 딱 잘라 결론 지을 수 있는 나는 야속한 걸까. 인간의 감각으로 파악한다면 말이다.

"그럼, 또 무슨 일 있으면 보고할게. 아무 일 없어도 놀러 올 거고."

허기를 느낀 듯한 비둘기는 날개를 펼쳐 날아가 버렸다.

나는 창문을 열어 집 안으로 돌아왔다. 그리하여 문단속하고 침실을 나가려고 하다가 오싹한 기운을 느꼈다.

침실 문 앞에 그것이 서 있었다.

나누던 이야기를 들었을까, 하는 당혹스러움과 우리 영역에 접근하지 말라는 분노에 못 이겨 나는 힘껏 으르렁대고 나서 인간으로 말하자면 다리 부분에 달려들어 물었다. 여전히 아무 느낌도 없었다. 모순되었지만 마치 찌그러지지 않는 고무공을 물고 있는 듯했다.

그것은 대미지는 받지 않았다. 하지만 명확한 적의를 느꼈는지 그것은 바로 문 앞에서 물러나 계단을 내려갔다. 설마 내 동향을 신경 써서 따라온 건 아니겠지.

저것들은 우리가 가진 자부심이나 미의식과는 관계없는 존재다. 만에 하나 저것이 우리 약속에 손대려는 거라면 나는 마모루의 상심을 위로해줄 여유조차 없다. 본격적으로 퇴치 방법을 찾아야 한다.

안타깝지만 나에게 있어서 초대받지 않은 손님의 방문은 다음 날에도 이어졌다. 그것을 말하는 것도, 잘난 체하는 고양이를 말하는 것도 아니다.

토요일, 마모루의 휴일이었다. 오전 중에 그와 나는 산책을 하러 나가서 도중에 마주친 지인의 개와 인사를 나누고 평소대로의 표정으로 집으로 돌아왔다. 그 몇 시간 후의 일이다.

편히 쉬고 있던 나는 거실에 설치된 케이지 안으로 들여보내졌다. 드문 일이었다. 사요가 사라지고 나서는 처음 있는 일로, 최근 기억을 더듬어도 몇 년 전이었다. 그건 사요의 여동생 가족이 놀러 왔을 때 아직 어린 딸이 개를 무서워한다는 이유에서였다. 마모루는 그 아이를 안심시키려고 나에게 과도한 스킨십을 취해서 보여주었다. 그리고 나한테까지, 그 아이는 사요와 혈연으로 이어져 있는 다정한 아이라고 사정을 설명했다. 마치 어제 일 같다.

만약 지금 그 가족이 태연한 얼굴로 놀러 온다면 개인 나라도 그 자리에 있는 모두의 윤리관을 따지고 싶지만 그런 일은 일어나지 않았다.

낯선 남녀 세 사람이 방문해왔다. 마모루보다 열 살은 위일 듯한 남자가 거실에 들어오자마자 "집이 근사하군요"라고 사요가 있었을 무렵에 비하면 훨씬 어지럽혀진 집을 칭찬했고, 마모루와 또래로 보이는 여자는 나를 보자마자 "강아지가 귀엽네요"라고 빈말을 했다. 젊은 남자는 신경질적으로 집을 둘러보고 있었다. 회사 동료들인가 싶었지만, 그들의 목적을 바로 알 수 있었다.

"그 여자는 마모루 씨 방에 있어요?"

젊은 남자의 그 질문에 마모루를 선두로 네 사람은 줄줄이 작업실로 향했다. 잠시 후 거실로 돌아온 그들은 저마다 "역시 다른 사람한테는 안 보이네요" "그런데 공통된 예언이 참" "각자의 능력에 맞춰서 작용하나 봐요"라고 마치 마모루가 보고 있는 수상쩍은 동영상 같은 소리를 하기 시작했다.

그렇구나, 취미로 연결된 친구들이구나.

마모루는 커피를 준비하고 그들은 다이닝 키친 테이블에 앉아서 이야기하기 시작했다. 어쩌면 무언가 그것에 관한 정보라도 얻을 수 있지 않을까 하고 귀를 쫑긋 세우고 있었지만 나는 바로 낙담하게 되었다. 나는 아무도 모르게 눈을 살포시 감았다.

그들이 거짓말하고 있거나 그들의 정신 상태에 문제가 있다는 걸 알아서였다.

세 남녀는 저마다 자신에게도 최근에 이상한 것이 보이고 있고, 지금도 이곳에 있다고 힘주어 말하고 있었다. 하지만 그들 주변에 변이한 그것은 하나도 없었다. 특유의 냄새도 나지 않았다.

그들로부터 유일하게 얻을 수 있었던 정보가 있다면, 지금 우리 집에 있는 그것을 마모루 말고 눈으로 확인할 수 있는 사람은 없는 모양이라는 것이다. 그것 자체가 보이는 사람을 선정하고 있는 걸까? 그렇다면 우리 집의 그것은 마모루의 사정을 이해하고서 인간 여자의 모습을 취하고 있을 가능성이 있다. 내 상상에 아무리 속이 부글부글 끓어올라도 현재로선 어떻게 할 수 없었다. 눈을 감고 마음을 누그러뜨릴 수밖에 없다.

그들은 두 시간 정도 DNA가 어떻다는 둥, 우주인이 어떻다는 둥, 대통령 선거가 어떻다는 둥 지금의 내 생활권 안에서 그다지 들을 기회가 없는 대화를 펼치다 마지막에 거실에서 마모루와 악수를 나누고 돌아갔다.

마모루가 불필요한 고가의 상품을 강매당한다면 요란하게 으르렁거리려고 생각했으나 그런 모습은 없었다. 무어라고 하는 집회에 참가하기로 약속하는 것만큼은 조금 신경 쓰였지만 말이다. 고요함이 돌아온 거실에서 케이지 문을 열어준 마모루에게 말을 걸자, 그는 내 머리를 쓰다듬어주었다.

교우 관계가 수상한 건 사실이다. 거짓말쟁이, 혹은 환상을 보는 인간들의 모임. 하지만 그렇다고 해도 지금 마모루에게는 마음의 틈을 메우기 위해서 필요할지도 모른다. 그리고 그건 현재 상황에서 일이나 나로서는 충분하지 않은 것이다.

"물론 마모루를 위한다면 저 집에서 나가든가, 혹은 새로운 파트너를 만들 그런 용기가 필요하지."
"이제 곧 세상이 멸망한다고 생각하는 사람이 굳이 그런 행동은 안 하겠지."
노을 아래에서 땅에 벌러덩 누워 기지개를 켜는 고양이의, 언뜻 보기에 진지한 의견에 나는 콧방귀를 뀌었다.
여기는 사요가 있었을 무렵에 자주 놀러 왔던 공원이다. 오랜만에 마모루가 데리고 와주었다. 아침 산책 말고 같이 나가는 건 얼마 만일까. 조금 전의 모임으로 마음이 살짝 풀렸을지도 모른다. 내 몸에서는 긴 줄이 뻗어 나와 있었고, 그 끝을 조금 떨어진 벤치에 앉은 마모루가 잡고 있었다. 거짓말쟁이 고양이는 우연찮게 만났다.

"어느 시대에서든 특효약을 찾을 수 있어. 가계나 혈통처럼 타고난 것, 쉽게 얻을 수 있는 지식, 그런 가느다란 실들을 필사적으로 꼬아서 자기들이 옳은 존재라고 믿을 수 있는 특효약을 만드는 거야. 고작 인간이라는 자각조차 잊고."
"이디에 효과 있는 약이야?"

"마음의 상처."

그럴싸한 말을 한 고양이는 얼굴이 석양에 비춰진 채 하품을 한 번 했다. 여태껏 자고 있었던 모양이다.

"약이라면 부작용이 있잖아."

"물론 있지. 부작용이 심해지면 분쟁이 일어나 다른 종족을 끌어들여 죽음을 부르지. 정말 위험하다고 느꼈다면 도망치는 편이 좋아. 도와줄게."

"됐어."

만에 하나 이 고양이가 아흔여덟 번 살았다고 해도 마모루의 성격에 대해서는 내가 더 잘 안다. 사요를 잃고 일상을 이어온 그가 세상의 멸망을 믿었다고 해도 망가졌다고는 생각할 수 없다.

"인간에 얽매어 있는 것도 좋지만, 분별없는 행동은 하지 마."

"그런 걱정은 필요 없어."

즉 마모루가 받은 마음의 상처에 대한 내 인식에 큰 잘못이 있다는 것이다.

그 상처에 명확한 경계가 있는 건 아닌 듯하다. 다만 그것과 마찬가지로 특효약은 어느새 마모루의 상처에 파고들어 급격하게 침식하고 있었다.

사요와는 자주 침실 베란다에서 시간을 보냈다.

태어나서 줄곧 아파트에서 살았던 사요는 월세이기는 하지만 염원하던 단독 주택으로 이사한 이후 고작 계단을 오르내리는 발걸음에조차 그 기쁨을 드러내고 있었다.

마모루가 돌아오는 시간대가 되면 사요는 반드시 나를 데리고 2층으로 올라갔다. 침실 창문을 열고 베란다로 나가 집 앞을 지나가는 도로를 내다보았다.

기다리기 시작하고 나서 얼마 지나지 않아 사요는 손을 작게 흔들었다. 사랑하는 남편이 귀가하는 모습이 보였던 것이다. 근처에 학교나 회사가 있기 때문에 빈번하게 지나다니는 자전거들 속에서도 사요는 반드시 마모루가 탄 자전거의 불빛을 발견했다. 그 또한 손을 들어 이쪽으로 신호를 보내고 나서 자전거 벨을 가볍게 두 번 울렸다.

그 소리는 세상에서 제일 짧은 세레나데였다.

그 음악에서 유래된 자신의 이름을 좋아하는 그녀는 기뻐하며 말했다.[20] 어떤 자전거 벨과도 의미가 다른, 창문 아래에서 바치는 사랑의 음악. 두 번 다시 들을 수 없다. 그녀는 떠났고 나는 이곳에 남았다.

사요와 마모루 사이에 무슨 일이 일어났는지 결정적인 이유는 모른다. 사요는 나에게 다양한 이야기를 들려주었지만, 마모루에 대한 불평이나 험담을 털어놓은 적은 한 번도 없었다. 싸우는 건 몇 번이나 목격했다. 하지만 늘 둘 중 하나가, 대부분은 마모루 쪽이 굽혀서 문제없이 진화되었다. 둘 다 나름대로 나이를 먹은 어른이었다.

물론 둘의 성격에 결점이 하나도 없었던 건 아니다. 생물에게

---

20) 사요라는 이름은 일본어 한자로 小夜라고 표기하며, 세레나데, 즉 소야곡은 일본어 한자로 小夜曲라고 표기한다. 음은 다르지만 사요과 소야의 한자는 같다.

는, 특히 인간에게는 실수가 많다. 이제 사라진 인간의 결점을 말해도 별수 없지만 이번 건으로도 간단히 알 수 있다.

  사요는 어릴 적부터 한 가지 일에 집중하는 게 서툴렀다. 한편 마모루는 책임감이 강한 성격의 이면으로 앞날의 검토를 게을리하는 습관을 가지고 있었다. 손닿는 범위에 존재하는 것을 소중히 다루고 유지하는 데 필사적으로, 바꿔 말하자면 언젠가 닥쳐올지도 모를 문제에서 시선을 돌린 채 살아가고 있었다. 심하게 말하자면 미래에서 도망치고 있었다. 나는 그런 인상을 받았다. 그가 그런 성격을 가진 까닭에 나는 사요가 사라지고 나서도 오늘까지 무난하게 식사를 해결했고, 그가 그런 성격을 가진 까닭에 사요가 사라졌다고도 말할 수 있다. 즉 애초에 궁합이 맞지 않았던 것이다. 사요와의 관계를 뜻하기도 하지만, 그 이상으로 마모루와 그것과의 관계가 그랬다. 그가 어디에서 가지고 왔는지 모를 철제 공예품을 잡초가 마구 자란 정원에 설치하고는, 나쁜 전파를 방해하는 도구라며 내 머리를 다정하게 쓰다듬었을 때 우선 예감했다.

  또 뒷날에 상태를 살피러 온 그의 누나에게 의기양양하게 정원에서 장소를 차지하는 그것의 성능을 소개하고 세상의 멸망에 대해 열변을 토하는 마모루를 보고 내 예감은 신빙성을 더해 갔다. 그의 누나는 가족으로서 진지하게 걱정하고 있었다.

  "일단 본가로 돌아오는 게 어때? 일을 해야 하면 부담을 줄이기 위해서라도, 강아지만이라도 나한테 맡겨."

  마모루는 상대하지 않았다.

  "내가 본가에서 지내게 되면 일뿐만 아니라 활동에도 지장이 생기고, 아내가 살던 이 집에서 다른 곳으로 보내면 이 애가 가엽잖아."

확실히, 나만 멀리 떼어놓기만 하는 건 의미가 없다. 하지만 적어도 마모루가 그것과는 떨어져야 하기 때문에 나는 누나의 충고에 찬성했다. 다만 안타깝게도 그건 우리의 약속을 어기는 일이 되기 때문에 내 의사를 전할 수 없었다. 현명한 누나는 마모루가 걱정이라며 물고 늘어져서 무슨 일이 있을 때를 위해 여벌의 열쇠를 맡아놓았다.

피로 이어진 육친의 눈에 마모루의 변화가 얼마나 현저하게 비치고 있는지는 알 수 없다. 적어도 개의 나지막한 시선에는 마모루의 변화가 또렷하게 보인다.

우선 혀를 차는 일이 늘었다. 마모루는 식사 중에 동영상을 보다가 손 언저리에서 실수로 젓가락을 바닥에 떨어뜨린 그 정도의 일로 혀를 차는 사람이 아니었다.

폭언 또한 늘었다. 어느 날 아침, 산책 중에 서로 잘 아는, 개를 데리고 온 근처에 사는 나이 든 남성을 불러 세워 마모루는 세상의 멸망에 대한 홍보 활동을 시작했다. 헌신적으로 한 설명은 닿지 않았고, 남성으로부터 조금 쉬라는 배려를 받은 마모루는 조용히 욕설을 뱉고 그 자리에서 빠른 걸음으로 사라졌다. 그리고 산책을 끝낼 때까지 중얼중얼 계속 불평했다. 마모루가 세상의 멸망과, 좋은 우주인과 나쁜 우주인의 연결 고리에 대해 한창 이야기하는 중에 저쪽에 있던 노견으로부터 "네 주인은 왜 저래?"라는 질문을 받았다. 답은 있었지만, 능숙하게 전달하기 힘들었다. 다만 최소한의 변명은 해두었다. "원래는 이런 인간이 아니었어"라고. 사요와의 이별이, 그것의 출현이, 그리고 거기서 이어지는 수상쩍고 극단적인 인간과 정보와의 만남이 그를 바꿔버렸다.

다만 혀를 차거나 폭언하고 불평을 부리는 일은 듣기에는 거북하지만 치명적이지는 않다. 생활의 중심을 멸망을 홍보하는 일에 둬서 그런지 나의 식사를 여러 번 잊어버린 것도 사료가 있는 장소를 알고 있어서 적당히 먹으면 견딜 수 있었다. 정신을 차린 마모루는 나에게 사과도 해주었다.

한없이 불쾌한 것은 마모루가 그것을 끈적끈적하게 만지게 되었다는 것이다.

그것은 어디까지나 인간 여자의 형태를 흉내 내고 있을 뿐이고, 머리통도 몸통도 팔다리도 없다. 어깨도 가슴도 털도 없다. 이른바 흙덩어리 같은 것이다. 그런데도 마모루는 이따금 그것의 살결도 아닌 표면을 사랑스러운 아내의 것인 양 쓰다듬었다. 사요를 대신할 것이 필요하다면 적어도 살아 있는 것 중에서 고르란 말이다.

그것에도 정이 갖추어져 있는지 요 근래에는 마모루가 작업실을 나가면 어디든 따라다닌다. 마모루가 잘 때조차 그러하기에 나는 잠자리를 다이닝 키친으로 옮겼다. 그러자 마모루 또한 거실에서 자지 않게 되어 더욱 긴 시간을 작업실에서 보내게 되었다. 딱딱한 바닥에서 잠을 얕게만 자는지 마모루는 갈수록 피곤한 모습을 보였지만, 정작 본인은 그다지 신경 쓰지 않는 듯했다. 앞으로의 건강은 이제 아무래도 상관없을지도 모른다.

마모루는 그것을 받아들여 멸망을 믿으며, 사요가 사라졌다는 사실과 마주하지 않아도 되는 나날을 향해 나아가려 하고 있었다. 외로운 일상 속에서 마주하게 될, 괴롭고 고통스럽지만 반드시 극복해야 할 앞으로의 시간에서 등을 돌리려 하고 있었다.

불쾌한 평온함은 끝날 기색도 없이 이어졌다.

마모루의 누나가 방문하고 나서 2주일이 지났을 때 비둘기가 다시 놀러 와주었다. 친구라고 하는 건 마음이 울적해졌을 때 문득 나타나 주는 법이다.

"오랜만이네. 상태는 어때? 딱히 좋아 보이지는 않는데."

"보시다시피야. 어제도 우리 집은 이상한 액체를 들고 온 유쾌한 친구들과 함께하는 기묘한 식사 장소로 변신해 있었어."

"그래? 안타깝게도 해결책은 되지 못할 것 같지만, 또 그것들에 대해 바람결에 들린 소문을 더듬어보다가 왔지."

"말해줘."

정보통인 그에 따르면 그것의 변이는 해외에서도 일어나고 있는 모양이었다. 현시점에서는 아마도 한정된 인간들만 눈으로 확인할 수 있기 때문에, 멸망을 주장하는 자들은 마모루와 마찬가지로 미움을 받고 있다고 했다. 또한 아무래도 그것에는 개체별로 성격 같은 것이 있는 게 아닐까 하는 가설을 비둘기인 그는 세우고 있었다.

"괴물 같은 형태로 인간 앞에 나타나는 것도 있거니와 인간이 봤을 때 귀여운 모습으로 나타나는 것도 있어. 그리고 특정 인간의 취향이나 취미, 심경이나 외관에 맞춘 모습으로 변화하는 것도 있는 듯하고."

"역시 마모루의 미련에 반응해서 저 모습으로 나타났다는 건

가. 완전 정답이야. 마모루가 경고를 들어준다면 말이지."

"그런 사정이라면 왜 한 사람만 볼 수 있는 걸까? 수많은 사람들이 인식해야 할 텐데."

"단순히 그것의 능력의 한계일지도 몰라."

개는 하늘을 날 수 없고, 비둘기는 음식물을 씹을 수 없다. 그런 원리와 마찬가지로 그것에도 종으로서의 제약이 있을 것이다. 인간이라는 둔한 생물체가 인식하게 하기에는 한 사람으로도 벅차다고 하면 이해할 수 있다.

고양이는 보통 아흔일곱 번이나 되살아나지 않는다.

"어라, 고양이 씨, 오랜만이네."

"이게 누구야, 비둘기 씨. 이 겹겹이 쌓인 생들 속에서는 오랜만인 것도 아니지."

"나는 이번 생으로 한정하더라도 전혀 오랜만은 아니지만."

오늘도 거만한 고양이는 난간에서 거뜬히 뛰어내리더니 그늘진 구석에서 웅크리고 눈을 감았다. 우리 집 사정을 걱정하는지 재미있어하는지, 다른 잠자리 중 하나를 빼앗겼는지 모르지만 최근에 우리 집에 들르는 빈도가 늘었다.

"그런데 어떻게 할래?"

우리 집 근황에 대해 비둘기인 그에게 설명하고 있으니 자고 있다고만 생각했던 고양이가 끼어들었다.

"생활에 지장 받기 시작하고 있다면, 느긋한 소리나 하고 있을 때가 아니잖아. 무슨 일이 있고 나서는 늦어. 도망갈 준비를 시작하는 편이 좋아."

"물론 만에 하나의 일은 생각하고 있어. 식재료도 무한대로 솟구치는 게 아니니까."

다만 현시점에서 마모루를 버리는 듯한 행동을 할 생각 또한 없다. 집에 그것과 마모루를 두고 도망치다니, 나의 도의에 어긋나는 일이다.

꼬리의 각도를 바꾸고 태평한 고양이가 하품을 한 번 했다.

"차라리 그냥 멸망하는 편이 모든 게 유리하게 돌아가는 길일지도 모르지."

"백 번이나 살아온 고양이가 하는 말은 참 호쾌하고 믿음직스럽기 그지없어."

"그렇지? 그렇게 생애를 마친 시대도 있었거든."

"비꼬아서 하는 말이거든? 지금 멸망하면 곤란해."

적어도 마모루가 사요와의 기억과 마주하고서 전진하는 모습을 지켜볼 수 없다면 나도 이 생을 끝낼 수 없다. 집에서 길러지는 개로서 생각해보자. 지금 내가 할 수 있는 일이 무엇인지.

그런 내 결의를 비웃듯이 인간들의 사정은 늘 인간들에 의해서 결정되고 돌아간다.

어리석다고 말할 생각은 없지만, 역시 인간답다고 비꼬는 말 한마디 정도는 하고 싶어지기도 한다.

불과 이틀 후 밤에 일어난 일이다. 비가 오는 날이었다.

이제 두 번 다시 새로운 장소에서 그 냄새를 맡을 일은 없다고 생각했다.

마모루는 예전부터 하던 일을 아직 계속하고 있었다. 직장 동료들과의 관계는 걱정되지만, 사직은 하지 않았고 잘리지두 않은 듯했다. 오늘도 일했던 그가 현관문을 열고 돌아오는 소리가 들려서 내심 놀랐다. 사요의 냄새가 났다.

 사요가 돌아온 건 아니었다. 농도로 알았다. 냄새는 마모루가 발신인 이름도 확인하지 않고 거실의 낮은 테이블에 포개어놓은 우편물과 광고지 안에서 났다.

 마모루는 지친 미소를 지으며 나에게 말을 걸었다. 오늘 밤 식사는 잊지 않고 차려줄 모양이지만, 나는 그를 무시하고 테이블로 달려들어서 냄새의 근원을 찾았다.

 몇몇 광고지나 엽서를 코로 골라낸 끝에 봉투 하나를 찾아냈다. 겉면에 '사요'라고 적혀 있었다. 주소도 기재되어 있었고, 그 끝에는 성이 아니라 그저 사요라고 적혀 있었다.

 나는 두세 번 으르렁대서 거실에서 나간 마모루를 불렀다. 손을 씻고 가글을 하러 갔는지, 그것에 귀가를 알리러 갔는지는 모른다. 어쨌거나 불렀다.

 흡사 사랑하는 아내와의 밀회를 방해라도 받은 듯한 얼굴을 하고 돌아온 마모루에게 현실을 들이댔다. 봉투 하나를 코로 가리켰다.

 마모루는 의아한 표정을 지으면서도 봉투를 들었다. 인간은 이 봉투를 건드린 사람을 냄새로 판별할 수 없다. 따라서 발신인을 확인하고서 처음으로 놀라 당황할 것이라고 생각했다. 그 격렬한 감정의 움직임이 마모루를 궁지에서 벗어나게 해줄 것이라는 큰 기대를 걸었다.

 하지만 아무것도 달라지지 않았다.

 사요의 이름을 봐도 마모루는 자제력을 잃은 모습을 일절 보이지 않고 태연한 얼굴로 봉투를 뜯어 내용물을 들여다보더니,

원래 있던 장소에 똑같이 그대로 돌려놓았다. 내용물을 봉투에서 꺼내려고도 하지 않았다.

언제였는지 마모루가 그것을 사요라고 불렀던 밤처럼 놀라서 어쩔 줄 몰랐던 나는 다이닝 키친으로 이동하려고 하는 그의 등 뒤에서 힘껏 짖었다. 하지만 돌아온 것은 마치 재촉하는 아이를 달래는 듯한 음색뿐이었다.

나야말로 당혹감의 소용돌이에 휘말린 심정인 가운데 맨 처음에 떠올랐던 것은 봉투의 내용물이 무엇인가 하는 것이었다. 봉투는 두툼했다. 나는 그것을 코와 턱을 사용해서 끌어당겨 테이블 끄트머리에서 물고 내용물을 바닥에 떨어뜨렸다.

두 개의 반지가 굴러 나왔다. 저마다 투명한 완충재에 둘러싸여 있었다.

하나는 선명한 보석이 장식되어 있었고, 하나는 심플한 것이었다. 사요의 행동 의미를 바로 이해할 수 있었다. 한 번은 가지고 가기로 결정했던 것을 이제 와서 새삼스럽게 생각을 고쳐먹고 반납한 것이다. 잘 질려하는 그녀는 바꿔 말하자면 한 번 이렇게 결정한 것이라도 답은 유일하지 않다는 식으로 연달아 계속 고민하는 성격이었다. 봉투에 담긴 매정함에도 갈등이 묻어나 있었다.

나조차 이해할 수 있는 이 의미를 같은 종이자 서로 사랑했던 사이인 마모루가 느끼지 못할 리가 없었다. 혹은 인간은 그렇게까지 둔한 걸까. 알면서도 자신의 감정이나 대화에서 계속 도망치고 있다면 더욱 우스운 일이다.

마지막 희망을 걸듯 나는 한 번 더 짖어보았다. 거실로 식사 준비가 다 되었다는 대답이 돌아왔다.

식후에도 마모루는 반지를 건드리려고 하지 않았다. 세상의 멸망을 발신하는 사람들의 동영상을 응시했고, 그것은 마모루의 곁에 바짝 달라붙다시피 마모루가 구입한 의자에 앉아 있었다.

심야에 작업실에서 몸을 웅크리고 잠든 마모루를 보고 오늘 밤이 마지막 갈림길이었을지도 모른다며, 나는 반지를 안전한 침실로 이동시켰다.

베란다에서 동물 한 마리가 화창하게 갠 하늘을 올려다보았다. 그곳에 있을 무언가를 기대하고 있는 건 아니었다. 온통 푸른 풍경에 과거와 자신의 마음속을 그려내며 한숨을 내쉬었다.

나는 두 가지 약속을 가슴에 품고 살아가고 있다.

하나는 사요나 마모루와 직접적인 관계가 없다. 태어났을 때부터 우리에게 갖춰진, 생명으로서의 규칙을 굳게 지키는 것이다. 언제, 어떤 존재가 그것을 만들고 이치로 삼았는지는 알 수 없다. 그 약속은 우리 내면에 깊게 새겨져 있고, 깨는 건 인간이 말하기를 영혼을 파는 일과 같은 의미를 지닌다. 지금까지 일부 타락한 사람을 제외하고 거의 모든 존재가 그 길에서 벗어나지 않고 살아왔을 것이다.

우리 집에서 중요한 건 두 번째 약속이다. 사요와 나눈 것이다. 그녀는 그 말을 자신의 일방적인 바람처럼 생각하고 있을지도 모른다. 하지만 약속이 되었다. 내가 이해했기 때문이다.

그날도 우리는 베란다에 있었다. 들여다본 끝자락에서 들리는 세레나데를 기다리고 있었다. 사요는 베란다 난간에 양 팔꿈치를 괴고 있었고, 나는 바닥과 난간 사이에 난 좁은 틈으로 밖을 바라보았다.

하루하루의 습관으로서 평온한 시간을 보내고 있던 나에게 어쩐 일인지 머리 위에서 소리가 떨어졌다. 사요는 사랑하는 사람이 올 터인 도로에서 시선을 돌려 이쪽을 보고 있었다.

내 이름을 불렀으면서도 사요는 눈동자를 굴리거나 목 주변을 긁적이면서 전혀 말하지 않았다. 이윽고 한참 고민한 끝에 나에게 바람을 전했다.

"만약 우리가 언젠가 뿔뿔이 흩어져도 지금까지처럼 매일 맛있게 밥을 먹고 산책을 나가서 햇볕을 쬐고, 하루의 끝에는 내일 생각으로 가슴 한가득 기대를 품으면서 꿈을 꾸는 거야. 마모루한테도 그렇게 가르쳐줘."

그때의 나는 사요의 진의를 몰랐다. 어렴풋이 생각하고 있었다. 이 행복도 영원히 이어지지 않을 거라는 당연한 진실을 말해서, 현재의 중요성을 명확하게 하고 싶다는 그 정도의 의도일 거라고 파악했다. 그래서 가벼운 마음가짐으로 이해했다고 나타내기 위해 작게 울었다. 지금이라면 안다. 그녀는 나에 대한 도리를 다한 것이다. 그리고 마모루의 미래를 나에게 맡겼다. 설마 이렇게 빨리 그 언젠가가 올 줄은 몰랐지만.

의미를 잘못 파악했다고는 하지만 사요가 남긴 약속이다. 가볍게 없었던 일로 할 수 없다. 따라서 나는 애썼다. 사요가 사라지고 나서도 내 나름의 행복한 삶을 위해 마모루에게 식사나 산책을 졸랐다. 마모루를 위협하려고 하는 그것이 나타나고 나서는 어떻게 해서 제거할 수 있는지, 내 나름대로 생각하고 적어도 적의를 계속 드러냈다.

마모루가 밥을 맛있게 먹고 산책을 나가서 햇볕을 쬐고, 하루의 끝에는 내일에 대한 생각으로 가슴 한가득 기대를 하면서 잠에 드는 그런 생활을 보내는 데 필요하다고 생각해서였다.

괜한 짓이었을까. 마모루는 내 도움 따위 없어도 그것과 손을 맞잡고 내일에라도 일어날지 모를 세계 멸망을 믿음으로써 긍정적으로 살아가고 있다.

실제로 그것은 불쾌하기는 해도 사악하다고는 단언할 수 없다. 앞으로 만약 이 세상이 어떤 형태로든 정말 멸망한다면 그것은 인간에게 위기를 전달하기 위해 활동하고 있는 것이며, 귀를 기울이는 자야말로 타당할 가능성도 있다.

원래 사요의 삶의 방식을 비난할 수 없는 내가 마모루의 삶의 방식에 불만을 부리는 것도 이상한 이야기다. 마모루는 그것을 이제 이물이 아니라 같은 지붕 아래 사는 일상으로 삼고 있다. 만나서 같이 살면서 관계성을 기른 나와 같지 않은가.

사요가 이 상황을 보면 만족할지도 모른다. 그녀가 사라졌다고 해도 마모루는 과거를 돌아보지 않고 가족들과 즐겁게 살고 있으니 말이다.

물론 이것들은 모두 사요와의 약속을 지키지 못한 자신에 대한 비아냥이다.

사요가 보낸 봉투가 도착한 그날로부터 사흘이 지났다. 마모루는 여전히 세계 멸망과 그것을 받아들인 생활을 보내고 있다. 반지를 찾는 낌새는 없었다. 한 가지 일에만 몰두하느라 컴퓨터 자판을 치는 모습에도, 거실 테이블에 쌓인 봉투나 이상한 책들에도, 그것과 몸을 바짝 붙인 채 짓는 다정한 표정에도 익숙해졌다. 이렇게 나도 조금씩 그것을 일상으로써 받아들이고 만 걸까. 적어도 세계 멸망이 먼저 오기를 바라는 수밖에 없다.

"웬일이래. 내가 알기로 오늘은 집주인이 있는 줄 알았는데."

베란다에서 토라져 있는 내 곁으로 우연히 지나가던 비둘기인 그가 내려와 주었다.

"있어. 오늘은 휴일이잖아. 마모루는 이제 내가 어디에 있든지 신경 안 써. 여전히 침실에도 베란다에도 다가오려고 하지도 않고 말이지."

"사태가 보다 심각한 방향으로 흘러갔다는 건가?"

평소와 마찬가지로 그는 베란다에 내려서서 날개를 쉬게 했다.

"위안이 될지는 모르겠지만, 너무 무겁게 받아들이지 않는 편이 좋을 거야. 그들과는 여기서 작별이니까, 살아가는 데 너무 무리하지 않는 게 중요해."

"알아. 그런데 한시라도 가족이었던 사람이랑 가능한 한 마주하고 싶어."

"의리 있는 개구나 넌. 존경스러워."

비둘기인 그에게 나를 놀리는 모습은 전혀 없었다. 그쪽이야말로 시간이 오래 빈다고 해도 일부러 반드시 다시 만나러 와주는, 친구를 위하는 비둘기면서.

만나지 못한 동안에 벌어진 일을 그에게 자세히 말했다. 나는 사실을 확인해나가는 자신의 말에 또 시무룩해졌다. 적어도 친구가 변함없이 공정하다는 사실에 조금은 구원받았다.

"그는 이어지는 실망을 두려워하고 있나 보네."

"두려움과 맞서야 하는데."

그래야 가슴 한가득 기대를 품으면서 꿈을 꿀 수 있다.

"하지만 마모루는 그것을 사요 대신으로 삼겠다고 결정한 것 같아."

"인간은 흔히 둘도 없는 사람이라는 표현을 사용하지만, 그에게 있어서 그녀는 둘도 없는 상대가 아니었다는 건가."

"그래. 그저 사요를 느낄 수 있는 무언가가 곁에 있으면 괜찮았던 거지."

인간 여자를 흉내 낸 모습, 아내가 집으로 돌아온 것처럼 나타난 타이밍, 부정하지 않고 자신의 곁에 딱 붙어 있어주는 자세, 마모루는 마음의 상처를 메우기 위해 그 요소들을 유리하게 해석해서 필사적으로 이어 붙여 그것을 사요로 대하기로 결정했다.

가족인 내가 보면 참으로 비극이다. 하지만 떨어진 장소에서 보면 재미있을지도 모른다. 마모루는 저런 것을 아내로 여겨 현재 상황을 사랑하고 소중히 하려는 것이다.

"그냥 웃어넘겨."

세상이 멸망할 때까지 그것을 사요로서, 가장 사랑하는 가족으로서 대하는 것이다.

"이상하잖아."

"인간은 원래 그런 법일지도 몰라."

"아니, 그게 아니라."

내 뇌리에 떠오른 위화감과 거기서 비롯된 말의 의미를 알아보려는 듯 비둘기인 그가 고개를 까딱이며 이쪽을 들여다보앉다.

친구에게는 미안하지만 나는 막 잡힐 듯한 모순을 파헤치느라 필사적이었다.

"그것을 사요라고 생각한다면 마모루는 왜 여전히 침실로 들어오지 않는 걸까. 그것을 옆에 두고 안심하고 자면 되잖아."

그것을 가족으로 삼는다면 마모루는 왜 지금도 작업실의 딱딱한 바닥에서 몸을 비틀어가며 자면서 침실을 피하는 생활을 하는 걸까?

마모루의 마음에 이 집을 나가서 자신에게 상처를 남긴 여자는 이제 없을 터였다. 지금 곁에 있는 검은 영혼이야말로 그에게 있어서 사요일까? 그렇다면 왜 침실에 그것을 데리고 오지 않는 걸까? 이 방에서 평온한 얼굴을 하고 둘이서 자면 된다.

이상하다. 이유와 결과가 어긋나 있는 듯하다.

마모루는 무언가를 피하고 있다.

무언가를 두려워할 필요가 있다.

누가, 무엇을, 두려워한다.

"그렇구나. 이 겁쟁이."

이건 모든 것을 착각했던 나 자신에 대한 비아냥이다.

"친구야, 미안해."

내가 갑작스럽게 사과하자 비둘기인 그는 그 모습에 잘 어울리는 형태로 고개를 갸웃거렸다. 나는 반복했다.

"미안해, 비둘기야."

"뭐가?"

"약속을 어길게."

설명은 필요하지 않았다. 그는 그 짧은 대화로 내 의도를 이해했다.

이해한 상태에서, 소스라치게 놀라면서.

"어쩌려고."

"약속을 지키려고."

그 말만 전하고 나는 그를 베란다에 남기고 실내로 돌아왔다. 창문도 방문도 닫지 않고 마룻바닥을, 사랑스러운 우리 집을 힘주어 밟았다.

1분 1초가 아깝다고 느꼈지만, 달린 찰나에 균형이 무너진 게 아닐까 하는 두려움이 들었다.

생명은, 그곳에 깃드는 마음은 신기하다. 지금까지 이렇다 할 정도의 관심을 가지지 않았던 주제에 나는 순간적으로 세계 멸망을 걱정하고 두려워하기 시작했다.

멸망에 공포심을 느꼈다. 마음과 서로 마주했다. 걱정도 두려움도 믿음에서 오는 법이다. 이 바람을 성취시킬 때까지 오래 살고 싶다고 바라기 때문이다. 고작 이 한평생을 아끼다니, 마치 인간 같다. 내 입에서 웃음이 솟구쳤다. 가소롭다. 공정한 비둘기도 저런 얼굴을 하는구나.

마모루는 1층 부엌에 선 채 커피를 마시고 있었다. 물론 옆에는 그것이 딱 붙어 있었다.

내가 개의 입으로 짖어서 부르자 마모루는 놀라서 손에 든 머그컵을 치켜들더니, "괜찮아. 그냥 커피야"라고 설명했다. 그리고 그것의 몸통 같은 부분을 건드리고서 쓰다듬었다.

갈림길은 없다. 내가 없애려고 한다.

이 의미를 이해할 새 한 마리와 고양이 한 마리도 이곳에는 없다. 어딘가에서 쥐 정도가 듣고 있을까. 눈앞에는 무엇도 알 필요가 없는 인간과, 모든 것을 알고 있지만 이제 관계가 없는 그것뿐이다.

이번 생의 기억이 주마등처럼 떠올랐다.

지금 나는 틈새에 있다.

사요와의 소소하지만 함께 웃을 수 있었던 나날의 추억, 거기에 마모루도 더해져 그의 다정함을 알게 되었고, 나는 그를 주인이라는 일방적으로 정해진 관계로서가 아니라 한 사람의 가족으로서 존경하는 마음을 갖게 되었다.

미안하다고 생각한다. 몇 번을 사과해도 속죄할 수 없다. 영혼을 파는 듯한 일이다.

멋대로 행동해서, 한 발 먼저 가게 되어 미안해, 친구야.

'충분해.'

마모루는 겉보기에 의아한 모습으로 그것에 대고 있던 손을 떼어냈다.

그는 우선, 정답이 있을 리도 없는 어지럽혀진 부엌을 돌아보고, 이어서 아무도 없는 주위를 둘러보았다.

머릿속에 울려 퍼진 목소리가 어디에서 왔는지 도무지 이해할 수 없었던 모양이다.

인간은 참으로 거만하고 이상한 존재다.

그것 같은 것이 할 수 있는 일이 우리는 불가능하다고, 무엇을 근거로 착각하고 있음까.

자신들이 대화할 가치조차 없는 생물로 분류되고 있을 뿐이라고는 생각하지 않는 건가.

'마모루, 나야. 잘못 본 건 나였어. 너를 제대로 파악하지 못했어.'

하늘에서 떨어진 목소리라고, 인간이 생각해낸 창작물 같은 상상을 한 마모루는 천장을 올려다보았다. 그런 장소에 무언가 있을 리 없다.

'너의 부족한 부분을 믿어버렸어. 네가 그 불쾌한 존재를 가지고 진심으로 사요를 대신하려고 한다고 생각했어. 그런데 아니었어. 네가 세계 멸망에 열중하는 과정과 그것을 인간처럼 대하는 이유는 연결돼 있었어.'

사요라는 이름을 계기로 마침내 마모루는 이쪽을 보기에 이르렀다. 그의 몸에 울려 퍼지는 내 사념과 평소에 그가 듣는 나의 목소리는 별개다. 전자는 나의 영혼이 발산하는 것이며, 후자는 현세에서 내가 얻은 육체가 발산하는 것이기 때문이다. 그런데도 알 수 있다.

'그래.'

마모루는 내 시선과 사태를 받아들이고 눈을 계속 깜빡이다가 천천히 한 손으로 머리를 쥐어 쌌다.

제정신인지 의심된다면 의심해도 좋다. 자신의 망상이라고, 말할 리 없는 키우는 개의 목소리라고. 어느 쪽을 받아들이든 지금의 너에게 있어서도 내 바람에 있어서도 대단한 차이는 없다. 돌아보기만 해주면 된다.

'마모루, 이제 관둬. 넌 자신의 행동이 자신을 서서히 망가뜨리고 있다는 사실을 몰라. 이대로는 네 마음의 중요한 부분이 언젠가 끊어지고 말 거야. 그런 결말을 맞이할 필요는 없잖아. 그런 것들과 가까이 지내지도, 대화를 시도하지도, 세상의 멸망을 말하는 집단과 엮이지도 않아도 돼.'

나는 그에 맞춰 고개를 가로저었다.

'알고 있어. 마침내 알았어. 마모루 너는 그저.'

사요가 사라지고 나서 가뜩이나 일상을 잃은 우리 집에 불쾌한 존재가 나타났다. 정체는 모른다. 하지만 아무래도 머리나 마음만큼은 문제가 없다. 그건 간단히 소멸해주지 않을 것 같다. 큰 환경 변화는 이 집에 계속 거주하는 가족 모두에게 매우 많은 스트레스를 주었다. 마모루는 걱정했다.

가족의 언동에 담긴 비밀스러운 마음을 같이 살아가는 나는 즉시 이해할 수 없었다.

'넌 나를 무섭게 만들고 싶지 않았던 거구나.'

내가 아직 강아지였을 무렵의 기억을 마모루는 또렷이 간직하고 있었던 모양이다.

그것에게 위협을 멈추지 않는 나의 심정을 마모루는 적개심이 아니라 두려움 때문이라고 받아들였다. 모쪼록 나를 안심시키기 위해 마모루는 그것을 받아들이는 모습을 과도하게 보여주어야만 했다.

기억 속에서 목소리가 들렸다. 마치 어제 일 같았다. 아직 사요가 있었다.

— 이 애는 얌전하고, 다정하게 쓰다듬어주면 물거나 짖지 않아. 기뻐 보이잖아? 더구나 지금은 여기 문을 닫고 있으니 안전해.

'자신도 막다른 곳에 몰렸으면서 넌 키우는 개의 심정까지 신경 쓰기 시작하다 갈수록 마음을 닮게 했어. 그래서 세계 멸망이라는 극단적인 결말에 끌려들었고, 틈을 보인 거지.'

게다가 아마 그 신앙의 종착점도 역시 종말일 것이다.

'사요를 위해 배우고 있는 거 아니야?'

역시 그 이름에 마모루의 어깨가 들썩였다.

'너는 앞으로 세상이 멸망하기 시작했을 때를 대비해 사요에게 전달할 말을 찾고 있었어. 그때가 오면, 멸망해 가는 세계에서 가능한 한 그녀가 두려워하지 않도록, 사후의 안녕이나 환생의 구원을 바랐어. 그러다 보니 어리석은 홍보 활동에도 따를 수밖에 없었지. 사요뿐만이 아니라 주위 사람들에게도 멸망이 갑작스러운 불행이 아니라 일상의 끝자락에 있는, 두려워할 필요가 없는 일이라고 통지해야 했으니 말이야.'

세부적인 사항이 어떻게 다른지 알 방법은 없다. 정답에 그다지 큰 가치 따윈 없다. 인간이 개의 말에 귀를 기울일 수 있는 순간은 한정되어 있을 것이다.

가족으로서 전달해야만 하는 것을 전했다.

'사요한테 가야 해.'

다만 이건 내 본의가 아니다. 하지만 인간에게 사실이나 진실만 건넨다고 해서 최선은 아니다.

'사요가 떠난 이후, 넌 쉬는 날에 이 집을 비운 적이 없어. 평일에 사요의 냄새를 묻혀서 돌아온 적도 없고. 사요와 아직 만나지 않았던 걸 테지.'

인간을 배려해서 마음에도 없는 말을 내뱉는 건 스스로 영혼을 타락시키는 행위다. 하지만 전혀 불쾌하지 않은 것은 내가 한

없이 타락해서일까, 가족을 위해서일까.

'어차피 세상이 멸망한다면 시간도 거리도 국경도 업무도, 나를 돌보는 일도 개의치 말고 가버려. 얼굴을 보고 이름을 불러주고 다른 이유를 추궁해. 그리하여 다른 길을 선택할 수밖에 없었던 이유를 알아내거나 혹은— 어찌 됐거나 이대로 있으면 쓸데없는 시간을 계속 보내게 되겠지.'

돌봐왔던 개한테서 듣는, 이어지는 설교에 마침내 뇌의 처리 기능이 따라갈 수 없어졌는지 마모루는 자기 머리카락을 헝클이던 손과 또 다른 한 손으로 얼굴을 덮었다. 그러고 나서도 한 걸음도 움직일 낌새가 없었다. 아직 부족한가.

뭐라 말해야 마모루의 등을 떠밀 수 있을까? 인간의 가슴에 울려 퍼지는 말이란 무엇일까?

그렇게 망설이는 내 앞에 하필이면 마모루는 한 걸음을 내딛기는커녕 무릎을 꿇었다.

그리고 어설픈 사랑을 말했다.

"사요가 무서워하잖아."

나는 어처구니가 없었다. 인간은 늘 이렇다니까.

'사요는 가족을 두려워하지 않아. 만약 사요가 대화조차 할 수 없다고 한다면 마지막으로 딱 한 번만 무섭게 만들면 되잖아! 설명도 일절 없이 그저 일방적인 말만 남기고 사라진 상대라고!! 이 집에서 사라지기 전에 사요는 이기적이게도 소원을 빌었어.'

마모루는 얼굴을 덮은 양손을 천천히 내렸다.

'사랑하는 가족이 내일을 향해 가슴 한가득 기대를 품으면서 살아가줬으면 좋겠다고.'

두 사람 사이에 무슨 일이 있었는지 나는 모른다. 하지만.

'사요가 없으면 내일에 대한 기대를 가질 수 없잖아.'

두 사람 사이에서 미움이나 두려움의 냄새를 맡은 기억은 한 번도 없었다.

'마모루, 가!'

얼마 지나지 않아서 벌어진 일이다.

현관이 닫히는 묵직한 소리가 들렸고 온기가 채워진 집에는 어느새 나만 오도카니 남겨졌다.

한숨을 쉬어도 한 마리, 나는 외롭지 않았다. 대답이 돌아올 리 없는 우리 집에서 나는 중요한 가족을 생각했다.

사요.

약속은 지켰어. 바라던 형태인지는 모르지만.

나는 더 이상 방심하고 있을 수 없었다. 우선은 외출 경로와 먹을거리를 확인하기 위해 집 안을 뒤지기로 했다. 침실 베란다에 여전히 친구가 있어준다면 무언가 협력을 요청할 수 있을지도 모른다.

부엌에서 나가려고 하는 내 시야 끄트머리에서 그것이 오갈 데 없이 우두커니 서서 마치 인간 흉내를 내며 앞으로의 행동을 고민하고 있는 듯했다.

"너도 사라져버려!"

콧방귀를 뀌었지만 대답이 없었다.

언젠가 인간들이 단위를 정한 시간으로 일주일 정도가 지났다.

그 이후 마모루와는 만나지 못했다.

하지만 남겨진 내 생활은 더할 나위 없이 좋았다. 오늘도 아침부터 산책하러 나가서 최근에 만난 사람들과 인사를 나누었고, 식사를 끝내고 오전 중에는 툇마루에서 시간을 느긋하게 보냈다. 가끔 실내에 울려 퍼지는 아이들의 난폭한 소음에 괴롭힘도 당했지만 꾸짖을 정도는 아니었다.

오늘은 그곳에 초대받지 않은 손님이 방문했다. 그것이 아니다. 변이하지 않은 게 주위를 떠다니고는 있지만, 우리 집에 있던 그것은 그 후 얼마 지나지 않아 모습을 감췄다.

예의가 없다는 점에서도 부아가 치밀어 올랐다. 손님에게 인사 정도는 해야겠다고 생각했는데 내가 반응하기보다 빨리 인간들이 녀석에게 말을 걸었다. 그저 배를 보이는 시시한 재주 하나로 녀석은 접시에 놓인 가쓰오부시를 손에 넣었다.

"무슨 속셈이야?"

"예전에는 재롱을 떨면서 온 나라를 돌아다닌 적도 있어. 안목 없는 인간한테는 지금 걸로 충분해."

자칭 대략 백 번 산 고양이는 내가 앉은 발판 아래에서 웅크렸다.

"기껏 이런 시골까지 왔으니 더 나은 대접을 기대할게."

"고작 옆 동네잖아."

"쉽게 말하지 마. 대체 얼마나 되는 위험을 빠져나왔다고 생각해?"

"선술집은 어떻게 안 거야?"

"비둘기한테 들었어. 갑자기 사라져서 놀랐잖아. 무사해서 다행이야."

친구란 괜한 짓마저 해주는 법이다. 이 고양이가 나를 찾아온 이유는 놀리는 것 말고는 없을 텐데. 어차피 사정도 알고 있을 것이다.

"어리석은 행동을 했더군. 설마 인간을 위해서 자발적으로 타락할 줄이야."

이거 봐.

단, 안타깝게도 사투리 억양이 있는 고양이의 의도대로 될 것 같지는 않았다. 나는 청소기를 돌리는 소리가 등 뒤에서 지나가기를 기다렸다.

"진실을 말하자면 말이지."

"응?"

"슬슬 적당한 시기라고 생각해."

"그 말은 즉?"

"이제 충분히 살았어."

"넌 몇 번째라고 했었지?"

"딱 스무 번이야."

고양이의 지루한 듯한 하품이 마당에 작게 울려 퍼졌다.

"어딘가의 고양이와 달리 솔직히 대답하고 있지. 끝맺기에 좋아."

"끝맺기에 좋다는 말은 100이나 200을 가리키잖아. 나와 비교해도 아직 한참 멀었어."

"말은 잘하네. 그걸 누가 믿는다는 거야?"

수많은 영혼이 기껏해야 열 번 정도를 살면 질리거나 외로움을 느끼고서, 자신들의 생의 테두리에서 빠져나간다. 나조차 비교적 많은 편인데 아흔여덟 번이나 살았다니, 멍청한 소리다. 진지하게 상대할 필요가 없다.

"하지만 그 비둘기는 더 살아가지 않을까? 괜찮아? 친구를 두고?"

"그도 이미 열여덟 번째야. 그쪽에서 기다릴 거야."

지금은 비둘기이자 수컷인 그와는 지금까지 쭉 영혼의 인연이 닿았다.

몇 번이나 만났다가 헤어지고, 다시 다른 모습으로 다음 시대, 다른 동네에서 재회한 것을 축하해왔다. 그것도 이번 생에서 마지막이다. 헤어지기 서운하지만, 원통할 것도 없다.

"좋을 것도 나쁠 것도 없어. 나한테는 선택의 여지가 없으니까."

인간 따위에게 아첨하고 서로 나눈 약속을 저버린 영혼에게 더 이상 다음 생은 없다.

영혼은 이 세상이 아닌 장소로 이동된다. 우리가 일생을 마치고 다음 모습으로 태어나기 전까지 통과하는 장소다. 그곳에는 육체도 물질도 없거니와, 물론 한 번이라도 인간을 경험한 오염된 영혼도 존재하지 않는다.

"그래?"

"재미있지 않아?"

"글쎄. 이 마지막 생에서 이루고 싶은 게 있다면 협력해줄게, 어때? 대신 가쓰오부시 이상의 대가를 사람들한테서 받아내 줘."

"됐어. 이제 충분해."

나는 화창하게 갠 하늘을 매일 그랬던 것처럼 올려다보았다. 그곳에 있는 무언가를 기대하고 있는 건 아니다. 그저 이 하늘 끝자락에 자리한 두 사람이 어떻게 지내고 있을지 상상했다. 봉투에 적혀 있는 주소에 따르면 사요는 건물 위층에 살고 있는 모양이었다. 만약 사요가 나오지 않으면 마모루는 몇 번이고 세레나데를 연주하면 된다.

"앞으로 어떻게 되든 사요나 마모루와 보낸 시간이 지금까지 살아온 어떤 생애보다 행복했어. 그래서 충분해."

가족이 없거나, 있거나 하면 바로 잃거나, 더욱 나쁘면 서로 다투고 빼앗거나 하는 그런 몇몇 생이 당연한 와중에 나는 두 사람 사이에서 확실한 사랑을 느끼며 살아왔다.

더구나 실은 영혼의 인연이 닿았던 건 비둘기뿐인 것도 아니다. 예전에 다른 개로서 평생을 살았을 때 나는 늘그막을 병과 더불어 보냈다. 숨을 거두기 직전까지 괴로워하던 나를 무슨 일에든 쉽게 질려했던 어린 소녀가 울면서 열심히 간병해주었다. 그 기억이 지금도 또렷하게 영혼에 새겨져 있다. 충분하다.

남이 보기에 나는 인간 따위에 얽매인 한심한 개다. 그런 자신을 비하하는 농담을 졸린 듯한 고양이에게 던졌다.

"어차피 세상은 멸망하잖아. 그렇다면 똑같아."

"글쎄, 그래. 그것에 대해 재미있는 이야기를 들었어. 뭐든 그것과 협력하는 사람이……."

보통내기가 아닌 고양이가 말을 이어 나가기 전에 내 이름이 불렸다. 돌아보자 이 집의 주인인 마모루의 누나가 전화를 한 손에 들고 내 앞으로 온 전언을 들려주었다.

폭력적인 에피소드

"22시 35분, 지금은 6분, 상황 증거도 시계랑 같이 촬영 끝냈어. 네 얼굴도 신분증도 촬영해서 콜록, 클라우드에 보존했고. 이제 도망 못 가."

"그, 그런가요?"

"손발이 묶인 채 귀엽게 앉아서 능청스럽게 굴지 마."

"니시무라 씨, 다친 거 괜찮아요? 피도 나요."

"좋은 경험 했다 치지 뭐. 이렇게 강렬하게, 지금 네가 할 소리냐고 생각하는 날이 오다니. 아, 나 진짜 정신이 나갔나 봐. 제대로 된 재판 때까지 다들 살아 있을지도 모르고, 경찰에 신고하기 전에, 아니 조금 전부터 너 뭐 하는 거야?"

"그게 말이죠, 제 이름이랑 나이랑 주소는 말씀 안 드려도 되겠죠? 면허증에 나와 있을 거고요. 제 직업을 우선 말씀드리자면 저는 리서치 회사에서 근무하고 있어요. 이른바 시장 조사를 대리로 하는 회사예요. 인터뷰나 앙케트가 니시무라 씨한테도 제일 익숙할 거라고 생각해요. 후배도 몇 명인가 생겨서 늘 즐겁게 일하고 있어요. 결혼은 하지 않았고, 아파트에서 혼자 살고 있으며, 기본적으로는 밥을 직접 해 먹지만 주말에는 외식이 잦아요. 지금은 사귀는 사람도 없어서 빈도가 그 정도까지는, 아아, 알아요, 알고 있어요, 죄송합니다. 제 프로필보다 어째서 오늘 제가 이곳에 왔는지가 문제죠? 이건 맨 처음부터 확실히 전달해도 괜찮을까요? 애초에 출발점을 말하자면 몇 개월 전까지만 해도 저는 당신을 눈곱만큼도 몰랐어요."

"제길. 눈곱만큼이라니, 닥쳐. 열 받으니까."

"죄, 죄송합니다. 당신을 알게 된 계기는 가족이 갑자기 자포

자기해 버려서입니다. 집에 틀어박혀 있다거나 자해를 하는 건 아니고 이른바 불량화, 비뚤어졌어요. 여동생은 원래 폭력적인 언동을 하는 애가 아니었어요. 그런데 얼마 전부터 상태가 이상해졌다고, 처음에는 엄마한테 상담받았어요. 사춘기고, 세간에서 드문 일이 아닐지도 모르죠. 하지만 가족에게 있어서는 중대사예요. 동생의 장래와도 연관이 있고요. 다만, 저는 이래 보여도 이해심이 넓은 언니고 개인적으로는 만약 여동생이 자기 의지로 그렇게 되었다면, 삶의 방식을 그리 정했다면 하는 수 없다고 생각했어요. 적어도 강력 범죄에는 물들지 않도록 지켜보는 것 정도밖에 할 수 있는 게 없겠죠. 그렇죠?"

"아니, 뭐, 그렇지. 일단 계속 말해."

"네. 저도 처음에는 소중한 여동생을 조용히 지켜보려고 했어요. 적당한 이유를 대고 귀성해서 여동생의 문자나 라인을 당연히 체크하려고 방도 뒤졌었고, 들키지 않도록 미행도 했어요. 너무 자극해도 바람직하지 않으니까 몰래요. 그러고 나서 오늘 일로 이어지는 결정적인 사실을 알았던 건 공통된 지인에게 여동생의 상태를 물으러 갔을 때였어요. 신뢰할 수 있는 정보원이었지만 역시 믿을 수 없는 기분도 들었기에 저는 그로부터도 한동안 계속 관찰했습니다. 그렇다고는 하나 저도 어엿한 사회인이라서 시간이 있을 때로 한정되어 있었지만 말이죠. 결과적으로는 그걸로 충분했습니다. 저는 동생이 자기 방에 있을 때 방을 들여다보다가 보고 말았습니다. 동생이 아무것도 없을 공간에 말을 거는 모습을요. 그 모습은 지인에게서 받은 보고와 일치했습니다. 하지만 가족이 그런 상태가 되면 놀라기 마련이죠. 글쎄요. 그럼, 그쪽 오라버니."

"마음대로 말 돌리지 마. 직업병인 거야, 뭐야!"

"죄, 죄송합니다. 참고로, 정말 참고로 말이죠, 이렇게 조사 결과가 수치로 나오지 않는 인터뷰 등에서 해답을 얻는 앙케트를 정성조사라고 합니다. 네, 정말 참고로 하는 말이에요. 이어서 말할게요. 동생에게 무슨 일이 벌어졌는지 다양한 가능성을 의심했습니다. 심령이나 가상의 친구, 또는 무기물과 이야기할 수 있게 되었다든가, 단순히 병에 걸려 환각이 보이게 되었을지도 모르죠. 화학물이 아니라 잎이면 안심이지만, 동생의 소지품에서 그런 건 발견되지 않았습니다. 결론부터 말씀드리자면 지금도 저는 동생한테 무엇이 보이는지 모릅니다. 그저 동생 방에 설치한 도청기가 말을 들려주죠. 동생은 누군가와 내내 이 세상의 멸망에 대해 이야기하고 있었습니다. 아니, 정말 이상한 일이죠."

"피를 흘리는 사람은 네 말에 일일이 대답해줄 정도로 다정하지 않아."

"아, 네. 부디 건강하시길 바랍니다. 그런 오컬트? 방면에는 제가 어둡지만, 텔레비전에서도 가끔 하잖아요. 도시 전설 프로그램. 믿을지 안 믿을지는 당신한테 달렸다는 그거, 저도 본 적 있어요. 분명 동생도 그런 데 영향을 받은 단순한 중2병이라고 생각했어요. 귀신이 보이는 여고생을 연기하는 롤플레잉 같은 거요. 그렇구나, 불량 청소년이 된 게 아니라 그쪽이구나, 라고 생각했죠. 인터넷에서 검색해서 알았지만, 점차 폭력성을 띠기 시작하는 것도 그런 터무니없는 설을 믿는 인간에게 간간이 있는 모양이잖아요. 그렇다면 내버려 두면 시간이 흑역사로 바꿔서 해결해주겠죠.

다만, 그래서 우선 안심한 건 아니고 저한테는 조금 마음에 걸리는 게 있었습니다. 동생이 빈번하게 반복해서 하는 혼잣말 중에 너무 궁금한 단어가 조금씩 발견됐거든요. 그건 '감염'이나 '전달'이라는 말이었습니다. 풀어서 해석해보니 동생은 아무래도 그 보이지 않는 무언가가 보이는 현상을 누군가로부터 감기처럼 옮았다고 생각하고 있는 듯했습니다. 아, 오해하지 마세요. 비딱하고 위험한 것에 감염되었다고 해도 동생은 제가 보기에도 남들보다 유난히 성에 숙맥인 듯하거든요."

"그래서?"

"네, 저는 조사해보기로 했습니다. 동생을 그런 현상을 겪게 해서 고민하게 만든 감염원을요. 그런 게 정말 실재하고 있다면 가족으로서 용서할 수 없다고 생각했죠. 만약 동생이 취미로 즐겁다든가 근사하다고 생각한다면 이상한 게 보이든, 안대를 쓰든, 고딕 롤리타 스타일의 옷을 입든 상관없어요. 야구 배트를 휘두르든, 다소 싸움을 하든, 도둑질을 하다가 연행되어도 상관없고요. 단, 사실은 보고 싶지도 않은 게 보여서 멸망을 믿게 되었다면 동생은 즐기는 게 아니잖아요. 단순히 괴로워하고 있을 뿐이잖아요. 용납할 수 없었어요.

동생이 맞닥뜨린 그 현상에 대해 조사하면서 우선 알았던 건 어떤 아나운서가 일으킨 방송 사고였습니다. 제가 조사한 바에 따르면 그는 현재 방송국을 관뒀고, 작은 동네에서 노부부와 걷고 있던 모습이 목격됐다고 합니다. 인터넷은 이용 방법만 틀리지 않으면 편리하죠. 인터넷에 남은 정보 덕분에 저는 방송 사고 타이밍과 소중한 가족에게 증상이 나타난 타이밍이 일치하지 않는다는 걸 확인했습니다. 그 외에도 그 시기에 유명한 뮤지션이 자신의 성형 경험을 말한 것이 이상한 게 보이기 시작해서 세계가 끝난다는 걸 알아서이지 않을까, 라는 억측에 지나지 않는 소문이 돈다는 사실도 접했죠."

"깜짝 놀랄 일이네."

"넌 갑자기 끼어들어서 미치광이 범죄자 에피소드 토크에 허물없이 맞장구치지 마!"

"싸우지 마세요, 두 사람. 저기, 저 오라버니는 니시무라 씨에게는 생명의 은인이잖아요. 아뇨. 네. 좀 나댔네요. 그러게요. 이야기 이어서 할게요. 만약 아나운서나 뮤지션이 원인이라면 그건 그것대로 다행이지만 둘 다 진실이라고 하기엔 결정적이지 않았어요. 그래서 여동생의 스마트폰과 컴퓨터 이력을 파고들었어요. 그리고 지인한테 얻은 증언과 대조해서 저는 한 라이브 방송인에 도달했습니다. 어느 정도까지 확신으로 바뀌면 사실 확인은 간단한 법이죠. 얼른 또 귀성해서 식사 중에 그 방송인의 이름을 꺼내봤어요. 그랬더니 여동생이 다소 놀라면서, 언니도 알고 있었어? 라며 밥을 우물거리더군요. 이걸로 저는 실행으로 옮기는 이유와, 그로부터 얼마 지나지 않아 행동으로 옮길 타이밍을 알게 되었습니다. 방송인의 개인 정보를 특정하는 방법은 인터넷에서 조사한 것과는 별개로 옛날에 한창 놀았던 무렵에 어울렸던 지인들한테 배웠습니다. 지인은 범죄자니 그렇다 쳐도 인터넷에서 이런 정보를 간단히 알 수 있다는 건 어떤 측면에서 보면 사회가 이상하다는 거죠. 그래서 세상이 끝나는 걸지도 모르겠네요. 참고로 특정 방법에 대해 가볍게 설명하자면, 우선 맨 처음에는 방송 중에 바깥에서 나는 소리를 찾는 겁니다. 이 정도는 상식일까요?"

"뭐, 흔히 듣는 말이지."

"그래요. 그러니까 방송인에게 있어서 선거 유세 차량은 말도 안 되는 요소죠. 저는 방송인은 아니지만 예전에 밤낮이 바뀐 생활을 하고 있었을 무렵, 선거 유세 차량이 너무 시끄러워서 열받은 적이 있습니다. 하지만 현관을 나가기 직전에 가족이 폭력을 행사해서는 안 된다고, 단단히 못을 박아서 하는 수 없이 좁은 일방통행 길에서 앞을 가로막아 선 적이 있습니다. 그리고 인내심 테스트에서 이겼어요. 청춘의 즐거운 한 페이지지요. 죄송합니다. 제 추억 이야기 따위를 해서요.

네, 그래서 저는 가족에게 악영향을 끼친 방송인의 라이브 방송 아카이브를 빠짐없이 들었습니다. 결과적으로 유력한 정보로서 도움이 된 건 어느 날, 빈발했던 소방차 사이렌 소리와 매번 부탁도 안 했는데 그가 정성스럽게 알려준 날씨 이야기였습니다. 나머지는 잡담하는 기분으로 흘리듯 말했던 근처에 있는 몇몇 체인점들의 이름이었죠. 그리고 촬영된 방의 구조, 자잘하게는 조금 더 있지만 그것들로부터 어느 정도까지 대상의 범위를 좁혀나갈 수 있었습니다.

완전히 특정하기까지는 그로부터 몇 주일 걸렸어요. 반복해서 말하지만, 저도 일하고 있습니다. 그래서 주말이니 일하고 난 후 타깃의 집 주변을 어슬렁거리며 찾았습니다. 다만 결국 확증에 도달할 수 있었던 건 제 노력이나 능력보다도 좋은 운 덕분이었습니다. 의외인 곳에서 나타나주었던 거죠. 그쪽에 있는 오라버니가요."

"어, 나?"

"주의하는 편이 좋을 거예요. 적어도 친구나 가족, 전 직장 동료 등의 집 호수까지 특정할 수 있을 만한, 눈에 띄는 행동은 삼가는 편이 좋을 것 같거든요. 저 같은 인간에게 발각되니까요."

"보통은 안다고 해도 아무 짓도 안 해! 대충 찾았다고 쳐도 어떻게 베란다에 들어간 거야?"

"춤추면서요."

"춤추면서?"

"네. 춤추면서요. 바람을 멜로디로, 비를 리듬으로, 천둥은 변박자의 신호로 춤추면서 왔어요."

"조카야? 아무리 속편이 나온다고 해도 바보야?"

"아니에요. 살인범과 동급으로 취급하지 마세요. 좀 더 민속 무용처럼 췄어요. 물론 비교적 가까이 다가오고 나서요. 역에서 거리가 너무 멀었거든요. 저는 체력이 없어요. 의외로 아무도 저한테 말을 걸어오지 않았어요. 어쩌면 동영상 정도는 찍혔을지도요. 그렇다면 저도 방송인으로 데뷔했을지도 모르겠네요. 표적의 집이 2층이었던 건 운이 좋았어요. 쓰레기 수거장 지붕에만 올라갈 수 있으면 그 후에는 쉽게 뛰어넘을 수 있었어요. 운동 신경이 좋아 보일지도 모르지만 아니에요. 무슨 일에 있어서든 정말 중요한 건 재능이 아니라 경험이에요. 그렇게 해서 여기서부터는 아실 거라고 생각해요. 베란다에서 니시무라 씨에게 인사했더니 말다툼이 벌어졌고, 중간부터 그쪽에서 오라버니가 가세했고, 그 후 제가 묶여 있는 지금, 현재에 도달했죠. 이게 제가 설명할 수 있는 모든 것입니다. 적어도 당신이 바라고 있는 부분에서는요."

"그렇군."

"자, 경찰을 부르세요."

"하고 싶은 말이 많아."

"네. 저만 이야기했네요. 그쪽이 원하는 게 있으면 폭언이든 뭐든 얼마든지 받아들일게요."

"물론 바보든 멍청이든 미친 녀석이든 내 걸작을 망가뜨렸으니 세상이 멸망하기 전에 죽여버리겠다고 말하기 시작하면 멈출 수 없겠지만 그래도 다시 물을게."

"네. 뭔가요? 설명이 부족한 부분이 있었나요?"

"내 질문에 아직 제대로 대답 안 했잖아."

"그렇다는 말씀은."

"조금 전부터 머리가 깨질 것 같고 등도 아파. 어이, 나는 너한테 조금 전부터 뭐하냐고 물었어."

"네. 그래서 설명해드렸습니다."

"아니, 그런 의미가 아니야."

"네?"

"너 이중인격인가 그런 거야?"

"……아, 그런 말씀이었군요."

"도대체 뭐야?"

"네, 네, 그런 거였군요."

"표정도 말투도 묶이자마자 변했어."

"그랬군, 그랬어. 몰랐네? 그럼 이쪽이 더 좋아? 난 어느 쪽이든 상관없어. 하지만 네가 회사원 시절에 트라우마가 있는 것 같아서 그쪽을 건드리는 편이 즐거울 듯해서 사회인 모드가 발동해버렸네. 인격이 여러 개 있는 건 아니야. 그냥 최근에는 서비스 정신에 눈을 떴거든? 취향이 따로 있으면 얼른 말해. 니시무라 메이코 씨, 아니다, 호칭도 이쪽이 낫지?"

"뭐야, 정말."

"코너룬. 네가 뭐라고 해도 말이지, 히요리는 즐거워."

만약 앞으로 피해자로서 증언을 요구받게 된다면 내 시선에서 본 사실을 제대로 설명해야 한다.

오늘 밤에 있었던 일이다. 취미로 하던 유튜브 라이브 방송 중에 우리 집 창문을 깨고 한 여자가 습격해왔다. 나중에 빼앗은 면허증에 따르면 와타나베 히요리, 23세 여성이었다. 이런 때에도 꼼꼼하게 지갑과 신분증을 가지고 다닌 건 과연 공격당하지 않을 자신이 있어서인 걸까, 더 이상 그런 상식이 통하지 않는 상대여서인 걸까. 현시점에서는 판단할 도리가 없지만, 나로서는 후자 같은 마음이 들었다.

내가 첫 슈퍼챗을 보내준 시청자의 채팅 글을 읽고 감사 인사를 하는 사이에 그 일은 일어났다. 뭐라고? 나한테 인사했다고? 우리 사이에 말다툼이 벌어졌다고? 가해자는 이렇게도 사실을 축소시켜 말하는 법인가? 웃기지 말라고 해.

유리창이 깨지는 큰 소리에 내가 놀랄 틈도 없이 베란다에서 날아온 쇠 파이프는 방송용 카메라를 망가뜨렸다. 얼마 지나지 않아 "빗나갔다"라는 얼빠진 소리가 들렸다.

아연실색한 내 눈에 깨진 유리창 틈으로 뻗어온 흠뻑 젖은 손이 비쳤다. 쇠 파이프를 내던진 그 손은 어째서인지 여기서만 유독 정중하게 잠금장치를 풀고 창문을 열었다.

인사를 할 리가 없었다. 새파란 비옷을 입은 여자가 커튼을 손으로 걷고, 흙 묻은 발로 들어왔다. 너무 충격적인 일이라 공포와 혼란 속에서 그냥 그런 그림이 떠올랐을 뿐일지도 모른다. 여자의 외모는 어디에나 있을 법한, 얼굴 수준으로 치면 평범하고 앞머리를 가운데로 가른 모습이었는데, 영화에 나오는 연쇄살인범 계열의 악당처럼 얼굴 한가득 미소를 띠고 있었다.

여자는 우선 아무 말도 하지 않고, 앉은 채 움직이지 않는 내 쪽으로 다가와 그곳에 있던 쇠 파이프를 주워 치켜들었다. 여자의 변덕으로 표적의 순서가 바뀌었더라면 위험했다. 여자는 쇠 파이프를 마치 골프채처럼 사용해서 컴퓨터를 벽으로 날려버렸다. 키보드 키들이 피처럼 흩날렸고, 그중 E가 내 팔까지 날아와서 그 얼마 안 되는 감촉에 나는 마침내 비명을 질렀다.

만약 여자가 비밀리에 암살을 꾀하고 있었더라면 내 입을 바로 틀어막았을 것이다. 실제로는 고함을 지르는 나를 가만히 보고 확인하듯 고개를 한 번 끄덕였다. 그리고 다음 표적을 가리키고 잠자리를 잡을 때처럼 그 손가락을 빙글빙글 돌렸다.

"코너룬, 내 귀여운 여동생한테 이상한 걸 보여주는 예언자."

웬지 엄청 즐거운 듯했다. 타깃을 앞에 둔 성취감이라든가, 위협하는 목적을 말하는 게 아니라 그저 순수하게 놀고 있는 것 같았다. 이런 걸 주마등이라고 할까. 어렸을 적, 장난감 전문 매장에 부모님이 데리고 가줬을 때의 나를 떠올렸다.

머릿속만큼은 냉정하게 이 녀석이 어떤 사람이든 우선은 도망쳐야 한다고, 경찰을 불러도 분명 몇 분은 걸릴 거라고 그런 생각을 했지만, 뇌와 몸이 잘 연동되지 않아 꿈속에서처럼 무릎이 세워지지 않았다.

간신히 엎드려 기어서 현관 쪽으로 도망치려고 하는 내 앞에 여자가 가벼운 발걸음으로 가로막고 섰다.

난감하다 싶어서 팔로 얼굴을 덮고 몸을 치우자 어깨가 소파에 닿아 몸의 방향이 누워 뒹구는 것처럼 바뀌고 말았다. 결과적으로는 다행이었다.

내 이마를 거침없는 속도로 스쳐지나간 쇠 파이프가 소파 위에 놓여 있던 범선을 직격해서 돛대가 부러졌다. 이마가 찢어져서 흩날리는 피와 노력의 결정체인 잔해가 동시에 시야로 뛰어들었다.

그 광경이 나에게 힘을 줬다. 공포심과 혼란스러운 마음에 분노가 더해졌다. 하지 않으면 당할 것이라는, 모든 이야기에서 반복해서 들었던 그 말을 처음으로 가슴에 품었다.

"앗, 갑자기 생각났어. 그래, 이른바 이게 서로 마주본다는 거지?"

영문을 알 수 없는 상기된 말을 무시하고 나는 축 처진 여자의 오른손에 무방비하게 들린 쇠 파이프를 향해 달려들었다. 하지만 안타깝게도 평소에 운동이 부족했던 탓인지, 아니면 타고난 반사 신경 탓인지 여자는 거뜬히 쇠 파이프를 치켜들었고 나는 무의미하게 헤드 슬라이딩을 하는 꼴이 되었다.

"꾸엑."

사회인으로서 낸 적 없는 소리가 나왔다. 등에 눈이 달려 있지 않아도 무슨 짓을 당했는지 알 수 있었다. 여자는 나를 마치 표본으로 만들 듯 등 한가운데에 쇠 파이프를 꽂았다. 죽이려는 마음은 없었는지 척추 부근을 꾹꾹 눌러댔다.

"지금도 말이야, 코너룬이 말했던 이상한 형태를 한 녀석들이 이 방에 있어? 있다면 어떻게 하고 있어?"

목에 힘을 실어서 고개를 들자, 이마에서 흘러나온 피가 오른쪽 눈에 들어갔다. 그래서 왼쪽 눈으로 보았다. 녀석들은 있었다. 우리 둘에게서 거리를 두고 마치 관전하듯 에워싸고 있었다. 알고 있었지만 녀석들은 내 아군이 아닌 모양이다. 도움은 기대할 수 없다.

"히요리한테는 그게 안 보여."

히요리라는 게 여자의 이름인지, 나한테 세뇌당했다는 여동생의 이름인지 이 시점에서는 판단할 수 없었다. 그것보다도 죽이려고 하는 상대에게 말을 거는 어조라고는 생각할 수 없는, 뭐라고 해야 할까? 허물없는 태도가 신경 쓰였다. 절실함이라고는 눈곱만큼도 없었다. 그 부분에서 미친 악당 같았다.

질문에 답할 의무는 없다. 등과 이마의 통증을 견디고 주위를 관찰했다. 이대로는 당하기만 할 뿐이다. 그리고 발견했다. 허망하게 파괴된 배의 부품을. 여자의 로퍼 오른쪽 뒤축 바로 근처에 부러진 돛대가 떨어져 있었다. 뾰족해서 무기가 된다. 생각하는 시간을 쓸데없다고 여긴 나는 통증을 각오하고 몸을 비틀었다.

내 몸을 세게 눌렀던 쇠 파이프가 갈비뼈에 자국을 남기는 감각이 들어서 나중에 보니 멍이 들어 있었다.

그런 희생까지 치렀는데 나는 무엇 하나 주울 수 없었다. 무기라든가 기회라든가 꿈이라든가 희망이라든가. 이런 것을 경험 차이라고 하는 걸까. 손이 닿기 전에 옆구리가 쇠 파이프에 한 번 찔렸고, 몸을 틀던 반동이 작용해 그대로 천장을 보는 형태로 눕게 되었다.

"쿨럭."

마셨던 술이 입까지 조금 치밀어 올랐다. 여자가 내 복부에 올라타는 자세로 앉느라 엉덩이를 떨어뜨렸기 때문이다.

"부러뜨리자."

비가 내릴지도 모르니 우산을 가지고 가자, 그런 어조로 뚜렷한 목적도 없다는 식으로 내뱉은 말의 의미를 파악했다. 그리고 몇 초 후에 일어날 비극에 대한 예감과 정면으로 보이는 해맑은 얼굴이 나에게 공포심만을 떠올리게 했다. 나는 자연스럽게 외쳤다.

이 외침이 보람을 나타낸 건 아니다. 도움이 되었던 건 맨 처음에 지른 비명이었다.

"뭐 하는 짓이야?!"

흠뻑 젖은 스토커가 베란다로 불법 침입을 했다. 제기랄, 하지만 오늘만큼은 용서할게.

그 목소리에 돌아본 폭력녀를 온 힘을 다해 밀어내는 것과 동시에 이번에는 제대로 된 의지를 가지고 외쳤다.

"도와줘!!"

"그리하여 히요리는 결박당해 이 지경에 이르렀지요."

"인터넷 밈 같은 말투로 말하지 마. 짜증나게."

싸움에 익숙하지 않은 평범한 사회인 두 사람은 애를 먹었지만, 다수였기에 무적이었다. 체중 차이에 따라 멋지게 승리했다. 행동력 있는 스토커가 건 태클로 바닥에 고꾸라진 여자의 양팔을 억압해서 이제는 사용하지 못할 컴퓨터 케이블을 재사용해 손목을 꽉 조여 묶었다. 발도 마찬가지로 묶었다. 묶이기 시작했을 때 단념했는지 와타나베 히요리는 어떤 저항도 하지 않았고 마치 협력적인 것처럼 보이기도 했다.

바깥에서는 비와 바람이 약해지고 있었다. 창문이 깨져 있어서 바로 알았다! 바닥은 철벅철벅 발자국투성이고 유리가 흩어져 있었지만, 지금은 초가을이라 그나마 다행이었다. 나는 늦었지만 일단 슬리퍼를 신었다. 이마의 피는 굳어서 끈적했다.

"저기 말이야, 조금 전에 냄새가 났어. 거기 있는 스토커 오라버니, 담배랑 라이터 좀 줘."

"금연이야! 교도소에서 수형자 동기한테 사서 피워."

"코너룬, 영화를 너무 많이 봤어!"

머리부터 깨버릴까, 글렀다. 이미 구속하고 있다. 과잉 방어가 될지도 모른다. 나머지는 법이나 세상의 운명에 판가름 받는 편이 낫다. 멸망하는 순간에 사이좋게 담장 안에서 죽는 건 사양이다. 하지만 정말 열 받는 이 기분은 대체 어디로 가지고 가는 게 좋을까.

"적어도 전부 변상받을 거야."

"상관없잖아. 세상이 멸망한다면."

"그 전에 적어도 배는 보상 안 받으면 직성이 안 풀릴 것 같아."

평생 갈 거로 생각했던 낯가림이 있는 나도 다 죽게 생기면 범죄자에게 날카로운 어조로 마구 몰아붙이게 되는 듯했다. 타인을 공격하러 왔다거나 이제 곧 경찰에 넘겨질 사람으로는 도저히 보이지 않는 긴장감 제로의 얼굴을 노려보며 나는 탁자 위에 놓인 운전면허증을 집어 들었다. 증명사진의 와타나베 히요리는 흰 셔츠에 재킷을 입은 모습으로 이쪽을 무표정하게 보고 있었다. 남의 머리를 향해 쇠 파이프를 휘두르는 사람을 태연하게 잠복시키는 이 세계에도 짜증이 났다.

"얼른 신고하는 게 어때? 경찰차에 타는 거 기대되는데."

"무슨 소릴 하는 거야, 이 정신이상자야. 아직 물어보고 싶은 게 있어."

"뭐야?"

"여동생이 나한테서 감염됐다고?"

그건 이 여자가 아무래도 거의 상관없는 신상 이야기를 한창할 때부터 신경 쓰였던 것이었다.

당연히 가능성으로 생각하고는 있었다. 지금도 내 발 언저리와 여자의 머리 위에서 쫄래쫄래거리는 세상의 멸망을 알리러 나타난 묘한 이 녀석들이 그 아나운서와 나 말고도 보이는 사람이 있을지도 모른다니. SNS를 뒤지다 보면 그런 내용을 올리는 녀석들을 얼마든지 찾을 수 있다. 하지만 누가 사실을 말하고 있고, 누가 거짓말을 하고 있는지를 조사할 시간은 멸망할 때까지 남은 하루하루를 보내는 와중에 참으로 아깝다. 그래서 나는 상상이나 예상만 자유롭게 두고 진실로 다가갈 노력은 하지 않았다. 이게 눈이나 머리의 병이 아니라고 치면 나는 그 아나운서로부터 전파를 통해 건네받은 게 아닐까. 그렇다면 내가 하는 방송 때문에 누군가에게 같은 현상이 일어나고 있어도 이상하지 않다는 정도로 사태를 받아들이고 있었다.

지금 그 상상의 답일지도 모르지만, 폭력적인 형태를 가지고 눈앞에 나타났다. 피해 받은 몫으로써 적어도 이 정도는 묻고 나서 국가 권력에 쩔러 넣어도 되겠지.

"그렇지 않아?"

와타나베 히요리는 마치 너무 긴 영어 문제를 앞에 두고 이제 아무래도 상관없어진 고등학생 같은 얼굴로 고개를 갸웃거렸다.

"그렇지 않아??"

"그렇지 않아? 나는 그런 느낌이 들어."

"그런 느낌이 든다니, 뭐야."

"어떻게 옮는지 정답은 몰라. 내 여동생이 코너룬 방송 말고도 보고 있는 방송이 있었을지도 모르고. 하지만 제일 열심히 봤던 건 코너룬의 채널 같아. 축하해. 어쩌면 정말 어딘가에서 아무 남자한테서나 옮아온 거라면 언니인 나는 많이 슬플 것 같아."

"설마."

묶여 있는 손목 끝만을 사용해서 친 자그마한 손뼉에 짜증이 치밀어 올라 한순간 머릿속에서 말들이 스파크를 일으켜 뿔뿔이 흩어지려고 했던 것을 꾹 눌러 담아 토해냈다.

"그렇게 확신하지도 못하면서 이런 일들을 전부 저질렀다는 소리야?"

나는 진심으로 믿을 수 없다는 심정을 담아 방 창문을, 바닥을, 배였던 것을, 컴퓨터였던 것을, 카메라였던 것을, 내 이마를 순서대로 가리켰다. 여자는 "그거 어디 팝콘이야?"라고 거지같은 질문을 했다. 스토커 군은 맞장구를 치다가 혼쭐나서인지 말에 끼어들지 않고 걱정스러운 듯이 이쪽을 보고 있었다.

"까딱 잘못했으면 나 죽을 뻔했어."

"그렇게 죽여버릴까 싶었어. 실패했어. 분해. 그래도 즐거웠어."

여자는 무릎을 세우고 팔을 감은 형태에서 옆으로 데구루루 굴렀다. 경계했지만 묶인 팔을 이용해서 바닥에 흩어진 팝콘 중 하나를 능숙하게 집어 원래 자세로 돌아오더니 입으로 쏙 집어넣었다.

"코너룬은 즐거웠어? 죽을 뻔했다가 살아나는 건 놀이 기구 같은 느낌이야? 어때?"

마치 앞으로 영화라도 시작될 것 같다고 표현하면 명백하게 이상하지만 그것밖에 이미지가 생각나지 않았다. 설레는 시선으로 여자는 내 얼굴을 응시하고 있었다. 팝콘까지 먹으면서.

"즐거울 리가 없잖아."

이런 행동을 일으킬 수 있는 녀석에게 일반적인 문맥이 통할 리 없다고 예감하고 있어도 나는 내가 가지고 있는 감각 중에서 말을 골라 하는 수밖에 없었다.

"아무도 안 즐거워. 그쪽도 미쳐 있으면서도 소중한 여동생을 위해 왔지만, 결국 목적은 이루지 못한 채 그저 죄만 더 짓고 묶인 상태로 이제 경찰에 넘겨질 거야. 세상이 멸망할 때까지 자유를 빼앗기는데 그게 뭐가 즐거워?"

"그래, 맞아, 정말 그래. 증오도 역시 즐거움과 결이 같다니까."

하지만 애초에 사람에 따라 가지고 있는 감각은 다르니까, 더구나 정신이 나간 녀석과 같은 의미에서 말을 공유하다니 도저히 무리인 이야기다.

"기분이 정말 좋아."

"뭐라고?"

아니, 나도 만약 세상이 멸망하지 않으면, 더구나 생사를 건 난투를 벌인 후가 아니라면 의미를 따지지도 않고 '글렀다, 이 녀석은 대화가 안 통하는구나'라며 바로 경찰에 넘겼을 것이다. 그래서 정리나 청소가 귀찮더라도 제일 먼저 해야 하는 것을 우선시했을 것이다. 그게 사회에서 살아간다는 것이다.

하지만 영문을 알 수 없는 일이 마구잡이로 벌어진 이 방에 더 이상 사회는 존재하지 않고 내가 의미를 알 수 없는 일을 신경 써도 되는 모양이다. 그 증거로 내 질문을 아무도 막거나 비난하지 않았다.

여자는 입 끝으로 웃었다. 그리고 묶인 손목에서 양손의 검지를 세워 나를 가리켰다.

"안 가지고 있어? 안 가지고 있으면서도 용케도 잘 살고 있네."

"너 무슨 소리 하는 거야?"

"세계 멸망을 즐기고 있는 것 같아서 가지고 있을 줄 알았지."

내가 대체 무엇을 가지고 있지 않다고 이 녀석은 말하고 있는 걸까. 사람으로서 부족한 부분투성이라는 것 정도는 내가 제일 잘 알고 있어도 타인에게 듣고 싶지는 않다.

이 녀석과 비교해서 가지고 있지 않은 것이 있다면 여동생이

비뚤어졌다는 것만으로 타인을 죽이려고 하는 가족애일까, 즉흥적인 발상에서부터 스트리머의 주소를 특정할 때까지의 행동력일까, 목적을 위해 온갖 희생을 마다하지 않는 광기일까. 그것들 전부 가지고 싶냐고 묻는다면 전혀 원하지 않는다. 하지만 어째서인지 이 정신이상자는 내가 가지고 있다고 멋대로 생각하고 있다. 하지만 실제로는 가지고 있지 않은 모양이다.

대체 무엇을.

"독해력이야."

와타나베 히요리는 내 짧은 침묵의 의미를 파악하고 답했다. 아직 전혀 의미를 이해할 수 없지만 말이다.

"이런 행동을 하는 녀석이 어느 나라의 언어 수업에서 어떤 독해력을 익혔다는 거야?"

"그런 좁은 의미가 아니야."

"일본어 수업이라는 건 거의 도덕 수업이야. 이래 보여도 교원 자격증 가지고 있어."

"어라, 그래? 수업에서는 배우지 않았어. 히요리는 스스로 깨달았어. 상상력이어도 좋고 경청 능력이어도 좋아. 조금 전부터 코너룬은 히요리를 미친 사람으로 취급하고 있는 것 같은데, 히요리의 입장에서는 자신의 감정을 이해하려고 하지 않고 살아가는 쪽이 미친 것 같아. 10대 때는 모두가 무통증인가 싶었지만, 살인범도 할퀴면 아프긴 한가 봐."

10대, 쯤부터 듣지 않았다.

그것보다도 한창 말하는 중에 이번에는 조금 전과 반대편으로 데구루루 굴러서 유리 파편을 주우려고 했기 때문에 나는 다급히 그 유리를 밟았다. 아슬아슬하게 무기를 건넬 뻔했다. "쳇"이라고 하면서 원래 자세로 돌아온 여자의 양쪽 어깨를 못 미더운 전 직장 동료에게 짓눌러달라고 부탁했다. 얼른 경찰에 신고하자는 조언을 설마 스토커한테 듣게 되는 날이 올 줄은 몰랐다.

"바로 할게. 그런데 좀 기다려. 이 녀석한테 궁금증을 남기고 싶지 않아. 그 의미를 알 수 없는 감각을 왜 내가 가지고 있다고 생각했는지 알고 싶어. 어이, 확실히 설명해. 그 후에 바라는 대로 경찰차에 태워줄게."

"그래도 상관없지만, 그럼 우선 맨 처음에는 뭣부터 이야기할까. 이런 건 질문받은 적도 없고 남한테 말한 적도 없으니까, 으음."

와타나베 히요리는 눈을 감고 그대로 잠들어버리지 않을까 싶을 정도로 그 자리에 어울리지 않는 평온한 호흡을 반복했다. 잠시 후, 눈을 뜨더니 여자는 예상대로 의미를 알 수 없는 말을 했다.

"유치원에서 아프다는 말은 정말 아프다는 뜻만을 가지고 있는 건 아닌 것 같았어."

여자는 그로부터 자신의 성장 내력과도 닮은 반생을 말하기 시작했다. 하지만 대단히 두서가 없어서 설명은 여러 방향으로 튀었다가 돌아오기를 반복했다. 활용한 적 없는 국어 교원 자격증을 가진 내가 하는 수 없이 요약하자면 이러하다.

와타나베 히요리는 어릴 적 유치원에 다닐 때 모두와 노는 걸 아주 좋아했다. 정말로 위험한 녀석은 인싸에 많은 법이다. 그건 어찌되었거나 어느 날의 점심시간에도 즐겁게 놀고 있던 그녀는 넘어져서 무릎이 까지고 말았다. 어른이 보면 흔해 빠진 상처라도 유치원생에게 있어서는 중대한 사안이다. 그녀는 울부짖었고, 주변의 아이들은 어찌할 바를 몰라 당황했으며, 선생님은 달려와서 무릎을 소독해주었다. 멈추지 않는 눈물과 콧물 속에서 그녀는 이렇게 생각했다. 아파라, 아파. 어떻게 하면 아프지 않게 되는 걸까. 어떻게 하면 이 통증에서 달아날 수 있을까. 선생님이 반창고를 붙여주는 동안 그녀는 유치원생이지만 나름대로 고민하고 있었고, 문득 의문이 들었다.

아프다는 건 뭘까?

아프다는 건 아픈 거다. 하지만 아플 때 싫다는 느낌이 드는 거나 우는 것은 정말 당연한 걸까? 싫다고 생각하거나 울지 않아도 되지 않을까? 그렇게 생각하자 눈물이 멎었다.

"뭐, 그런 유치원생이 다 있어."

어릴 적의 와타나베 히요리가 자신의 몸과 마음에 대해 품은 위화감은 그날부터 시간이 흐르면서 제한 없이 부풀어 올랐다.

초등학교 1학년 때는 좋아하던 친척 오빠가 결혼한다는 걸 알고 슬펐다. 하지만 슬프다는 건 뭘까? 슬프다는 감정은 정말 그것뿐일까?

여동생이 태어나고 부모님이 동생 곁에 붙어 있던 기간이 있었다. 외로웠다. 하지만 외롭다는 건 뭘까? 이 외로움은 외로움으로밖에 볼 수 없는 걸까?

와타나베 히요리는 확인하고 싶어서 악행이나 위험에 접근해 일부러 부정적인 감정을 맛보려고 했다. 세상은 그녀를 그저 흔한 불량아로 보았지만, 본질은 어딘가 다른 듯했다. 걱정을 시키고, 꾸지람을 듣고, 적대시되고, 때로는 정말 위험한 일을 겪어서 다치기도 하며 자신의 부정적인 감정과 계속 마주한 끝에 그녀는 10대 초반에 품어온 의문에 대한 어떤 답 같은 것에 도달했다.

"슬프고 외롭고 아프고 미운 감정도 잘 들여다보면 전부 즐거움과 결이 같을지도 몰라."

"뭐라고?"

"마음을 움직이는 영화를 보고 있는 것 같아."

정신을 차리고 보니 추억이 전부 새로 칠해져 있었다. 고독을 느끼는 일이, 누군가로부터 미움을 받는 일이, 1초마다 수명이 줄어가는 고통을 받아들이는 일이 안기고 사랑받는 것과 같은 의미를 가졌다. 좋은 아이라든가 나쁜 아이라든가 판단을 내릴 필요가 없어졌고, 사회 규범을 따르는 것도 거역하는 것도 기분으로 정할 수 있었다. 불량소녀라는 것도 성실한 사회인이라는 것도 별 차이를 느끼지 못했다.

그래서 여동생을 속였다고 생각되는 스트리머를 찾아내고서 그 녀석을 진심으로 미워하며 행동할 수 있다는 것이 무척이나 기뻤고, 여동생이 언니를 위해 생일 선물을 준비해준 것 같아 감동했다.

"잠시, 잠시만. 의미를 모르겠어."

"그래? 코너룬도 같은 부류라고 생각했어. 그 아나운서와 달리 코너룬은 세계 멸망을 공개적으로 즐기고 있잖아. 다들 죽어버린다는 크나큰 슬픔을 풀어내서 설레어하는 줄 알았어."

"나는 다들 죽어서 기쁘다는, 너 같은 폭력적인 사고방식을 가진 미친 인간이 아니야."

"아, 그게 아냐. 제대로 전해지지 않았나 보구나. 틀렸다고. 슬픈 게 즐겁다고. 착각하고 있어. 히요리는 폭력이 즐거운 게 아냐. 타인한테 폭력을 당하는 것과 휘두르는 것 중 어느 게 좋냐는 질문을 받으면 둘 다 싫다고 떳떳하게 답할 거야. 둘 다 슬퍼. 아, 코너룬의 소중한 걸 잔뜩 망가뜨렸어, 슬프다 슬퍼. 죽여버릴지도 몰라, 싫다 싫어. 그런 게 즐거워."

"사디스트로 가장한 마조히스트라는 소리야?"

"너 무슨 소릴 하는 거야?"

"이쪽이 하고 싶은 말이야. 확 날려버릴까 보다."

"내 뜻이 전해지지 않아서 무지막지하게 불안한 지금도 엄청 즐거워. 뭐, 됐어. 예전에는 모두가 언젠가는 히요리만큼의 독해력을 갖게 될 줄 알았어. 그야 슬픔을 슬픔으로밖에 느낄 수 없다면 죽어버릴 테니까. 증오를 증오로밖에 생각하지 못하면 바로 죽어버리잖아. 그런데도 이 세상에는 이렇게 많은 사람이 살아가고 있어. 자신의 마음에 대한 독해력을 가지게 되는 것이 어른이 되어 성장하는 거라고 생각했어. 그런데 아닌 모양이야. 다들 코너룬과 똑같이 미쳐 있어."

그러니까 내가 아는 말로 정리하자면, 이 녀석은 슬프다든가 외롭다든가 괴롭다든가 심지어 고통마저 마음이 움직이니 즐겁다고 느끼는 인간이다. 그래서 오늘의 습격도 증오를 품고 저지른 일이지만, 그리고 폭력을 휘두르는 건 무척이나 슬펐지만, 그래도 그런 걸 전부 즐거움으로 바꿔버릴 수 있다는 것이다. 그게 안 되는데도 불구하고 이 세상을 살아가는 자신 이외의 나머지 사람들은 이상하다고 생각한다는 소린가? 이거 완전 정신이 나갔잖아?

"그런 병이 있었던 것 같아."

간만에 말에 끼어든 스토커 군의 얼굴을 둘 다 쳐다보았다. 와타나베 히요리는 어깨를 짓눌린 상태라 목을 뒤로 확 젖히는 바람에 그는 하마터면 그녀의 머리에 들이받힐 뻔했다.

"아니, 좀 들은 말이 있어. 자신의 감정이나 행동을 현실에서 떨어뜨리고 관찰 대상처럼 본다는 병. 그 일종일지도 몰라."

"뭐야, 영화라든가 만화에 진부할 정도로 나오는 증상 같잖아. 병이라고 할까, 초능력 같네."

"히요리는 엑스맨에 들어갈 수 있을까?"

"닥쳐."

"헝겊 인형 줘 봐."

"줄 것 같냐, 멍청아."

"어차피 세상은 멸망하잖아."

"아아, 정말이지."

스토커 군한테 들은 이야기가 맞는 말인지는 차치하고 어디까지나 하나의 가능성으로서 생각했다. 와타나베 히요리의 미쳐 있는 상태가 원래 그 사람의 성격 때문이 아니라 몸과 마음에 병이 있어서라고 누군가 판단하면 이 폭동은 무죄가 되는 건가? 그러면 어떻게 하면 좋을까? 이 녀석과 달리 즐겁거나 뭣하지도 않은 나의 분노와 상처는.

생각했더니 이마가 아파왔다

"히요리는 병에 걸린 것도 초능력자도 아니라고 생각해."

싫어 싫어, 라고 하는 것처럼 여자는 고개를 가로저었다.

"다들 본능적으로는 알고 있는 독해력이 없을 뿐이야. 다들 슬픈 걸 아주 좋아해."

"좋아하는 거 아니야."

"거짓말."

상대를 폄하할 생각도 불쾌하게 만들 생각도 없어 보이는 여자의 표정에 그만 이쪽도 순간 짜증을 잊고 말았다.

"지금까지 감동했던 영화의 스토리를 떠올려봐. 불우라든가 불운이라든가 차별이라든가 박해라든가 이별이라든가 죽음이라든가 꼭 있는 편이 낫잖아?"

나도 순순히 떠올려보았다. 감동하고 눈물을 흘리고 할 말을 잃고 두근두근 흥분하며 봤던 여러 영화들. 슬퍼하는 누군가가 없는 영화는 없다.

"감동은 세상이 잘못되었기 때문에 생기는 거야. 실은 모두 그 근원이 되는 슬픔이나 괴로움을 아주 좋아해. 인간의 마음은 그걸 즐길 수 있도록 만들어져 있어. 작가가 죽은 작품의 값은 오르고, 자신이 피해자 측에 속하는 역사 자료관 쪽이 인기가 있고, 특정 성질을 가진 인간이 죄를 지으면 차별주의자들은 기뻐하고 매운 카레를 먹지. 다만 그 마음에 대한 독해력이 없을 뿐이야. 내 여동생도 그래. 그러니 세상이 멸망할 때까지 지켜줘야지."

"이제 여동생을 지킬 수 없게 만든 건 너야."

"아, 슬퍼라."

영문을 알 수 없는 사상을 품은 시스터 콤플렉스녀는 웃었다.

정신이 나갔다고는 하지만 적어도 영화에 대해서 말할 때 이 녀석의 주장에 의미나 납득할 만한 부분이 있는 것 같았다. 그리고 동시에 많은 모순이 있었다. 조금 전에 이 녀석은 증오를 증오로밖에 생각하지 않으면 사람을 바로 죽이고 만다고 했다. 즉 증오를 즐기는 이 녀석은 살인을 하지 않는다는 것으로 이어질 테지만 실제로는 나를 죽이러 왔다. 여동생을 지키고 싶다는 것도 이상하다. 슬픔을 즐긴다면 여동생이 제멋대로 비딱해져가는 모습을 즐기면 된다. 작품에 대해서도 역사 자료관에 대해서도 반론할 여지가 엄청 많다.

그 말도 안 되는 논리가 순수하게 느껴져서 오히려 소름 끼쳤다.

아무리 고통을 즐긴다 해도 그 이유만으로 미워하는 사람의 집을 망설임 없이 습격하지는 않는다. 설령 무슨 병이 있다고 해도 함께 나타나는 건 중증의 시스터 콤플렉스만이 아니었다. 우리와 비교해서, 문득 든 생각에서부터 행동으로 옮기기까지의 스위치에 명백한 이상이 있었다. 경보 벨 버튼을 눌러 보고 싶다고 생각해서 누를 수 있는 인간이라기보다는 눌러보고 싶다고 생각했을 때 이미 누르고 있는 녀석이라고 할까. 조금 전 팝콘 한 알을 줍는 행위도 이 녀석의 이상성이 사상뿐만이 아니라는 증거로 여겨졌다.

즉 무슨 짓을 할지 알 수 없다는 것. 그런 녀석이 내 목숨을 노리고 왔다.

내 인생에서 가장 미친, 적 캐릭터가 등장했다는 건가 마블의 빌런치고는 외양이 무난하고 너무 바로 잡힐 듯하지만, 덕분에 이제 태연한 얼굴을 하고 남의 집에 있는 스토커 따위는 무섭지 않았다.

그렇다고 내가 정의의 편이냐고? 본래 그런 성격도 아니다. 하지만 세계 멸망이라는 것은 평범한 일반인조차 주인공으로 만들지도 모른다.

감정에 취해서 생각해보면 영화 속 최종 보스로서는 확실히, 예전 직장에서 갑질과 성희롱을 일삼던 영감들이나 매일 초인종을 누르던 스토커보다 비 오는 밤에 습격해온 미친 빌런 쪽이 임팩트가 더 있다.

남은 것은 이 녀석을 경찰에 넘기는 것뿐이다.

역시 이제 이런 집에 있을 수 없으니 비즈니스호텔 공실을 찾거나 아침까지 패밀리 레스토랑에서 대기하다가 본가에 연락을 취해야 한다. 스토커 군도 돌려보내야 한다. 그리고 세상의 멸망을 기다리며 이제 이런 위험한 상황에 처할 일은 없을 거라고 생각한다. 욱신거리며 아픈 이마에 난 상처는 멸망하기 전까지 사라질까?

와타나베 히요리는 통증을 출발점으로 삼아 독해력이라고 부르는 지금의 사상에 이른 모양이다.

나도 통증을 계기로 앞으로 멸망할 때까지 살아갈 길지 않은 하루하루를 독해해 보았다.

그리고 알아차렸다.

어긋나버렸다.

이걸 누군가에게 말해도 의미를 이해받을 수 없을 것이다. 잠시만. 멸망이 내 인생의 클라이맥스일 터였다. 가장 흥미진진한 순간에 내 인생이라는 영화는 끝을 맞이하고 죽음으로 나아간다. 그럴 터였다. 배를 만든 것도, 방송을 한 것도, 일을 관둔 것도 나의 멸망을 최고조로 끌어올리기 위해 한 일이다.

하지만 세상의 멸망이라고 예고된 장면은 최고로 미친 적이 벌인 습격이라는 예측하지 못한 장면에 의해 초점이 어긋나고 말았다.

아무리 생각해도 습격 장면에서 숨을 더 죽이게 된다. 그때 끝나는 편이 관객을 압도할 수 있다.

세상의 멸망이 엔딩 자막 후의 쿠키 영상이 되어버렸다. 앞으로 멸망까지 남은 시간이 모르는 사람들의 이름을 암흑 속에서 멍하니 응시하면서 보내는 여운의 시간이 되어버렸다. 나는 엔딩 자막 후의 쿠키 영상에 중요한 사실을 집어넣는 영화를 싫어한다.

한 정신이상자가 유종의 미를 망쳤다.

그렇다면 가정이나 예가 아니라 이 녀석은 정말로 내 인생의 적이다.

"얼른 신고 안 하면 세상이 멸망할 거야."

고정되어 있지 않은 머리를 좌우로 흔들면서 와타나베 히요리는 즐거운 듯했다. 남의 감동을 망쳐놓고 태평하게 신이 나 있었다.

분노가 부글부글 끓어오르고 이 녀석의 말을 빌리자면, 증오심마저 솟구쳤다. 남의 인생 최후의 최후를 방해하고, 배를 부순 것도 죽음의 공포를 맛보게 한 것도 전부 다 합해서 오히려 나야말로 용서할 수 없었다. 정신이상자와 다르게 나는 기분이 좋지도 않았다. 이런 기분을 끌어안고 살아가고 싶지도 않고 죽고 싶지도 않다.

그 틈에 문득 생각났다.

"너 조금 전부터 멸망, 멸망, 거리네?"

"코너룬도 말하잖아."

"뭔가 이상한 게 보여?"

그러고 보니 난투 중에 이 녀석은 그것이 보이지 않는다고 말하지 않았던가. 여동생에 대해서 이야기할 때 여동생한테 보였던 건 보이지 않는다고 말하지 않았던가.

나는 기대했다.

만약 이 녀석에게도 나나 여동생이나 그 아나운서와는 다른 무언가가 보이고, 예언을 믿고 세계의 멸망을 믿은 끝에 이곳에 온 거라면 이야기는 조금 달라진다. 조금은 어쩔 수 없게 느껴진다. 어차피 세상이 멸망할 거라면 죽기 전에 결심을 다지고 원수를 갚으려는 것도 있을 수 있는 이야기니까.

그렇다면 그녀의 행동 가치는 내가 추구하는 것과 균형이 맞다. 조금은 이 여자에게 증오를 느낄 이유가 없어지고 지금 상황을 납득할 수 있게 된다.

"아니, 아무것도 안 보여."

"뭐?"

"코너룬이랑 스토커 오라버니랑 더러운 방만 보여."

"네가 어지럽혔잖아! 아니, 그럼 왜 멸망을 믿는 듯한 태도야?"

"히요리는 멸망하든 멸망하지 않든 상관없어. 어느 쪽이든 한정된 인생 속에서 하고 싶은 일을 할 뿐이지. 그래서 지금은 미

위하는 녀석들을 모두 때려죽이고 싶었어. 하지만 잡혀서 오랫동안 어딘가에 갇히게 된다면 역시 질릴지도 모르잖아. 다만 그것도 멸망한다면 관계없어. 세상이 멸망한다면 지금 하고 싶은 것만 하면서 살 수 있어. 그래서 히요리는 멸망한다고 하는 코너룬이나 소중한 여동생한테 베팅했어. 왜냐하면."

와타나베 히요리가 밝고 긍정적이고 순수하고 귀여운, 마치 천사 같은 미소를 지었다. 그건 위험하다.

"인간은 자신이 바라는 미래를 향해 살아가는 법이니까!"

와, 지금만큼은 나도 이 녀석과 같은 부류였다.

하고 싶다고 생각해서 했던 게 아니라, 하고 싶다고 생각했을 때 이미 하고 있었다.

양손, 양다리가 묶여 있고 어깨까지 짓눌린 여자의 극도로 얄미운 미소를 보고 도움닫기를 해서 한껏 발바닥을 날려줬다. 다리를 치켜든 타이밍에 슬리퍼가 벗겨졌기 때문에 발꿈치로 닭꼬치의 연골을 씹어 으깰 때 같은 뭔가 기분 나쁜 감촉을 맛보았다.

걷어차인 여자의 머리가 졸아서 눈을 감은 스토커 군의 얼굴에 닿았고, 그가 몸을 뒤로 젖히는 바람에 엉덩방아를 찧었다. 여자는 천장을 올려다보는 상태로 딱 멈추었다. 얼마 지나지 않아 그녀의 얼굴 한가운데에서 믿을 수 없을 만큼 많은 양의 피가 뿜어져 나왔다. 그로부터 피의 양보다 믿을 수 없는 "오래간만이네"라는 목소리가 들렸다.

"윽! 미안, 미안, 미안!"

나는 내 행동이 일으킨 끔찍한 광경에 결국 다급히 사과하고 말았다. 사고 쳤다! 정신이 나가 있고 열 받게 하는 어떤 녀석이라도 뼈는 부러지고 피도 난다!

나는 반격할 도리도 없는 여자로부터 거리를 두고 다급히 슬리퍼를 신었다. 그 순간 타이밍 나쁘게도 어딘가에서 사이렌이 울렸다. 그 소리가 점점 다가오고 있는 듯한 느낌이 들었다.

"누가 신고했지?"

스토커 군이 코를 부여잡고 말했다. 이쪽은 피가 나지 않았다. 그의 앞에 앉아 천장에서 천천히 고개와 시선을 내리고서 나를 보는 와타나베 히요리의 눈에 적개심이나 원망이 특별히 깃들어 있지는 않았다. 형태가 조금 이상해진 코에서 검붉은 액체가 줄줄 흘러나왔다.

"어때? 분노를 느끼니 기분 좋지 않아?"

눈물을 흘리고 숨조차 쉬기 힘들어하면서도 여자는 그런 질문을 던져왔다. 상상하기만 해도 아프다! 하지만 동정을 추월해서 부정하는 마음이 앞섰다. 아니야, 나는 너 같은 사람이랑 달라. 분노도 지나친 후회도 다리 뒤편에 남은 감촉도 앞으로 네가 경찰에 끌려간 이후 멸망할 때까지 두 번 다시 해소되지 않을 불쾌감도 무엇 하나 즐겁지 않았다.

아니, 현시점에서는 명백하게 상대가 입은 신체적인 외상이 더 큰데 이러면 나까지 상해죄로 경찰의 신세를 질지도 모르나? 터무니없다.

"잠시만 기다려."

어쩌면 좋을까. 나는 도무지 말이 통하지 않는 코피녀의 얼굴을 보았다. 이 녀석이 나타나서부터 벌어진 일이 머릿속에서 흘러갔다. 정말 열 받는다! 배를 어떻게 물어줄 거냐는 말이다! 아무리 생각해도 정상이 아닌, 과장 일절 없이 하나부터 열까지 미친 인간이다.

하지만 그런 녀석이 하는 말 중에도 틀리지 않은 부분이 있었던 것 같다.

여자를 노려보자 눈이 마주쳤다. 마치 지금부터 즐거운 일만 가득할 거라고 조금도 의심하지 않는 소풍 전날의 아이처럼 나를 바라보고 있었다.

인간은 자신이 바라는 미래를 향해-

이 막나가는 미친 인간에게 언동의 책임을 지게 하겠다.

"와타나베 히요리."

사이렌 소리가 점점 가까워졌다. 그 소리에 맞춰 나도 여자에게 바짝 다가갔다.

"잘 들어. 그리고 너도 들어. 곧 경찰이 올지도 몰라. 안 와도 이 상황에서는 역시 불러야 해. 어느 쪽이든 나는 이 상황을 잘 정리하고 싶어. 이런 일에 방해받고 싶지 않아. 그러니 이렇게 하자. 우리는 그저 크게 싸운 걸로."

"뭐라고?"

한 시간 전까지만 해도 자신이 경찰에 넘겨질 1순위였던 스토커 군은 무슨 상황인지 모르겠다는 얼굴로 방을 둘러보았다. 나는 그런 그를 무시했다.

"어이, 와타나베 히요리. 거래하자는 거야. 너도 찍소리도 못하고 교도소에 들어가는 건 싫잖아. 지금의 발차기로 내 이마에 난 상처와 등이 아픈 건 퉁 치기로 하자. 죽이려고 온 것도 없었던 일로 할게."

이런 일을 용서하다니, 세상이 멸망하기 전이니 가능한 거야, 터무니없이 파격적이잖아!

"난 이제 네 여동생이 보던 채널에서 멸망을 경고하는 방송 안 해. 아니, 못 해! 네가 망가뜨렸잖아! 그러니 넌 나를 그만 노려. 바깥세상에서 증오든 뭐든 마음대로 즐기는 건 내 알 바 아냐."

"코너룬, 왜 그래?"

"이 작전에 응한다면 묶인 거 풀어줄게. 경찰이랑 관리 회사 앞에서는 엄청 반성하는 척하고. 사회인 모드 할 수 있잖아."

"경찰차 타고 싶은데."

"닥쳐! 난 시시한 멸망을 맞이하고 싶지 않다고!"

사이렌은 결국 바로 앞까지 다가와서 멈췄다. 아무래도 진짜인 듯했다.

"시간 없어. 네가 선택할 수 있는 건 둘 중 하나야. 습격자로 이대로 잡혀가든지 나랑 크게 싸운 친구로 행동하든지. 어느 쪽이 좋아?"

그 양자택일에 와타나베 히요리는 처음으로 놀란 표정이었다. 놀란 얼굴도 오싹할 만큼 즐거운 듯했다.

"코너룬은?"

그리고 역시 정신 나간 소리만 했다.

"히요리랑 친구가 되고 싶단 소리야?"

이 녀석이 말하는 독해력은 정말 대체 뭘까? 하지만 지금은 그런 걸 정정할 상황이 아니다. 이야기가 더 꼬여버릴지도 모른다. 오독을 인정하기로 각오를 다졌다. 어차피 세상은 멸망한다.

"그래도 돼!"

와타나베 히요리는 새빨갛게 물들어 정말로 스릴러 영화 같아진 입술을 다물고 "으음" 하고 고민하는 기색을 보였다. 거래에 응할지 말지 생각하나 싶었지만.

"좋았어. 그럼, 우선 디즈니랜드에 가자! 미워서 죽이려고 했던 상대랑 친구가 돼서 꿈의 나라에서 추로스를 먹으며 놀이 기구에 줄 서는 거 멘탈이 터질 것 같아서 최고야."

"이 미친, 아, 그래 가자!"

"기대된다."

그 전에 세상이 멸망하도록 진심으로 바라며 서둘러 팔과 다리를 풀어주려는데 갑자기 스토커 군한테 저지당했다. 나는 무시했다. 미안하지만 이 자리의 다수결에 따라야 한다. 그리고 모두 흙 묻은 신발을 신고 바람이 쌩쌩 들어와서 잊고 있을지도 모르지만, 여긴 내 집이니까! 잘못돼서 아무 말도 못하고 유치장이나 교도소에서 세상의 끝을 맞이하는 그런 비극은 사양이다.

몸의 자유를 얻은 와타나베 히요리가 곧바로 덮쳐올 가능성도 있다. 아니, 평범하게 생각해도 그렇다. 이 녀석은 나를 죽이러 왔다. 하지만 지금, 세상의 종말을 코앞에 두고 있어서 악덕 기업의 회사원이 이상한 걸 보게 되어 스트리밍 방송 BJ가 되기도 하고, 스토커가 생명의 위기에서 구해주기도 한다. 그만큼 상황이 비정상적이다. 나는 거기에 걸었다. 결국 멸망할 것이므로 그 큰 승부에 나섰다.

내가 바라는 미래를 향해 살아가기 위해서다.

습격해온 피투성이 여자는 해방되어 일어나더니 방구석에 무사한 상태로 굴러다니던 티슈 곽으로 다가가서 몇 장인가 뽑아 둥글게 말아 양쪽 코를 막았다.
 "코너룬 때문에 코가 휘어서 한쪽이 잘 안 들어가."
 "서둘러 정리 시작하자. 그리고 경찰 앞에서 코너룬이라고 절대로 말하지 마!"
 이제 와서 두 사람에게 신발을 벗으라고 해서 예비 슬리퍼를 건넸고, 나는 우선 발자국을 밀대로 닦았다. 싸웠다고는 하지만 베란다로 한 침입은 도가 지나치다. 그사이에 와타나베 히요리는 솔선해서 바닥에 흩어진 유리만 긁어모아 베란다로 옮기고 있었다. 이 녀석 뭐 하는 거지?
 "유리가 안쪽에 있으면 바깥에서 깼다는 게 훤히 보이잖아."
 범죄자의 적확한 판단에 또다시 해서는 안 되는 말이 입에서 튀어나올 것 같은 나를 인터폰의 호출 화면이 켜져서 멈추게 했다. 소리는 꺼져 있어서 울리지 않았다.
 방문객은 경찰관 복장을 한 이인조였다. 거짓은 아닌 듯했다.
 긴장하면서 통화 버튼을 눌러 나는 깜짝 놀라는 척과 민망한 척과 실은 보이고 싶지 않지만, 어쩔 수 없다는 척을 해서 1층 현관을 조작해 열었다.
 돌아보자, 난장판이 된 우리 집에서 여자가 방실거리며 쇠 파이프를 주워들고 있었고, 남자가 불안한 듯 이쪽을 보고 있었다. 순간 지금까지 무엇을 하고 있었는지 잊어버릴 듯해서 바로 해야 하는 일을 떠올렸다. 어떻게 해서든지 입을 맞춰야 한다.
 공범자가 된 두 사람과 시선이 교차했다.

지금부터 우리는 경찰을 속이려 하고 있다. 즉 이 나라의 법을 등지는 것이다.

사실은 이런 짓은 하지 않는 편이 낫다고, 솔직히 이야기해서 그에 합당한 조치를 기다리자고, 법치국가에 사는 사회인으로서 말해야 했다. 케이블은 풀어주었지만, 지금이라면 방심하고 있을 여자 한 사람 정도, 남녀 둘이서 풀 넬슨[21] 정도는 가능할 것이다. 이제 곧 경찰도 도우러 온다. 이대로라면 죄를 저지르는 것 말고는 할 수 있는 게 없는 이런 범죄자를 뻔히 알고도 평화로운 세상에 풀어주는 게 되고 만다.

거기까지 생각한 나는 정신 줄을 놓지 않고 차분히 생각해서 이 상황에서도 즐거워 보이는 여자가 아니라 이 상황에서도 각오를 다지지 못한 쪽을 가리켰다.

"전력으로 협조 안 하면 스토커라고 해서 경찰에게 넘길 거야."

그가 아연실색한 표정을 짓자 나는 웃고 말았다. 딱히 그의 표정 때문에 웃었던 건 아니다. 별로 재미있지도 않다. 번지수가 틀린 말을 내뱉은 나 자신과 여기서 벌어지고 있는 명백하게 가슴 뜨거운 전개를 자각하고 즐거워졌다.

그의 입장에서 보면 웃은 타이밍을 포함해 나는 정신이 나간 빌어먹은 여자였을 테다. 나직이 그런 유의 말을 들었다. 무시했다. 그저 그런 스토커는 조연일 뿐이니 생명의 은인이라고 해도 지금은 그냥 내버려두면 된다.

그야 내 인생은 앞으로 쭉 클라이맥스지 않을까?

---

21) 상대의 등 뒤에서 겨드랑이 밑으로 양팔을 넣어 목뒤로 꽉 죄는 것을 뜻한다.

싸우고 한 번 당할 뻔하고 되갚아주고 자신의 미래를 위해 인생 최대의 적과 손을 잡고 권력에 맞서는 현재 상태, 그것만 넘기면 그 후에는 우정을 키우게 된다고 한다.

 이쯤 되면 어디서 멸망하든 내 최후를 향한 분위기가 한없이 고조될 듯하다.

일반용 메시지

기록자: 세키마치 소타로 올리버

이게 최후의 일지가 될 것이다. 적어도 내가 쓰는 것에 한해서는. 일지의 첫 페이지에서부터 시간이 얼마나 흘렀을까. 이 아공간(亜空間)에서 시간이나 날짜는 의미가 없다. 너무나도 빨리 회전하는 낮과 밤 사이에서 팀은 가능한 한 몸을 쉬어 머지않아 찾아올 최후의 싸움에 대비하고 있다. 이 장소에 있어서 시간에 대한 가설은 론다가 쓴 예전의 몇몇 일지를 참고하면 된다. 내 지식 내에서 세계관에 대한 감상평을 말한다면 〈인터스텔라〉와 《죠죠의 기묘한 모험》 제6부 후반을 섞은 듯하다. 즉 잘 모르겠다는 뜻이다.

작전을 앞두고 긴장감이 고조되고 있다. 모두가 묵묵히 각자의 방식으로 시간을 보내려고 노력하고 있다. 억지로 잡담이라도 시작해봐야 바로 화제가 떨어져서 마음속에 감춘 동요심이 부각되기만 할 뿐이니 이 무언은 정답이라고 해도 좋다. 하지만 너무나도 숨이 막혀서 지금까지 적극적으로 펼치지 않았던 일지를 이야기 상대 삼아 키보드를 두드릴 마음이 들었다. 이 일지로 전해야 하는 '그들'에 관한 지식이나 인류의 평화를 유지하기 위해서 세운 작전에 대해, 필요하다고 생각되는 것은 모두 다른 누군가가 기록하고 있을 것이다. 이 최종 국면에 있어서 이제는 내가 덧붙일 정보는 없어서 지금은 한 가지, 입가심 기분으로 신상 이야기라도 쓰려고 한다. 진지한 글만 쓰면 전문가 말고 다른 사람이 읽었을 때 지루하지 않을까? 우선 내가 이런 영문을 알 수 없는 장소에 들어와서 지구의 미래를 걸고 싸우는 국면이 된 시작의 연을 풀어내자면 어린 시절의, 그 또한 예전의 추억으로 돌아갈 필요가 있다.

 드물게 어머니의 뱃속에 있던 기억이 있다는 인간이 존재한다. 거짓말이라고 생각한다면, 내가 그렇다고 말하고 싶다. 나는 뱃속에서 어머니가 하는 말이나 노랫소리를 듣고 있었다. 의미를 이해할 수는 없었지만, 어머니가 드러내는 감정을 지금보다도 훨씬 민감하게 받아들일 수 있었던 것 같다. 태중에 있을 때부터 나는 이미 '그들'의 존재를 감지하고 있었다. 말을 사용하지 않고 소통까지 하고 있었다. 어쩌면 이건 특별한 경험이 아닐지도 모른다고 생각한다. 이 세상에 태어나기 전에 인간은 모두 '그들'을 똑같이 알고 있었지만 태어난 순간에 잊어버렸을 뿐일지도 모른다. 나 또한 첫울음을 터뜨린 순간에 '그들'이 보이지 않게 되었고 들리지 않게 되었지만 잊지는 않았다. 주위 사람들에게 '그들'의 존재에 대해 말한 적도 있다. 하지만 모두가 웃으며 아이 특유의 신비스러운 공상이라고 대수롭지 않게 넘겨버렸다.

 악의 없는 세뇌란 대단한 것이라서 중학생일 무렵에는 나 자신조차 나의 뇌가 만들어낸 픽션일지도 모른다고 포기하고 있었다. 설마 이런 형태로 '그들'과 재회할 줄은 생각지도 못했다. 추억이 특정 냄새로 문득 되살아나는 것과 마찬가지로 태어나서 처음으로 '그들'의 목소리를 들은 순간, 그 무렵의 감각을 되찾았다. 온 세상에 나와 비슷한 경험을 한 인간이 얼마나 존재하는지는 모른다. 하지만 적어도 내가 이번 작전에 참가하고 있다는 사실에는 운명 같은 것을 느낄 수밖에 없었다. 참고로 지금까지 '그들'이라고 표기하고 있지만 최근의 사회 분위기를 신경 써서가 아니다. 팀 사람들과 혼동되지 않도록, 그리고 현재 내가 주로 소통하고 있는 '그들' 중 한 개체가 생물에서 말하는 암컷과 수컷으로 나누었을 경우 수컷에 해당되기 때문이다. 한 개체라는 단위는 아딜에 따르면, 타당하지 않은 모양이다. 이 일지를 맨 처음부터 꼼꼼하게 읽으면 어딘가에 그가 한 자세한 설명이 있을 것이다(참고로 나는 세 줄 읽고 포기했다).

분명 내 눈에 보이는 '그'의 모습은 마름모꼴의 상자 하나가 자립한 구조로 생물이라고는 도무지 생각할 수 없다. 그렇다고 하지만 소통할 수 있는 상대를 한 개, 두 개라고 물건 취급하는 건 내 정신에 반하는 일이다. 그렇기에 역시 한 개체라고 세는 게 아무래도 여실히 와 닿는다. 이런 부분까지 훑어보는 사람이라면 '그'의 모습을 다수의 인간이 동시에 인식할 수 없다는 걸 알 것이다. 따라서 내가 죽지라도 않는 한 다른 누군가에게 보일 리 없지만 굴러다니면서 따라오는 '그'의 움직임이 귀엽기도 하다.

들은 바에 따르면 아딜에게 보이는 '그녀'의 모습은 안개 상태로 무형인 모양이다. 그렇다면 한 개체로는 세기 힘들 것이다. 팀의 일원이라고도 할 수 있는 '그들'과도 이 작전을 마치면 이별이다. 정확하게는 인간이 인식할 수 없는 모습으로 다시 돌아가는 것뿐이지만 나에게 있어서는 두 번째 이별이다. 마음이 쓸쓸하기도 하다.

내 이야기로 돌아가려고 한다. 이 팀에 소속하게 된 구체적인 경위를 말하자면 길어지기 때문에 이것도 알고 싶으면 어딘가에서 무언가를 참조하기를 바란다. 요점만 정리하자면 대학 시절 밴쿠버의 카페에서 우연히 내 옆자리에 앉은 사람이 론다였다고 하는, 이 또한 운명 같은 이야기로 시작된다. 이건 누군가가 영화로라도 만들어주면 좋지 않을까. 내 역할은 부디 스즈키 료헤이에게라도 부탁해서 멋지게 완성해주기를 바란다. 실은 그와는 대학교가 같다. 언젠가 만날 일이 있다면 외동딸을 위해서 사인을 부탁하고 싶다. 물론 이 작전이 기밀이라는 건 안다. 우리 이야기가 각본가의 손에 건네질 일은 없을 것이다. 그렇다고 해도 이런 시시한 상상을 하는 것 정도는 괜찮지 않을까?

지금부터 생명을 걸려는 인간이 하는 말이니 그냥 웃어주기를 바란다. 만에 하나 이 글이 스즈키 료헤이의 눈에 띌 가능성도 생각해서 가족 소개를 해야겠다. 역할 만들기에는 필요한 일이다. 나한테는 아내와 외동딸이 있다. 둘 다, 특히 딸이 그의 왕팬이다. 딸은 중학교 2학년으로 지금은 동아리 활동으로 활쏘기에 열중하고 있다. 나를 닮아서 총이나 활 따위가 특기인 모양이고, 나와는 달리 애교가 있어서 친구도 많다. 한편, 지금 딸은 사춘기라는 것을 막 맞이하고 있어서 부모와의 거리를 어떻게 둬야 할지 혼란스러워하는 것처럼 보인다. 엄마와의 충돌도 늘어난 듯하다. 물론 부모 쪽이 적절한 관계성을 구축하려는 노력을 해야 하지만 이게 꽤 어렵다.

참고로 딸한테는 엄마 뱃속에서의 기억이 없는 듯하다. 숨기고 있을 가능성도 있다. 아이의 마음은 어른이 이해하기 힘들다. 가뜩이나 나이의 장벽이 있으니 나 같은 사람이 딸의 기분을 알 리 없다. 이것도 등장인물의 성격을 짜나늘기 위한 배경 정도로 생각해주기를 바란다.

흔하디흔한 하찮은 이야기를 할까 한다. 나는 이미 몇 년간 가족과 별거하고 있다. 이 또한 흔한 이야기로, 한창 일로 성공하고 자기실현을 하던 남자가 가족을 소홀히 한 결과다. 초등학생인 딸의 학년조차 잊어버리는 지경이었다. 딸에게 주변에서 보기에 이상한 일이 벌어졌다고 해도 아빠를 신뢰하고서 솔직히 그걸 전달할 리 없다. 내 쪽을 말하자면 감상적인 이야기지만 만약 지금이라도 가족 셋이서 사이좋게 살고 있었더라면, 하고 생각하지 않는 날이 없다. 이 작전에 참가하고 나서는 특히 그렇다. 만약 매일 그 두 사람의 얼굴을 보고 지냈더라면 이번 작전에 참가할 의사를 굳힐 수 없었을 것이다. 목숨을 아꼈을 것이다. 내 한 몸으로 세상이 평화로울 수 있으면 좋겠다는 과도한 자기희생이나 책임감과는 원래 연이 없는 남자다.

세상을 구하려는 이 팀과 관계를 맺고 이런 장소까지 따라온 이유는 단 하나, 가족이 나를 조금이라도 다시 봐주었으면 해서다. 물론 가족에게는 아무것도 전하지 않았다는 걸 여기에 명기해둔다. 아내와 딸은 아무것도 모른다. 이건 단순히 내가 내면에서 만들어낸 바람일 뿐이다. 만약 이 작전이 성공한다면 나는 아내나 딸이 행복하게 살아가기 위한 이 세상을 지켰다며, 자부심과 자각을 가질 수 있을 것이다. 나는 그렇다면 무언가가 달라지지 않을까 하는 그런 이기적인 마음과 불투명한 내일에 대한 희망을 품고 이 작전에 참가했다. 실은 그 징조라고 굳게 믿고서 몰래 부적으로 삼고 있던 일이 이 아공간에 들어오기 바로 전날에 일어났다. 어쩌면 불길한 예감일지도 모른다. 어쩐 일인지 아내한테서 그 주 일요일에 딸의 시합을 보러 가지 않겠냐는 연락이 왔다. 더구나 한 번 정도 아빠를 불러도 된다는 제안을 해준 것은 딸이었던 모양이다. 나를 배려하기 위한 거짓말일지도 모른다는 것 정도는 알고 있다. 거짓말이라도 상관없지 않은가. 그것만으로 나는 여기서 살아 돌아가자고 생각했다. 세상을 구하는 일은 소중한 두 사람을 지키는 김에 하는 일이다. 그게 수많은 사람의 생존으로 이어진다면 그것도 괜찮다.

 이 정도로 해두겠다. 마지막이라고 해서 이런 우울한 글을 길게 쓰는 한심한 역할을 딸이 아주 좋아하는 배우에게 시킬 수는 없잖은가.

왜곡된 아이러브유

자, 왔어요. 〈코너룬의 예언 채널〉입니다. 빰빠라 밤. 네, 안녕하세요. 이 채널은 저 코너룬이 세계 멸망에 대해 느긋하게 이야기해나가는 비정기적인 생방송 채널입니다. 꽤 오랜만이네요. 얼마 안 되는 본 채널의 팬인 여러분은 건강하게 지내셨나요? 몇 개월이나 비웠는데도 불구하고 비교적 갑작스러운 트위터나 인스타그램 고지를 알아봐주시고 대기해준 아홉 분, 리스펙합니다. X요? 나는 트위터라고 부를래!! X는 지금의 주요 SNS 중에서 이름이 제일 구리지 않나요? 그렇다고 해도 나도 분명 언젠가는 침식당해서 그냥 엑스라고 부르기 시작하겠지만요. 하지만 저항은 자유죠.

이렇게 해가 중천에 뜬 일요일, 이 시간에 듣보 유튜버의 방송을 보러 와준 신규 시청자는 없을 거라고 생각하지만 오랜만이니 말해두겠습니다. 본 채널은 여러분한테 받는 댓글과 BJ의 이야기가 콘텐츠의 전부입니다. 즉 가벼운 마음으로 말을 걸어달라는 뜻입니다. 현재 열한 명뿐이니 신상이 노출되지는 않겠죠? 진짜 사양하지 마시고 말 걸어주세요. 다만 이쪽의 인터넷이 조금 불안정하고 지금 사용하는 컴퓨터가 대학 시절에 쓰던 노트북을 꺼낸 거라서 영상이 멈추거나 가끔은 댓글창이 버벅거릴지도 몰라요. 양해해주시길.

자, 여러모로 할 이야기가 있기도 하고 없기도 한데, 우선은 평소대로 '이런 세상을 맨정신으로 살아갈 수 있을쏘냐!'를 모토로 건배하려고 합니다. 아직 오후 4시지만 본가에 기생하고 있는 백수인 지힌테 시간 같은 건 의미가 없으니 쿨하게 진행해나가겠습니다. 참고로 오늘은 산토리 가쿠 하이볼입니다. 봐요, 이

거. 도수 7퍼센트입니다. 9퍼센트도 냉장고에 있지만 사람으로서 막 들이켜도 되는 도수는 7도까지라고 생각합니다. 그럼 여러분, 준비됐나요? 준비 안 됐어도 괜찮아요. 자, 건배!

 오늘 안주는 이거, 우리 할아버지가 골프를 치러 간 김에 사오신 하트 모양 스낵입니다. 딱히 좋아한다고 말한 적은 없는데 왜 이걸 사 오셨는지 수수께끼입니다. 다만 공짜니 감사히 먹겠습니다. 이게 뭐냐고? 아, 몰라? '어딘가의스파이' 오랜만이야. 그러고 보니 간토 지방에서만 판다는 말을 들은 적이 있는 것 같네. 갈릭 풍미가 나는 스낵이라서 찾겠다는 마음만 먹으면 비슷한 거 전국에 있지 않으려나? 퍼석퍼석한 흰 앙금이 들어간 만주 특산품이 일본 전역에 있는 것처럼. 그래, 오랜만에 먹으면 맛있지.

 근황 보고부터 할까요. 보시다시피 저는 최근에 이사를 해서 생활 환경이 바뀌었기 때문에 산책을 하거나 구청을 방문하기도 했어요. 오, 저번에 이어서 시청해줘서 고마워, 에이케이에이. 그래, 그래. '지바aka도쿄' 님이 걱정해준 것처럼 저번 방송이 갑자기 끝났잖아요. 사소한 사고가 벌어져서, 네. 사소한, 네. 사소한 사고요. 사소한 거 맞냐고요?

 뭐 아무튼 시청자가 조금 늘었지만 열여섯 명밖에 안 보고 있네요. 그 녀석도 안 보고 있겠죠. 이것도 근황 보고예요. 실은 왜 이사를 했냐면 말이죠. 전에 살던 그 방 있잖아요. 거기에 모르는 정신 나간 여자가 갑자기 습격을 했어요. 비유라고 생각할지도 모르지만 말 그대로예요. 쇠 파이프를 든 바보가 전에 쓰던 카메라도 컴퓨터도 망가뜨렸어요. 맞다, 이거 봐요. 보여요? 지금 쓰는 노트북 내장 카메라 해상도는 어느 정도인가요? 이 이마에 있는 선이 그때 싸우다가 생긴 상처예요. 언젠가 사라지겠지만, 지금은 아침마다 기분이 우울해요.

채팅창이 빨라졌네요. 역시 다들 멸망 채널을 보러 오는 만큼 과격한 걸 좋아하네요. 이 변태들! 단순한 사건이 아니잖아요. ㅋㅋㅋㅋ, 이라고 '피치우롱' 님이 말씀하시네요. 그게 말이죠, 사건이 아니에요. 병원에는 갔지만, 안타깝게도 경찰한테는 신고를 안 해서 형법에 아직 저촉되지 않아요. 안심하세요. 나도 확실히 한 방 먹였어요. 그런 상대와 같이 병원에 갔다가 패밀리 레스토랑에서 아침까지 빈둥거리면서 시간을 보내고 나서 얼마 전에는 디즈니에 다녀왔어요. 응, 그래요. 스토커한테서 도망치려고 이사한 게 아니에요. 그 건은 해결돼서 그 사람이 오히려 도망갔어요. 정신이 나갔다고 오해받는 편이 나을 때도 있네요.

안 취했어요, 안 취했다고요. 아직 첫 캔째예요. 이 녀석 무슨 소릴 하는 거야, 하는 건 내가 제일 많이 생각하고 있어요. 나는 집을 습격해온 바보랑 친구가 되고서 같이 추로스를 먹은 여자예요. 만만하게 보지 마요, 진짜.

일이 왜 그렇게 됐냐면, 저기, 좀, 그 전에 중요한 전제로서 이야기해야 해요. 이미 알고 있을 거라고 생각하지만 다 같이 서로 확인해야 할 게 있잖아요. 이걸 말로 하는 건 좀 그렇다고 생각하지만 나도 이렇게 될 줄은 몰랐기 때문에 그러니 다 같이 위로하는 게 어떨까 싶은데 괜찮나요? '하지만' 같은 접속 부사가 많은 건 동요한다는 증거니 놀리지 마세요. 아스타 라 비스타 베이비.

아니, 저기, 세상, 안 멸망하는 거 아니에요?

아니, 아니, 사실이라면 진즉에 멸망했어야 말이 되잖아요. 어떻게 되는 걸까요? 시간 경과도 그렇고, 실은 내 눈에 보이던 녀석들이 아주 오래전에 아무 말 없이 사라졌어요. 뭘 해도 사라지지 않았던 주제에 지금 이 방에 있는 건 틀림없이 나 한 사람뿐이에요. SNS에 검색해보니 나 말고 무언가 보인다고 했던 다른 녀석들도 같은 시기에 보이지 않게 되었다고 말하기 시작했대요. 그게 사실이라면 갑자기 사라진 이유는 이제 우리한테 전해야 할 필요가 없어져서라고 생각했어요. 즉 이다음에 바로 멸망한다고, 드디어 찾아왔다고! 약간 긴장하면서도 한동안 기다려봤어요. 그런데 세상은 계속되고 있더라고요. 말도 안 돼. 위험한 녀석과 디즈니에 가기로 한 약속은 세상과 같이 사라져줄 거라고 생각했는데 시간이 넉넉해졌네, 이게 뭐야. 저기, 누가 알고 있으면 알려달라고.

'가라짱' 님이 오히려 이쪽이 묻고 싶다고 하네요. 그건 그런가? 그렇겠네요. 예언했던 건 나였고 이상한 게 보였던 것도 나였죠. 하지만 나 같은 사람은 믿지 않는 편이 낫다고 전에 말했으니 나도 당신도 같은 입장이에요. 그러니 묻게 해줘요. 어, 이거 뭐지?

위험하다, 위험해. 혼자 끌어안고 있던 걸 말로 꺼내니 폭발할 것 같아요! 아니 잠시 기다려요, 잠시 기다리라고요. 조금만 기다려봐요. 지도리[22]의 말투를 쉽게 따라하는 아마추어가 세상에

---

22) 일본의 개그 콤비로 독특한 말투가 특징이다.

서 제일 재미없다는 건 알고 있어요. 내가 미쳤었나 봐요. 나는 세상이 멸망한다고 생각해서 회사를 관두고 저금한 돈을 써버리고 정신이 나간 여자와 친구가 되었지만요오오오오! 아, 진짜 잠시만 기다려주세요.

응, 엄마, 나 괜찮아. 발광 안 해. 응, 약은 필요 없어. 응.

지금 막 휴, 걱정이 태산 같은 가족을 내쫓고 문 쪽에 있던 이 아이를 데리고 왔습니다. 자, 모두에게 인사해. 구조된 고양이 기누, 두 살이에요. 나한테도 익숙해져서 이불에 기어들어 오기도 합니다. 아이고, 귀여워라. 옳지, 옳지, 옳지.

얌전해졌군요. 정말 어떻게 굴러가고 있는 걸까요. 보시는 대로 이 세상은 없어지지 않았어요. 혹시 누군가가 세상을 멸망 위기에서 구했던 걸까요? 어벤져스나 혹은 아마겟돈의 등장인물 같은 사람들이?

웃기지 마! 때려치워! 죄송합니다. 목소리 줄이겠습니다. 적당히 해, 어차피 가족이나 친구를 위해서 싸울 뿐이라고 할 거잖아. 멋 부리지 마. 멸망하는 것도 자연의 섭리잖아. 나는 자연주의자가 아니라서 첨가물이 든 음식을 마구 먹어대고 있고, 에어컨도 빵빵하게 틀고, 독감 예방주사도 가능한 한 맞는 편이지만.

내 절실한 마음이 슈퍼 히어로들에게 도달하지 않은 걸 요 몇 주 동안에 역시 받아들여야 했다고 할까요, 일단은 말이죠.

그럼, 가령, 가령 말이죠. 우리가 할 수 있는 건 무엇일까요? 이대로 세상이 이어져간다고 한번 가정해서 생각해보죠. 이런 예언 채널 따위를 방송하고 있는 니도, 보고 있는 당신도 앞으로 지속적으로 살아가야 할 가능성에 대해서, 만약을 위해서 말이죠. 말했더니 토할 것 같네요. 멸망한다고 해서 나았던 불면증이 최근에 다시 발병해서 속이 말도 아니에요. 그런데도 술은 마시죠. 몸에 좋다고 생각해서 마시는 건 아니에요. 사우나가 건강에 좋지 않다는 말을 SNS에서 보고 빡친 녀석들한테 내 당당한 모습을 보여주고 싶네요.

그래서 어떻게 할래요? 어떻게 할까요? 만약 이대로 세상이 끝나지 않는다는 게 확정되고 우리도 똑똑히 내일을 응시하고 살아가야 하는 경우, 멸망할 거라고 생각하며 살아온 우리는 어떻게 하면 좋을까요?

물론 여러분 중에는 세계 멸망을 기대하지 않고 놀이 기구 감각으로 이 채널을 봐준 사람도 있을 테지만, 아니 그런 느낌으로 가자고 말한 것도 나긴 하지만요. 다만 이것도 전에 말한 대로 나는 나만의 감각을 믿고 오늘까지 살아왔어요. 그 아나운서도 지금 이런 기분일까요? 그 사람은 어떻게 지내고 있을까요? 누가 시골로 이사 갔다고 말하더라고요. 지금 어떤 기분일지 가르쳐줬으면 좋겠네요.

정말 요 며칠 토할 것 같으면서도 멸망과 절망이라는 프랑스 문학의 직역 제목 같은 것만 생각하다 보니 논문도 쓸 수 있을 기세라는 적당한 소릴 하고 있지만, 저기 일단, 일단은 말이죠, 모두에게 어떻게 할지 묻기 전에 요 며칠 내가 생각했던 걸 발표하도록 하겠습니다. 들어주세요.

나는 앞으로 만약 삶이 연장된다고 해도 희망이나 꿈은 없어요. 지금은 하고 싶은 것도 무엇 하나 떠오르지 않아요, 안타깝게도. 그야 죽어서 아무것도 할 수 없어질 예정이었잖아요.

그래서 그건 일절 생각이 안 났지만, 반대로 앞으로 절대로 하고 싶지 않은 일이라면 바로 하나가 떠올랐어요. 만약 이대로 세상이 멸망하지 않는다면요. 만약 이대로 세상이 멸망하지 않는다면, 나는 이른바 틀린 예언을 믿고 회사를 관두고 모두에게 퍼뜨리려고 한, 말하자면 머리가 돈 녀석이잖아요. 세간에서 보면 말이죠.

 그렇다면, 그렇다고 해도.

 우선 정신이 이상했던 자신에 대해 절대로 누구에게도 사과하고 싶지 않아요.

 그야 믿었으니까요! 멸망해도 된다고 생각했고, 그래서 가능했던 즐거운 일도 있었죠. 방송이라든가 재산 탕진이라든가! 그러고 보니 습격받았을 때 그 배도 망가졌어요! 생각하니 짜증이 나서 몸이 가렵네요! 그 녀석 진짜 언젠가 한 방 갈길 거예요, 진심으로요! 격투기나 배울까요? 기습이라면 지금도 가능하려나. 아, 범죄 예고가 아니에요. 어머나, 그럴 리가요. 나는 얼굴을 드러내놓고 있으니까요.

 네. 이야기 되돌릴게요. 사과하고 싶지 않다는 확고한 마음은 본능적인 부분도 있다고 생각하지만, 내 나름대로 확실한 논리도 있어요. 뭐냐 하면 거짓말이라고 생각해요. 그런 사죄는.

 지금까지의 나는 정신이 이상했어요. 미안합니다. 똑바로 살 테니 동료로 삼아주세요, 라니 빌어먹을, 그냥 아양이잖아요. 주변 사람들도 미안하다고 생각지 않는 녀석에게 사과를 받으면 마음이 불편하잖아요. 그래서 나는 우리 집을 습격한 그 바보한테도 사과해줬으면 하는 마음이 없었어요. 변상은 꼭 받겠지만요. 그 녀석은 절대로 미안하다고 생각 안 할걸요? 내 옆에서 머리띠를 하고 추로스를 방실대며 먹고 있던 여자가 미안하다고 생각할 리가 없죠.

그러고 보니 이야기가 좀 벗어나는데 가끔 사과 중독 같은 사람이 있잖아요? 하는 쪽이 아니라 받는 쪽이요. 난 영문을 모르겠어요. 예를 들어 정치가가 불상사를 일으켰을 때 사과하라고 말하는 사람들이 있는데, 진심으로 반성할 리 없는 사죄를 원하는 건 어떤 생각을 하고 있어서일까요? 연예인이 저지른 불륜도 그거 들켰기 때문에 비난받고 싶지 않아서 고개를 숙이는 것뿐 진심으로 사과하는 건 아니잖아요. 상대가 고개를 숙이면 만족할 수 있다니 지금까지 어떤 삶을 살아왔나 싶더라고예. 네, 이건 간사이 사람이 들었을 때 열 받을지도 모를 적당한 간사이 사투리입니다. 여기에 간사이 사람이 있어도 사과 안 할 겁니다. 미안하다고 생각 안 하니까.

댓글창이 움직이지도 않고 두 사람이 줄었네요. 진지한 이야기가 듣기 싫은 건가? 세상이 멸망하지 않는다면 안 봐도 된다고 생각하는 건가? 내가 사과해주길 바라는 건가? 아니면 간사이 사람인가? 어느 것 하나 배려해주지 못했네요. 혹은 지금 바로 모두 이제부터의 삶의 방식에 대해 생각하고 있는 걸까요?

나 같은 경우에는 우선 그런 느낌이에요. 만약 이대로 멸망하지 않는다면 말이죠. 응, 어떻게 할까, 오늘 방송, 생각나서 시작했는데, 멸망하지 않는 동안에는 나도 여러분에게 할 말이 없잖아요, 실제로. 내 지루한 술과 약과 산책 이야기를 해봤자죠. 좋았어, 지금부터 고양이 계정으로 바꿔서 일확천금이라도 노릴까? 기누, 이리 와봐. 해피해피해~~피, 꺅! 아파라. 아, 제기랄, 전력 질주해서 방 밖으로 도망쳤습니다. 새 상처는 역시 너무 리얼하니까 안 보여드리겠습니다.

맞다, 이런 건 어떨까요? 나 말고 멸망을 믿고 엉뚱한 행동을 저지른 다른 사람 없어요? 발표회를 열도록 하죠. 사과 안 해도 되고 아무도 화를 내지 않는다는 규칙으로요. 모두가 한 말의 힘이 모여서 멸망을 끌어당길 가능성도 은근히 존재하죠. 그런 건 어때요? 술 마시는 것 정도밖에 할 게 없잖아요. 무슨 일이 있었던 사람은 써주세요. 나는 반창고랑 술을 가지고 올게요. 아, 범죄 자랑은 하지 않도록 부탁드립니다. 공범 취급을 받으면 곤란해요. 그때는 제가 신고하겠습니다.

……자 이제 막 돌아왔습니다. 이어서 마실 건 이거, 또다시 산토리 가쿠 하이볼 7퍼센트짜리입니다. 전까지는 제 취향대로 여러 가지를 사 왔는데 지금은 가족이 사재기한 걸 훔쳐 마시는 신세라서 중복됩니다. 니트족에게 선택권은 없습니다. 감사히 마시겠습니다. 건배!

자, 이제 모든 게 멸망하고 사라질 거라고 생각해서 사고 친 사람이 얼마나 있을까요. 그런 멍청이는 여기에 나밖에 없나요? 떠들썩하네요. 어라라, '어딘가의스파이' 님, 소식 잘 들었습니다. 감사합니다.

학교에서 선생님을 상대로 난동을 부려서 정학을 먹었다.

오, 완전 청춘멸망물을 찍었네요. 그런 장르는 없지만 만약 청춘멸망물이라는 장르가 있으면 왕도로 다뤄질 것 같다는 의미입니다. 이거 바로 이야기의 첫 페이지잖아요. 좋은데요?

어라, 더구나 같이 정학을 먹은 친구가 생겼다고요. 근사한데요? 엄청 근사해. 뭐야, 그거 완전히 청춘이잖아. 나도 어른이 되고서 정신이 나간 여자랑 친구가 되는 것보다 10대 시절에 그런 게 하고 싶었어. 만약 앞으로 살아가야 한다고 해도 그 추억은 평생 소중히 여기는 편이 좋을 거야. 나 지금 할머니 같은 소릴 하고 있니? 지금 건 가미나리의 다쿠미[23]였어. 유튜브 채널 잘 보고 있다고? 고마워. '어딘가의스파이', 내 마음이 다 설레네.

……난동을 부려서 정학? 설마 너, 아니 그렇구나, 스파이 너 전에 동정이라고 했잖아. 그쪽 꿈은 이루어졌어? 만약 세상이 멸망하지 않게 되면 서두르지 않아도 될 것 같아. 아니, 신경 쓰지 마. 이쪽이 그냥 하는 소리니까.

역시 봇물이 터지면 댓글을 달기 쉬워지나 보네요. 스파이 대단해. 그럼 이어서 '가라짱' 님의 멸망 경험담입니다. 여러분한테도 댓글이 보이겠지만 그럴싸하게 하나하나 읽어나갈게요. BJ니까요.

사고를 쳤다고는 할 수 없지만 멸망이 있었기에 자신이나 아이들과 서로 마주하고서 적극적으로 살아갈 수 있었다. 이런 건 공감도가 높은 이야기일 것 같네요. 나는 일을 때려치운 쪽이지만 살아가는 것 자체에는 긍정적일 수 있었어요. 앞으로 멸망하지 않는 게 확정되면 직장을 구해야겠죠……. 일단 하이볼을 마실게요. 으라차차, 네, '가라짱' 님, 우리 둘 다 멸망하지 않아도

---

23) 가미나리는 일본의 개그 콤비이며 다쿠미는 멤버 중 한 사람이다.

긍정적으로 일을 할 수 있으면 좋겠네요. 직장을 생각하면 토할 것 같으니 다음으로 넘어갈게요. 자녀분 소중하게 대해주세요.

'주사위6' 님…… 우유니 소금 호수가 보고 싶다고 하신 분이죠? 아마 맞을 거야. 멸망하지 않았으니 여행 갈 시간이 생겼네요. 뭐라고요? 소중한 친구와 돌이킬 수 없는 짓을 저지르고 말았다고요? 워워, 우리 시청자 중에는 동정도 있어요. 너무 자극적인 말은 삼가죠. 남녀인지 남남인지 여여인지 모르겠지만, 책임을 지고 그냥 사귀든가 절교하면 되잖아요. 이상 그것밖에 없어요, 분명.

역시 다들 제대로 하고 있었네요. 한다는 건 그 뜻이 아닙니다. 그런 의미에서 했다는 건 '주사위6' 님뿐이죠. 이야, 안심이 되네요. 세상 어딘가에 나와 같은 멍청이가 있다고 생각하니 술이 술술 넘어가요.

뭐라고요?!

그거 범죄 이야기라면 안 들을래요. 신고 안 해도 돼요? 진짜? 장난으로 받아들여도 돼? 아니면 가능성이니까 괜찮아? 저기 그러니까, '피치우롱' 님. 인육을 먹었을지도 모른다고요? 거짓말이죠? 저기, 이건 해결하기 힘드니 그 말이 사실이라면 해당되는 기관에서 상담을 받아보시길 바랍니다. 먹었을지도 모른다는 건 뭐지? 자신도 모르는 사이에 누군가가 요리에 섞었다는 긴가? 만약 정말 멸망한다면 먹고 싶었다는 뜻인가? 아니, 진실은 됐어요. 이 부분은 슈뢰딩거의 고양이로 남기도록 하죠. 왠지 건강에 안 좋을 것 같으니 몸조심하세요.

갑자기 이어서 진행하는 게 무서워졌어요. 멸망 앞에서 자제심이 얼마나 무너지는지 사람마다 다르니까요. 범죄자도 있을지도 모르고요. 반복해서 말하지만 여러분 범죄 고백은 하지 말아요. 오오, 'do_nash' 님, 좋아하는 아티스트에게 바람직하지 않은 팬레터를 보내고 말았다고요. 너무 귀여운데요?! 이쪽은 지금 카니발리즘 이야기를 하고 있었다고요! 아니, 내가 아냐. 범인은 '피치우롱' 님이야!

'do_nash' 너 아직 와주고 있었구나. 멸망 믿고 있었어? 안티에서 팬으로 돌아선 거네? 그런 경우도 있나? 너 말이야, 그렇게 반성할 수 있으면 나한테 댓글 싸움 걸지 마. 몇 살인지 몰라도 다 큰 어른이라면 이미 인간으로서 끝난 거고, 아직 10대인데 안티질을 취미로 가지고 있다면 다시 생각해보는 편이 좋을 거야. SNS에서 비건이라든가 페미니스트를 공격하고서 은근히 좋아하는, 구제할 도리가 없는 어른이 되고 싶진 않잖아. 참고로 베지테리언의 베지는 베지터블에서 온 게 아니라고 해. 이건 알아두면 좋은 상식. 네, 안티를 위한 설교 타임이었습니다.

다음 분도 여전히 와주셨군요. '오월의장마' 님. 믿고 안 믿고는 둘째치고, 잘 지내는지 못 지내는지도 둘째치고, 나 같은 사람한테 슈퍼챗을 많이 보내주시는 '오월의장마' 님. 절대로 사과는 안 할 거지만 감사합니다. 안타깝게도 어쩌면 우리의 바람은 이루어지지 않을지도 모르겠어요. 만약 그렇게 되면 삼가 명복을 빕니다.

그런 '오월의장마' 님의 나쁜 짓은 소중한 사람을 곤란하게 만든 거군요. 네, 이 막연하게밖에 쓸 수 없는 느낌이 상당히 중대한 의미를 품고 있는 듯해서 무섭습니다. 곤란하게 만들었다는 말을 곰곰이 생각하면 이거, 살인이라는 말보다 더 무서울지도 모르겠네요. 지각에서부터 학대까지 고려해본다면 곤란함의 종류도 다양한 듯합니다. 참으로 많은 상상을 하게 만드는 말이네요. 아, 설명 안 해도 돼요. '오월의장마' 님이 말하는 곤란하다는 범위가 집안일을 방치한 정도일 거라고 마음대로 생각하겠습니다. 제가 인생 처음으로 경찰에 신고하게 만들지 말아주세요, 범죄자라면요.

댓글창에서의 고백은 음, 글쎄요, 그렇군요, 여러분 감사합니다. 화제를 제공해주셔서요. 오, 그래, 그래. 에이케이에이, 고마워. 나중에라고 말해놓고서 이야기하는 걸 잊고 있었네. 습격해 온 멍청이를 신고도 하지 않고 같이 디즈니에 갔던 이야기 말이죠?

딱히 재미있는 이유도 아니에요. 나도 반격해서 상대의 뼈를 부러뜨렸으니까요. 범죄 아니에요. 이건 범죄 아니야. 싸움이죠. 단순한 싸움. 아니, 세상이 멸망하는데 취조를 받거나 재판에 참석하는 게 쓸데없는 시간 낭비라고 생각했으니 서로 피투성이가 된 채 교섭을 시도했어요. 평화적인 해결이죠. 세상이 늘 멸망의 위기에 처해 있어도 모두가 나처럼 온화하다면 전쟁은 안 일어나겠죠. 그런데 합의할 때 상대가 내놓은 조건이 디즈니였을 뿐이에요. 정신이 나간 사람의 발상은 내가 알 수 없죠. 이쪽도 시간이 없어서 하는 수 없이 받아들였지만요.

그리고 지금도 여전히 그런 사람을 내버려둔 건 조금 전에도 말한 것처럼 경찰에 넘겨봤자 그 녀석이 절대 반성할 것 같지 않다는 것과 의외로 빨리 석방되어 원한을 사서 복수를 당하면 곤란하다는 것, 그리고 나머지 하나는…… '피치우롱' 님 왈, 너도 범죄자잖아, 라니. 말조심하시죠! 이쪽은 얼굴을 드러내고 있다고요.

한니발 렉터 박사가 하는 말은 일단 제쳐두고 말이죠. 나머지 하나, 습격범을 풀어준 이유. 음, 이건 멸망을 예언했을 때와 마찬가지로 어디까지나 내 감각일 뿐이라서 여러분을 납득시키려는 생각은 전혀 없어요. 다만 창문을 부수고 들어온 선악조차 판단하지 못하는 시스터 콤플렉스녀를 생각하면 진짜 열 받고 배는 반드시 변상하게 할 거라는 겁입니다. 그래도 나한테 있어서 걔는 세상보다는 아직 나은 존재예요. 에취! 미안합니다. 하이볼이 잘못 넘어갔어요.

음, 그래요. 이 말이 내 감각을 제대로 표현하고 있는지 나 자신도 아직 충분히 분석하지 못했네요. 이제 그냥 세상은 멸망해도 된다고 생각했지만, 열 받게 하는 빌어먹을 그 녀석에게 사과를 받고 싶지도, 죽어달라고 생각하지도 않았어요. 그런 실감이 나요. 꿈의 나라와 어울리지 않는, 다 죽어가는 얼굴로 퍼레이드를 보고 있던 나한테 어린아이처럼 해맑은 얼굴로 즐겁다며 지껄여대던 그 녀석의 머리띠를 인파 속에 냅다 던져버릴까 하는 생각은 했지만 설령 내가 모르는 곳에서라도 죽기를 바라지는 않아요. 말해두겠지만 이건 친구 자랑도 염장질도 아니에요. 이마에 난 상처도 아직 전혀 용서하지 않았어요. 번개처럼 남으면 좋았을 텐데.

적어도 나는 요 몇 달간 세상이 이대로 끝나도 괜찮다고 완전무결하게 생각했어요. 딱히 이 세상의 존재가 한없이 추악하다든가, 인간은 구제할 도리가 없다든가, 실은 나쁜 우주인이 권력자들을 조종하고 있다든가 하는 거창한 말을 하고 싶은 게 아니에요. 음모론자도 아니고요. 그런 건 진짜 예언자가 아닌 나는 알 수 없어요.

다만 오늘도 어딘가에서 어릴 적에 괴롭힘을 당한 어른이 돈을 벌기 위해 싫어도 사람을 속이고 회사 내에서 온갖 종류의 갑질을 당한 채 몸과 마음이 망가져서 이상한 게 보이기 시작하고, 회사를 관뒀는데도 스토커가 따라다니고 술을 마시면서 아주 기뻐하며 멸망 예언 방송을 시작하는 세계라면 알고 있어요. 귀여운 건 고양이와 어린 시절의 존 코너뿐이죠.

그런 세상에서 내 방송을 관두게 하려고 습격한 주제에 다음에 한잔하러 가자고 권하는 정신이 나간 인간이 한 사람 정도 살아 있는 건 아슬아슬하게나마 저의 허용 범위 내에 있다고 할까요. 그런 느낌이에요. 물론, 이 이마에 난 상처는 언젠가 아물 테고 나도 마찬가지로 되갚았기도 했고 요 몇 달간의 격동으로 지금은 뇌 내 물질이 넘쳐나는 것도 있다고 생각해요. 하지만 피해자는 가해자의 입장도 고려해서 넓은 마음으로 용서해야 한다고 말할 생각도 전혀 없고 그런 메시지를 발신하는 사람이나 그런 이야기를 담은 작품에도 구역질이 납니다. 구토까지는 아니고요.

물론 이상한 일에 휘말리게 되면 온 힘을 다해 도망칠 거예요. 범죄자끼리 어울리는 커뮤니티가 있는지 모르지만, 살인범을 만난 적이 있다고 하더라고요. 그 녀석 본인의 범죄 전력은 10대 시절에 철없이 했던 짓밖에 없다고 했지만, 그것도 진짜인지 아닌지 알 수 없잖아요. 우리도 참, 디즈니에서 무슨 이야기를 한 건지.

'어딘가의스파이' 왈, 러브러브잖아, 가 아니거든? 동정이 사랑을 논하지 마. 막 이래. 농담이야, 농담. 상상력, 어딘가의 누구는 독해력이라고 하는데 그런 건 지식이 많다고 해서 반드시 길러지는 건 아닌 것 같아요. 오히려 모르는 사람이 더 중요한 말을 하고 있을 때도 많다고 생각해요.

그러면 그 녀석에 대해 끝까지 파고들어서 알아보는 건 어떠냐고? 말이 나오자마자 생각한 거지만 넌 위험한 아저씨, 아줌마니? 됐어, '지바aka도쿄'. 상상력을 좀 기르는 게 어때? 디즈니에 갔던 친구 이름을 가르쳐줬으면 좋겠다고? 가르쳐줄 리 없잖아. 인터넷 리터러시라는 게 있거든? 개인 정보에 대한 가치관을 10년 이상 전 거부터 업데이트하고 오도록 해. 와아, 요금을 냈네? 500엔은 감사히 받겠지만 여전히 말할 리 없습니다. 돈을 내면 남의 개인 정보를 알 수 있다고 생각하는 건 위험하다, 라는 수업료라고 생각해주시길. 아니, 오늘은 아스타 라 비스타 베이비의 날이네. 나, 뭐래니.

조금 전에도 말했지만 범죄에는 가담하고 싶지 않으니 에이케이에이를 포함해서 만약 위험한 녀석이 있다면 나한테 해를 끼치지 않는 범위 내에서 행동해주시길. 문제가 될 것 같으면 피하겠지만 모르는 건 감지 못하니까. 그냥 아무 고기나 먹어. 그러고서 내 방송을 즐겨준다면 감사감사입니다. 오늘도 감사합니다. 그건 물론이고 이런 말도 비교적 농담이 아니라 할 수 있어요. 술김에 말해볼까요?

여러분, 사랑해요.

나, 뭐래니. 이거 뮤지션이라든가 아이돌이 라이브 때 하는 말이잖아요. 수천수만 명을 앞에 두고 한 사람 한 사람의 얼굴도 인식하지 못하면서 토크로 사랑을 논하는 것과 비슷하게, 온도감이 적당하다고 생각해주면 마음이 편할 듯하네요. 얼굴을 맞댄 채 듣는 것보다 조금은 믿기 쉽겠죠.

그런 허튼소리는 됐고요. 나는 홀가분하게 비교적 진심으로 진짜 앞으로 어떻게 해나갈까 하고 나와 당신들을 걱정하고 있어요. 윽, 토할 것 같아. 미안, 자꾸 토라고 해서. 그건 사과할게요. 미안합니데이. 간사이 사람은 어떻게 말해? 구투하다? 게울 것 같다고 하면 되지 않아? 그렇긴 한데 현장감이 없지? 세계 멸망 현장감으로 친구와 사고를 쳤다는 '주사위6' 군? 님? 아무렴 어때.

그 밖에 사고를 쳤던 사람들도 나랑 이 시간을 즐겨준다면, 어느 정도는 아무래도 상관없어요.

아, 이 감각의 연장선상인가. 그렇군요. 정말 부정하고 싶지만 나는 뭐든지 즐길 수 있다고 호언장담한 그 위험한 여자랑 조금 비슷한 점이 있을지도 몰라요. 아니, 없어, 없어! 아니, 있을지도 모르겠네요. 정서와 자율신경은 요 몇 개월 내내 죽어 있어서 이건 평상시 모드예요.

위험한 여사닝 디즈니에 갔다가 한잔하자는 제안을 무시하지 못하고 일정을 조절한 것도 같은 부류의 행동일지도 모르죠. 조절이 필요한 건 사회인으로서 살아가고 있는 그쪽이지만요. 나는 아주 자랑스러운 니트족이니까요. 일하라고, 실수로라도 말하지 마세요. 언젠가는 살기 위해서 일할 거예요. 하지만 지금은 아직 멸망의 가능성을 맛보게 해줘요. 우리 서로 이 거리감이 있기 때문에 유지되는 평화를 소중히 여깁시다.

그래요. 당신이 여자든 남자든 그 이외든, 10대든 노인이든, 인싸든 아싸든, 일본인이든 외국인이든 우주인이든 상관없어요. 피가 빨갛든 파랗든 어떻든 좋아요. 프랑스 귀족들은 자신들의 피가 푸르다고 말했던 모양이에요. 인터넷 우익이든 좌익이든 좋고요. 상대를 상처 입히고 싶은 마음을 억제할 수 있다면요. 아이들을 괴롭히는 짓을 한 녀석은 진정한 의미에서 지옥에 떨어지면 좋겠지만, 어찌할 수 없는 사정을 품고 물건을 훔치거나 누군가를 죽인 사람을 직접적인 피해를 입지 않은 내가 벌할 수 없죠. 그건 법과 피해자한테 맡길 거예요. 만약 학교나 직장에서 당신을 만난다면 엄청나게 싫어하거나 죽어주기를 바랄 가능성도 있지만 확인하지 않았으니 그런 건 몰라요. 즉 이 화면을 사이에 두고 있는 한, 당신이 나와 같이 놀아주는 사람으로 있어주는 한, 어느 정도 당신이 무엇을 하고 나를 어떻게 생각하든 나는 당신을 무책임하게 용서할 수 있을 것 같아요. 용서할 수 있다는 건 대단한 것 같아요. 뭐랄까, 멸망했으면 하는 마음과 반대니까요. 거기서 살아가도 돼요, 정도의 마음이랄까요?

이런 말을 듣보 유튜버한테 들어봤자 아무 도움도 안 되죠? 실제로 우리를 두고 거기 있어도 된다고 생각하지 않는 사람도 있잖아요. 멸망 따위에 얽매여 놀았으니까요. 실제로 나는 전에 살던 아파트에서 쫓겨났고요.

자신이 저지른 일을 진지하게 다시 직시해야 하는 사람도 있잖아요. 그래도 '어딘가의스파이'는 좋은 경험을 했다고 생각해. 너무 끙끙대지 말고 추억을 양분으로 삼아 어른들을 유리하게 이용하고 친구와 더불어 씩씩하게 살아가도록 해. 그리고 언젠가 어른이 되었을 때 어린아이들한테 이용당해 주고. 하하하.

나는 어떻게 할까요? 맛있네요. 아, 처음에 없었던 분들, 이거 하트 모양 칩이에요. 간토 지방에서만 파나 보더라고요. 비슷한 과자가 전국에 얼마든지 있겠지만 이건 이것대로 맛있으니 추천해요.

음, 만약 지금처럼 인생이 계속 이어진다고 쳤을 때 나는 이 인간 사회를 전제로 하는 세상에 자발적으로 협력할 의욕이 털끝만큼도 없다는 것도 멸망을 바라는 하나의 이유가 되어줄까요? 물 흐르듯 내 이야기를 꺼내봤어요. 어차피 한가하니까요. 저의 앞으로의 이야기입니다. 결혼도 하지 않고 아이도 낳지 않고 언젠가 다가올 이 세계의 멸망에 순순히 가담해줄 거예요. 지금 이런 세상에서 아이를 낳는다고 해도 힘들 거고 이런 세상에 내 아이를 두고 가고 싶지도 않아요. 그런데도 아이들을 온 마음을 다해 사랑해주는 부모님들과 필사적으로 살아가는 아이들에게는 최대한의 빅업을 표합니다. 빅업 뜻을 모르면 칭찬 정도로 생각하세요. 나도 잘 모르니까. 부디 〈터미네이터〉 같은 여러 좋은 영화도 이어서 감상해주시고요. 당연하지만 멸망을 예언한 유튜버 방송을 봤다는 건 실수로라도 주변에 말하지 않는 편이 좋을 겁니다. 가족이나 친구가 생겼을 때 무섭게 만들고 싶지 않다면 가만히 있는 게 좋아요.

멸망하기를 바라지 않게 된다면 나 같은 사람은 잊어주길 바랍니다.

 아, 왠지 지금 갑자기 분위기가 싸해졌네요. 저는 포기했어요.

 이 세상은 아직 멸망하지 않을 겁니다. 그야 언젠가는 멸망하겠지만, 심판의 날이 오겠지만, 지금은 아니네요. 이렇게 인간이 지구를 엉망진창으로 만들고 규칙 따위 무시하고 사람의 마음을 고려하지 않는 정치가 각 나라에서 행해지고 있으니 멸망하지 않을 이유가 없을 것 같지만, 아직 멸망하지 않으려나 봐요.

 갑자기 왜 그러냐고요? 오, 댓글 달아주는 건 오늘 처음이에요? 아니면 꽤 오랜만에 온 건가요? 미안해요. 완전 잊고 있었어요. '들판' 님. 나중에 아카이브 확인할게요. 어머나, 내가 한 말에 느낌이 확 와 닿네요.

 영화를 보고 있을 때 멸망하지 않기를 바란다면 오히려 한 방에 끝나죠. 멸망하는 엔딩은 회피라고 쳐야 할까요. 하지만 대부분의 영화에서는 인류에게 여전히 과제가 남아 있고 힘을 합쳐서 계속 맞서 싸워야 한다는, 진짜 싸움은 이제부터라는 엔딩으로 끝나겠죠. 깊이 빠져드는 걸 좋아하지만 나는 그러다 보면 작자의 의도를 뛰어넘는 초월적인 시각을 가지게 돼요. 예언 채널을 운영하는 인기 없는 유튜버가 이런 말을 하는 것도 아주 상징적이죠. 주인공과 관계가 깊은 것도 아닌데 종종 이야기에 관여해서 주제의 핵심을 건드리는 말을 종반에 하는 거죠. 웃기지 마. 누가 조연이란 말이야?

 하지만 그런 느낌도 들어요. 우리 집을 습격해온 바보와 싸웠을 때는 순간 나 자신이 이 세상의 주인공인가 착각했지만 그럴 리가 없죠. 나는 사라 코너가 아니에요. 어쩔 수 없어요. 여기서 고집을 더 부리면 이른바 자각한 인간으로 직행하는 길에 오르죠. 위험해요. 관두죠. 어나니머스[24]가 되기 싫어요.

오, 갑자기 파란색 슈퍼챗[25]이 떴네요. 감사합니다. 아, 그러네요. 그랬어요. 그런 말을 했죠. '오월의장마' 님, 나보다 내가 한 말을 더 잘 기억하고 계시네요.

그러게요. 약속을 지킬까요? 저의 앞으로 계획은 잡담 이상으로 아무래도 상관없지만, 여러분에게 사랑한다는 말은 했네요. 홀가분한 마음도 적당한 마음도 거짓말이 아니라고 하기 위해 한두 개 정도는 확실히 해두고 싶은 바입니다.

멸망하지 않는다는 전제로 자신의 인생과 마주하고 살아가는 걸로 할까요?

이 순간에 멸망하진 않겠죠.

그런 유리한 일이 일어나면 내가 주인공이겠죠. 너희는 조연이고. 하하하. 농담은 아니지만, 아니 농담입니다. 세상 어딘가에서 자랑스럽고 때론 저질스러워도 서로의 조연으로서 살아갑시다. 아무리 돈이 많아도 권력을 쥐고 있어도 성공을 해도 핵전쟁이나 운석 때문에 그냥 죽을 수도 있으니까요. 우리가 어벤져스였다면 좋겠죠. 아님 싸우지 않고 술 한잔하다가 멸망을 그냥 받아들일 수도 있겠죠.

맞아, 에이케이에이. 좋은 말 했어. 봐요, 위험한 구석이 있는 사람이라도 좋은 소리를 할 때는 하는 법이잖아요. 이 채널의 의

---

24) 가상의 공간에서 활동하는 사회 운동 단체를 뜻한다.
25) 슈퍼챗은 금액에 따라 색깔이 다른데 한국 돈으로 천 원을 후원했을 때 파란색 슈퍼챗 창이 뜬다.

미가 없어지네요. 원래부터 없었지만요. 즉답입니다. 기누도 나한테서 도망쳐서 고양이 밈도 잠깐밖에 남기질 못했네요. 그래도 그 아이 나름 인간과 놀아주느라 바쁠 거예요. 기누가 자유롭게, 그리고 귀여움을 받으며 살아가게 합시다.

휴, 그래서 말이죠.

여러분과 나눈 일련의 대화를 바탕으로 오늘 방송을 시작할 때와 마찬가지로 충동적으로 행동해보려고 합니다. 앞으로는 멸망이 일어나지 않아도 행동할 수 있어야 합니다. 네? 딱 지금입니다. 친구한테서 방송하고 있으면 알려달라고 라인이 왔으니 딱 적당한 순간입니다. 안 보길 바라거든요.

자세를 바로잡고, 으라차차. 여러분 지금까지 감사했습니다. 길지 않은 시간 동안 아주 소수 분들의 사랑을 받았던 이 생방송은 오늘로 최종회를 맞이했습니다.

갑작스럽게 발표하게 된 점 깊이 사과를 드리지 않겠습니다. 숙이고 싶지 않은 고개를 숙일 바엔 오히려 당당하게 가슴을 펴도록 하죠. 여러분도 자유롭게 살아가세요. 아직 세상이 멸망하지 않는다니 유감입니다. 행여 앞으로도 머지않아 멸망이 다가온다고 믿는 사람이 있다고 해도 자유겠지만 나는 일단 빠지겠습니다. 기분이 내키면 생존 보고만 트위터에서 주고받도록 하죠. 그 무렵에는 X라고 부르고 있을지도 모르겠네요. 나는 참 나약한 사람인 것 같아요. 서글프게도.

전처럼 채팅창이 험악해지지 않을까 싶었는데 그런 일도 없는 듯합니다. 아니면 그저 컴퓨터가 고물이라서 멈춰 있을 뿐인 건가요?

아, 채팅 올라왔다! 외로워하는 녀석도 있잖아요, 라네요. 거짓말하지 마! 다른 여러분도 뭔가 남기고 싶은 말이 있으면 채팅으로 써주세요.

아! 말해두겠지만 자살은 선택지에 없으니 여러분도 가능한 한 하지 말아주세요. 멸망을 가지고 놀던 우리가 혼자서만 죽는 건 멍청한 짓이잖아요. 하겠다고 한다면 누군가가 지구 파괴 폭탄을 만들고 나서 하도록 하세요. 도라에몽에 나오는 거 말이죠. 만약 누군가가 완성시키면 DM 보내주세요. 방송 재개할 테니까. 일부 지역만 파괴하는 건 안 돼요. 전쟁 도구를 만들고 있을 뿐이잖아요. 전쟁도 학살도 절대 반대입니다. 피를 보고 싶지도 않고 누군가가 괴롭기를 바라지도 않아요. 나는 죽고 싶었던 게 아니라 이 세상이 멸망해도 된다고 생각했을 뿐입니다. 모두가 한순간 소멸하는 거라면 좋아요.

그걸 지켜볼 수 있을 때까지 여러분이 확실히 살아남을 수 있기를 빌겠습니다.

아, 멸망을 믿었던 때가 마음이 더 편안했는데. 그렇게 말해도 시작되지도 끝나지도 않을 모양입니다. 고로 나와 여러분의 일 그러지고 상처까지 입었을지도 모를, 그런데도 아무래도 간단히 멸망하지 않을 미래에 행복이 깃들기를 바랍니다.

역자 후기

영원과 멸망

어쩌면 조금 바보 같은 이야기라서 고백하기 망설여지지만, 초등학생이었을 무렵, 나에게는 6학년이 끝나면 다시 초등학교 1학년으로 되돌아가 인생이 새로 시작되는 줄 알았던 시절이 있었다. 인생이 그렇게 무한 반복된다고 생각한 건 초등학교 그 6년이라는 시간이 너무나도 까마득하게 느껴져 절대 끝나지 않을 것 같았기 때문이다. 그리고 이건 이 세상이 영원하다고 믿었기 때문에 비롯된 생각이기도 했다. 그때의 나는 내가 영원히 어른이 되지 않을 줄 알았다.

하지만 6학년 졸업식을 맞이하고서 나는 자연스럽게 중학생이 되었다. 지금 생각하면 아주 당연한 일이지만 나로서는 매우 당혹스러운 사건 중 하나였다. 뭐든지 더뎠던 나는 세상이 영원하지 않다는 사실을 그제야 조금 깨달았다. 그 후 세상은 나에게 영원한 건 없다는 걸 철저히 가르쳐주겠다는 양 가까운 사람의 죽음을 겪게 했다. 죽음이라는 건 텔레비전에서나 존재한다고 여겼던 나는 그 죽음으로 영원은 더 이상 없다는 걸 확신하게 되었다.

 누군가의 죽음은 그 사람이 죽기 전까지는 본인과 주변 사람이 함께 감당해야 하는 것이지만 그 사람이 죽고 나서는 오롯이 남겨진 사람의 몫이라는 생각을 하고 나서 나는 처음으로 멸망의 존재를 떠올렸다. 이때 내가 추구한 멸망은 세상에 대한 반항이자 치기를 상징했다. 남겨진 사람인 나로서는 슬픔과 그리움이 너무나도 벅찼기 때문에 멸망에라도 기대지 않으면 숨을 쉬기도 힘들었다. 그렇게 내게 멸망은 작게나마 위안을 가져다주었다.

 2017년 봄, 《너의 췌장을 먹고 싶어》라는 강렬한 제목으로 한국 출판계에 등장한 스미노 요루 작가님은 이번에는 멸망 이야기로 한국 독자를 만나러 왔다. 《왜곡된 아이러브유》라는 제목 또한 《너의 췌장을 먹고 싶어》만큼이나 호기심을 자극한다. 《왜곡된 아이러브유》는 목차마다 극을 이끌어가는 주인공이 다르다. 하지만 모두 멸망을 앞두고 있다는 건 공통되어 있다. 그 공통분모를 가지고 각각의 챕터마다 글을 변주해 나가는 스미노 요루 작가님의 능력을 여실히 엿볼 수 있는 작품이다. 그리고 챕터의 주인공들이 어떤 인연으로 엮여 있는지 하나하나 살펴나가는 재미를 느낄 수 있는 삭품이다.

 《왜곡된 아이러브유》에 나오는 인물들은 나와 달리 처음부터 멸망을 원하던 사람들은 아니었다. 그들은 어느 날 갑자기 날아든 멸망의 예언을 받아들이고, 적극적으로 행동에 나선다. 인생의 마지막 순간에서만큼은 주인공이 될 수 있도록 동분서주한다. 본문을 보면 알 수 있듯 그들에게 멸망이 찾아올 거라고 알리는 존재들이 하루아침에 갑자기 나타난다. 그러자 그들은 멸망이 찾아오기 때문에 할 수 있는 행동들을 본격적으로 하기 시작한다.

멸망은, 그리고 이렇게 예고된 마지막은, 사람을 적극적으로 행동하게 만드는 기회를 주기도 한다는 생각이 문득 들었다. 긍정적으로든, 부정적으로든 말이다. 물론 〈지옥행 파쿠르〉에서처럼 무모한 행동을 하게 만들기도 한다. 하지만 때론 인생에 무모함이 필요할 때가 있다. 소꿉친구를 좋아하는 마음을 14년 동안 쭉 숨겨왔던 여대생 같은 경우에는 더더욱 말이다. 이 작품의 큰 제목이자 마지막 챕터의 작은 제목이기도 한 '왜곡된 아이러브유'는 멸망을 바라는 마음이라는 건 어쩌면 이 세상에 대한 지나친 사랑에서 비롯되었을지도 모른다는 뜻을 품고 있다. 나 또한 세상과 사람을 너무 사랑하기에 멸망을 바라기도 했으니까.

단, 이 작품에서는 모두에게 멸망이 공평하게 주어지지만, 지금, 현재 이 세상에는 개개인의 죽음이라는 멸망만이 불공평하게 주어져 있다. 모두에게 한날한시에 일어나는 멸망을 꿈꾸던 나는 여전히 그런 멸망에 대한 기대감을 온전히 놓지 못하고 있다. 사랑하는 사람이 죽어서 나 혼자 남겨지거나, 사랑하는 사람을 홀로 두고 떠나야 하는 두려움에서 여전히 벗어나지 못했기 때문이다.

하지만 저마다 다른 시간에 맞이하는 죽음이라는 멸망이 있기에 우리는 더 가치 있는 삶을 살아가고 있다는 사실만큼은 인정한다. 그리고 그렇기에 서로를 더 힘껏 사랑할 수 있다고도 생각하고 있고 말이다. 모두의 멸망과 한 개인의 멸망, 그 두 가지 멸망 어느 것에든 각각의 장단점이 있을 것이다. 그리고 나는 독자님들께 두 멸망 중 어느 것을 선택하고 싶은지 묻고 싶다. 다만 어떤 멸망을 선택하든 그 바탕에는 반드시 사랑이 깔려 있다는 건 확신한다.

2025년 7월
역자 김현화

옮긴이 | 김현화

번역도 예술이라고 생각하는 번역예술가. '번역에는 제한된 틀이 존재하지만, 틀 안의 자유도 엄연한 자유이며 그 자유를 표현하는 것이 번역'이라는 신념으로 일본어를 우리말로 옮기고 있다. 역서로는 아키요시 리카코의 《작열》, 시즈쿠이 슈스케의 《악어의 눈물》, 가쿠타 미쓰요의 《무심하게 산다》 《천 개의 밤, 어제의 달》, 야마모토 후미오의 《자전하며 공전한다》 《바닐라》 《무인도의 두 사람》, 마스다 미리의 《코하루 일기》, 무레 요코의 《아저씨 고양이는 줄무늬》, 모리사와 아키오의 《실연버스는 수수께끼》, 무라야마 사키의 《백화의 마법》과 《천공의 미라클 1, 2》를 비롯하여 《선은 나를 그린다》 《톱 나이프》 《가마쿠라 역에서 걸어서 8분, 빈방 있습니다》 《1961 도쿄 하우스》를 포함한 80여 권이 있다.

왜곡된 아이러브유

발행일 | 2025년 7월 2일 초판 1쇄
2025년 10월 13일 초판 2쇄
지은이 | 스미노 요루
옮긴이 | 김현화
펴낸이 | 장영훈
펴낸곳 | (주)이츠북스
편집 | 고은경, 김영경
마케팅 | 남선희
디자인 | 디자인글앤그림

출판등록 | 2015년 4월 2일 제2021-000111호
주소 | 서울특별시 강서구 화곡로 416, 1715~1720호
대표전화 | 02-6951-4603
팩스 | 02-3143-2743
이메일 | 4un0-pub@naver.com

홈페이지 | www.4un0-pub.co.kr
SNS 주소 | 페이스북 www.facebook.com/saungonggam
인스타그램 www.instagram.com/saungonggam_pub
블로그 blog.naver.com/4un0-pub

ISBN | 979-11-94531-12-8 [03830]

※ 이 책은 저작권법에 따라 보호를 받는 저작물이므로 무단 전재와 무단 복제를 금합니다.
※ 이 책 내용의 전부 또는 일부를 사용하려면 반드시 저작권자와 사유와공감의 허락을 받아야 합니다.
※ 잘못되거나 파손된 책은 구입하신 서점에서 교환해드립니다.
※ 책값은 뒤표지에 있습니다.

사유와공감은 (주)이츠북스의 출판 브랜드입니다.

사유와공감은 독자 여러분의 책에 관한 아이디어와 원고 투고를 기쁜 마음으로 기다리고 있습니다. 책 출간 아이디어가 있으신 분은 이메일 **4un0-pub@naver.com** 또는 사유와공감 홈페이지 '작품 투고'란으로 간단한 개요와 취지, 연락처 등을 보내 주세요.
여러분을 언제나 응원합니다. ⌣